월드컵
특공작전

1916-2000

월드컵
특공작전

문윤성 소설집

아작

차례

1   덴버에서 생긴 일   7

2   월드컵 특공작전   45

3   소련공습   97

4   폐수처리장의 조화   171

5   작은 마라섬의 큰 경사   193

6   히말라야 여단   209

7   아름다운 다도해   273

8   낙원의 별   303

덴버에서 생긴 일

◇ 1985년 《한국우수추리단편 모음집 1》 (행림출판) 수록

1

이건 순전히 한국인을 위한 로스앤젤레스로구나! LA의 메인 스트리를 누비고 지나가는 한국의 날 대행진을 본 사람들이라면 한국인이고 외국인이고 간에 "이건 숫제 한국인이 판치는 LA가 되었군!" 하고 감탄할 것이다. 그 감탄 속에는 설사 적잖은 질투가 섞여 있다손 치더라도 말이다.

화사한 민속의상으로 단장한 사람들이며, 의젓한 한국 고유의 전통음악과 춤, 그런가 하면 어린이들의 활기찬 고적대 놀이까지. 정말 장관이고 신나는 행사였다. 미국 이민 5년째의 나로서는 이곳에 온 후 이렇듯 신명 나는 날을 누려본 적이 없었다. 그러니 몇십 년의 연륜을 쌓아온 선배 이민자들의 기쁨이며 감격은 나의 몇 배가 될 게 뻔했다. 기나긴 고생살이의 역사가 오늘의 보람으로 탈바꿈한 것이다.

나는 기쁨이 지나쳐 눈물이 날 지경이었다. 이것이 행복이란 것이로구나 하고 나는 자문자답하였다. 이토록 절정에 달한 나의 행복이 불과 몇 시간 만에 산산조각이 날 줄이야! 이날 석간신문의 한 기사가 나를 천당의 정상에서 지옥의 바닥으로 떠밀어버린 것이다.

"아빠, 이것 좀 봐요."

나의 둘째 놈 영수가 내민 신문은 〈데일리 로스앤젤레스〉. 지면 전체가 '코리아 퍼레이드'로 화려하게 장식되어 있는데, 영수의 창백한 안색이며 신문지를 쥔 손의 경련은 웬일이지?

나는 얼떨떨한 낮으로 잠시 영수의 안색과 신문지면을 번갈아 바라보았다. 영수의 손가락이 가닿은 곳, 그 기사 표제를 보자 나는 심장이 금세 멎는 충격을 느꼈다.

'로건 부인 피살체로 발견, 범인은 한국인 최영애 씨로 지목.'

이게 웬 벼락이냐! 최영애 씨는 나의 고모였다. 로건 부인도 내가 잘 아는 사람이었다. 고모와 로건 부인은 친형제처럼 가까운 사이고, 두 사람 다 자선사업가로 한국이며 미국에서 제법 이름난 인물들이었다.

이럴 수가 있나! 나는 정신을 바짝 차리고 기사를 읽었다.

어젯밤 덴버시 이스트로즈 거리의 로건 씨 저택에서 로건 부인이 피살체로 발견되었다. 살인 혐의자는 피살자의 동거인이며 친구인 한국인 최영애 씨로 지목되었다. 경찰이 최영애 씨에게 혐의를 두는 것은 피살자의 혈흔이 최영애 씨의 옷에 묻어 있었고, 피살자의 결정적 사인이 된 목에 감긴 수건이 왼손잡이 특유의 수법으로 감겼는데, 최영애 씨가 왼손잡이라는 점 등….

나는 기사를 끝까지 다 읽지 못하고 현기증이 나 신문지를 땅에 떨어뜨리고 비실거렸다. 주변 사람들이 급히 나를 침대로 옮기고 동네 의사를 불렀다. 나는 몽롱한 의식 중에서도 줄곧 외쳤다.

"아니다. 아니다. 절대 아니다."

2

여러 사람들의 도움으로 정상을 되찾은 나는 밤새 궁리하였다.

"고모를 어찌하면 구할 수 있을까?"

물론 나는 고모의 혐의 사실을 믿지 않았다. 경찰이 헛짚은 게 틀림없었다. 로건 부인이 살해된 게 사실이라면 범인은 따로 있었다. 아마 십중팔구 그녀의 남편 에드워드 로건일 것이다.

에드워드는 이름난 건달이었다. 사기 전과가 있고 상습 노름꾼이었다. 그는 항상 라스베이거스에서 세월을 보내는 인간으로, 부인과는 별거 상태이고 자주 금전과 재산 문제로 부부싸움이 잦았다고 고모를 통하여 여러 번 들은 바 있었다.

고모로 말하면 내 혈속이라고 해서가 아니라 성품이 천사와 같은 사람이었다.

'최영애 여사' 하면 한국에서는 여류명사로 통했다. MY 고아원 창설자이고 쉰이 넘은 오늘날까지 독신으로서 오로지 사회사업을 천직으로 알고 있는 그런 분이었다. 사회사업가라고 하면 재산이 있어 하는 걸로 알 사람도 있겠으나, 고모는 젊은 날 노동판의 잡역부를 비롯하여 모진 노동은 안 해본 게 없는 고생 속에서도 고학으로 캘리포니아 주립대학의 석사학위를 따낸 맹렬 여성이었다. 나는 늘 이 고모를 자랑으로 여기고 나와 내 자식들의 살아 있는 교훈으로 삼고 있었다.

그런 고모가 살인을 하다니 말도 안 되는 일이었다. 그리고 로건 부인은 또 어떤 사람인가. 콜로라도주의 이름난 재산가의 딸로서, 해외봉사 대원으로 한국에 갔다가 우리 고모 최여사와 알게 된 후 서로 의기상통하여 한국의 불우아동돕기에 열을 올리고 있는 사람이었다. 두 사람이 금년 초에 미국에 온 것도 좀 더 효과적인 한국 아동 구제사업을 펴기 위한 계획 때문이었다. 이런 두 사람 사이에 살인사건이 나다니 말이 될 소린가.

나는 로건 부인 남편에게 의심이 갔다. 처갓집 덕으로 호의호식하는 에드워드는 자기 몫으로 돌아올 재산이 한국의 가난뱅이 어린이들에게 흘러나가는 게 몹시 못마땅하여 항상 투정만 부린다고 들었다.

나는 하룻밤을 꼬박 뜬 눈으로 밝히다시피 하고 날이 밝는 즉시 비행장으로 달려갔다.

로스앤젤레스에서 덴버까지는 직선거리로 1천4백 킬로미터로, KAL 항공기로 2시간 반 정도 걸리고 비행장까지의 소요시간을 합치면 4시간은 잡아야 했다. 그래서 아침 7시에 뜨는 첫 항공기에 올랐다. 가는 도중에는 저 유명한 그랜드캐니언 국립공원이 있고 북미 대륙을 남북으로 달리는 높고 웅장한 록키 산맥이 있었다. 마침 날씨가 좋아 천하의 절경이 눈 아래 펼쳐져 있었으나, 나는 절박한 경황에 경치고 뭐고 안중에 들어오지도 않았다.

근심 걱정으로 속이 바삭바삭 타는 사이에 덴버 공항에 도착한 건 오전 10시. 경찰서로 달려갔으나 고모와의 면회는 거절당했다. 변호사를 통해 지방 검사의 허가를 받아야 한다는 경찰서장의 말이었다. 허둥지둥 전화번호부를 뒤져 변호사 사무소를 찾아봤다. 제임스 M. 세이버라는 이름을 골라 전화를 걸었다. 오후 3시에 만나자는 변호사 말에 따라 그 시각에 그의 사무실로 갔다.

세이버 변호사는 40대 중반의 연배로 인상이 매우 상냥했다.

"좋습니다. 도와드리지요. 선생의 말씀대로라면 그렇게 착한 분이 그런 끔찍한 범행을 저질렀으리라고는 생각할 수 없겠군요. 진상이 밝혀지도록 노력해봅시다."

고모와의 면회는 다음 날 저녁 6시에 이루어졌다.

경찰은 그간 사흘간에 그들 나름대로의 수사에 매듭을 지은 듯 느긋한 표정들이었다. 그 자신감은 우리 면회에 입회한 강력계 주임을 비롯한 여러 경찰관들의 얼굴에 여실히 나타나 있었다.

고모는 나를 보자 울음을 터뜨렸다. 몰골이 말이 아니었다. 안색은 사색이 다 되었고, 얼굴 모습마저 일그러져 있었다. 금년 52세의 내 고모는 마치 일흔이 넘은 노파의 모습이라 나는 잠시 진짜 고모임을 확인하느라 머뭇거려야 했다. 이 노파가 나의 고모임을 확신하자 가슴이 꽉 메여 아무 말도 안 나왔다. 고모는 내 손을 잡고 전신을 부르르 떨었다. 그리고 중얼거리듯 더듬더듬 말했다.

"나, 나는 아, 아니야. 믿어, 믿어줘. 저, 저 정말이야."

나는 고모를 얼싸안았다.

"고모, 염려 마세요. 진상이 곧 밝혀질 겁니다. 이분은 세이버 변효사예요."

고모는 계속 더듬거렸다.

"범인은 에드, 에드워드."

이 말에 나는 즉각적으로 대꾸하였다.

"그렇죠. 에드워드, 그자죠. 나도 그럴 줄 알았어요."

고모와 나는 울음을 터뜨렸다. 세상에 이런 변이 있을 수 있는 가! 멀쩡한 사람을 살인범으로 몰다니. 그런데 세이버 변호사를 제외한 주변의 사람들은 모두 냉소의 눈초리로 고모와 나를 쏘아보고 있었다. 세이버 변호사가 고모에게 몇 가지 질문을 하였다. 어째서 에드워드 로건을 범인으로 보느냐, 로건 부인을 마지막 본 게 언제냐 등등.

이에 대한 고모의 답변은 시원치 않았다. 하고픈 말은 많은데 감정이 격해 조리 있는 말을 할 수 없었고, 거기다 기력이 극도로 쇠진하여 몸을 가누지 못하는 상태였다.

"우선 급한 건 의사의 응급조치입니다. 지금 이 상태로는 수사고 증언이고 집행할 상태가 아니군요."

세이버 변호사가 선언하였다. 나도 동의하였다.

"그렇지 않아도 경찰의가 지금 오는 중입니다. 우리의 수사는 더 이상 필요치도 않고요."

강력계 주임이 자신만만하게 말했다.

고모를 보호실로 들어가게 하고 나서 주임이 우리에게 설명한 수사 경위는 다음과 같았다.

✳

사흘 전 한밤중에 경찰에 비상전화가 걸려왔다. 이때가 오전 1시. 살인사건이니 빨리 와달라는 건데, 장소는 로건 씨 댁, 신고자는 바로 최영애 씨. 즉시 강력계 형사들이 출동했다.

피살자는 로건 부인으로 1층 거실 마룻바닥에 쓰러져 있었는데, 이미 숨이 끊긴 후였고 상처는 머리에 두 군데 둔기로 맞은 자국이 있어 출혈이 낭자했으나 결정적 사인은 목에 감긴 비단 수건으로 추측되었다. 이 추측은 검시관의 검시 결과와도 일치하였다.

신고자 최영애 씨의 설명인즉, 이날 밤 이 집에는 로건 부인과 최영애 씨 두 사람만이 있어 자정 가까이까지 1층 거실에서 담화를 나누다가 2층에 있는 각자의 침실로 올라갔다는 것.

최영애 씨는 곧 잠이 들었는데 이상한 소리에 잠이 깨어 귀를 기울이니 아래층 홀에서 남녀의 말다툼 소리가 났다. 귀에 익은 소리로 로건 부인이 남편 에드워드 로건과 말다툼을 하더라는 것이다.

에드워드 로건은 부인과는 별거에 가까울 정도로 줄곧 외부 생활을 하는 사람인데, 간혹 집에 돌아오긴 하나 그때마다 대개의 경우 부부간 말다툼이 상례였기에 이 밤도 그런 건가 했는데, 이날 밤의 말다툼은 좀 심한 것 같더니 이내 부인의 비명소리가 나고 사람 쓰러지는 소리가 나기에 최영애 씨는 황급히 침실을 나와 아래층으로 내려갔다는 것이다.

층계를 반 정도 내려가며 보니 로건 부인이 쓰러져 있고 딴 사람은 보이지 않았다 했다. 마음이 다급해진 최영애 씨가 총총히 층계를 다 내려설 찰나, 갑자기 층계 옆 벽 뒤에 숨어 있던 남자가 뛰쳐나와 면상을 후려갈기는 바람이 그 자리에서 의식을 잃고 말았다는 것이다. 순간에 당한 노릇이긴 하나 괴한은 분명 미스터 로건이었다는 게 최영애 씨의 주장이었다. 최영애 씨는 얼마 후 정신이 돌아와 로건 부인의 죽음을 확인하자 즉시 경찰에 신고하였다고 했다.

경찰이 와보니 로건 저택은 대문이며 현관문이 완전히 닫혀 있어 최영애 씨가 열어주어서야 집 안에 들어갈 수 있었고, 집 안에는 로건 부인의 시체와 신고자 최영애 씨 외에 에드워드 로건은 물론 어느 누구도 존재하지 않았고, 출입문이나 창으로 누군가 나간 흔적도 발견하지 못하였다.

경찰은 집 안을 샅샅이 뒤졌다. 그 결과 2층 최영애 씨의 침실 침대 매트 밑에서 피 묻은 잠옷을 발견하였다. 잠옷은 최영애 씨의 것이고, 혈액형은 로건 부인의 것과 일치하였다.

물증은 또 있었다. 최영애 씨의 손가방 속에서 나온 서류에서 로건 부인의 재산양도증서가 나왔는데, 그 내용은 로건 부인이 소유한 한 건물의 처분권을 최영애 씨에게 위임하여 한국인 불우아동 구제사업에 쓰도록 한다는 것이다. 그런데 이 서류에 있는 로건 부인의 서명이 위조라는 감정이 오늘 오전에 나왔다.

혐의점은 또 있었다. 피살자의 결정적 사인인 수건이 시체 목에 감긴 솜씨가 왼손잡이 특유의 것이었고, 최영애 씨가 바로 왼손잡이였다.

그리고 최영애 씨가 주장하는 에드워드 로건의 존재인데, 경찰 조사 결과 로건 씨는 범행이 있던 그 시각에 로건 저택에서 약 2킬로미터 떨어진 곳에 있는 카페에서 친구들과 포커 놀이를 하고 있었으며, 이이 술을 마셔 곤드레만드레가 되도록 취해 있었다는 알리바이가 성립되었다. 즉, 최영애 씨의 말은 거짓이다.

＊

"이쯤 되면 일이 난처하게 되었습니다."

경찰서에서 나와 돌아가는 차 안에서 하는 세이버 변호사의 말이었다.

"아니, 그럼 세이버 씨는 우리 고모를 범인으로 보는 겁니까?"

나는 애가 탔다.

"아니요."

변호사는 고개를 저었다.

"나의 직감으로는 최영애 씨는 범인이 아닙니다. 내가 본 바 최영애 씨는 너무나 흥분해 있고 충격을 이겨내지 못하고 있어요. 정말 범인이라면 저토록 완벽한 연기를 할 수가 없습니다. 그리고 최영애 씨가 범인이라는 증거들이 너무나 손쉽게 나타난 것도 의심쩍어요. 진범의 조작 가능성이 엿보이는군요."

"그렇습니다, 나도 그리 생각합니다."

나는 변호사의 말에 용기를 얻었다. 이 변호사는 유능한 변호사다. 나는 운이 좋아 이런 사람을 만났구나. 그러나 걱정거리도 있었다.

"세이버 씨, 에드워드의 알리바이를 어찌 봐야 하나요?"

"지금 당장은 뭐라고 말할 수 없군요. 최영애 씨가 딴 사람을 에드워드로 봤을지도 모르고, 또 에드워드의 알리바이가 절대적인 것이 아닐 수도 있죠."

"그래요. 카페니, 포커니, 술 취했다느니 하는 제시조건이 모두 아리송한 것들뿐입니다."

"우리에게는 충분한 시간이 있어요. 서둘지 말고 차근차근 풀어봅시다."

"나는 변호사님을 믿습니다. 하느님께서 당신을 우리에게 보내주셨어요. 나는 그리 믿어요."

나는 변호사의 두 손을 꼭 잡았다. 변호사도 내 손을 힘주어 잡아주었다.

3

검찰은 주저 없이 고모를 기소하고 경찰서 유치장에서 미겔 감옥으로 옮겼다. 고모를 로건 부인 살인범으로 단정한 것이었다. 신문들도 검찰의 태도를 정당시하는 기사를 실었다.

고모의 건강은 시간이 갈수록 악화되어 이대로 있다간 정식 재판이 열리기 전에 죽고 말 것 같았다. 나와 변호사는 서둘러 병보석을 추진하였다. 지방판사는 처음에는 일급살인 혐의자의 병보석은 인정할 수 없다고 버티었으나, 우리들의 끈질긴 진정에 드디어 5만 달러 보석금에 덴버 시립병원 입원실을 거주 제한조건으로 보석 허가서를 내주었다.

여기서 '우리들'이라고 말한 건 LA 지구의 많은 교민들과 덴버의 적잖은 미국 시민들을 가리키는 것이었다. LA의 교포들은 진한 동족애의 발로이니 그렇다 하겠고, 덴버 시민의 경우는 나로서는 뜻밖의 구원군이었다. 이 사람들은 로건 부인과 고모가 함께 다니는 감리교회의 신도들로, 이들은 최영애 여사가 절대로 끔찍한 범행을 저지를 사람이 아니라고 확신하고들 있었다.

이렇게 많은 사람들이 최영애 여사를 감싸고 나서자 검찰 당국의 태도도 신중해지고, 신문들의 논조도 고모를 진범으로 단정하듯 하던 처음의 기세를 누그러뜨렸다. 나는 서둘러 보석금을 마련하여 고모를 시립병원으로 옮겼다.

세이버 변호사는 검찰청에, 경찰이 내세운 여러 가지 증거를 반박하는 의견서를 제출하였다.

첫째, 최영애 씨의 잠옷에 묻은 피는 진범이 따로 있다고 가정할 때 충분히 조작할 수 있는 트릭이고,

둘째, 재산양도서의 로건 부인 서명도 진범의 조작으로 볼 수 있다. 이유는, 최영애 씨로서는 굳이 그런 재산양도서의 필요가 없다는 것, 로건 부인 자신이 한국 불우아동 구호사업의 주인공이니 그렇다.

셋째, 피살자 목에 감긴 수건의 왼손잡이 솜씨도 진범의 계획된 각본으로 볼 수 있다. 즉, 이것은 최영애 씨의 신체 조건을 잘 아는 진범의 짓으로 봐야 한다.

넷째, 사건 당시 집 안의 모든 출입구가 잠겨 있었다는 점은 진범이 이 집 열쇠를 갖고 있는 인물이라면 이상할 것도 없다. 그리고 결정적인 것은 로건 부인의 사망으로 최영애 씨는 하나의 득도 못 보는 입장에 있고, 득 볼 사람은 따로 있다는 점.

또 한 가지, 최영애 씨의 인격은 로건 부인의 친구들을 포함한 많은 사람들이 증언하고 있다.

이렇게 해서 세이버 변호사는 검찰의 기소포기나 기소유예를 얻고자 노력하였다. 이러는 동안에 일주일이 지났다. 고모의 용태는 많이 호전되었다. 원기가 회복되자 "범인은 틀림없이 에드워드다"라고 더욱 자신 있게 주장하였다.

"최영애 씨의 저런 주장은 당연하긴 하나 문젯거리일 수도 있습니다."

변호사는 내게 고충을 토로했다.

"즉, 에드워드의 알리바이가 무너지는 날에는 최영애 씨의 주장이 떳떳하지만, 끝내 그자의 알리바이가 굳어지는 날에는 최영애 씨는 구제받을 수 없는 거짓말쟁이가 되는 겁니다. 숫제 그날 밤 괴한에게 기습을 당하여 상대가 누군지 전혀 기억할 수 없다고 하면, 증거불충분으로 방어할 방도도 있겠는데⋯."

"그렇다고 고모더러 이제 와서 그 주장을 최소하랄 수는 없잖습니까?"

"그건 그렇고. 에드워드가 내세우는 알리바이를 깨기 전에는 우리에게 승산이 없습니다."

"세이버 씨, 당신은 그자의 알리바이를 믿습니까?"

"믿지는 않아요."

변호사 역시 심증은 나와 같았다. 사실, 에드워드가 내세우는 알리바이라는 것은 수상쩍은 것 투성이였다. 범행 시각에 그가 있었다는 카페는 '저녁의 숲속'이란 이름부터 괴상한 삼류 이하의 카페로, 드나드는 손님들의 질도 껄렁한 건달패들이었다. 이런 곳에 모인 사람들의 증언이라 경찰도 처음에는 쉽사리 믿지 않았으나 워낙 증인의 수가 많고 짜임새 있는 증언이라 인정하지 않을 수가 없었던 것이다.

그러나 나와 세이버 변호사는 물러설 수 없는 입장이었다. 에드워드가 일당들과 알리바이를 짜놓고 나서 로건 부인을 살해한 후 고모에게 죄를 뒤집어씌운 것이 틀림없었다. 부인이 죽으면 에드워드는 큰 재산을 수중에 넣게 된다. 악당들이 여기에 유혹당한 것이다.

"그들은 범죄에 찌든 사람들입니다. 거기에 큼직한 보수가 달려 있어요. 증언을 번복할 사람은 한 사람도 없을 겁니다."

세이버 변호사가 내게 말했다.

"몇 놈 잡아서 족쳐보면 실토할 걸요."

"민주 경찰은 추측에 의한 혐의만으로 인신구속을 할 수 없습니다. 고문은 더군다나 말도 안 되고요."

"그건 내가 맡겠습니다. 우리 식구 몇이 나서서 그자들을 다루어 보겠어요."

"왜 이러십니까. 여기는 미국입니다. 섣부른 짓을 하다가 정말 당신 고모를 전기의자에 앉히고 싶습니까?"

"그럼 어떡하죠?"

나는 초조하기만 했다.

"일이란 서두르면 낭패하기 쉬운 법입니다. 차근차근 계획을 세워봅시다. 이 사건으로 손해 볼 사람은 누구며, 이득 볼 사람은 누구냐 하는 점을 강조하여 여론을 환기시켜 배심원들을 유도해나가야겠어요."

세이버 변호사의 의견이었다.

"그 배심원제도라는 것도 불안합니다. 전문지식도 없는 아마추어들이 모여 유죄다 무죄다 하니 내가 보기엔 마치 일종의 도박 같습니다. 나는 이 점이 현대 미국 사법제도에 남아 있는 시대적 유물이라고 생각합니다."

나는 푸념하였다.

"일리 있는 말이긴 합니다. 그러나 그런 것이 민주주의라는 거 아니겠습니까. 허점도 있고 장점도 있고."

"민주주의가 좋긴 하나, 미국의 민주주의는 법을 지키는 자에게는 준엄하고 악용하는 자에게는 허술한 게 탈입니다. 이번 경우만 해도 경찰이 좀 더 능률적으로 강권을 발동했다면 사건은 쉽사리 풀릴 것인데…."

"그리 성급하게 대들면 안 된다니까요."

이렇게 고민하고 있는 와중에 또 다른 사태가 돌발하여 우리를 더욱 애타게 하였다.

뜻밖의 사태란 에드워드가 고모의 침실을 뒤져 책장 속 책갈피 사이에 끼워두었던 한 통의 편지를 찾아내어 검찰에 신고한 일이었다. 이 편지의 수신인은 최영애, 발신인은 뉴욕에 있는 최영해로 되어 있었다. 최영해는 고모의 동생, 즉 나의 숙부가 되는 사람이었다. 남매간의 서신이니 별게 아니련만, 문제는 편지의 사연이었다. 살인사건 발생 일주일 전의 소인이 찍힌 이 편지 내용을 간추리면 다음과 같았다.

누님, 어려운 청을 해야겠습니까. 프레드가 친구의 빚보증을 섰다가 몰리게 되자 회사 공금에 손을 댔다 합니다. 30만 달러라는군요. 놔두면 징역을 간대요.

누님이 무리를 해서라도 임시변통으로 막아주시면 내가 두 달 안에 변상해드릴게요. 부탁입니다.

검찰이 고모에게 이 서신을 보이니 고모는 순순히 자기에게 온 거라고 시인하였다 했다. 프레드란 숙부의 아들, 나의 사촌이었다.

나는 깜짝 놀랐다. 하필 이 판국에 이런 편지가 나타나다니! 숙부도 딱하지, 30만 달러라는 거액을 재산 한푼 없는 누님에게 부탁하다니. 숙부 생각으로는 누님이 재산가인 로건 부인과 친하니 융통해보라는 거였겠지만 어쩌자고 이런 편지를 한 건가.

설사 이번 사건이 없었다 하더라도 30만 달러나 되는 거액을 조카가 징역 가게 되었으니 빌려달라고 친누님에게 부탁할 성질의 것이냐 말이다. 이 편지로 해서 고모는 갑자기 돈이 필요하게 된 사람, 다시 말해 범죄의 동기를 지닌 인물로 볼 수 있게 되고 말았다. 편지 내용에 있는 고모의 조카 프레드는 공금 횡령이 공개되어 철창 신세를 지게 되었다. 죄 있는 자가 벌 받는 건 당연하지만 이 편지로 해서 나의 고모가 받을 고통은 형용할 수 없이 심각했다.

신문들의 동정적이거나 회의적이던 논조는 냉랭하게 휙 돌아섰고, 최영애 여사를 위로하던 교회 교우들의 발길도 끊어졌다. 고모의 병세도 악화되었다. 번뇌의 나날이 계속되던 어느 날 밤, 침대에 눕긴 했으나 좀체 잠을 이루지 못하고 뒤척거리고 있는데 전화벨이 울렸다. 수화기를 드니 한국말이 튀어나왔다.

"최 선생이시죠?"

"네, 누구십니까?"

"이름을 대도 최 선생은 나를 모를 겁니다. 먼저 위로의 말씀을 드리겠어요. 고모님 일로 얼마나 심려가 많으십니까?"

"고맙습니다. 선생은 누구시죠. 어디서 전화하시는 겁니까? LA입니까?"

나는 LA에서 온 장거리 전화거니 했다. 덴버에서 내게 전화 줄만한 교포는 없었기 때문이다.

"아뇨, 덴버 시내예요. 그건 아무려나 나는 선생을 돕고자 해서 전화하는 겁니다. 저….”

"우선 당신이 누구신지 알고 싶습니다. 내가 여기 있는 걸 어찌 아셨죠?”

나는 상대의 얘기를 중단시키고 질문을 계속하였다. 실은 내가 이 모텔(모텔이라기보다는 하숙집이라고 말하는 게 어울리는 곳)로 옮겨온 게 바로 어제였다. 여비를 절약하느라 처음 있던 호텔로부터 서너 차례 옮겨 이곳까지 온 것으로 내가 여기 있는 걸 아는 사람은 세이버 씨뿐인데, 이상한 느낌이 들었다.

"글쎄 그런 건 중요한 게 아니지 않습니까. 급한 건 최영애 여사님을 구해내야 하는 일 아니겠습니까. 아무 소리 말고 덴버 주립대학에 가서 윤 박사를 찾으십시오. 우리 교포입니다. 그분에게 살려달라고 매달리세요. 당신 고모님을 사지에서 구해낼 분은 그분뿐일 겁니다. 아셨죠? 윤 박사를 찾아가세요.”

그는 전화를 끊으려 들었다.

"아니 잠깐, 말씀은 고마운데 대체 누구십니까?”

"나는 이곳 교포입니다. 최영애 여사를 돕고 싶은 사람이에요. 그럼 됐지 않습니까. 내 말을 믿으세요. 참, 당부할 게 있습니다. 이 전화를 받은 사실은 아무에게도 절대 말하지 마십시오. 비밀이 누설되면 윤 박사는 안 나서줄 겁니다.”

"그럼 윤 박사에게도 이 전화를 비밀로 하란 말씀인가요?”

"그분에게만은 해야겠죠. 그래야 부탁 얘기가 될 터이니까.”

전화는 끊겼다. 정말 아리송한 전화였다. 윤 박사라니 처음 듣는 이름이었다. 전화 임자는 윤 박사의 이름도 밝히지 않았으나 윤 박사라면 통하는 사람인가?

나는 인터폰으로 모텔 주인에게 전화번호부를 갖다달래서 뒤적거렸다. 덴버 주립공과대학 물리실험실 주임교수에 윤덕진이라 명단이 있었다. 이 사람이 윤 박사인가?

날이 밝는 대로 나는 세이버 변호사를 찾아갔다. 간밤의 전화 임자는 전화 내용을 절대 비밀로 하라고 했지만 그 내용이 하도 수상쩍어 나 혼자 감당하기에는 너무 벅찼다.

"뭐라고요? 윤 박사에게 매달리라고요?"

내 얘기를 듣고 세이버 변호사는 크게 놀랐다. 놀라긴 했으나 언짢은 기색이 아니라 반가운 소식을 들은 그런 표정이었다.

"좋아요, 전화 임자 말대로 윤 박사를 찾아가 사정을 해보세요."

"세이버 씨는 윤 박사를 아시나요? 만난 적이 있습니까?"

"아닙니다. 나는 만난 적이 없어요. 그러나 윤덕진 박사는 덴버에서는 유명한 사람입니다."

"어떤 면에서 유명한가요?"

"유명한 물리학자죠. 세계적인 초단파 이론가로 알려져 있어요."

"그런 세계적인 학자에게 전혀 분야가 다른 형사사건을 갖고 매달려봤자 무슨 소득이 있죠?"

"당연히 그런 의심이 나겠지요. 나 역시 그분이 우리를 도와줄지, 도와준다면 어떤 방법으로 도와줄지 전혀 예측할 수 없어요. 그 점은 막연합니다."

"그것 봐요."

나는 시무룩해졌다.

"그건 그런데 이상한 얘기가 있어요. 실은 나도 제대로 감을 잡을 수 없어 좀 우스운 얘기 같습니다만, 윤 박사는 요즘 덴버에서 불가사의의 인물로 통합니다. 작년에 괴상한 사건이 이곳에서 있었어요. 일종의 노상강도 사건인데, 밤거리에서 많은 돈이 든 가방을 지닌 사람이 강도의 습격을 받아 칼에 찔려 숨지고 돈 가방을 뺏긴 사건이 발생했어요. 경찰이 유력한 피의자를 검거했지요. 피 묻은 가방과 강탈당한 현금의 일부 등 증거물을 피의자 집에서 찾아냈어요. 피의자는 자기는 아무것도 모른다고 극구 주장했지만, 뚜렷한 증거물로 해서 꼼짝 없이 유죄 판결을 받고 말았습니다. 피고는 항소하였죠.

이러는 과정에서 어느 날 담당검사에게 한 통의 전화가 걸려왔어요. '포리안이란 자가 노상강도의 진범이다. 포리안이란 이름이 본명인지 별명인지는 모르겠으나 좌우간 포리안은 처음에는 죽일 의사가 없었던 모양이나, 피해자가 이놈, 너는 포리안 아니냐. 네놈이 감히…, 이렇게 말하자 포리안은 나를 안 이상 할 수 없다 하며 칼로 찌른 거다. 피살자의 주변에서 포리안이라는 자를 찾으라.' 하더라는 겁니다.

반신반의하면서 검사는 그대로 했습니다. 과연 피살자 주변 인물 중에 포리안이란 자가 있었고, 그자의 집을 뒤지니 문제의 돈이 쏟아져 나오고 포리안의 자백도 받아, 까딱 잘못했더라면 사형당할 뻔한 무고한 시민이 살게 되었어요. 이 사람은 물론 진범의 계획된 술책으로 죄를 뒤집어쓸 뻔한 사람이죠.

자, 누가 전화를 했을까? 이게 수수께끼가 되었습니다. 그 강도 사건에는 공범자도 없었으니 공범자의 밀고도 아니고, 범행 현장에 목격자가 있었나 하는 추리도 해봤으나, 목격자가 있었다면 범행을 본 즉시 신고했을 것이지, 사건 발생 후 두 달이 지나도록 잠잠히 있다가 무고한 피의자가 사형당하기 직전에야 신고할 게 뭐냐? 또, 전화 신고에 그치고 오늘까지 내내 본인이 나타나지 않고 있으니 참 이상한 사람이지 뭡니까.

그런데 어느 누구의 입에서 나온 말인지는 모르겠으나, 전화 주인공은 덴버 대학의 한국인 학자 윤덕진 박사라는 소문이 나돌기 시작했어요. 소문을 좇아 경찰이 나서고 신문기자들이 따라붙고 하여 한동안 법석을 떨었어요. 윤 박사 자신은 난 모른다고 딱 잡아떼요. 소문은, 윤 박사가 물증을 찾는 연구와 실험을 하느라 시간이 걸려 신고가 늦었을 거라는 얘기도 나오고요. 윤 박사는 시종일관 난 모르는 일이라고 버티고, 결국 오늘날까지 전화의 임자는 수수께끼로 남아 있습니다."

"거, 이상하군요."

"그렇죠. 어젯밤 누군가 당신에게 전화로 윤 박사를 거론했다니 이상하군요…."

세이버 변호사는 사뭇 심각한 표정으로 나를 보았다. 나는 뭣에 홀린 기분이었다.

"최 선생, 좌우간 윤 박사를 만나보십시오."

변호사는 명령조로 나왔다. 허황하고 장난기 서린 얘기 같긴 하나 실오라기라도 붙잡고 싶은 심정이라, 변호사의 권유가 아니더라도 나는 윤 박사를 안 찾고는 못 배겼을 것이다.

＊

"누가 그런 싱거운 소릴 합니까? 천만의 말씀입니다. 나는 아무런 힘도 재간도 없는 사람입니다."

나의 방문 이유를 듣자마자 윤덕진 박사는 일언지하에 거절했다. 내가 그를 만난 곳은 덴버 대학 안의 그의 전용 연구실. 윤 박사는 50대 중반의 연배로 첫눈에 학자풍을 느끼게 하는 인물이었다. 그러나 그가 너무나 강력하게 부인하는 통에 나는 속수무책 멍하니 윤 박사의 얼굴만 바라볼 뿐이었다.

역시 어느 싱거운 사람의 장난전화였을까 하는 의심이 다시 생겼다. 그러는 한편 세이버 변호사의 엄숙한 표정이 눈앞에 어른거렸다. 이와 함께 눈앞의 윤 박사가 풍기는 인상이랄까 매력이랄까 아무튼 야릇한 분위기가 나를 그냥 되돌아서게 하지 않았다. 머뭇머뭇하고 있노라니 윤 박사가 말했다.

"미안합니다. 돌아가주십시오. 나는 바쁜 사람입니다."

그렇게 냉엄하게 선언하고 나의 등을 떠밀다시피 하여 자기 방에서 내몰았다. 그런데 나를 내몰고 나서 자신도 방에서 나와 뚜벅뚜벅 나를 앞질러 복도를 걸어가는 것이다. 이때 나는 혹시 이 연구실에는 도청 장치가 있어 윤 박사가 그것을 경계하느라 우선 냉정한 태도를 취하고 나를 연구실 밖으로 유도하는 게 아닐까 하는 생각이 들었다. 그래서 슬금슬금 그의 뒤를 따라갔다. 과연 얼만큼 걷자 윤 박사는 나를 뒤돌아보며 말했다.

"왜 돌아가라는데 따라오시오?"

게다가 말은 그리 하면서도 싱긋 웃는 게 아닌가.

"윤 박사님, 제발 저희 고모님을 살려주십시오."

나는 애걸하였다.

"그런 재간은 없고요, 모처럼 찾아오셨으니 차나 한잔 대접하리다.

저리로 가시죠." 윤 박사는 그렇게 말하고 성큼성큼 앞장섰다.

내가 윤 박사를 따라 간 곳은 학생회관이었다.

"우리 커피나 할까요."

윤 박사는 자동판매기에서 커피 두 잔을 샀다. 학생들이 붐비는 중에서 빈자리를 찾아 우리 두 사람은 긴 의자에 나란히 앉았다. 학생들이 우리를 의식해서인지 근처에 얼씬거리지 않아 우리는 커피를 마시며 남 보기에 어색하지 않게 얘기를 주고받을 수 있었다.

"사건 내용을 요령 있게 간추려 이야기해봐요."

윤 박사 말에 용기를 얻은 나는 사건의 개요를 설명하였다. 다 듣고 나서 윤 박사가 말했다.

"그런 거라면 역시 나는 적합하지 않아요. 그러나 같은 동포의 입장에서 한 가지 조언을 해드리죠. 시내 25번가 12번지에 가면 이영득 씨라는 우리 교포가 살고 있으니 그이를 만나 상의해보십시오. 혹 도움 될 일이 있을지도 모르니까요."

이렇게 말하고 윤 박사는 자리에서 일어섰다.

"박사님, 고맙습니다."

"한 가지 부탁이 있어요. 내가 지금 말한 얘기는 절대 비밀로 하십시오."

윤 박사는 뒤도 안 돌아보고 자기 갈 데로 가버렸다.

나는 곧장 25번가로 갔다. 혹시 누가 미행이라도 할까 봐 택시를 세 차례나 갈아타는 세심한 주의를 하였다.

12번지의 이영득 씨는 핫도그 장사를 하는 소시민이었다. 잔잔한 미소가 떠나지 않는 인자한 풍모의 60대 노인이었다.

"윤 박사가 나를 만나라 하시던가요? 그분은 위대한 학자십니다.

그리고 참으로 훌륭한 인격자죠. 틀림없이 최 선생을 도와드릴 겁니다."

이영득 씨는 나를 옛 친구 대하듯 따뜻하게 대해주었다.

"사건 내용은 신문을 통하여 대강 알고 있어요. 내 짐작에도 에드워드 로건의 짓이거니 해요. 그러나 물적 증거가 있어야 합니다. 변호사는 세이버 씨를 대셨더군요. 잘하셨어요. 세이버 씨는 유능한 변호사로 평판 나 있죠. 최 선생, 이제부터 내가 시키는 대로 하셔야 합니다. 우선 세이버 변호사를 내게 보내십시오. 남의 눈치 안 받게 은근하게 해야 합니다."

5

이제부터는 세이버 변호사가 활약할 차례였다.

나에게서 전갈을 받은 세이버 변호사는 25번가의 핫도그 가게 주인 이영득 씨를 만나 모종의 연락을 받은 모양으로 검찰청에 범행현장의 시찰 신청을 냈다.

담당검사는 2주 전에 실시한 현장 검증 때 세이버 변호사도 입회한 사실을 들어 처음에는 거절했으나, 변호사의 끈덕진 요청에 경찰관이 동행하는 조건으로 허가해주었다. 사건 발생 후 한 달이나 지났고 현장에 가봤자 문제 될 건 아무것도 없을 거라고 여겼을 것이다.

현장 시찰에는 나도 따라나섰다. 사건 현장인 로건 씨 저택에는 집 지키는 영감 한 사람이 있을 뿐 아무도 사는 사람이 없어, 썰렁

한 냉기가 감돌아 마치 폐가나 다름없는 상태였다. 사건 후 집주인 에드워드 로건은 기분 나쁘다고 딴 곳에 거처하며 이 집에는 전혀 나타나지도 않는다는 얘기였다.

우리 일행이 들어서자 집지기 영감은 반색을 하며 맞이했다. 모처럼 사람 구경을 하는 기쁨이 얼굴에 환히 나타나 있었다.

저번 현장 검증 때 거실 카펫 위에 로건 부인이 피살체로 있던 자리에 분필 표시가 있었으나, 이제는 말끔히 지워져 있어 어느 구석이고 범행 흔적이 하나도 없었다. 세이버 변호사는 집 안팎을 서성거리며 관찰하는 시늉을 하긴 하나 이는 어디까지나 시늉에 그치는 짓이었고, 두 눈망울을 쉴 새 없이 굴리는 것은 뭣인가 딴 것을 노리는 폼이 분명했다.

"이것 보게, 전화 수화기가 왜 이 모양으로 놓여 있지?"

변호사는 여러 사람이 들으라는 듯 큰 소리로 떠들었다.

모두들 보니 전화기의 수화기 놓인 자리에 전선 코드가 끼여 있어 정상적인 상태가 아니었다.

"이러면 전화가 걸려오지 않지. 영감님이 잘못 놓았나 보군요."

그러면서 변호사는 집지기 영감을 바라봤다.

"아닙니다. 난 오늘 만지지도 않았는데."

영감은 부인했다.

"그럼 누가 그랬을까?"

변호사는 이리 말하며 수화기를 바른 자세로 고쳐놓았다.

아주 자연스러운 태도라 거기에는 별 뜻이 없는 것처럼 보였다. 그러나 수화기는 처음부터 정상적 상태였는데 변호사가 남몰래 슬쩍 코드선을 끼워놓는 것을 나는 보았다.

세이버 변호사의 수상한 행동은 또 있었다. 나로 하여금 거실 안의 가구나 비품 등을 매만져 동행한 경찰관과 집지기 영감의 주의를 끌게 해놓고, 그사이 그는 실내에 있는 물건 두 개를 슬쩍 주머니 속에 실례한 것이다. 그것은 탁상 액세서리용 골프공과 자그마한 재떨이었다.

"잘 봤어요. 안녕히 계십시오."

변호사는 그 집을 나섰다.

"소득이 있었습니까?"

동행한 경찰관이 물었다.

"뭐 답답하니깐 한번 들러본 거죠."

변호사는 대수롭지 않게 대꾸했다.

우리는 그 집에서 나와 뿔뿔이 헤어졌다.

＊

로건 씨 저택 방문이 있은 지 며칠 안 있어 고모의 공판이 열흘 후에 있을 거라는 통지가 왔다. 세이버 변호사는 사건 기록 검토가 미진하다는 이유로 연기신청을 냈다. 이 요청은 수리되어 재판은 보름 후로 미뤄졌다.

보름이 지나자 변호사는 다시 보름간의 연기원을 제출하였다. 이유는 기록 검토가 아직 남았고 피고 최영애 여사의 병세 악화를 내세웠다. 이번에는 일주간의 연기를 받았다. 나는 자세한 내용은 모르나 세이버 씨의 재판 연기신청은 물론 핫도그 장수 이영득 씨와 그 배후의 윤 박사의 지시일 거고, 이런 연기신청이 거듭되는 게 이쪽의 재판 대책이 아직 마련되지 못해서가 아닌가 하여 걱정되었다. 이러는 동안 고모의 병세는 점차 악화되어 이래저래 나는 애간 장이 타서 죽을 지경이었다.

"어찌 되는 겁니까. 희망은 있는 건가요?"

"난들 알겠습니까. 해보는 데까지 해보는 모양입니다."

내가 물으면 변호사의 대답은 늘 같았고, 이렇듯 답답한 나날을 보내는 사이에 문제의 재판 날은 다가왔다. 재판 이틀 전 세이버 변호사가 나에게 말했다.

"오늘 최영애 씨를 면회하였습니다. 절대 자신 있으니 안심하시라고 말씀드렸어요."

처음으로 변호사의 안색이 밝은 걸 보고 나는 초조한 중에서도 한가닥 광명의 빛을 찾은 것 같았다. 그러나 불안감은 어쩔 수 없었는데 이틀 후의 재판정에서 벌어진 광경은 실로 놀랍고 신기하고 기막히게 통쾌 상쾌한 바로 그것이었다.

재판은 인정심문, 검사의 기소장 낭독에 이어 피고의 변론 차례가 되었다. 그때 재판장이 이례적인 발언을 하여 장내의 주목을 집중시켰다.

"피고 최영애 씨의 변호사 세이버 씨는 이 사건의 범인이 최영애 씨가 아니라 진범이 따로 있고 범행 현장을 엿들은 확실한 증인이 있어, 그 증인이 기록한 범행 당시의 현장 녹음을 증거물로 제시하겠다는 증거 신청을 당 법정에 제출하였기에 본관은 직권으로 이 신청을 받아들이니 세이버 씨는 그 증거물을 제출하십시오."

"네, 재판장님, 감사합니다. 여기 녹음 테이프가 담긴 녹음기를 갖고 왔습니다."

변호사는 준비해온 녹음기를 증인석 탁상에 올려놓고 버튼에 손을 댔다.

"녹음 테이프가 돌기 전에 한 말씀 드리겠습니다. 현명하신 재판장님을 비롯하여 판사님, 검사님, 배심원 여러분, 그리고 방청석의 모든 분들은 그런 끔찍한 살인사건 현장을 누가 어떻게 녹음했으며, 그런 결정적 증거물을 왜 이제껏 공개하지 않았나, 혹시 조작한 건 아닐까, 하는 의심을 품고 계실지도 모르겠습니다.

이 녹음 테이프는 우연한 기회에 덴버 시내 모 고등학교 학생인 토미 랙션이 녹음한 것입니다. 랙션 군은 순전한 장난기로 자기 집 전화선을 이용하여 남의 집 통화 내용을 엿듣고 녹음하는 좋지 않은 버릇이 있었는데, 로건 씨 댁 사건이 있던 바로 그 시각에 아무 데고 걸어본 도청 장치에 우연히, 실로 우연히 로건 씨 댁 전화선이 연결된 거죠.

로건 씨 댁 전화선이 연결된 이유는 이렇게 상상할 수 있습니다. 그 시간에 그 댁 전화 수화기가 정상적 상태로 있지 않았고, 코드선이 수화기를 떠받치고 있었던 것으로 보입니다. 즉, 전화기가 열려 있는 상태였죠. 로건 씨 댁의 경우 가끔 이런 일이 있었던 모양이에요. 실은 지난번 본인이 경찰관 입회 하에 그 댁에 갔을 때도 수화기 코드가 그런 상태로 있는 걸 발견하고 내가 직접 바로잡아준 일도 있었습니다.

그건 그렇고, 그날 도청 녹음을 한 랙션 군이 그 즉시 녹음기를 돌려봤으면 이 사건이 이토록 시일을 낭비 안 하고도 해결될 수 있었을 텐데, 랙션 군은 한 달이나 방치해뒀다가 그동안 해놓은 여러 통의 도청 녹음 테이프를 정리하는 과정에서 이를 발견하고 대경실색한 거죠. 하도 끔찍하고 무서워서 몇 날을 어찌할 바를 모르고 혼자 고민하다가 결국 부모에게 고백하게 되었고, 랙션 군의 부친은 나를 찾아와 선처를 부탁한 겁니다.

랙션 군과 그의 가족은 도청행위에 대한 처벌을 겁내고 있습니다. 그러나 이러한 장난이나 불법행위가 불행하게도 이번 로건 부인 살해 사건을 해결하는 데 큰 도움을 준 데 대하여…"

"잠깐."

재판장이 변호사의 긴 해설을 중단시켰다.

"세이버 씨, 불필요한 해설이 너무 길어요. 빨리 녹음 내용을 들어봅시다."

"예."

변호사가 버튼을 눌렀다.

여자 A: …왜 이런 시간에 이런 방법으로 몰래 들어오는 거야?

남자 B: 내가 내 집에 들어오는데, 수속을 밟기라도 해야 한단 말인가….

여자 A: 나는 자야겠어. 얘기는 내일 해.

남자 B: 아니, 지금 결론을 내야겠어.

여자 A: 난 졸려….

남자 B: 안 돼.

(남녀의 다투는 소리)

남자 B: 내 재산이 더 이상 낭비되는 걸 방관할 수 없어.

여자 A: 당신 재산은 한푼도 안 건드렸어. 모두 내 재산만 썼거든.

남자 B: 웃기지 마. 당신 게 모두 내 것이야.

여자 A: 듣기 싫어. 어서 나가든지 당신 방으로 가든지 해.

(남녀의 다투는 소리)

여자 A: (비명) 앗.

(사람 쓰러지는 소리)

남자 C: 죽었나?

남자 B: 쉿! 2층에서 들을라… 기절했을 뿐이야.

(사이)

(층계를 내려오는 발소리)

남자 B: 쉿, 숨어.

(사이)

여자 D: (비명) 앗.

남자 C: 됐어. 1시간 이상 지나야 정신이 들 거야.

남자 B: 서둘러…. 수건을 그렇게 하면 안 되지. 왼손잡이는 이런 식으로
　　　　 묶는 거야….

(사이)

남자 C: 준비한 문서는?

남자 B: 손가방 속에 잘 넣어놨어.

남자 C: 피를 더 묻혀. …그만하면 됐어.

남자 B: 도로 이 여자 방에 두고 올게.

남자 C: 그럴싸하게 숨겨놔. 경찰이 찾아낼 수 있도록….

(사이)

남자 B: 발자국을 깨끗이 지우면서 나가야 해.

(사이)

남자 C: 잊어버린 것은 없나?

……

재판정은 물 뿌린 듯 조용하기만 했다. 테이프가 다 돌고 끝나고 기침 소리 하나 나지 않았다. 무거운 침묵을 세이버 변호사가 차분한 목소리로 깼다.

"재판장님, 검사님, 배심원 여러분. 지금 들으신 목소리의 임자들을 본인이 이 자리에서 밝힐 필요는 없겠지요. 더욱 정확을 기하기 위하여 녹음 테이프의 감정과 음성 분석을 절차에 따라 시행해 주시기 바랍니다."

6

호외가 불티나게 팔리고 두 사람 이상의 시민이 모이기만 하면 로건 부인 사건 얘기로 덴버시는 온통 흥분의 도가니였다. 우리들의 기쁨이란 뭣으로 표현할 수 있을까?

재판 일주일 후 고모는 자유가 회복되었고 에드워드 로건과 그의 공범자는 이보다 앞서 쇠고랑을 찼다. 오직 아쉬움은 다시 소생 못한 로건 부인의 슬픈 사연이었다.

기쁨과 흥분의 선풍이 가라앉는 과정에서 나는 크나큰 의문의 뭉치가 머릿속에서 부풀어가는 걸 어찌할 수 없었다. 재판정에서 세이버 변호사가 밝힌 녹음의 주인공이라는 토미 랙션은 실존 인물임에는 틀림없었다. 고등학교 학생인 토미는 검찰청과 기타 여러 기관으로부터 수십 차례의 심문을 받았다. 토미는 시종일관 장난기로 한 도청행위라고 우겼다. 그러나 모든 것은 세이버 변호사가 꾸민 시나리오가 틀림없었다. 누구나 그건 알고 있으나 그걸 따지고 시비 거는 사람은 한 사람도 없었다. 도대체 그 녹음 테이프는 과연 누가 어떻게 만들었느냐, 이것이 모든 사람의 관심사였다.

"무슨 소리 하는 겁니까. 토미 랙션의 우연의 작품, 아니 우연의 발견이라고요."

변호사의 한결같은 주장이었다. 나는 고모와 함께 LA로 돌아왔다.

이 사건 이후 나는 윤 박사를 다시 만나지 못했다. 그야 의당 찾아보고 감사의 인사를 해야 하고, 또 그러려고 했었으나, 핫도그 장수 이영득 씨가 굳이 말리는 바람에 나는 가슴 가득한 고마움을 안고도 꿀걱 참아야 했다.

"제발 윤 박사를 괴롭히지 마세요. 잠자코 있는 게 최상의 감사 표시라는 걸 아셔야 합니다."

이것이 이영득 씨의 말이었다. 그러나 시간과 세월이 갈수록 나는 윤 박사에 대한 고마움도 고마움이려니와 사건 해결의 열쇠가 과연 무엇이냐 하는 의혹이랄까 관심사랄까, 이 수수께끼에 쏠리는 마음이 커가기만 했다.

사건 해결 반년 후 참다 못한 나는 덴버를 다시 찾아갔다. 이영득 씨와의 굳은 약속이 있어 윤 박사는 감히 못 찾아가고 세이버 변호사를 찾아 만났다.

"당신은 나보다는 아는 게 많을 거 아니겠습니까. 제발 궁금증 좀 풀어봅시다."

매일 따라다니고 포기하지 않는 나의 끈덕진 물음에, 처음에는 딱 잡아떼던 세이버 변호사가 결국 입을 열긴 열었다.

"나도 궁금하긴 최 선생이나 마찬가지입니다. 당신보다 더 아는 게 없어요. 뻔히 알다시피 나는 이영득 씨의 지시대로 움직인 거밖에 더 있겠습니까. 나도 사건이 원만하게 끝나 어깨의 짐은 가벼워졌으나 그 녹음의 출처가 어딘가 몹시 궁금했어요. 이런 궁금증은 덴버 시민 전체가 그럴 겁니다.

아니, 덴버 시민뿐만이 아니라 국가적 관심사라 해야 옳겠죠. FBI, CIA, NSA, NASA, 전략사령부, 로스알라모스 국립연구소 등등 내가 안 불려간 데가 없어요. 진땀 뺐습니다. 그러나 아는 게 있어야 대답을 하지. 참 애타더군요. 할 수 없이 윤 박사에게 떠밀 수밖에 도리 없었습니다. 그야 애당초 약속은 비밀을 엄수하기로 했지만 국가기관이 총동원되어 조이는 데는 배겨낼 수 있어야지. 윤 박사가 진땀 뺐을 겁니다."

"그럼 윤 박사는 좋은 일 하고 큰 욕을 봤군요. 나로서는 더욱 미안해 어떡하죠."

"할 수 없지요. 윤 박사는 자신이 저지른 일이니 어찌하겠습니까. 이영득 씨에게서 들은 얘기인즉 윤 박사는, 나는 모른다, 토미 랙션이라는 학생이 별 뜻 없이 도청 녹음한 게 해결이 실마리가 됐다는 걸 신문에서 안 것뿐이다, 라고 완강히 버티었대요. 한동안 바른대로 대라거니, 나는 모른다거니 실랑이를 벌인 끝에 정부 측은 전문가와 학자들을 비공식적으로 동원하여 윤 박사를 살살 꼬이기도 했답니다. 그러나 윤 박사는, 내가 지금 연구 중인 일반물질의 녹음 녹화 기능에 관한 얘기는 지금 발표할 단계가 아니다, 좀 더 연구와 실험이 진전되면 떳떳하게 학계에 발표할 날이 있게 될지도 모르나 지금 현재로선 아무 말도 할 수 없다고 내내 버티고 있대요."

"그렇다고 만만히 물러설 사람들인가요?"

"최 선생, 너무 걱정할 건 없습니다. 우리 미국은 학자를 노예로

취급하는 나라가 아닙니다. 학자가 버티면 그것으로 끝나는 거죠. 그야 감시는 대단할 겁니다. 고급 기술이 외국으로 빠져나갈까 봐서죠."

"그러지 말고 진짜 얘기를 해주세요. 당신이 윤 박사를 철저하게 파고들었다는 얘기를 들었어요. 이영득 씨가 그러더군요."

"내가 개인적 흥미에서 윤 박사를 캐본 건 사실입니다. 그러나 깊은 건 못 캐냈어요."

"세이버 씨, 당신이 아는 범위만이라도 얘기해주세요."

"나는 윤 박사의 출신교인 사우스캘리포니아 공과대학까지 가봤어요. 윤 박사의 석사 논문이 〈일반물질의 기록 기능에 대한 관찰〉이란 것도 알았어요. 카피를 해오기까지 했죠. 자, 이겁니다."

변호사는 두툼한 서류 뭉치를 금고에서 꺼내 보였다.

"나는 공과 출신의 친구 힘을 빌어 이 논문을 읽어봤어요. 전문지식 없이는 이해하기 곤란한 대목투성이인 이 논문의 내용을 간추려 말하면 '모든 물질은 빛과 소리를 받아들이는 수용성을 지니고 있다'는 겁니다. 예컨대 에디슨이 맨 처음 축음기를 발명한 동기도 무선전신 수신용지에서 이상한 소리가 나는 걸 그가 발견한 사실에 있다는 거죠.

이러한 녹음 기능은 비단 종이뿐 아니라 모든 물질의 공통성이라는 걸 윤 박사는 석사 논문에서 지적했어요. 윤 박사는 그 논문에서 모든 물질이 외부로부터의 자극, 즉 빛과 소리를 수용하는 기능이 있음을 지적하고, 또 수용상태인 존속기간이 다양하며 일률적으로 평가할 수는 없으나 일부 물질에 있어 유효적절한 방식을 적용하면 그 물질이 보유하고 있는 빛과 소리를 환원재생시킬 수 있을 거라는 가능성도 아울러 제시했어요. 예컨대 길가의 가로수나 보도 블록이 지닌 속성을 이용하여, 이 거리에서 일어났던 과거사를 재생시킬 수 있을 거라는 얘기죠. 타임머신 없이 과거를 찾아낸다는 뜻입니다. 어떻습니까, 이해되십니까?"

나는 멀거니 듣기나 할 뿐이었다.

"윤 박사는 대학을 나온 후 계속 연구를 거듭했을 거고, 지금 그가 전공하는 초음파 물리학도 아마 그의 석사학위 논문의 보강을 위한 수단이라고 볼 수 있습니다. 작년 이 도시에서 발생한 노상강도 사건의 진범 제보자가 윤 박사일 거라는 소문의 근원은 윤 박사의 연구 내용을 짐작하는 사람들 사이에서 퍼져났을 겁니다. 윤 박사 본인은 극구 부인했지만 말입니다."

"딴은 그렇겠군요."

나는 고갤 끄덕였다.

"아마 윤 박사는 노상강도의 현장에서 어떤 물건을 주워다가 분석했거나 물리 실험을 통하여 범행 과정을 화면이나 음향으로 잡았을 겁니다."

"참, 세이버 씨, 당신은 지난번 로건 부인 저택에서 골프공과 재떨이를 슬쩍했는데, 그게 문제 해결이 열쇠가 되었겠군요?"

"아마 그랬을 겁니다. 우리 정부 각 기관의 전문가들도 내 말을 듣고 고갤 끄덕입니다."

"하지만 믿어지지 않는군요."

나는 고개를 외로 꼬았다.

"그 조그마한 골프공이나 재떨이에서 그토록 선명한 녹음이 되살아 나오다니, 글쎄요?"

"믿지 못하겠다는 겁니까?"

"설사 골프공이나 재떨이가 어떤 영상이나 소리를 담고 있다 합시다. 그러나 제대로 된 영화 촬영기라 하더라도 필름을 돌리지 않고 계속 영상만 받아 찍기만 하면 필름은 엉망진창이 되어 쓸모가 없을 터인데, 하물며 있을까 말까 한 희미한 영상이나 소리가 겹치고 겹친 물체에서 어떻게 그렇게 선명한 결과를 얻을 수 있단 말인가요? 믿어지지 않아요."

"얼핏 믿어지지 않는 게 당연하지요. 그러나 요즘 과학은 눈에 보이지도 않는 가느다란 광섬유로 10만 회로의 교신을 동시에 보내고 분류시키는 데까지 와 있습니다. 과학의 영역을 우리 아마추어가 왈가왈부할 바 아니지요. NASA에 근무하는 길버트 박사는 이렇게 추리하더군요. 즉, 윤 박사는 녹화 또는 녹음 기능이 우수한 어떤 물질로 진공상자를 만들어 그 속에 대상물체를 넣고, 초음파나 적외선 또는 자기선 따위의 윤 박사가 고안한 수단을 작용하여 진공상자 벽체에 영상이나 음향이 옮겨가게 하고, 옮겨진 상자를 다음 두 번째, 세 번째 상자에 옮겨 빛이나 소리를 확대고정시킨다. 이것이 일차 작업이고, 일차 작업의 성과, 즉 중첩된 소리나 빛을 분리기를 이용하여 몇천, 몇만, 몇십만 개로 나눈 다음 컴퓨터에 걸어 합리적인 모습이나 소리가 이루어지도록 유도하는 거 아닐까 하고요."

"그럴싸한 얘기군요. 그러나 어떤 물질로 된 진공상자니, 윤 박사가 고안한 수단이니 하는 얘기가 예삿일인가요? 윤 박사는 분명 이 분야에서 전인미답의 새로운 발명을 한 모양인데 왜 숨기고 감추기만 한다죠?"

"글쎄요, 농담이지만 한국인들은 자기가 발견한 비법은 절대 감추고 안 내놓는다던데요. 허허허."

"그건 옛날 얘기예요. 그리고 어찌 한국 사람뿐이겠어요? 옛적에는 발견, 발명의 특허 혜택이 없었을뿐더러, 재주가 지나치거나 이득을 많이 보면 관으로부터 위협을 받을 우려가 다분히 있어 자기 보호의 필요가 있었지만, 현재는 다르지 않습니까. 큰 발명이나 큰 발견에는 엄청난 명예와 이권이 따르게 마련인데 왜 감추고 숨기고 하겠어요. 윤 박사는 아마 자기의 연구가 일부 미진하여 완전단계에 이르면 학계에 발표하려는 거 아닐까요?"

"하하하, 최 선생은 단순하시군요. 나는 윤 박사의 연구는 완성에 도달하고도 남았다고 봅니다. 작년의 노상강도 사건, 이번의 로건 부인 사건이 그 증거 아니겠습니까?"

"그렇다면 윤 박사는 참 이상한 사람 아닌가요? 그 정도면 충분한 노벨 물리학상 감인데 말이죠."

"물론이죠. 윤 박사가 노벨상을 탐냈다면 벌써 몇 해 전에 받아냈을 겁니다. 이영득 씨가 내게 말하더군요. 윤 박사더러 연구 실적을 세상에 발표하라고 했대요. 한국인 최초의 노벨상 수상자가 되어 한국인의 국제적 성가를 높여달라고 권했다죠."

"윤 박사는 뭐라고 했을까요?"

"윤 박사 말이 노벨상이 그리 좋은 걸까요, 하더래요. 그러면서 노벨상을 마련한 노벨 선생이 지금 살아 있다면, 노벨상을 마련한 걸 후회하고 있을 거라더군요. 노벨 선생이 핵분열 연구가 수소폭탄을 낳게 한 걸 안 보고 죽은 게 그분의 행복이었을 거라는 겁니다. 그리고 이런 소리도 했답니다. 인간들이 신으로부터 멀어져가

는 게 말세의 현상이라면, 인간들의 능력이 신에 접근해가는 것도
말세의 촉진과정이 아닐까?"

나는 갈피를 잡지 못해 어리둥절하면서도 뭔지 모르게 등골이
오싹해지는 두려움을 느꼈다.

월드컵 특공작전

◇ 1985년 《월간스포츠레저》 1007호 발표

1. 전반전

"여기는 파리 시민운동장 메인스타디움, 지금부터 한국 대 프랑스, 프랑스 대 한국의 월드컵 결승전 실황을 고국의 여러분께 전해 드리겠습니다. 해설을 맡으신 분은 한국축구협회 이사이신 민정태 해설위원님, 저는 아나운서 최지혜입니다.

민 위원님, 한마디로 표현해서 굉장하군요. 수용 능력 십만 명의 스타디움이 입추의 여지 없이 꽉 메워졌어요. 거의 모두가 파리지엔들입니다. 간혹 외국 관광객들도 섞여 있긴 합니다만. 우리 교포들은 얼마나 나와 있는지 궁금합니다."

"제가 알기로는 약 천여 명의 교포들이 나온 거로 압니다. 아, 저기 보이네요. 손에 손에 태극기를 들고 한군데 몰려 있는 게 보입니다."

"그렇군요. 응원단장 호돌이도 보이는군요. 교포들이 호돌이를 에워싸고 '코리아', '코리아'를 외치고 있습니다."

"교포들은 목청이 터져라 성원을 보내고 있지만, 워낙 절대다수의 군중 속에 묻혀 잘 들리지 않는군요."

"십만 명 대 천 명이니 왜 안 그러겠어요. 응원의 열세야 어쩔 수 없는 거겠죠. 그러나 문제는 선수들의 대결에 있지 않겠습니까. 민 위원님께선 어떻게 내다보십니까? 오늘의 승자는 과연 어느 편일까요?"

"우리야 한국이 우승해주길 바라는 마음 간절하지요. 하지만 이곳의 여론은 유감스럽게 프랑스의 승리를 점치고 있어요."

"그 까닭은요?"

"프랑스팀이 워낙 강하다는 거예요. 보도에 따르면 오늘 우리와 싸울 프랑스팀은 프랑스 축구 역사상 최강의 팀일 뿐 아니라 전 세계 축구사상 전무후무한 최강의 팀이라는 거죠."

"과연 그럴까요?"

"그렇게 주장할 만한 근거는 있어요. 프랑스팀은 연속 106승의 대기록을 세웠거든요. 최근 4년간 국내외의 모든 시합에서 단 한 번의 패배나 무승부도 없이 깨끗한 전승 가도를 달려온 거죠. 이런 기록은 과거 어느 시대, 어느 나라에도 없었어요."

"대단하군요."

"대단하죠. 이곳 직업 도박사들은 오늘의 시합을 무려 30대 1의 비율로 프랑스 쪽에 돈을 걸고 있다는 얘깁니다."

"그런 얘기를 들으니 어쩐지 불안해지는데요. 상대적으로 우리 팀이 약하다는 얘긴데 과연 우리 팀이 약한 겁니까?"

"그렇지만은 않지요. 우리 팀도 상당히 강한 팀입니다. 우리나라 축구사상 최강의 팀임을 자타가 공인하지요. 월드컵을 우리나라로 가지고 오기 위하여 과거 몇 해 동안 심혈을 기울여 훈련을 쌓아온 팀입니다."

"그렇지만 프랑스팀이 자랑하는 106전 106승의 기록에 비할 때 우리 팀의 기록에는 과연 어떤 것이 있습니까?"

"과거의 전적은 우리가 많이 뒤지고 있습니다. 우리 팀은 지역예선전도 간신히 턱걸이로 통과했고, 프랑스는 주최국이라 지역 예선 없이 출전권을 얻었지요. 그리고 프랑스 각지를 돌며 벌여온 예선리그전의 전적을 보면, 프랑스는 예선전을 9전 전승으로 결승전에 올라왔고 우리나라는 5승 2무 2패의 전적으로 결승전에 나온 겁니다. 이러니 도박사들이 한국을 30대 1의 열세로 보는 것도 무리는 아니지요."

"하지만 도박사들의 예상이 빗나가는 경우가 많지 않습니까. 명확한 승부는 실전을 치르고 나야 알 수 있는 거 아니겠어요."

"물론이죠. 공은 둥근 것입니다. 어느 쪽으로 구를지 아무도 예측할 수 없지요."

"그런데 파리지엔들의 저 소란스러운 모습 좀 보세요. 마치 시합이 끝나 자기네 편이 우승이라도 한양 의기양양이군요."

"이곳 언론의 기사 내용은 더욱 가관이지요. 〈르 피가로〉 같은 신문은 숫제 파리시민들이 경기장에 가는 것은 축구시합을 보러 가는 게 아니라 우승잔치에 참가하러 가는 거라고 했어요."

"저들의 높아질 대로 높아진 콧대를 보기 좋게 꺾어 놔야겠습니다."

"누가 아니랍니까."

"스타디움은 초만원을 이루었으나 양쪽의 선수들은 아직 모습을 보이지 않고 있습니다. 약 5분가량 시간의 여유가 있는 거 같습니다.

여기는 파리 시민운동장 메인스타디움입니다."

최 아나운서는 광고시간을 위하여 스위치를 껐다. 그리고 해설자 귀에다 대고 속삭였다.

"민 위원님, 소문 들으셨어요?"

"무슨 소문요?"

"우리 한국 선수 중에 로봇이 끼어 있다는 겁니다."

"설마요."

"아마 뜬소문이겠지요. 그러나 아주 근거 없는 소문은 아닌 것 같아요."

"누가 뭘 봤기에 그런 소릴 하는지 모르겠군요."

"우리 방송 요원 중에도 그 로봇 선수를 봤다고 주장하는 사람이 있어요."

"혹시 우리 응원단의 호돌이를 두고 하는 허풍이 아닌가요? 호돌이는 진짜 로봇이지요. 로봇 호랑이 호돌이. 저기 저쪽을 보세요. 호돌이가 지금 춤을 추고 있군요. 참 익살맞게 잘도 추네요."

"저 호돌이는 과학기술처의 김원기 박사가 제작한 것이라죠?"

"그렇습니다. 우리나라 전자공학계의 권위자 김원기 박사의 걸 작품입니다. 성능이 대단하지요. 보세요, 저 능청스러운 몸놀림. 정말 웃기네요. 하하하."

"김 박사는 호돌이를 제작하는 데 그치지 않고, 자신이 직접 연출을 담당하기 위하여 이곳 파리까지 출장 나왔다는 얘기가 있어요."

"김 박사가 그렇게까지 할 필요가 있을까요? 호돌이는 배터리만 넣으면 자동으로 여러 가지 재롱을 떨게 돼 있다고 하던데…"

"저는 저 호돌이 몸속에 지금 김 박사가 들어가 있다고 생각하는

데요."

"최 아나운서는 왜 그리 생각하시죠? 이상하군요."

"이상한 얘기를 들어서 그렇습니다. 파리로 떠나 오기 전, 서울에서 어떤 분에게서 이상한 얘길 들었어요. 정부에서 상당히 높은 위치에 있는 분인데, 그분의 말이 '이번 월드컵대회는 아마 한국과 프랑스의 마지막 한판으로 승부가 가려질 것으로 짐작되는데 그리될 경우 이는 한국 축구선수들과 프랑스 축구선수들 사이의 싸움일 뿐 아니라, 한국의 첨단산업 기술 대 프랑스의 첨단의학 기술의 대결이 될 것이다. 좀 더 좁혀 말하면 한국 과학기술처의 김 박사팀과 프랑스 국립의료원 외과 의사들 간의 두뇌 싸움이 될 것이다.' 하는 겁니다. 그때 저는 저분이 무슨 뚱딴지같은 소릴 하나 하고 그냥 흘려 들었는데, 이곳에 와서 야릇한 소문을 들으니 뭐가 있구나 하는 쪽으로 마음이 쏠리네요."

"이상한 얘기군요. 그러고 보니 나도 약간 짚이는 데가 있어요. 우리 축구팀 일행 중에 낯 모르는 사람들이 몇 사람 섞여 있었고, 그들은 이곳에 와서는 우리 일행과는 동떨어져 뭣을 하는지 알 수는 없으나 하여간 부산하게 움직이더군요. 자기네끼리 주고받는 말 중에는 전기나 기계 부품에 관한 말들이 많아 나는 속으로 괴이쩍게 여겼는데, 최 아나운서 얘길 듣고 나니 그 사람들이 단순한 존재는 아니지 싶네요."

두 사람이 얘기를 나누는 사이, 경기장에는 심판진과 양국 선수들이 나타났다. 최지혜 아나운서는 다시 스위치를 넣었다. 양팀 선수들은 각종 의례를 마친 후 인사도 나누고 동전 던지기로 각자의 진영을 정했다. 그리고 곧이어 게임에 들어갔다.

"센터라인 중앙에 프랑스팀의 포워드 두 사람이 나란히 섰습니다. 프랑스의 킥오프로 세기의 대시합이 시작되는 순간입니다. 주심이 호각을 입에 물었습니다. 프랑스의 센터포워드 7번 리옹 선수가 슬쩍 공을 뒤로 돌립니다. 미드필더 슈베제르 선수가 이를 받아 일단 정지시킨 다음 서너 걸음 뒤로 물러났다가 앞으로 달려 나오며 힘껏 높이 차 올립니다. 프랑스가 자랑하는 원거리 미사일을 쏘아 올리는 모양입니다. 민 위원님 저거죠? 원거리 미사일 말입니다."

"그렇습니다. 바로 저겁니다. 보세요! 공이 까마득히 하늘 높이 솟아올랐죠. 저 공이 커다란 아치를 그리며 정면으로 날아가기도 하고, 때로는 스핀이 붙어 90도 가까운 각을 만들어 아무도 예측할 수 없는 방향으로 날아가기도 합니다."

"네, 그렇습니다. 공은 공중에서 방향을 틀었습니다. 한국 골문을 노리는 거 같습니다. 십만 관중이 들끓는 소란스러운 경기장이 갑자기 숨소리 하나 없는 듯 고요 속에 빠졌습니다. 한국의 골키퍼 장문식 선수가 공중을 두리번거립니다. 한 곳을 응시하고 허리를 굽혔습니다. 금방 뛰어오를 듯한 자세입니다. 슈베제르 선수가 쏴 올린 미사일이 한국팀의 골문을 향하여 급강하합니다. 와아아 하는 관중들의 함성이 천지를 진동합니다. 앗! 공이 골문을 돌파하는 순간 골키퍼 장문식 선수가 껑충 점프하여 공을 가슴에 안았습니다. 파인플레이! 참으로 잘 차고, 잘 막은 멋진 플레이입니다. 한국 응원단들은 좋아서 펄펄 뛰고 프랑스 관중석에선 아쉬운 탄식이 터집니다. 민 위원님, 골인되는 줄 알고 가슴이 조마조마했습니다. 저게 바로 공포의 미사일 킥이군요."

"그렇습니다. 시합 개시 30초도 못되어 저들의 제1탄이 터진 겁니다. 보세요, 저 거리가 얼마입니까, 줄잡아 70미터나 되는 원거리에서 슈베제르가 멋진 미사일 킥을 발사한 거죠. 프랑스 진영에는 슈베제르 말고 또 한 사람의 미사일 사수가 있어요, 센터백 마르탱 선수. 슈베제르나 마르탱 둘 다 경기장 어디서나 미사일을 날릴 수 있는 재간이랄까 힘이랄까 아무튼 무서운 위력을 지니고 있습니다. 한쪽 끝 골라인에서 상대편 골문을 향하여 강슛을 날리는데 킥한 순간의 공의 속도는 시속 150킬로 넘고 낙하지점에서도 시속 120킬로의 스피드가 있다고들 해요. 거기다가 스핀이 붙어 곡선을 그리며 날아올 때는 웬만한 골키퍼는 손도 못 쓰고 한 골 먹고 마는 거죠. 예선전 후반부터 상대편에서 방지책에 신경을 곤두세워 그들 미사일의 슛 확률이 초기의 30퍼센트에서 10퍼센트까지 저하되긴 했으나 좌우간 무서운 존재입니다."

"10퍼센트의 확률이라 해도 열 번에 한 번의 성공률이군요. 대단하네요."

"프랑스팀의 공격력은 저들 미사일 사수 외에도 포워드진과 양쪽 날개의 돌파력도 대단합니다. 예선전 종합성적표를 보면 득점순위의 1, 2, 4위와 6, 7위를 프랑스 선수들이 차지하고 있어요. 저들이 축구 역사상 최강팀이라고 떠들 만도 하지요."

"한국팀의 반격이 시작되었습니다. 신중하게 삼각 패스를 주고받으며 적진으로 서서히 공을 몰고 들어갑니다. 프랑스팀이 두꺼운 수비태세를 갖추었습니다. 좀처럼 뚫기 어려울 거 같습니다. 민 위원님, 어떻습니까, 저렇게 슬로템포로 공격하느니보다 과감한 중앙 돌파 작전으로 적진을 교란시켰으면 하는데요."

"동감입니다. 적의 속공에는 우리도 속공으로 맞서야지요. 상대편이 속공을 펴다 보면 수비에 구멍이 나기 쉬운 법이니 이 점을 이용하여 성난 파도처럼 역공세를 취해야 합니다. 그러나 우리에게 속공작전을 펼 수 없는 딱한 사정이 있어요."

"딱한 사정이란 뭡니까?"

"우리의 간판스타며 세계적 스트라이커인 신용남 선수가 부상으로 오늘 경기에 참가하지 못하고 있어요. 신용남 선수만 나와준다면 상황이 좀 달라지겠는데, 참 아쉽습니다."

"신용남 선수는 지난번 1차 예선전 때 체코 선수의 거친 태클에 걸려 오른쪽 무릎을 심하게 다친 후 여태껏 경기장에 나서질 못하고 있죠. 앗! 볼을 프랑스 선수에게 뺏겼습니다. 프랑스의 반격입니다. 한국 선수를 한 사람 제치고 두 사람 제치고 몰고 나옵니다. 우리 선수가 앞을 가로막자 바운드 패스로 돌립니다. 라이트윙이 넘겨받습니다. 치고 나갈 줄 알았는데 웬일인지 자기 진영 쪽으로 깊숙이 백패스를 하네요. 왜 저러지요, 민 위원님?"

"볼을 받은 선수가 바로 센터백 마르탱 선수예요. 둘째 번 미사일 공격을 할 겁니다."

"과연 그렇습니다. 마르탱 선수가 공을 정지시키고 나서 한걸음 뒤로 물러납니다. 다시 달려 나오며 공을 힘껏 내찹니다. 조금 전의 슈베제르 선수의 동작과 똑같습니다. 마르탱 선수의 킥 장소는 슈베제르 선수의 첫 번째 킥 장소보다 더 후방지점입니다. 한국의 골문까지의 거리는 대략 90미터나 됩니다. 십만 관중의 시선이 일제히 공의 진로를 쫓아 한쪽으로 쏠립니다. 마르탱 선수가 찬 공은 조금 전의 슈베제르의 경우와는 달리 라이너성의 강속구입니다. 무서운 속력으로 공기를 가르며 한국의 골문을 향하여 돌진합니다. 한국의 골키퍼 장문식 선수 점프. 잡았습니다. 앗, 놓쳤습니다. 다시 잡았습니다. 위기를 모면했습니다. 정말 잘 막아주었습니다. 한국 응원석의 호돌이가 덩실덩실 춤을 춥니다. 교포들의 환호성이 들립니다. 민 위원님, 정말 놀랍습니다. 한국의 장문식 선수가 선방했기에 망정이지 마르탱 선수에게 한 골 내줄 뻔했어요. 저 먼 거리에서 저런 강속구를 날리다니 이건 숫제 축구가 아니라 야구 같네요. 참 놀랍습니다. 어디서 저런 힘이 나오는 걸까요? 도무지 사람의 힘 같지 않군요."

"정말 그래요. 사람의 힘으론 어려운 일이죠. 정말 저 사람들이야말로 로봇이 아닐까 하네요."

"설마 로봇이야 아니겠죠. 그러나저러나 앞으로 저런 기습공격이 수없이 터질 테니 이거 어떡하죠?"

"최 아나운서는 걱정 안 해도 좋을 겁니다. 왜냐하면 장문식 골키퍼는 괴짜 선수예요."

"괴짜 선수라니요?"

"네. 괴짜 선수지요. 우리의 장문식 골키퍼는 페널티킥 받아내기의 제일인자입니다. 보통 여느 골키퍼들의 페널티킥 방어율이 10퍼센트 내지 20퍼센트만 돼도 뛰어난 선수라고 합니다. 방어율이 30내지 40퍼센트에 이르면 천재 선수라 하지요. 그런데 장문식 선수는 페널티킥 방어율이 50퍼센트 이상이에요. 세계에 둘도 없는 명골키퍼죠. 우리나라가 산 넘어 산의 무수한 난관을 극복하고 오늘의 결승전 마당에 나오기까지는 공로의 반을 저 선수에게 돌려야 할 겁니다. 우리 축구계의 보배입니다. 이제 보세요. 프랑스는 그들의 주 무기인 슈베제르나 마르탱의 미사일이 아무 소용없는 거라는 걸 깨닫게 될 겁니다. 페널티킥도 척척 막아 내는데 그까짓 원거리 미사일쯤이야 장문식 골키퍼에겐 식은 죽 먹기입니다.

"민 위원님 말씀을 들으니 적잖이 마음이 놓입니다. 저 관중들의 표정을 보세요. 어이없어 멍하니 입만 벌리고들 있잖습니까. 정말 통쾌한 플레이입니다. 장문식 골키퍼가 공을 멀리 내찼습니다. 공은 프랑스 진영 중간지점에 떨어졌습니다. 양측 선수들이 뒤엉켜 몸싸움을 합니다. 프랑스 선수가 공을 빼냈습니다. 몸싸움에는 우리 선수들이 불리한 거 같습니다. 공이 중앙선을 넘어 우리 진영 안으로 들어왔습니다. 프랑스 선수들이 삼각패스를 구사하면서 중앙 돌파를 시도합니다. 점점 골문 에어리어로 접근합니다. 한국의 위기! 긴장된 순간, 한국 선수가 태클을 감행했습니다. 프랑스 선수가 쓰러졌습니다. 태클이 너무 깊었나 봅니다. 주심의 호각. 한국의 반칙을 선언합니다. 주심이 옐로카드를 내보이며 우리 선수에게 경고를 줍니다. 프랑스 프리킥. 민 위원님, 이거 불안한데요. 페널티 라인 바로 앞 아닙니까. 슈베제르나 마르탱이 차겠지요. 이거 야단났습니다."

"괜찮을 겁니다. 과히 걱정하지 마세요. 장문식 선수가 버티고 있으니깐요."

"우리 선수 일곱 명이 벽을 만들고 있습니다. 키커는 12번 선수. 슈베제르가 아닙니다. 슈베제르 선수는 공으로부터 10미터 쯤 옆으로 떨어져 있습니다. 프리킥. 12번 선수가 5미터 가량 뒤에서 뛰어나오며 강슛! 하는가 싶더니 슬쩍 옆으로 밀었습니다. 바로 그곳에 슈베제르가 기다리고 있다가 강슛! 골대 맞고 튀어나오는 공을 리

옹이 뛰어들며 다시 슛! 동시에 장문식 선수가 몸을 날려 펀칭. 가까스로 위기를 모면하는가 했는데 공은 다시 프랑스 선수에게로 갔습니다. 이게 웬일입니까. 공을 잡은 게 바로 마르탱 선수입니다. 후방에 있는 줄 알았는데 어느새 한국 문전까지 나와 있었습니다. 마르탱은 그대로 강슛!

우리 선수 한 사람이 골문을 막고 있다가 머리 위로 날라오는 공을 쳐 냈습니다. 핸들링 반칙, 페널티킥입니다. (프랑스 관중들의 환호성) 이거 야단났습니다. 장문식 골키퍼가 슈베제르의 강슛을 몸을 날려 펀칭으로 내치는 순간 넘어져 못 일어나는 바람에 벌어진 사태입니다."

"됐어요. 걱정 없어요. 장문식 선수가 막아줄 겁니다."

"민 위원님은 그리 말씀하시지만 저는 애가 타서 죽겠습니다. 우리 교포 응원단들도 저와 같은 심정인 거 같습니다. 숨을 죽이고 위기의 순간을 지켜보고 있습니다. 호돌이도 두 손을 늘어뜨린 채 움직이지 않고 있습니다. 페널티 키커는 마르탱 선수. 슛! 골인인가 했는데, 아! 다행입니다. 장문식 선수의 멋진 다이빙 펀칭이 성공했습니다. 민 위원님, 민 위원님의 예상이 맞았습니다. 축하합니다."

"휴…, 제가 장담을 하고도 속이 바작바작 탔어요. 장문식 선수가 저토록 멋진 묘기를 보여줄지 정말 몰랐어요. 장문식 선수 만세입니다."

"장문식 선수가 먼지를 툭툭 털고 일어났습니다. 마르탱 선수는 맥이 빠져 멀거니 서 있기만 합니다. 장내 가득 찬 관중들의 절망의 신음 소리가 처량하게 들립니다. 이에 반하여 우리 교포들의 좋아 어찌할 줄 모르는 표정. 환호성. 호돌이의 신명 나는 춤, 참 재미있습니다."

"재미있다 마다요. 우리 측은 이렇게 재미있지만, 프랑스 측의 상황은 어떤지 다이얼을 잠깐 그쪽으로 돌려봅시다."

"좋습니다."

「이게 웬일이지요? 마르탱이 페널티킥을 실패하다니! 이럴 수가! 우리 측의 미사일이 모조리 실패하지 않나, 슈베제르의 근거리 직사포가 크로스바에 맞고 튀어나오지 않나, 이거 어찌 된 일입니까? 오늘이 13일의 금요일도 아닌데 이거 이상하지 않아요? 어찌 보시나요?」

「글쎄, 나로서도 이해가 안 가네요. 하기야 한국 골키퍼 장문식 선수가 골칫거리라는 얘기는 벌써부터 있었어요. 장문식 골키퍼가 버티고 있는 한, 한국을 격파하기는 낙타가 바늘구멍을 빠져나가기보다 어려울 거라고 어느 외국심판이 말하는 걸 들었어요. 설마 했는데, 딴은 대단한데요.」

「감탄만 하고 있을 때가 아닙니다. 무슨 대책이 있어야 하지 않겠어요?」

「대책을 세워야지요. 우리 벤치에서 어떤 비방을 쓰겠지요. 두고 봅시다.」

"아니, 민 위원님. 저 사람들이 무슨 소릴 하는 겁니까? 대책을 세워야 한다느니, 어떤 비방을 쓸 거라느니, 이거 심상치 않은데요!"

"글쎄요, 심상치 않군요. 듣고 보니 가만히 있을 수 없어요. 우리 벤치에 연락해야겠어요." (워키토키에 대고) "여보 김 선생, 내 말 들립니까, 오버… 지금 저 사람들의 방송 들었어요? 오버… 정말 걱정 안 해도 될까요? 오버… 알았습니다, 끝. 우리 벤치에서도 들었대요. 걱정하지 말라니 다행이긴 한데…"

"한국의 반격. 우리의 포워드진이 신중한 삼각패스를 펴면서 중앙선을 넘어갑니다. 민 위원님, 우리 측은 역시 지공작전이군요. 어떨까요, 우리도 한번 속공 기습작전을 해봤으면 하는데요."

"우리 벤치에서 어떤 작전이 있는 모양입니다. 저기 보세요, 박 감독이 벤치에서 일어서서 열심히 손짓을 하고 있어요. 작전 신호 같습니다."

"우리 포워드진의 느린 템포 삼각패스가 계속됩니다. 프랑스 수비진이 전방으로 이동합니다. 오프사이드 트랩 작전 같습니다. 우리 포워드진이 이를 간파했습니다. 주거니 받거니 하며 공을 몰던 우리 선수가 슬쩍 오른쪽 윙에게 공을 넘겨줍니다."

"이런 때는 저렇게 경기장을 넓게 이용하는 게 좋지요."

"오른쪽 윙 차태선 선수가 공을 받는 즉시 비호처럼 앞으로 차고 나갑니다. 프랑스의 오프사이드 트랩을 역 이용한 기습작전입니다. 차 선수의 앞을 막는 적군은 한 사람도 없습니다. 오프사이드 작전 중이던 프랑스의 수비진이 허둥지둥 차 선수에게 달려듭니다. 이에 앞서 차 선수의 강슛이 터졌습니다. 프랑스의 골키퍼가 껑충 뛰었습니다. 공은 이미 그의 머리 위를 지나 골인! 하는 줄 알았더니 불운하게도 골문 기둥을 맞고 튀어나오고 마네요. 아! 한국의 9번 김철주 선수가 달려갑니다. 기둥 맞고 굴러나온 볼을 향하여 달려갑니다. 프랑스 선수 두 사람이 달려듭니다. 아! 김철주 선수가 넘어졌습니다. 와일드태클입니다. 주심이 달려가 옐로카드를 꺼냈습니다. 민 위원님, 페널티 라인 안의 반칙이니 페널티킥이죠?"

"맞습니다. 페널티킥입니다."

"키커는 차태선 선수, 차 선수가 신중히 겨냥하고 있습니다. 슛, 골인! 드디어 한국이 선취점을 따냈습니다. 1대 0. 한국이 프랑스를 앞서기 시작했습니다."

"참으로 귀중한 한 골입니다."

"참 재미있게 됐습니다. 우리 교포응원석에선 야단났습니다. 껑충껑충 뛰며, 태극기를 휘날리며, 호돌이는 덩실덩실 춤을 추고, 모두 기뻐서 어찌할 줄을 모릅니다."

10분 후

"프랑스의 반격이 날카롭습니다. 한 골을 빼앗긴 프랑스 선수들은 이를 악물고 덤벼들고 있습니다. 경기 흐름이 매우 거칠게 되는 거 같습니다. 민 위원님, 프랑스 선수들의 몸놀림이 좀 사나워졌죠?"

"좀이 아니라 매우 사나워졌어요. 우리 선수들이 몸조심을 해야겠어요."

"그렇다고 몸을 사리기만 해서도 안 되지 않습니까. 그러다간 경기의 주도권을 빼앗기기 쉽지요."

"물론이죠. 우리 선수들은 몸조심은 하되 몸을 사려서는 안 됩니다. 상대편이 흥분한다고 같이 흥분할 게 아니라 어디까지나 냉정하게 경기를 이끌고 나가야지요."

"아! 우리 수비진의 중앙이 뚫렸습니다. 프랑스의 6번 자이르가 한국 문전으로 돌진합니다. 프랑스의 3번 선수가 공을 바운딩 킥으로 우리 문전에 띄웁니다. 한국의 위기입니다."

"저건 오프사이드예요. 보세요. 선심이 기를 높이 들었습니다."

"그러나 자이르는 계속 돌격합니다. 자신이 오프사이드 반칙을 범한 걸 모르는 모양입니다. 우리의 장문식 골키퍼가 껑충 몸을 날려 공을 잡았습니다. 동시에 프랑스 자이르 선수와 부딪쳤습니다. 두 사람 다 함께 땅에 뒹굽니다. 이 순간 공은 골키퍼의 손에서 떨어져 그대로 골라인 안으로 굴러 들어갔습니다. 관중들이 골인! 골인! 하며 우레같은 박수를 보냅니다. 그러나 이건 무효골입니다. 명백한 골키퍼 차징입니다."

"그렇습니다. 오프사이드 반칙에다가 골키퍼 차징, 이중반칙입니다. 주심이 호각을 불고 손을 내젓고 있어요. 옐로카드를 꺼내는군요."

"쓰러진 양쪽 두 선수는 몸을 뒹굴뒹굴 뒹굽니다. 몹시 다친 거 같습니다. 양측 벤치에서 우르르 사람들이 달려갑니다. 주심이 이들을 경기장 밖으로 나가라고 합니다. 그러나 양측 의료반들은 그대로 경기장 안으로 들어가 자기편 선수들을 돌봅니다. 사태가 심상치 않음을 깨달은 주심은 의료진의 활동을 승낙합니다. 민 위원님, 장문식 선수가 다치지 말아야 하는데요. 부상이 크면 야단입니다."

"저건 고의적인 골키퍼 차징입니다. 퇴장감입니다."

"고의적인 반칙이 분명합니다. 프랑스의 자이르는 오프사이드를 의식하면서도 돌격했어요."

"어쩌면 이건 프랑스의 미리 짜여진 시나리오일 수도 있습니다. 아까 그들은 어떤 대책이 있어야겠다고 한 말이 꺼림칙합니다. 한국의 골키퍼 장문식 선수가 있는 한 한국에 이기기란 낙타가 바늘

구멍을 빠져나가기보다 어려운 거라고 그들은 걱정들 했어요. 장문식 선수의 부상이 별것 아니면 천만다행이겠으나 만약 심한 부상이라면 이건 그냥 예삿일로 볼 게 아닙니다."

"그렇다면 더욱 큰일이지요. 머리가 띵해지는군요. 그러나 설마 신성한 스포츠 경기에 야만적인 작태야 있을 수 없겠지요. 명색이 문화인임을 자랑하는 프랑스 국민들 아닙니까."

"그렇지만도 않아요. 근래에 와서 스포츠는 많이 오염되었습니다. 경기장에 나오는 선수들의 대다수가 금전에 묶여 움직이는 꼭두각시입니다. 이 팀 저 팀으로 옮겨 다니는 건 다반사고 국적을 바꾸는 거조차 가리지 않아요. 문제는 선수들에게만 있는 게 아니라 관전하는 군중들에게도 있어요. 그들은 스포츠를 신사적으로 관람하는 게 아니라 투기의 대상 아니면 승부에만 집착하는 미치광이가 되고자 스탠드에 나오는 사람들도 많아요."

"그래서는 안 되죠. 스포츠는 어디까지나 스포츠맨십으로 유지돼야지요."

"그게 말로는 쉽지만 용이한 노릇이 아닙니다."

"얘기가 딴 방향으로 흘렀습니다. 눈을 경기장으로 돌립시다. 한국과 프랑스 양 진영에서 다 같이 의사와 들것이 장내로 반입되었습니다. 두 선수 모두 일어나지 못하고 있습니다. 우리의 장문식 선수가 못 일어나면 야단인데요."

"어쩌면 장 선수는 뛰지 못할 거 같은 불길한 짐작이 드네요. 프랑스의 자이르가 하는 짓이 아무래도 이상해요. 필시 마음먹고 일을 저지른 거 같아요. 제발 크게 다치지 말아야겠는데…."

"양측의 두 선수는 모두 들것에 실려 퇴장했습니다. 한국은 골키

퍼 장문식 선수, 프랑스는 6번 자이르 선수. 자이르 선수의 포지션
은 미드필더입니다. 자, 이렇게 되면 민 위원님, 한국 측의 손해가
이만저만 아니죠?"

"말할 나위도 없습니다. 자이르 선수와는 비교도 안 되지요."

"경기는 중단상태에 있습니다. 한국의 박 감독이 주심과 뭔가 얘
기하고 있습니다. 주심이 선심 두 사람을 부르는군요. 박 감독이 두
팔을 크게 휘두르며 얘기하는 게 멀리서 봐서도 대단히 흥분한 걸
느낄 수 있습니다. 민 위원님, 지금 박 감독이 주심에게 무엇을 얘
기하는 걸까요?"

"프랑스 선수의 반칙행위는 고의성이 분명하니 퇴장명령을 내려
야 한다고 어필하는 것이겠지요. 저건 마땅히 퇴장감입니다."

"주심은 경고처분으로 처리할 마음인가 보죠?"

"그런 거 같습니다. 박 감독이 강력하게 어필하니까 선심들을 불
러 상의하는 모양입니다."

"어떻게 될까요?"

"글쎄요. 심판의 판정이야 어찌 나든 우리가 보기에는 틀림없는
고의적 반칙입니다. 마땅히 퇴장처분을 내려야 합니다."

"박 감독과 주심이 옥신각신 말다툼을 하고 있습니다. 주심이 호
각을 불었습니다. 경기를 속행시킬 모양입니다. 박 감독이 성난 얼
굴로 그 자리에 우뚝 버티고 서 있습니다. 주심이 박 감독을 나가라
고 손짓합니다. 우리의 주장을 거부하는 것 같습니다."

"이게 홈그라운드의 텃세라는거죠. 이런 경우 원정 온 팀이 억울
하게 당하는 겁니다."

"박 감독이 투덜대며 자기 벤치로 돌아갑니다. 프랑스 관중들이

우우 하며 박 감독에게 야유의 함성을 지릅니다. 민 위원님, 지금 박 감독의 심정은 어떨까요?"

"아마 난감할 겁니다. 공격의 대들보인 신용남 선수는 부상으로 처음부터 못 나왔지, 설상가상으로 철석같이 믿고 있던 장문식 선수마저 부상으로 퇴장하니. 얼마나 가슴 아프겠습니까. 정말 걱정스럽군요."

"양군에서 각기 교체선수가 나타났습니다. 한국의 교체 골키퍼는 8번 이득규 선수. 프랑스는 4번의 마농 선수. 민 위원님, 이제 우리는 새로운 수문장 이득규 선수에게 기대를 걸 수밖에 없는데요. 어떻습니까, 이득규 선수의 역량은?"

"이득규 선수도 이름있는 골키퍼죠. 순발력에서 약간 장문식 선수보다 뒤진다고 하나 기본 체력은 오히려 이득규 선수가 앞섭니다. 신장 195센티미터, 우리 팀 선수 중 최장신입니다. 볼 감각이 좋고 동작이 민첩합니다. 프랑스에 그리 호락호락 당하진 않을 겁니다."

"민 위원님 말씀을 들으니 다소 마음이 놓입니다. 이득규 선수의 선방을 바라는 마음 간절합니다. 경기가 속행되었습니다. 한국의 프리킥. 공은 중앙선을 넘어 프랑스 진영 중간에 떨어졌습니다. 김철주 선수가 달려가 헤딩, 그러나 공은 프랑스 선수에게 굴러가 프랑스의 반격. 앞으로 길게 스루패스. 한국 선수들이 수비위치로 달려갑니다. 공은 마르탱에게 갔습니다. 마르탱 선수 볼 스톱, 뒤로 물러섭니다. 롱슛을 날리려는 것 같습니다. 새로 들어온 이득규 선수를 시험해보려는 거 같습니다. 마르탱 선수의 롱킥. 이번에는 높이 솟습니다. 조금 전에 쏜 마르탱 선수의 롱킥은 라이너성의 강속구였는데 이번에는 성질이 다른 마운팅 볼입니다. 한국 골문에서 약 60미터 거리의 원거리 미사일 슛입니다. 아, 공이 공중에서 큰 각도로 꺾입니다. 슈베제르 선수가 경기 시작하자마자 쏘아 올린 슛처럼 휘면서 날아가는 공입니다. 이득규 골키퍼가 방어태세를 취하고 있습니다. 공은 갑자기 고도를 낮추어 한국 골문을 향하여 날아듭니다. 긴장의 순간. 이득규 선수가 껑충 뛰어올랐습니다. 공이 골키퍼의 손끝에 스치며 크로스바를 살짝 넘어 네트 위로 떨어졌습니다. 그물이 크게 흔들리어 얼핏 보아 골인한 걸로 보입니다만 골은 아닙니다. 관중석에서 환호의 소리가 대단합니다. 골인 줄 아는 모양입니다. 선심이 코너 아웃을 지적합니다. 민 위원님, 저 거리가 얼마입니까, 실로 놀랍습니다."

"줄잡아 60미터 거리지요. 마르탱이나 슈베제르나 두 사람 다 인간이 아니라 초인이에요. 축구 역사상 저런 억센 다리가 없었습니다. 1981년에 남미 칠레에서 한 번, 골키퍼가 자기 진영에서 롱킥한 것이 그대로 상대편 골문에 들어간 적이 있어 큰 화제가 된 일은 있습니다. 물론 정식으로 골이 선언되어 원터치 원골이란 새로운 말이 생기고 기네스북에도 올랐습니다. 물론 대단한 기록이죠. 그 골키퍼의 발힘이 보통이 아니었습니다. 그러나 그때의 상황은 상대편 선수들의 설마 하는 방심에서 생긴 해프닝이였죠. 오늘의 경우와는 생판 다릅니다. 프랑스의 마르탱이나 슈베제르의 하는 짓은 사람의 능력한계를 넘어선 것입니다."

"그렇습니다. 이제부터는 축구의 개념이나 인식이 달라져야겠습니다. 민 위원님 보세요, 한국의 골키퍼가 바뀌니깐 당장 롱슛으로 시험하잖아요. 흡사 야구에서 투수가 바뀔 때 공격 측에서 구원투수의 제1구를 때려라 하는 식으로 롱숏을 날리는군요."

"최 아나운서의 말이 맞아요. 축구의 규범이며 이론을 바꾸지 않으면 안 될 것 같군요. 몇 년 전에 농구 코트를 이전에 비해 크게 늘린 것은 농구선수들의 대형화에 따른 것이었는데, 축구 역시 경기장 크기를 크게 늘려 원터치 원골이 안 나오도록 해야 할까 봅니다."

"프랑스의 코너킥, 키커는 슈베제르 선수입니다. 아, 이상합니다. 프랑스 선수들은 한 사람도 골 문전에 들어가 있지 않고 외곽에서만 서성대고 있습니다. 과연 어떤 작전이 나올 것인지 궁금합니다.

슈베제르 선수가 코너킥 했습니다. 문전에 공을 띄우지 않고 페널티 에어리어 밖으로 스루패스. 대기하고 있던 마르탱이 논스톱 강슛, 골인! 프랑스의 동점 골입니다. 1대 1이 됐습니다."

"정말 번개 같은 강슛이군요. 우리 이득규 골키퍼가 제대로 손도 내밀어보지 못했어요."

"민 위원님, 만일 한국이 프랑스에 이 경기에서 진다면, 그건 전적으로 우리 장문식 골키퍼에 대한 자이르 선수의 고의적 차징이 원인으로 지적되지 않을 수 없습니다."

"그렇습니다. 장문식 선수의 퇴장이 정말 원망스럽습니다."

"큰 부상이 아니었으면 합니다."

"벤치에 물어봅시다." (워키토키에 대고) "여보세요, 여기는 중계방송석의 민정태입니다. 들것에 실려 나간 장문식 선수의 상태가 궁금합니다. 오버… 뭐요? 크게 다쳤군요. 오버… 조속한 회복을 기원합니다. 야단났어요. 장문식 선수는 오른쪽 다리에 골절상을 입고 시립병원으로 실려 갔대요."

"프랑스 선수의 고의성을 분명히 알 수 있군요. 그럴수록 우리 선수들이 더욱 분발해야겠습니다. 한국의 반격이 시작됐습니다. 우리 선수들의 동작이 민첩해졌습니다. 각자 얼굴에는 분노의 기색이 역력합니다. 센터포워드 박인찬 선수가 과감한 중앙 돌파를 시도합니다. 한 사람 두 사람 프랑스의 수비진을 뚫고 쏜살처럼 달립니다. 프랑스 선수 두 명이 앞을 가로막습니다. 박인찬 선수 페인팅 동작하다가 슬쩍 옆으로 스루패스. 오른쪽 날개 차태선 선수에게 공이 갔습니다. 차 선수 논스톱 슛! 아! 아깝습니다. 오른쪽 골포스트 바로 옆으로 스치며 골라인 아웃. 40미터 전방에서 차태선 선수의 오른발 강슛이 빗나가고 말았습니다."

"비록 빗나가긴 했지만 멋진 슈팅이었어요. 기습공격, 아주 좋았어요. 이렇게 해야 합니다. 강슛은 우리에게도 있다는 걸 상대편에게 자주 보여줘야 합니다. 그중에는 득점도 나올 수 있어요."

15분 후

"주심의 호각이 울렸습니다. 1대 1 동점을 이룬 가운데 전반전이 끝났습니다. 실로 막상막하의 열전입니다. 여기는 파리 시민운동장입니다."

최지혜 아나운서는 스위치를 끄고 말했다.

"민 위원님, 아까 마르탱 선수나 슈베제르 선수는 인간이 아닌 초인이라고 말씀하셨는데, 그렇다면 저 선수들의 힘의 원천은 어디 있다고 보십니까?"

"아무래도 좀 수상쩍어요. 어떤 기계의 힘을 이용하지 않고서야 저런 힘을 얻을 수 없다고 봐요."

"그건 심각한 얘기인데요."

"심각하죠. 아까 최 아나운서는 한국 팀 선수 중에 로봇이 있다는 소문을 들었다고 말씀했는데, 그거 소문을 거꾸로 들으신 거 아니에요? 로봇은 프랑스 측에 있을 거 같군요."

"그럼 민 위원님은 마르탱이나 슈베제르가 인간이 아닌 로봇이라는 겁니까?"

"그렇다고 단정하는 건 아니에요. 겉으로 봐서는 분명한 인간이긴 한데, 하는 짓은 초인간적이니 아리송하네요. 혹시…."

"혹시라니요?"

"혹시 저 사람들은 6백만 불의 사나이들이 아닐까요?"

"6백만 불의 사나이?"

"미국 텔레비전 영화의 주인공 6백만 불의 사나이 말입니다. 뼈와 근육 그리고 일부 내장을 기계 등속으로 바꿔치기 한 사람 말이에요."

"설마…."

"설마가 아니죠. 시합 개시 전에 최 아나운서가 뭐라고 말씀했죠? 이 시합은 한국의 전자공학 김 박사 팀과 프랑스의 외과 의사들 간의 두뇌 싸움이 될 거라고 안 그러셨어요?"

"그런 얘길 들었다고 하긴 했죠."

"저는 최 아나운서의 그 말을 처음에는 싱거운 소리로 들었는데, 방금 프랑스 선수들의 하는 짓을 보고 나선 부쩍 의심이 생기는군요."

"과연 그렇군요. 저 역시 같은 심정이에요. 뭐가 있긴 있어요."

"뭐가 있을 거라고 막연한 말만 하고 있을 게 아니라 증거를 찾아야 합니다. 자연인 대 자연인의 스포츠 경기에 기계나 기구의 힘을 이용했다면, 이건 근원적으로 틀린 얘기입니다."

"옳은 말씀이에요. 그런데 이상하네요?"

"뭣이 이상해요?"

"마르탱 선수나 슈베제르 선수 등이 6백만 불의 사나이라 합시다. 그런데 왜 한국의 김원기 박사팀 대 프랑스의 외과 의사팀과의 대결이란 얘기가 나왔을까요?"

"그건 잘못 나온 얘기일 겁니다. 저기 저 호돌이를 만든 김원기 박사를 잘못 거론한 거겠죠."

"아니에요. 호돌이야 단순한 응원꾼 아닙니까. 응원석에 있는 호돌이가 어찌 그라운드에서 뛰는 6백만 불의 사나이들과 맞설 수 있겠어요. 혹시 우리의 골키퍼 장문식 선수가 6백만 불의 사나이 아닐까요?"

"그건 아니에요. 장문식 선수가 6백만 불의 사나이라면 상대편 선수의 차징으로 다리뼈가 부러지는 수모를 당할 리 없지요. 단순한 인간이니깐 그만한 충돌에도 뼈가 부러졌고, 또 우리 벤치에서도 장문식 선수에 아무 하자가 없기에 저들의 병원으로 입원시킨 거 아닙니까?"

"그렇군요. 그럼 왜 그런 말을 그분이 저한테 했을까요?"

"그건 하여간, 우리의 의견을 우리 측 사령탑에 전해줍시다. 갑시다."

2. 후반전

"후반전을 싸우기 위하여 양측 선수들이 경기장 안으로 들어오고 있습니다. 전반전을 1대 1로 비긴 양팀 선수들의 후반전이 주목됩니다. 민 위원님, 양팀의 선수교체는 없는지요?"

"어디 봅시다. 골키퍼 이득규 선수, 그리고 센터백, 미드필더, 포워드진, 모두 나왔군요. 아! 센터포워드가 바뀌었어요. 박인찬 선수 대신 신용남 선수가 뜁니다."

"정말 신용남 선수가 보입니다. 우리의 스트라이커 12번 신용남 선수가 드디어 출장했습니다. 민 위원님, 신용남 선수는 지난번 1차 예선에서 체코와 싸울 때 큰 부상을 입어 줄곧 쉬고 있었는데 부상은 완쾌됐는지 모르겠습니다."

"글쎄요, 전반전에 못 나온 거로 봐선 컨디션은 좋지 않은 거로 봐야지요. 그러나 박 감독이 어쩔 수 없이 마지막 카드를 던진 거겠죠. 우리 교포들이 신용남 선수를 보자 기뻐들 하고 있어요."

"파이팅 신용남을 외치며 뜨거운 성원을 보내고 있습니다. 신용남 선수가 제 몫만 다 해준다면 프랑스가 아무리 강하더라도 해볼 만합니다. 안 그래요, 민 위원님?"

"넉넉히 해볼 만합니다. 신용남 선수는 세계 무대에서도 공포의 스트라이커로 통하고 있지요. 이곳 프랑스의 스포츠 기자들은 신용남 선수를 코리언 슈퍼맨이라고 부르고 있어요."

"잘 봤군요. 신용남 선수는 슈퍼맨이란 평이 조금도 어색지 않은 선수죠."

"원래 저 선수가 미국에 있을 때 대학 축구계의 가장 인기 있는 선수였어요. 그때 별명도 슈퍼맨이었죠. 기운 좋고 빠르고 볼 감각이 예리하고 한마디로 완전한 선수예요. 우리 축구를 위하여 미식축구 최고의 스타 자리를 버리고 고국에 돌아온 멋진 사나이입니다."

"신용남 선수는 매 게임 평균득점 2.8점으로, 부상만 안 당했더라면 프랑스의 마르탱이나 슈베제르와 득점왕 자리를 놓고 한번 겨뤄볼 만했는데….."

"부상이 완쾌했는지가 궁금합니다. 잘 싸워줘야 하겠는데….."

"후반전이 시작되었습니다. 한국의 킥오프로 공은 프랑스 진영으로 넘어들어갔습니다. 신용남 선수에게 두 명의 프랑스 선수가 따라붙습니다."

"프랑스는 신용남 선수를 집중 마크할 겁니다."

"한국의 9번 김철주 선수가 볼을 신용남 선수에게 넘겼습니다. 신용남 선수가 치고 들어가는 순간 프랑스 선수의 태클. 반칙입니다. 신용남 선수가 넘어져 일어나질 못합니다. 몹시 아픈 표정입니다. 한국의 프리킥, 키커는 2번 구영해 선수, 신용남 선수는 아직 일어나지 못하고 있습니다."

"신용남 선수의 컨디션이 좋지 않은 모양입니다. 평상시의 신용남 선수라면 저 정도의 태클 따위는 아예 있으나 마나로 여기고 치고 나갔는데, 아무래도 몸이 정상이 아니에요."

"프랑스 선수가 볼을 가로챘습니다. 슬쩍 옆으로 패스, 마르탱 선수가 논스톱 롱킥. 이득규 선수가 껑충 뛰어 가슴에 안았습니다. 위기 모면, 프랑스 관중들의 탄식하는 소리가 경기장에 가득합니다. 이득규 골키퍼의 멋진 플레이입니다."

"참 잘 막아췄습니다."

"이득규 골키퍼가 멀리 차 냅니다. 신용남 선수가 겨우 일어났습니다. 한국 응원석에서 격려의 박수가 터집니다. 신용남 선수는 빙그레 웃으며 두 손을 들어 이에 답합니다. 아무 이상 없다는 믿음직한 포즈입니다."

"그러나 과히 믿음직하지 못하네요. 보세요. 왼발을 약간 절룩이지 않아요. 걱정인데요."

"볼은 하프라인을 넘어 프랑스 진영 전방에 떨어졌습니다. 구영해 선수와 프랑스 선수 10번이 함께 뛰어올랐습니다. 프랑스 10번 선수가 헤딩으로 따냈으나 볼은 각도를 잃고 옆으로 구릅니다. 신용남 선수가 달려갑니다. 신용남 선수가 공을 잡을 순간 10번 선수의 태클. 굴러나온 볼을 프랑스 12번 선수가 재빨리 가로채 가지고 하프라인을 넘어 한국 진영으로 대시. 속공입니다. 세 사람의 프랑스 선수들이 한 덩이가 되어 중앙돌파를 시도합니다. 위기입니다. 한국의 페널티 에어리어 직전까지 왔습니다. 한국의 차태선 선수가 태클을 시도, 이에 앞서 슈베제르의 강슛! 이득규 선수가 수평으로 몸을 날려 펀칭. 튀어나온 볼을 신용남 선수가 헤딩으로 장외로 아웃시켰습니다. 위기를 모면했습니다."

"여느 때의 신용남 같으면 오버헤드 킥으로 우군에게 연결했을 텐데 고작 아웃시키는 데 급급하네요. 안타깝습니다."

"프랑스의 스로인. 슈베제르 선수가 멀리 반대편으로 날립니다. 프랑스의 3번 선수가 받아서 센터링, 위기의 연속입니다. 이득규 선수가 껑충 뛰어 볼을 공중에서 낚아챘습니다. 위기를 모면했습니다."

20분 경과

"경기는 프랑스의 연이은 파상 공격으로 한국이 일방적으로 밀리고 있습니다. 그러나 그때마다 이득규 골키퍼의 선방으로 실점은 면했습니다."

"실점은 면했으나 조마조마한 게 마치 바늘방석에 앉은 기분이군요."

"프랑스 선수의 사이드라인 아웃으로 한국의 스로인, 모처럼 한국의 반격입니다. 아, 드디어 신용남 선수에게 연결되었습니다. 한국 응원석에서 '파이팅 신용남!' 응원 소리가 들립니다. 신용남 선수가 치고 들어갑니다. 프랑스 문전 30미터 지점까지 들어갔습니다. 찬스! 신용남 선수의 롱 킥! 그러나 골라인 아웃. 어이없는 슛으로 그치고 말았습니다."

"전혀 신용남답지 않은 플레이입니다. 프랑스 수비진도 이제는 신용남 선수에 대한 집중마크를 풀어주고 마음대로 뛰게 하는데도 저 모양이에요.

"아무래도 제 컨디션이 아니군요."

40분 경과

"후반전의 시간이 거의 다 지났는데도 양팀 모두 득점 없이 전반전의 1대 1 그대로 이어진 채 있습니다. 게임 내용은 한국이 일방적으로 밀리고 있는데도 실점은 안 했으니 천만다행입니다."

"오로지 이득규 골키퍼의 덕입니다. 후반에 들어와 우리의 슛 회수는 단 세 번뿐인데 프랑스의 슛은 무려 스물한 개. 뭐 소나기 슛이죠. 그걸 이득규 골키퍼가 모조리 막아 냈습니다. 장문식 선수 저리가라는 묘기의 연속이에요. 이득규 선수가 명 골키퍼인 줄은 벌써부터 알았지만, 이토록 잘해줄 줄은 정말 몰랐습니다."

"이대로 간다면 1대 1 무승부가 되겠죠?"

"아직 장담하기 이르지만 그렇게 예상됩니다."

"그러면 연장전이 되겠군요."

"그렇지요."

"아, 한국의 위기입니다. 얘기하는 중 프랑스의 기습입니다. 슈베제르의 단독 중앙돌파, 중앙이 뚫렸습니다. 슈베제르와 이득규의 1대 1 대결, 아, 반칙이 일어났습니다. 한국의 9번 김철주 선수가 슈베제르 선수를 뒤에서 잡아당겼습니다. 볼은 골문을 벗어나 골라인 아웃이 됐으나 반칙장소가 페널티 에어리어 안이라 페널티킥이 될 겁니다."

"남은 시간은 불과 3분인데 기어코 당하고 마는군요. 프랑스 관객들이 환호하는 모습을 보세요."

"참 아깝습니다. 페널티 키커는 슈베제르 선수. 여유만만한 자세로 킥모션. 이득규 선수가 잔뜩 긴장하고 있습니다. 슛! 아! 기적이 일어났습니다. 이득규 골키퍼가 옆으로 몸을 날려 정확하게 볼을 가슴에 안았습니다. 슈베제르 선수가 펄썩 주저앉아 땅을 치고 있습니다. 장내에 가득한 프랑스 관중들의 한숨, 실망의 휘파람소리, 한국 응원단들의 환호성. 민 위원님, 어떻게 생각하세요? 기적이죠?"

"그렇습니다. 한마디로 기적입니다. 슈베제르의 페널티킥 실축이라? 우리는 기쁘지만 프랑스인들의 동정 좀 들어봅시다."

"그러죠."

「슈베제르가 그라운드에 얼굴을 파묻고 일어날 줄을 모릅니다. 슈베제르가 페널티킥을 놓치다니! 도무지 이해가 안 갑니다. 전반 전에서 마르탱이 페널티킥을 놓치더니 후반에 와선 슈베제르마저! 아, 이게 어찌 된 일입니까? 사무엘 씨 말 좀 해봐요.」

「정말, 어이없어 말이 안 나옵니다. 슈베제르나 마르탱의 페널티킥 실축도 실축이지만 전후반에 걸쳐 우리 팀이 쏜 결정적 슛이 모두 30차례에 가깝습니다. 그런데 얻은 골은 단 한 개. 세계 최강의 프랑스 축구팀이 이럴 수 있어요? 세계 최강일뿐더러 유사 이래 전무후무한 강팀, 106전 전승의 강팀 우리 프랑스가 이런 수모를 당하다니, 도무지 이해가 안 됩니다.」

「우리는 지금 코리아와 싸우고 있는 게 아니라 눈에 보이지 않는 요정들과 싸우고 있는 거 같습니다. 그래요, 코리아 선수 뒤에 숨어 있는 요정들이 장난질을 치고 있는 겁니다. 106전 전승을 자랑하는 프랑스 축구의 영광을 시샘하는 마법의 요정들과 싸우고 있어요. 분명 그래요.」

「아나운서의 말은 허황된 표현이긴 하나 그렇게라도 말 않고서는 지금 우리 눈앞에서 벌어지고 있는 불가사의의 현상을 설명할 길이 없는 것 같습니다. 실로 어이없는 현상입니다.」

「이제 3분만 지나면 시합은 끝납니다. 세계의 무적함대 프랑스 축구의 106전 전승의 빛나는 역사는 이것으로 마감될 운명에 놓였습니다.」

「아니, 그렇게 단정하긴 아직 일러요. 나머지 3분이 있고, 이 3분이 무위로 끝날 경우 30분, 30분의 연장전이 있어요.」

「노엘 씨는 아직도 미련을 갖고 있어요? 전후반 90분의 악몽을 꾸고서도, 아직도 미련이 남았느냔 말이에요.」

「할 말이 없네요. 정말 지긋지긋한 악몽입니다. 악몽아 어서 사라져라!」

"허, 저 사람들 보십시오. 한국팀이 강하단 말은 한마디도 없이 악몽 타령만 늘어놓고 있네요. 경기는 다시 시작되었습니다. 한국팀의 골킥. 시간은 2분도 안 남았습니다. 무승부로 끝날 거 같습니다. 그렇게 될 경우 승부는 연장전으로 옮겨지겠습니다.

이득규 골키퍼의 골킥은 짧게 우리 풀백에게 이어지고, 다시 짧은 패스로 센터서클에 있는 신용남 선수에게 넘겨졌습니다. 오늘 컨디션이 좋지 않은 신용남 선수는 우군에게 패스할 것처럼 주춤합니다.

프랑스의 12번 선수가 달려듭니다. 신용남 선수가 페인트로 피합니다. 또 한 사람의 프랑스 선수가 가로막습니다. 바로 슈베제르 선수입니다. 아, 신용남 선수가 일직선으로 뜁니다. 슈베제르의 태클을 무시하듯 슈베제르의 몸을 슬쩍 뛰어넘어 치고 달립니다. 4번 마농 선수가 다시 날카롭게 태클, 신용남 선수는 볼을 가슴에 안은 채 마농 선수를 훌쩍 뛰어넘어 질주를 계속합니다. 정말 강력한 대시입니다. 눈 깜짝할 사이에 프랑스 수비진 세 사람을 제쳤습니다.

프랑스 문전까지는 이제 25미터 정도. 마르탱 선수가 성난 황소처럼 달려들어 숫제 신용남 선수의 목을 끌어안습니다. 무지막지한 반칙입니다. 그러나 마르탱 선수는 신용남 선수 목에 매달린 채 5, 6미터 가량 끌려가다가 맥없이 땅에 구르고 맙니다. 주심이 반칙을 선언하려다가 양손을 휘둘러 경기를 그대로 진행시킵니다. 이 장면에서 경기를 중단시키는 것은 반칙을 도와주는 꼴이 되니 그대로 진행하는 게 좋습니다.

프랑스 수비진 한 사람이 다시 태클을 합니다. 신용남 선수는 이 선수도 무시한 채 앞으로 달립니다. 프랑스 문전입니다. 골키퍼와 1대 1로 맞섰습니다. 골키퍼가 와락 달려드는 걸 슬쩍 비켜놓고 신용남 선수는 가볍게 슛. 골인! 골인! 스타디움이 죽은 듯 고요한 가운에 한국 응원단만이 와! 하고 환성을 터뜨립니다.

우리가 이겼습니다! 고국의 동포 여러분! 기뻐해주십시오! 우리 한국이 세계 최강을 자랑하는 프랑스를 2대 1로 누르는 순간입니다! 민 위원님, 신용남 선수 정말 통쾌한 대시입니다."

"바로 저것입니다. 신용남 선수의 장기가 바로 저것입니다. 부상이 미처 가시지 않은 아픈 다리를 질질 끌고 다니다가 마지막 1분을 남겨놓고 혼신의 정기를 모아 단독 중앙 돌파를 감행한 것입니다. 신용남은 영웅입니다. 우리 축구계의 영웅입니다."

"정말 영웅이에요. 신용남 만세입니다. 스코어판의 시계는 45분에서 멈췄습니다. 약간의 로스타임이 있는 것 같습니다. 프랑스 선수들이 서둘러 센터서클 중앙에 볼을 갖다 놓습니다. 슈베제르 선수의 킥, 짧게 옆으로 줍니다. 프랑스 선수들은 골키퍼 한 사람만 남기고 전원 전방으로 나옵니다. 프랑스 최후의 반격입니다. 프랑스 선수가 몇 차례 삼각 패스로 한국 진영 중앙까지 나왔습니다. 프랑스의 선수들은 전원 하프라인을 넘어 한국 진영으로 집결했습니다. 한국 선수들도 전원 두꺼운 수비진을 펴고 있습니다. 이 고비만 넘기면 한국이 2대 1로 결승전에서 프랑스를 누르고 대망의 월드컵을 차지하게 되는 겁니다. 마르탱 선수의 강슛! 그러나 이득규 선수가 여유 있게 받아쥐고 길게 내 찹니다. 볼은 멋진 아치를 그리며 뻗어 갑니다. 동시에 중앙선 근방에서 서성대고 있던 신용남 선수가 뛰어갑니다. 볼은 신용남 선수 바로 앞에 떨어졌습니다. 또다시 신용남 선수의 단독 진격이 시작되는 장면입니다. 여러 명의 프랑스 선수들이 허둥지둥 뛰어갑니다. 하지만 우리 신용남 선수의 발이 워낙 빠릅니다. 프랑스 절망의 장면입니다. 프랑스 골키퍼가 안절부절 골문을 외롭게 지키고 있습니다. 주심이 손목시계를 들여다봅니다. 골 문전에 쇄도한 신용남의 강슛! 골네트가 출렁했습니다. 삐이. 타임아웃!"

✳

시합은 3대 1로 한국이 승리했는데 시합 종료 후에 한 토막 해프닝이 벌어졌다. 허탈에 빠져 그라운드 여기저기에 가로세로 쓰러져 있던 프랑스 선수 가운데 마르탱이 갑자기 큰소릴 외치며 퇴장하려는 주심을 붙들고 늘어진 것이다.

"코리아의 12번 선수는 사람이 아니다. 로봇이다! 사람이 아니다!"

마르탱이 외치는 소리가 무엇을 뜻하는 건지 이해 안 가 어리둥절한 주심은 얼빠진 사람모양 눈만 껌벅이고 있다가 마침내 마르탱 선수가 외치는 소릴 알아듣자 빙그레 웃으며 마르탱의 등을 토닥거려주고 걸음을 장외로 이어갔다.

"내 말이 정말이야! 한국 12번 선수는 로봇이야!"

마르탱은 입에 게거품을 흘리며 주심의 앞가슴에 매달렸다. 이때 서너 명의 프랑스 선수들이 마르탱에 가세하였다.

"마르탱의 말이 맞습니다. 코리아의 12번 선수는 사람이 아닙니다.

로봇이 틀림없어요!"

이들은 한국 신용남 선수에게 태클을 걸었다가 실패를 맛본 선수들이었다. 마르탱은 동조자들이 나오자 더욱 거세게 나왔다.

"틀림없는 로봇이다. 내가 목을 끌어안았다가 그가 뿌리치는 통에 나가떨어졌는데, 사람이 아닌 틀림없는 물체였어. 로봇이 아니고선 그런 감각이 올 수 없어."

"그래, 그래 맞아, 로봇이다!"

다른 동조자들도 일제히 외쳤다.

"로봇이 저기 있어. 도망가기 전에 붙들어라."

한 사람이 외치자 여러 명이 와르르 한국 벤치 쪽으로 뛰어갔다. 이때 한국 선수들은 라커룸을 향하여 경기장을 나가려는 참이었다.

"12번이 로봇이다!"

프랑스 선수들이 혈안이 되어 한국 선수 중의 백넘버 12번 선수를 찾았다. 12번 신용남 선수는 이내 프랑스 선수들의 포로가 되었다.

"왜 이래?"

신용남 선수는 앙탈했으나 무섭게 설치는 프랑스 선수들을 어찌할 수 없었다. 한국 선수와 코치들이 서둘러 신용남 선수를 엄호하고 나섰다. 한국 선수단과 프랑스 선수단 사이에 일대 육박전이 야기될 형세였다. 주심이 달려오고 장내 경비로 나와 있던 경관들이 달려왔다. 주심이 프랑스 선수들을 떠밀고 신용남 선수 앞을 막고 섰다.

"무슨 헛된 소릴 하는 거야. 로봇이라니, 누가 로봇이란 말인가?"

주심의 힐책에 프랑스 선수들은 멈칫했다. 그러나 마르탱은 "틀림없어. 로봇이다!" 하고 외치며 신용남 선수의 팔을 잡고 늘어졌다.

"이 사람 미쳤군!"

신용남은 어이없다는 표정을 하면서도 마르탱 선수의 야료를 그대로 받아주며 싱글싱글 웃었다.

"아니, 이렇지 않았는데…."

마르탱은 신용남의 전신을 떡 주무르듯, 얼굴이며, 목, 팔, 다리를 함부로 주물러 보고나서 얼빠진 사람 모양 멍하니 서 있었다.

신용남 선수는 아예 속 시원히 보라고 윗도리 러닝셔츠까지 벗고 빙글빙글 서너 바퀴 돌고 나서 말했다.

"자, 실컷 만져들봐."

"자, 돌아들 가지."

주심이 말하자 프랑스 선수들이 "미안해." 한마디 던지고 얼빠져 있는 마르탱을 이끌고 자리를 떴다.

3. 월드컵 이후

파리 월드컵 대회에서 한국이 주최국 프랑스를 3대 1로 누르고 우승을 차지한 사실은 그해에 10대 뉴스의 하나가 될 거라고 전 세계의 매스컴이 떠들어 댔다. 축구의 본고장을 자처하는 유럽과 남미의 축구계는 온통 벌집을 쑤셔놓은 것처럼 술렁거렸다.

월드컵이 아시아로 가다니, 그것도 코리아로 가다니, 이게 무슨 날벼락이냐고 자기네 위주의 사고방식으로 통탄하는 것이었다. 그러니 주최국 프랑스의 실망이야. 더욱 그들은 106전 전승의 기록이 무참하게 허물어졌고, 세계 최강이니 유사 이래 전무후무의 축구왕국이니 하며 거드름을 피우던 콧대가 납작하게 되어 보기에도 민망할 지경이었다.

거기다가 시합에 지자 상대편 선수를 로봇이라고 생떼를 쓰다가 전 세계의 빈축을 산 창피는 어찌할 것인가! 더욱 딱한 것은 그네들의 영웅인 마르탱이 신경쇠약으로, 슈베제르는 아킬레스 근육 통증으로 입원 신세가 된 것이었다.

상대적으로 주가가 오른 것은 한국의 축구. 파리의 도박사들이 프랑스와의 결승전을 30대 1의 열세로 본 코리아가 우승을 차지한 힘의 근원은 과연 무엇일까? 그리고 세계의 축구영웅으로 떠오른 스트라이커 신용남 선수와 기적의 골키퍼 장문식, 그리고 이득규 선수는 과연 어떤 인물이며, 신비스러운 그들의 축구 재간은 어떤 비결로 이루어진 것일까?

✳

파리의 월드컵 결승전은 끝났으나 이 결승전에 쏠렸던 전 세계인의 관심은 좀체 식을 줄 모르고 지속되었다. 아무리 큰 사건이라 할지라도 시간의 흐름에 따라 차츰 식어들게 마련인데 파리 월드컵의 화제는 그렇지 않았다. 신문과 방송들이 관련정보를 계속 제공했기 때문이다. 먼저 파리의 한 신문사가 스포츠란 한구석에 '월드컵 결승전의 뒷이야기'란 제목으로 자그마한 기사를 실었다.

파리주재 한국대사관에 근무하는 R씨(가명)가 본사에 와서 전하는 말인즉슨, 한국인 직원끼리 얘기하는 걸 우연하게 들었는데, 저번 결승전은 축구팀끼리 치르긴 했으나, 실은 한국대 프랑스 과학자들 간에 치러진 두뇌 싸움으로 한국이 승리했다는 거란다. 본사 기자가 한국대사관에 가서 발설자인 R씨와, 얘기를 나눴다는 한국인 직원들과 한자리에 모여 확인 대질을 한 결과, R씨는 분명하게 들었다고 주장하나 한국인 직원들은 그런 얘기를 한 일이 없다고 해서 결론을 내지는 못했다. 다만 R씨는 시종 성실하게 자기 말에 거짓이 없음을 강조한 반면, 한국인 직원 측은 싱글싱글 웃으면서 부정하는 태도가 약간 수상했다.

위의 기사가 나온 다음 주, 〈파리 스페시알〉이라는 주간지에 '프랑스 축구협회가 수사당국에 부탁하여, 월드컵 결승전 당시 있었던 한국 선수 로봇설의 진상을 규명코자 한다'는 기사가 나왔다.

며칠 후, 〈파리 시민 뉴스〉가 매우 구체적인 기사를 발표하였다.

본사 서울 특파원 오노르 마궁(지급전문). 대한민국 상공회의소 무역담당이사 김우성 씨(52세)가 본 기자에게 중대한 정보를 제공해주었다. 김 씨는 지난번 월드컵축구 시합에 출전한 한국 선수 중에 백 퍼센트 기계화된 로봇이 있었고, 이 로봇 선수가 두 골을 넣어 결국 프랑스팀을 지게 만들었다는 것이다. 기자가 녹음기를 꺼내며 김 씨에게 다시 한 번 말해달라고 하자, 김 씨는 지금 말한 것은 사실이긴 하되, 당신과 나 사이의 친구 간 사담(私談)인데 공식 증거물로 하자니 당신 너무 심하다고 녹음기를 빼앗아갔다.

이쯤 되니 문제는 더욱 복잡해지고 확대될 수밖에 없었다. 한국의 월드컵 우승이 세계적 뉴스 특종이긴 했으나, 로봇 사건은 한 차원 더 큰 특종거리였다.

소문은 소문의 꼬리를 물고 무한대로 부풀어갔다. 실제로 서울 시내 여러 곳의 호텔에는 관광객도 아니고 무역상인도 아닌 정체불명의 외국인이 많이 늘었다. 로봇 축구선수 소문의 진상을 캐러 온 각국의 첩보원들일 거라는 이야기였다.

＊

P 신문사 편집국장 윤황섭이 어느 날 한국과학기술처로 김원기 박사를 찾아갔다. 항간에 떠도는 소문을 규명하기 위해서였다. 윤황섭 국장과 김원기 박사는 고교동창 사이였다.

"어서 오게. 갑자기 만나자니 무슨 일인가?"

"하도 만난 지 오래라 자네 얼굴이 보고 싶어서."

"고맙네. 나도 자네를 보고 싶었어. 그러나 워낙 바빠서, 자네도 바쁘긴 일반이겠지."

"그렇게 바쁜 사람이 파리까지 축구 구경을 하러 갔었나?"

"그걸 어찌 알았지? 극비 사항이었는데. 자네는 항간의 뜬소문, 뭐 로봇 축구선수라던가, 그걸 취재하러 왔구먼."

"아냐, 아니야. 나는 절대로 신문기자 자격으로 여기 온 건 아닐세. 그저 옛친구로서 온 거야."

"그렇다면 다행일세. 그 소문으로 하도 성가시게들 굴어서 일절 면회사절 중이었지. 그러나 자네마저 거절할 수 있나. 우리 오래간만이니 점심이나 함께하세. 나는 항상 오후 1시에 점심을 들어, 자네는?"

"나도 늦점심파지. 잘됐네, 밖으로 나가세."

"아니, 이곳 구내식당이 먹을 만해."

두 사람은 구내식당으로 갔다.

"괜찮은데. 이곳 간부들은 장관급 대우라지?"

"아아, 그렇다지. 나야 아무래도 상관 안 해."

"김 박사. 자넨 아까 파리에 축구 구경 간 걸 극비 사항이라 했는데, 축구 구경이 극비사항이라니 왜 그런가?"

말을 던진 윤 국장이 친구의 안색을 살폈다.

"역시 자네는 신문기자군, 그걸 왜 따지지?"

"아냐, 아냐, 대답하기 싫으면 그만둬. 그저 지나는 말로 한 것뿐이야."

"솔직히 말해. 궁금증 때문에 나를 찾아온 거지?"

"그렇다면 말해주겠나?"

"지장이 없는 한도 내에서 얘기할 수도 있지. 단 '오프더 레코드'일세. 약속을 지키겠나?"

김원기 박사의 눈초리가 매서웠다.

"물론 지키다마다. 정말 나는 오늘 신문기자로서 자넬 찾은 건 아니야. 먼저 말했잖아. 다만 개인적으로 궁금하고 답답한 게 많아 좀이 쑤실 지경이야. 그래서 자넬 찾은 거야."

윤 국장의 표정은 진지했다.

"뭣이 궁금한가?"

"우선 로봇 시비인데, 정말 그 시합에 로봇이 등장했을까?"

"응."

"그 로봇은 자네가 만들었나?"

"우리가 만들었지."

"정말?"

윤 국장의 입이 딱 벌어졌다.

"놀랄 건 없어."

김 박사의 표정은 냉정하기만 했다.

"로봇은 누구지, 12번 신용남 선수인가? 골키퍼들인가?"

"12번 신용남 선수."

"지금도 신용남은 로봇인가?"

"이 사람아 무슨 소리 하는 거야, 신용남은 어엿한 사람이야. 파리 스타디움에서 결승전 후반전을 뛴 것이 로봇 신용남이고."

"로봇 신용남은 지금도 있나?"

"로봇 신용남은 시합이 끝나는 즉시 분해되고 없어."

"아까운데. 세계의 여론은 만약 그 시합에 로봇 선수가 있었다면 인류 역사의 큰 혁명이라고들 하던데."

"생각하기에 따라서 그렇게 볼 수도 있겠지."

"살아 있는 인간 그대로의 로봇이 탄생하다니 정말 기가 차는군."

윤 국장은 가슴이 두근거리고 몸이 떨리는 오한을 느꼈다. 그러나 김 박사는 냉랭한 안색 그대로 말했다.

"아니야. 살아 있는 사람 그대로는 아니었어. 마르탱 선수가 로봇이라고 간파했으니깐."

"아니, 십만 관중이 지켜보는 가운데 상대편 선수들과 어울리면서 45분 동안 축구경기를 해내다니, 너무나 엄청난 일이야. 얼마나 정교했기에 목을 끌어안았던 마르탱 선수가 그 즉석에선 감지 못하고, 나중에야 이상하다고 말하긴 했으나, 엉거주춤한 주장이었지 않은가. 태클을 한 상대편 선수들은 아예 아무런 이상도 느끼지 못했지 않아. 정말 무서운 얘기야."

"놀랄 건 없어. 과학이 나아가는 시간상의 당연한 현상 아니겠는가."

몸을 떠는 윤 국장에 비해 김 박사는 아주 태연했다.

"나 같은 문외한에겐 도저히 이해 안 되는 이야기야. 외모는 그런 대로 사람같이 꾸밀 수 있다 해도, 그 순간순간의 행동, 아무도 예측할 수 없는 복잡한 상황에 적응하는 몸동작은 어떻게 이루어지는 건가? 아무리 컴퓨터가 만능이라 한들 감당할 수 있는 노릇일까?"

윤 국장은 머리를 절레절레 흔들며 심각한 표정으로 친구의 얼굴을 바라보았다.

"맞아. 컴퓨터 만으로는 안 돼. 이걸 어찌 설명한다지…. 가만있자 자네에겐 로봇 신용남 선수의 작동원리를 설명하기에 앞서 골키퍼 장문식 선수와 이득규 선수의 비밀을 먼저 해명하는 게 순서일 것 같군."

"아니, 이 사람아, 그럼 그들도 로봇이란 말인가? 아까 자네는 로봇은 신용남 선수라고 말했지 않나?"

"물론 골키퍼 두 사람은 진짜 인간이지."

이때 주문한 식사가 나왔다.

"자, 점심이나 먹으면서 찬찬히 얘기하세."

식탁 위에 벌어진 요리는 생선, 쇠고기, 계절의 채소와 과일 등 풍성했다. 김 박사는 부지런히 포크를 구사했으나 윤 국장은 입맛이 싹 가셔 건성 먹는 체만 하였다.

"골키퍼는 진짜 인간이라고? 그럼 로봇 얘기하다 말고 왜 그 사람들은 들먹이지?"

윤 국장은 궁금증에 사로잡혀 안 물을 수 없었다.

"그래 골키퍼는 진짜 사람이야. 진짜 사람이긴 한데….”

김 박사는 음식을 씹느라 우물쭈물했다.

"진짜 사람이긴 한데, 어쨌어?”

"장문식 골키퍼나 이득규 골키퍼나 유명한 선수이긴 하지. 암 유명한 명 키퍼지.”

김 박사는 음식을 삼키고 나서 말을 이었다.

"명 골키퍼이긴 한데, 어떤 슛이고, 심지어 페널티킥 마저 척척 받아 낸다는 건 좀 무리한 얘기가 아닐까, 어찌 생각해?”

"좀 무리한 정도가 아니라 초능력의 경지라고 말해야지. 그러기에 프랑스에서는 두 골키퍼가 로봇일 거라고 했다지 않은가. 나는 안방에 앉아 텔레비전으로 관전했지만 정말 우리 골키퍼들 잘하더라. 사람 같지 않았어. 그네들이 로봇이라고 떠들 만도 해.”

"그 사람들이 로봇은 아니야. 다만 농간이 있어.”

"어떤 농간?”

"골키퍼의 장갑과 모자에 비밀이 숨겨져 있었지. 전반전 종료 직전에 이득규 선수가 한 골 먹은 것은 장문식 선수가 부상당해 병원으로 옮겨갈 때 장갑과 모자를 갖고 갔기 때문이었어. 한국 사령탑이 병원에 가서 이것들을 찾아온 후반전에서는 이득규 선수가 프랑스의 슛을 백 퍼센트 막을 수 있었지.”

"이상한데. 보기에 평범한 여느 장갑이나 운동모와 조금도 다르지 않던데. 비밀을 숨길 데가 어디 있다구?”

"비밀 장치는 별로 부피 있는 게 아니었어. 다만 간단한 물리학의 원리를 이용한 것 뿐이야.”

"물리학 원리라고? 어떤?”

"자네는 물체의 동질성 상호견인이론이란 것을 아나?"

"몰라."

"예컨대 세수대야 같은 그릇에 물을 담고, 물 위에 종이 부스러기나 콩 껍질 등을 여기저기 띄워놓고서 잠시 후에 보면 종이는 종이끼리, 콩 껍질은 콩 껍질끼리 한곳에 모여 붙는 걸 보게 될걸세. 우리는 그걸 만유인력의 물리현상이라고 대수롭지 않게 보고 지내왔으나, 그 현상에는 또 하나의 원리, 즉 동질성 상호견인의 현상이 포함돼 있는 거야.

우리는 이 물리현상을 이용하여 도깨비 장갑과 모자를 마련해 낸걸세. 좌우 한켤레의 실장갑 가운뎃손가락에 축구공과 같은 소재로 된 가락지를 끼워놓고, 특수 금속으로 만든 극히 가느다란 전선을 이 가락지에 연결한 다음, 이 전선을 골키퍼의 긴소매 러닝 속으로 연장하여 그 사람의 모자 테두리에 접속시키는 거지. 모자 테두리에는 이 사람의 뇌신경, 특히 시신경과 손발의 근육운동 신경을 자극하는 전자대가 장치돼 있어. 전방에서 날아오는 공과 장갑 가락지, 뇌신경이 동시에 연결되는 거야. 알아듣겠나?"

"모르겠어, 설사 그런 장치가 있다손 총알처럼 날라오는 슛을 어찌하겠어? 동질성 상호견인이니, 특수전선 전달이니, 뇌신경자극이니 하는 여러 단계를 거치는 동안에 공은 벌써 골인하고 말 것 아닌가?"

"허, 이 친구 아주 숙맥이네. 그리해서 어찌 요즘의 광통신 시대 매스컴의 사령탑 자리에 앉아 있단 말인가. 어서 사표를 써내게. 이 정도를 이해 못 하면 로봇 선수의 해명은 아예 기대도 말게. 이봐 자네가 거울 앞에서 동작할 때 자네 동작이 빠르겠나, 거울에 비친 영상의 동작이 빠르겠나? 어떤 쪽야?"

"그야 거의 동시겠지."

"거의 동시라고? 아니지, 자네 동작과 거울 속의 영상인 또 하나의 자네 동작은 '동시에' 이루어지는 거야. 자네는 자네의 동작이 거울에 비치는 데 걸리는 시간과 거울의 영상이 자네 안구(眼球)에 와 닿는 데 걸리는 시간을 의식하여 '거의'라는 낱말을 썼는데, 그런 소요시간은 관념상에나 있고 실존하지는 않아. 우리 물리학자들도 거론 안 하는 관념상의 시간을 계산하다니 자네는 초물리학자일세. 허허허.

아무튼, 장갑의 가락지 즉 골키퍼 손은 볼과 항상 서로 연결돼있게 마련이야. 거리가 가까워지면 접촉하게 마련이고, 접촉 안 되는 경우는 볼이 골문 밖으로 멀리 빗나가는 경우뿐이지."

"그건 그렇다 치고, 신용남 선수가 그토록 날렵하게 작동되는 원리는 뭣인가? 아까 자네는 컴퓨터만으로는 안 된다고 말했는데…."

"음. 로봇 축구선수의 작동은 컴퓨터와 근거리 무선 조작방식, 즉 리모트 컨트롤 방식을 겸용한 것이긴 한데, 지난번 파리에서의 경우에는 나로서도 도저히 해결할 수 없는 두 가지 결함을 안은 채 모험을 무릅쓰고 실행한 사실을 미리 말해둬야겠네. 두 가지 결함이란 그 하나는 로봇의 조작을 그 로봇의 모체만이 할 수 있다는 점. 즉 지난번의 경우 로봇 신용남 선수의 조작은 신용남 선수 그 사람만이 할 수 있다는 거야. 또 하나의 문제점은, 로봇 신용남 선수를 조작하는 힘의 공급원인 신용남 선수 본인의 정신력에 의존해야 한다는 것…."

"잠깐. 로봇 하면 첨단 과학기술의 결정이라고 나는 보는데, 어느 로봇의 조작이 특정 자연인, 단 한 사람에 국한되고, 그나마 조작원리가 기계 혹은 물체의 능력에 있는 게 아니라 그 특정 자연인의 정신력에 의존해야 한다니, 좀 이상한데. 그래서야 무슨 첨단 기술이며, 신뢰할 수 있는 기능체라 할 수 있겠나. 자네는 그렇게 말하지만 실상은 그렇지 않겠지. 파리에서의 대성공을 보더라도 확실성 있는 방식으로 진행했었겠지? 안 그래? 김 박사…."

"파리의 성공은 어찌 보면 요행 중의 요행이었어. 이 점은 과학자인 나로서는 부끄럽기 짝이 없는 노릇이야. 하기야 우린 수십 수백 번의 실험을 거쳐 일단 안심할 수 있는 성공확률을 얻고서 한 일이긴 하지만 말일세. 비록 성공을 거뒀다고는 하나, 성공의 근원을 정신력에 의존한 점은 우리의 약점이지."

"그렇게 빙빙 외곽으로 돌지 말고 구체적으로 설명해주길 바라네. 그래야 나 같은 과학 문외한이 겉핥기라도, 이해되지 않겠나."

"좋아, 지난번 파리의 경우를 구체적으로 말하지. 시합 후반전에 로봇 신용남 선수를 내보내고 진짜 신용남 선수는 호돌이 속으로 들어간 거야. 인간 신용남은 호돌이 몸속에서 경기장을 특수 거울을 통해 내다보면서 로봇 신용남을 리모트 컨트롤 한 거야."

"아, 그랬었구나. 그런데 그렇게 말하면 될 걸 왜 알아듣기 곤란하게 특정 자연인에 국한하느니, 정신력에 의존해야 하느니 하는 투로 설명하는 거지. 내가 과학 문외한이라고 부러 이해하기 어렵게 하려는 건 아니겠지?"

"천만에. 자네는 혹시 이렇게 생각하는 모양이군. 즉 호돌이 속에는 신용남 본인이 아니더라도 감독이나 코치 또는 다른 유능한 선수가 들어가 자기 기량껏 컨트롤하면 되지 않겠는가 하는 거지?"

"맞아. 기계란 만인 앞에 공평한 게 아니겠는가. 일정 수준에 도달한 사람들이라면 A도 좋고 B도 상관 없는 게 기계 아니겠나. 우리 집 경우만 해도 올해 돌 지낸 손주애도 곧잘 리모컨으로 텔레비전 프로를 제멋대로 바꾸니 말이야."

"자네 말을 알아듣겠네. 하지만 말일세, 단순한 축구 연습 같은 것이라면 호돌이 속에 아무도 들어가 있을 필요 없이 컴퓨터로 처리할 수 있네. 연습으로 공차기 정도면 고작 천 가지 정도의 폼을 작성하여 컴퓨터에 입력시켜 놓으면 그만이야. 하지만 복잡다단한 축구시합 과정을 모조리 입력시키기란 불가능한 거 아니겠나. 그렇다면 감독이나 코치가 호돌이 속에 들어앉아 컨트롤하면 될 게 아니겠느냐는 질문이 나오겠는데, 과연 그렇긴 해. 감독이나 코치면 아무리 복잡한 장면일지라도 능히 대처할 능력이 있겠으니 말이야. 그러나 이 경우 감독이나 코치가 구성한 생각을 어떤 방법으로 로봇에게 전달하느냐 하는 난관에 부딪히게 되네."

"딴은 그렇군. 그걸 어떻게 해결했지?"

"나는 궁리한 끝에 무당의 지혜를 빌리기로 했어."

"뭐! 무당의 지혜라고?"

"응. 왜 무당들이 곧잘 사용하는 거 있잖아. 부적 말일세. 무당들이 신령님께 정성을 들이고 나서 부적을 만들어 소원성취를 바라는 사람들에게 나눠주면 사람들은 그걸 몸속에 지니고 다니거나 자기 집 문이나 벽에 붙이잖아. 그런 부적 말일세."

"그게 정말이야? 그런 부적을 갖고 월드컵 시합에 나갔단 말이야?"

"뭐 말 그대로의 부적은 아니지만, 엄격히 말하자면 오십보백보지. 굳이 과학자로서 변명한다면, 아까 골키퍼와 공의 관계를 동질성 상호견인이론이라고 말했는데, 이 경우는 정신계의 상호견인이론이라고나 할까? 아무튼, 완전 과학적인 것이 아닌 것만은 사실이지. 우리는 자연인 신용남 선수에게 특수금속으로 만든 머리띠를 항상 쓰고 있게 한 거야. 그리고 신용남 선수더러 항상 마음속에 뇌이고 있으라고 일렀어. 즉, '나의 로봇이여. 제발 내 마음 내 생각과 같은 마음과 생각을 가져다오. 내가 마음먹은 대로 내가 생각하는 대로 움직여다오.' 이런 절차를 밟은 다음 그 머리띠를 로봇 머릿속에 넣고 전선으로 로봇 가슴 안에 장치한 컴퓨터에 연결한 거야."

"웃기는군. 그런 것으로 파리 월드컵대회에 나갔단 말인가?"

"웃어도 도리 없지. 그러나 우리는 파리에 나가기에 앞서 이런 방식을 장기와 바둑에 적용해보고 자신을 얻은 걸세. 자네도 컴퓨터가 장기나 바둑 두는 거 봤지. 컴퓨터가 실제 인간과 대국할 경우, 초급자에게는 쉽게 이기나 중급자와의 대국에서는 엉뚱한 짓을 하고, 고급자와는 아예 대국이 안 되는 거로 나타나는데, 고수의 머리에 로봇 신용남 선수가 쓴 거와 같은 머리띠를 씌운 후 이 머리띠를 컴퓨터에 전선으로 연결시키고 일류 기사와 대국해보니 컴퓨터가 고수의 수 읽기를 그대로 받아 멋진 대국을 할 수 있었네. 이쯤 되면 문제는 쉽게 풀 수 있어. 파리에서는 똑같이 생긴 머리띠 두 개를, 하나는 호돌이 안에 있는 인간 신용남 선수 머리에 씌우고, 다른 하나는 경기장의 로봇 신용남에게 장치하고 유선 대신 무선신호 방식을 취한 거야."

"옳지, 그러면 되겠군. 그런데 자네는 아까 특정 인간의 정신력에 의존한다고 했는데, 뭘 의존하고 말고 할 필요가 없겠는데…?"

"천만에. 호돌이 안에 있는 신용남 선수가 정신통일을 하고 있어야지. 만에 하나 잡념을 갖는 순간 경기자의 로봇 신용남은 걷잡을 수 없는 행위를 하게 돼. 큰일나지. 그래서 우리는 기계 작동에 신경을 쓰는 이상으로 신용남 선수의 정신상태에 신경을 쓰게 되는 거야."

"딴은 그렇군."

"이 과정에서 우리는 뜻밖의 현상이 일어난 걸 발견하여 깜짝 놀랐네. 뭣인고 하니 주변에 있는 더욱 많은 사람이 로봇 선수에게 성원을 보낼 경우, 다신 말해 응원단의 마음이 로봇의 본체인 자연인 본인의 마음과 일치할 경우, 로봇의 활동은 더욱 정확하고 더욱 효과적으로 움직여준다는 사실이야. 참 이상한 현상이야. 응원단의 누구와도 유선연결이나 무선 송수신 장치가 없는데도 상당거리에 있는 목적물에 인간의 의지가 가 닿는 현상. 이게 무엇일까? 자네는 어찌 생각하나?"

"일종의 기적이군."

"맞아. 기적이야. 사람의 두뇌 혹은 다른 육체의 어느 부위에서 발사하는 눈에 보이지 않는 그 무엇! 이게 무엇일까?"

"그걸 알아내는 게 과학자의 임무 아니겠나."

"그런 말은 하지 말게, 부탁이야. 과학자도 인간이지. 인간의 능력에는 한계가 있어."

"그 밖의 것은 신의 영역이란 말이지."

"그래, 신의 영역이야. 유사 이래 이제까지 과학자들은 신의 영역에 도전하여 많은 것을 훔쳐내고 알아내고 했지만, 신성불가침의 신의 영역은 아직도 많고 크고 넓고 그리고 절대적인 것이야."

"결국, 사람은 전지전능의 신 앞에선 별것 아니라는 말이군."

"그래, 바로 자네 말대로야."

"가만있자." 윤황섭 국장이 고갤 갸웃거렸다. "나는 자네가 불교 신자로 알고 있었는데 언제 기독교로 전향했나?"

"아냐, 나는 그대로 불교도야."

"그럼 전지전능의 신이라고 말할 게 아니라, 전지전능의 부처님 이라고 해야 할 텐데?"

"자넨 별것을 다 트집 잡는군, 허허허. 부처는 전지무능(全智無能)인걸."

"뭐! 전지무능?"

"아니야. 신경 쓸 거 없어, 어서 식사하게. 나는 벌써 다 먹었지 않나."

"나는 자네 말에 홀려서 식사고 뭐고 정신이 없네."

"홀리다니 무슨 소리야?"

"식사는 하면 되는 거고, 그것보다 내겐 큰 고민거리가 생겼네."

"고민거리라니?"

"자네는 아까 나더러 오프더 레코드라고 다짐했는데, 이거 야단 일세. 신문기자인 내가 이런 특종기사를 얻고도 벙어리가 되라니 야단 아닌가. 정말 약속을 지켜야 하나?"

"이 사람 큰일 날 소릴 하네! 절대 비밀로 하라고 체육회와 정부 에서 신신당부한 것인데, 나는 자넬 믿고 털어놓았지 않나."

"알았네, 약속은 지키겠네. 그런데 항간에서는 지금 자네가 말한 진실에 가까운 소문이 상당히 널리 퍼지고 있던데, 그건 어디서 흘 러나온 걸까?"

"그건 좀 묘한 사정 때문이야. 체육회 계통에선 절대 비밀을 주장하고 있으나 경제계와 과학계 쪽에서는 비공식 방법으로라도 사실을 세계에 알려야겠다는 거야."

"그건 왜?"

"한국의 기술 수준이 이 정도라는 걸 만방에 알려 우리의 실력을 과시하자는 거지. 그러면 수출 증진에 많은 도움이 된다는 거야."

"딴은 그렇군. 허나 우리에게 우승을 빼앗긴 프랑스가 펄쩍 뛰겠군. 안 그런가, 김 박사?"

"딴 나라는 몰라도 프랑스가 나설 형편은 아니지."

"그건 왜?"

"프랑스의 슈베제르와 마르탱 두 선수는 로봇은 아니지만, 4분의 1 로봇이라고 해도 과언은 아니야. 그 두 선수의 다리뼈는 제것이 아니고 특수소재로 만든 대용뼈야. 그들의 초인적 강슛은 거기에 연유한 것일세. 우리는 비밀요원을 파견하여 라커룸에서 X레이 사진을 찍어냈어. 그들은 실로 엄청난 짓을 한 거야. 우리의 로봇 작전은 자연인의 신체에는 털끝만 한 하자도 내지 않았지만, 그네들은 멀쩡한 사람에게 외과수술을 감행하여 사람의 뼈와 대용뼈를 바꿔치기한 것이네. 비록 지원자를 뽑고 그들의 동의를 얻은 시술이긴 하겠지만 중대한 인권침해 행위라 아니할 수 없네. 우리가 비밀 촬영한 X레이 사진을 분석해보니 장딴지 안에 원동기가 장치돼 있더군. 이것으로 저들은 106전 전승의 대기록을 세운 거야. 우리는 파리에서 서울까지 따라온 프랑스 요원에게 이 사진을 보여주었지. 혼비백산하고 달아나더군, 허허허."

"맙소사."

"그러나 우리는 이번 사건을 통하여 프랑스 국민을 다시 보게 되었네. 저들의 월드컵에 대한 집념이 얼마나 끈덕지다는 것도 놀랍지만, 더욱 놀라운 것은 프랑스 의학계의 높은 기술 수준일세. 그들의 대용뼈는 자연인의 본래의 뼈와 조금도 다름없이 신경계통, 모세관 계통이 살아 있어. 이것은 프랑스 이외의 어떤 나라도 흉내 낼 수 없는 경지네. 정말 놀랐어."

"그 친구들은 또다시 신의 영역을 침범한 것이군. 이렇게 자주 하다간 자네들 과학자들은 신의 노여움을 사게 될지도 몰라, 하하하."

윤황섭 국장은 우스갯소릴 했으나, 김원기 박사는 엄숙한 낯으로 말했다.

"아니야. 이미 신은 노하셨어. 우리는 지금 천벌을 받는 중이야. 지구는 벌써 병들어가고 있는 걸…."

소련공습

◇ 1984년 《주간한국》 1004호−1005호 연재

1

새벽 2시. 요란스러운 전화 벨 소리에 나는 반 무의식 상태로 수화기를 잡았다. 요즘 며칠 동안 나는 제대로 잠을 이루어본 적이 없었다. 갑자기 나에게 덮친 참극, 아니 우리나라를 후려친 크나큰 사고, 아니 우리나라뿐 아니라 전 세계를 뒤흔든 대사건 탓이었다. KAL기 피격사건에 이중으로 휘말려든 나는 정말 잠 잘 틈도, 식사할 틈도 없는 나날이었다.

이중으로 휘말렸다는 것은 나의 단 하나뿐인 동생인 용남이가 불행하게도 KAL기 희생자 명단에 끼어 있다는 것과, 나는 나대로 C신문사의 외신부 기자로서 이 사건을 다루어야 하는 처지에 놓여 있다는 현실 때문이었다.

내 동생 용남은 5년 전 무일푼으로 미국에 건너가 온갖 고생 끝에 매사추세츠 공과대학의 섬유공학박사 학위를 따가지고 금의환향

길에 올랐다. 단 하나의 동기를 잃은 나의 심정은 무어라 표현할 길이 없었다. 그리고 용남의 약혼녀 정은숙 씨. 8년 전에 용남이와 약혼 후 홀어머니를 봉양하며 오로지 오늘이 오기를 손꼽아 기다렸다.

8년의 기다림 끝에 행복의 보금자리를 마련하게 된 은숙 씨는 김포공항 대합실에서 비보를 접하자 실신하고 말았고, 딸의 기절을 본 그녀의 어머니도 그 자리에서 실신하자 나 역시 실신 직전에서 이 모녀를 돌보느라 쩔쩔매야 했으니, 우리 세 사람은 별수 없이 KAL기 사건이 몰고 온 수많은 비극의 주인공 중에 끼여 뉴스의 취재대상이 되어야 했다.

취재대상이 된 나는 나대로 외신부 기자의 직책을 띠고 이리저리 날뛰고 다녀야 했다. 이래저래 정신적으로, 육체적으로 지칠 대로 지쳐 몸을 못 가눌 지경이었다. 이날도 자정이 넘도록 신문사에 있다가 집에 돌아와 잠자리에 든 건 새벽 1시가 지난 시각이었다.

"날세 나야, 박만기."

박만기라니? 나는 몽롱한 의식을 가다듬느라 잠시 머뭇거렸다.

"박만기?"

"그래 나야. 자네 급히 이리로 와줘야겠어."

박만기? 아, 미국에 이민 간 내 친구였지. 그런데 이 친구 언제 귀국했지?

"자네 지금 어디 있어? 언제 귀국했어?"

"귀국하다니? 여긴 시카고야. 자네 목소리가 왜 그런가. 어디 아픈가?"

"아니, 괜찮아. 자다가 일어나서 그래."

"그렇구나, 거긴 밤중이구나. 미안해. 이곳은 지금 아침이야."

"전화 소리가 꼭 서울 시내 같은데. 정말 시카고인가?"

"정말이야. 요건만 말하겠네. 자네 곧 이리로 와. 될 수 있으면 조근식도 함께 왔으면 더욱 좋겠는데. 이건 최영수의 부탁이네, 알겠나."

"조근식을? 왜?"

"전화로는 얘길 할 수 없어. 자넨 지금도 신문사에 있지?"

"응."

"그럼 여권 걱정은 없겠군. 적당한 구실을 붙여 곧 이리로 와. 알겠나?"

"좀 자세히 얘기해봐. 왜 갑자기."

"갑자기는 뭐가 갑자기야. 이대로 당하기만 하고 있을 순 없잖아. 자네와 조근식이 오길 우린 기다리고 있어. 내일 오후에 다시 전화할 테니 출발 여부를 말해줘. 잘 있어."

전화는 뚝 그치고 말았다. 이게 어쩐 사연일까 하고 나는 곰곰 생각했다.

'이대로 당하기만 하고 있을 순 없잖아.' 박만기의 이 말은 내가 당한, 아니 우리가 당한 KAL기 사건을 가리킴이 틀림없었다. 본시 성미가 괄괄한 만기는 친동기를 잃은 나를 위로하는 따위의 인사말을 아예 걷어치우고 거두절미, 본론부터 털어놓은 것이다. 과연 박만기다웠다.

그렇다. KAL기 피격사건이 어찌 한 개인의 사고로 취급할 성질의 것이라. 제3차 세계대전의 선전포고나 진배없는 소련의 어처구니없는 행위가 아니겠는가!

그런데 당하기만 하고 있을 순 없다니 무슨 말인가? 나와 조근식더러 곧 미국으로 오라니, 나나 조근식이나 빈 주먹뿐인 한낱 시민에 지나지 않는데 무엇을 어찌하겠다는 건가?

나는 조근식에게 전화를 걸었다. 조근식은 대한항공에 근무하는 무선기사였다. 박만기와 조근식, 최영서 그리고 나는 다 같이 고등학교 동창이었다. 한밤중에 전화 걸기가 미안했지만, 그냥 견딜 수가 없었다.

"지금 시카고에 있는 박만기한테서 전화가 왔는데 자네와 나더러 미국으로 곧 오래. 자네한테도 전화 갔었나?"

"아니, 없었어. 무슨 얘기야?" 조근식은 되물었다.

나는 박만기의 전화를 그대로 되풀이했다.

"뭐가 있구나. 우리 만나서 얘기하세. 이따 9시에 자네 신문사로 내가 감세." 조근식은 내 말을 듣고 나더니 말했다.

약속한 정각에 조근식이 우리 신문사 편집실에 나타났다.

"최영수가 자네와 나를 오라고 한 데는 이유가 있을 거야. 러시아어에 능숙한 신문기자인 자네와 항공통신 전문가인 내가 필요한 일이 있는 모양이야." 이렇게 말하는 조근식의 표정은 매우 심각했다.

나는 우리를 부르는 최영수와 박만기의 사람됨을 생각해봤다. 박만기는 시카고에서 주유소를 하고 있는 평범한 시민으로, 별로 특색 있는 인물이 아니었다. 최영수는 달랐다. 그는 공군사관학교 출신인데, 소령으로 제대한 뒤 어찌어찌 하더니 미국으로 건너가 민간인 신분으로 공군 테스트 파일럿이 되었다. 그것도 여느 테스트파일럿이 아니라 미 공군의 신개발 전략 항공기를 다루는 몇 명 안 되는 인원 중의 한 사람이라 했다.

최영수가 얼마나 중요한 직책에 있는가는 그가 24시간 줄곧 공군 헌병의 경호 아래 살고 있다는 사실만으로도 짐작되었다. 24시간 경호란 것이 특권의 일종이긴 하나 불편한 면도 없지 않아 친지든 누구든 최영수와 만나고 나면 왕왕 보안당국의 조사를 받기도 한다고 했다. 어찌 보면 자유가 없는 신세 같기도 한데, 최영수 자신은 자기 직업에 매우 만족하고 있었다.

최영수는 죽은 내 아우 용남을 퍽 귀여워했었다. 고학하는 용남에게 물질적 도움도 많이 준 거로 알았다. 요 얼마 전 그는 내게 보낸 편지에 이렇게 썼다. '용남이 결혼식에는 꼭 참석하겠다.' 나는 그의 성난 얼굴을 상상해보았다. 조근식과 나는 의논 끝에 미국으로 가보기로 결정하고 이날 오후 다시 걸려 온 박만기와의 국제전화에서 우리의 의사를 전했다.

2

10월 20일 오전 10시. 조근식과 나는 시카고 공항에서 박만기의 영접을 받았다. 서로 인사말이 끝나자마자 박만기가 말했다.

"자네들은 곧바로 알래스카 앵커리지로 가는 비행기를 갈아타게. 오후 1시 출발이야. 자, 여기 표가 있네. 앵커리지에 도착해서 숙소를 정하는 대로 여기 적힌 위번 박사에게 전화를 걸게. 위번 박사가 자세한 걸 설명할 거야. 최영수는 그 근방에 있어. 나도 이틀 후에 그곳에 갈 거야. 또 만나."

이렇게 말하고 그는 비행기 표 두 장과 더글러스 위번 박사라는 이름과 전화번호가 적힌 쪽지를 건네주고 휙 돌아서려 했다.

"아, 이 사람아." 나와 조근식은 황급히 박만기의 옷자락을 붙잡았다. "도대체 무슨 일이야. 얘기를 해봐."

"길게 얘기할 짬이 없어. 우물거리다가 보안당국의 주목을 받게 되면 곤란해. 위번 박사와 영수가 자세히 얘기할 거야. 멋지게 본때를 보여주자는 거야. 자네들도 찬성하리라고 믿어. 혹 마음이 안 내키면 자네들은 도로 한국으로 가면 되는 거고."

그리고 박만기는 더 이상 물을 짬도 없이 공항을 떠나버렸다. 뒤에 남은 우리는 뭣에 홀린 사람모양 멀거니 박만기의 뒷모습만 바라보고 있었다.

"도리 없군. 시키는 대로 해보세." 나는 투덜대며 구내식당 쪽으로 발길을 돌렸다. 조근식도 나를 따랐다.

박만기의 태도가 싱겁다고 할까, 독선적이라고 할까. 아무튼, 우리를 얼떨떨하게 만든 건 사실이었으나, 우리는 그의 얼굴에 나타난 표정으로 봐서 결코 싱겁게 볼 일이 아님을 느꼈다. 어쩜 그의 태도는 지나치게 긴장한 탓일지도 몰랐다.

과연 이 친구들이 무엇을 어쩌자는 것인지는 모르겠으나 당하기만 하고 있을 순 없다는 상대가 소련이 틀림없을진대 어찌 긴장하고 흥분 안 할 수 있으랴.

앵커리지에 도착한 것은 그날 밤 8시 20분. 택시 운전사의 안내로 이스트타워호텔에 여장을 풀고 나니 이미 자정이 되었다. 피곤도 하고 시간도 늦어 그냥 잘까 하다가 아무래도 궁금증 해결이 더 급하기에 나는 위번 박사에게 전화를 걸었다.

"반갑습니다. 박만기 씨로부터 연락을 받았어요. 내일 아침 일찍 호텔을 방문하지요. 편히 쉬세요." 위번 박사의 이런 소릴 듣고 우리는 침대로 들어갔다. 피로감에 비하여 잠이 잘 오지 않았다.

깜짝 늦잠을 자다가 노크 소리에 놀라 눈을 떴다. 우린 잠옷 바람으로 손님을 맞았다. 찾아온 사람은 어젯밤 통화한 닥터 더글러스 위번 박사 외에 또 한 사람 에드윈 카프레드 박사였다. 이들의 자기소개에 의하면 위번 박사는 독일계 2세 미국 시민이며 직업은 뉴욕공과대학의 교수였고, 카프레드 박사는 스페인에서 온 교환교수로 역시 뉴욕공대에 근무 중이었다. 그들은 잠옷 바람인 우리를 보자 너무 일찍 찾아온 것 같으니 로비에서 기다리겠다는 걸 억지로 그대로 있게 하였다. 무엇보다 궁금증을 푸는 게 우리에게는 급선무였다.

"그래서 우리 두 사람을 한국에서 이곳까지 오게 한 이유가 무엇인가요?"

내가 묻자, 위번 박사가 대꾸했다.

"소련 사람들을 혼내주자는 겁니다. 이번 사건이 유엔 안전보장이사회에 상정되긴 했으나 소련의 거부권행사로 헛공론에 그치고 말았고, 미국 정부가 큰소리로 땅땅 으르긴 하나 이 역시 말로만 그칠 것은 과거의 예로 보아 뻔한 일입니다. 이대로 시간이 흐르면 안드로포프의 말처럼 망각의 세계로 사라지고 말 겁니다. 그러나 망각할 수 없는 건 당신들 희생자 가족들과 역사를 지켜보는 우리의 입장입니다."

"소련을 혼내준다니요? 유엔이나 미국 정부를 움직여서 압력을 넣어보자는 건가요?" 내가 물었다.

"아니요." 위번 박사가 대답했다.

"우리끼리 하자는 겁니다."

"우리끼리?" 나는 의아했다. "당신네의 배후에 누가 있기에…."

"배후는 없어요. 필요하지도 않고요. 우리 계획은 소수인원으로 충분합니다." 위번 박사가 말하자 옆의 카프레드 박사가 맞장구를 쳤다. "그렇습니다. 소수인원으로 할 수 있습니다. 아주 멋진 계획입니다."

"어떤 계획요?" 나와 조근식은 의자를 끌어당겼다.

"자세한 건 최영수 씨가 설명할 겁니다. 나는 대강 줄거리만 알고 있습니다."

"말해보십시오." 내가 말했다.

"설명하기에 앞서 분명하게 해둬야 할 게 있습니다." 위번 박사는 잠시 말을 멈추고 나와 조근식을 뚫어지게 보았다. 그의 두 눈에 섬광이 번득였다. "이 일은 절대 비밀입니다. 우리 계획 내용을 안 다음 이에 찬성하고 안 하고는 당신들의 자유입니다. 하지만 우리 얘기를 들은 사실을 누구에게도, 비록 가족일지라도 그 누구에게도 누설해서는 절대로 안 됩니다. 비밀을 지키겠다고 맹세할 수 있겠습니까?"

우리 두 사람은 맹세했다. 위번 박사는 껄껄 웃으며 말했다.

"좋아요. 우리는 처음부터 당신들을 믿고 있었습니다. 최영수 씨로부터 자세한 얘기를 들었어요. 김기남 씨, 당신은 시를 쓰신다지요. 나는 시인을 존경합니다."

"시인과 과학자는 공통점이 많죠. 순수성, 진실성 그리고 진리를 탐구함에 있어 물러섬이 없는 비타협성. 그래서 나도 시인을 존경합니다." 카프레드 박사도 말을 받으며 새삼스레 악수를 청했다.

우리는 금세 십년지기처럼 친숙한 사이가 되었다.

"그런데 소련사람들을 어떻게 혼내주겠다는 겁니까?" 나는 화제를 본궤도에 올려놓았다. 위번 박사의 설명은 이러하였다.

미국공군의 테스트 파일럿인 최영수는 이번에 쇼(Show)-15라는 최신형 정찰기의 시험비행을 맡게 되었다는데, 이 쇼-15기를 이용하여 소련의 하늘을 뒤흔들어 놓자는 것이다.

암호명 쇼-15로 불리는 이 정찰기의 성능이 가위 경이적이었다. 쇼-15기는 암호 이름과는 딴판으로 실상인즉 보이지 않은 항공기였다. 즉 레이더에 나타나지 않는 항공기. 탐사전파를 흡수하지도 않고 반사하지도 않는 장치가 있는 특수항공기였다. 요즘 항공계에서 한창 화젯거리가 되어 있는 스텔스 항공기가 바로 이런 항공기였다. 스텔스는 레이더에 걸리지 않기 때문에 마음 놓고 타국 영공을 드나들 수 있었다. 여태껏 세계 각국은 레이더에 안 걸리는 스텔스 항공기 개발에 열중해왔고 몇몇 나라에서는 제법 그럴싸한 단계까지 이른바 있으나, 아직도 제대로 성공한 것은 없었는데 이번에 미국이 거의 완전한 성공을 거둔 것이었다. 특수 광물로 조합한 페인트로 항공기 표면을 코팅함으로써 지상의 어떤 전파탐지기도 감쪽같이 속일 수 있게 되었다.

그러니까 신통한 건 보이지 않는 항공기 그 자체가 아니라 항공기를 보이지 않게 하는 그 페인트였다. 그 페인트로 코팅하면 항공기뿐 아니라 다른 모든 물체도 전파감시로부터 자취를 감춘다. 이 페인트가 더욱 신기한 건 전파를 통과시키기만 하는 게 아니라 광파와 음파까지도 어느 정도 통과시키는 효능을 갖고 있는 점이다. 그래서 이 특수페인트 칠을 한 물체는 적당한 거리를 유지할 경우 인간의 시력이나 광학기계 또는 음파탐지기의 추적에서 벗어날 수 있다는 것이다. 미국의 어느 물리학자가 우연한 기회에 발견했다는

'M의 변화'라는 암호명이 붙은 이 페인트는 이제까지의 전자학, 물리학, 광학 등 모든 분야에 일대 혁명의 몰고 올 것이 틀림없었다.

그건 어쨌든 'M의 변화'로 분장한 쇼-15기는 공군의 새로운 전략무기로 등장하였다. 쇼-15 정찰기의 'M의 변화'라는 마법의 옷을 입은 것만도 놀라운 일인데 이 밖에도 고도 2만7천 미터의 상승력과 마하 2.4의 스피드, 접었다 폈다 하게 된 보조날개를 이용하여 공중 한 곳에서 무한정 머물 수 있는 조절기능을 갖추고 있었다. 말하자면 만능항공기였다.

이 쇼-15 정찰기의 시험조종사가 최영수였다. 최영수는 최근 3개월 사이에 11회에 걸쳐 쇼-15기의 항공 테스트를 하였다. 이런 참에 KAL기 피격사건이 터졌다. 최영수는 쇼-15기를 몰고 가서 소련에 분풀이할 것을 마음먹었다. 그는 동지들을 물색하여 위번 박사, 카프레드 박사 등 십여 명의 동조자를 얻었다. 그들은 협의를 거듭한 끝에 소련에 대한 유효적절한 응징계획을 세웠다. 이 계획을 실천하는 데 있어 나와 조근식이 필요하다고 최영수가 주장하여 우리 두 사람을 이곳으로 오게 한 것이었다.

대충 이야기를 듣고서 나는 위번 박사에게 물었다.

"당신네의 계획을 미국 정부도 알고 있는 겁니까?"

"무슨 소리 하는 겁니까." 위번 박사는 펄쩍 뛰었다. "정부가 알면 당장 우리를 체포할 겁니다."

"아니 그럼 당신들은 정부 몰래 소련을 상대로 유효적절한 응징을 할 수 있다는 겁니까?"

"할 수 있고말고요." 위번 박사나 카프레드 박사나 자신만만한 태도였다.

"그럼 수소폭탄이라도 훔쳐 싣고 소련 영토에다 떨어뜨리겠다는 겁니까?" 내가 묻자, 그들은 머리를 설레설레 내저었다.

"그러면 세계대전이 되죠. 그런 어리석은 짓을 할 생각은 없습니다." 위번 박사가 말했다.

"그럼, 눈에 띄지 않는 스텔스 항공기를 타고 소련 상공을 시위비행하자는 거군요." 나의 이 말에 위번 박사는 빙그레 웃으며 고갤 끄덕였다.

"시위비행이라고 말할 수도 있습니다."

"단순한 시위비행이 아닙니다. 소련 사람들의 간담을 서늘하게 하는 따끔한 응징이 될 겁니다." 카프레드 박사가 덧붙였다.

"정부가 알지 못하고 따라서 정부의 지원 없이 소수인원의 힘만으로 할 수 있는 게 뭐가 있을까요?" 나나 조근식이나 저절로 고개가 갸웃거려졌다.

우리의 의아해하는 표정을 보자 위번 박사가 말했다.

"구체적인 내용은 최영수 씨에게서 들으십시오. 지금 이 자리에서 내가 말할 수 있는 것은 국가만이 절대적 힘을 갖고 있지는 않다는 사실입니다. 국가의 힘이란 결국 개인이나 소수집단의 힘을 바탕으로 하고 있어요. 오늘날 인간지능의 향상과 과학의 발달은, 과학무기의 효능 면에 큰 변화를 일으키고 있어요.

한 가지 예를 들어봅시다. 원자탄이 처음 등장한 1945년 그 당시에는, 지구상의 최대강국인 미국의 전 국력이 총동원되어야 겨우 한 개의 소형 원자탄을 만들어낼 수 있었으나 그 후 40년도 채 지나지 않은 오늘날에는 어느 대학 연구실이나 민간업체의 후미진 창고 속에서도 그 정도의 원자탄은 생산할 수 있어요. 그러니 소수집단 또는 어느 개인의 힘의 개념이 시대에 따라 바뀌어야 하지 않겠어요.

오늘의 어느 한 개인의 역량은 10년 전의 어느 강대국만큼이나 크다고 봐야지요."

카프레드 박사도 말했다.

"그렇습니다. 오늘의 과학자들은 무서운 힘을 지니고 있어요. 이런 경우도 있습니다. 여기 식탁 위의 조그마한 양념병 속의 물건을 쏟아버리고, 대신 모종의 미생물 배양물질을 채워 시베리아의 중심지 콤소몰스크 근방에 떨어뜨린다면, 시베리아는 6개월 내에 모든 동식물이 살 수 없는 불모의 땅으로 변하고 맙니다. 우리는 능히 그 일을 할 수 있어요. 다만 우리나 소련이나 안 할 따름입니다."

위번 박사나 카프레드 박사나 표정이 엄숙했다. 나는 어렴풋이나마 이들이 계획하는 일이 뭣인지 짐작되었다. 조근식도 이해된다는 듯 고개를 끄덕였다.

3

나와 조근식이 최영수를 만난 것은 우리가 앵커리지에 도착하고 이틀이 지나서였다. 최영수는 자정이 가까운 늦은 시각에 우리가 묵고 있는 호텔에 나타났다.

"미안해. 진작 와야 했는데…."

굳이 변명하지 않더라도 우리는 그가 경호대상자인 만큼 부자유스러움을 알고 있었고, 게다가 요즘은 정부 눈을 속여 큰일을 꾸미고 있으니 몸조심을 안 할 수 없으리라.

내가 최영수를 마지막으로 만난 것이 4년 전, 그가 휴가차 서울에 다니러 왔을 때였다. 최영수는 고등학교 시절부터 우리 동창 사이에서 인기 있는 존재였다. 축구, 야구, 육상을 주름잡는 만능선수였고, 항상 싱그러운 미소를 띠고 있는 호남아였다. 그러나 이 자리의 그의 표정은 전혀 달랐다.

"기남이, 얼마나 가슴이 아프겠나."

최영수는 덥석 나의 손을 잡았다. 내 동생 용남이의 참화를 위로하는 말이었다. 그의 얼굴에는 비통한 빛이 그득했다.

"가슴 아픈 게 어찌 나 하나뿐이겠나. 용남이는 편지마다 자네가 잘 보살펴준다고 내게…."

서러움에 확 치밀어 나는 말끝을 맺지 못했다. 세 사람은 한동안 침울한 낯으로 멀거니 서 있기만 했다. 잠시 후 최영수가 외쳤다.

"당하고만 있을 순 없어. 본때를 보여줘야 해."

최영수는 자기가 주동이 되어 구상한 소련응징계획을 자세히 털어놓았다.

계획에 가담한 사람은 열두 명. 이 중에 한국인이 세 사람, 미국인 셋, 독일인 둘, 영국인 둘, 스페인과 필리핀인이 각각 한 사람. 여기에 나와 조근식이 합세하면 모두 열네 명이었다. 처음부터 가담한 세 한국인은 최영수, 박만기 그리고 고정혜라는 공학박사였다. 고정혜 박사는 일반사회에는 알려지지 않은 존재이나, 미국 전자학계에서는 최고 권위자로 꼽히는 사람이라고 했다. 그녀의 현직은 미국 국립전자 공업시험소의 연구실장이었다. 다른 외국인 아홉 명도 모두 과학자로 각자 전공분야의 권위자였다. 이밖에 이번 계획을 후면에서 지원해주는 몇 사람의 동조자가 있는 모양이었다.

이들의 소련응징 계획은 쇼-15기를 몰고 소련영공 깊숙이 들어가 그들의 만행을 성토하고 여러 가지 과학장비를 이용한 효과적인 시위와 경고를 하자는 것이었다. 쇼-15기에 실릴 각종 장비 중에는 레이저 발사기며, 적외선 투광기며, 고성능 방송장치 등 다양한 신병기들이 많았다. 또 상대방이 쏘아 올릴 유도탄이나 공격기들을 격퇴할 방위 무기도 있었다.

이들 여러 가지 장비 중에서 특히 나를 놀라게 한 게 두 가지 있었다. 그중 하나는 전류교차영상장치였다. 이것은 항공기 양 날개 끝에 송전전극을 설치하여 두 가닥 송전신호를 공중에서 교합시켜 여러 가지의 영상을 마음대로 공중에 펼쳐놓는 것이다. 공중에 그려진 영상이 맑은 대낮에는 약간 윤곽이 흐리게 나오나, 구름이 끼거나 밤하늘에서는 아주 선명하게 나타나 내용을 모르는 사람은 실물인 줄 알게 된다고 했다.

또 하나는 유도탄역행장치라는 것. 일명 '유도탄 제집 찾아주기'라고 불리는 이 장치는, 날아오는 적의 유도탄에 전파를 보내 유도탄이 도중에서 방향을 전환하여 유도탄이 날아온 코스를 뒤집어 출발점으로 돌아가게 유도하는 것이다.

소련응징계획에서 조근식과 내가 할 일은, 조근식은 전문분야인 무선, 즉 쇼-15기의 항공무선을 맡는 것이고, 나는 소련인 상대로 선전을 담당하는 거라고 했다. 즉 대변인이었다.

나는 내가 맡은 일에 구미가 당겼다. 십중팔구 소련의 대다수 인민들은 알지도 못하고 있을 KAL기의 비극을 공개하고 269명의 생명을 앗아간 하수인들의 만행을 규탄하자는 계획은 해볼 만한 일이 아니겠는가. 더욱 멋있는 것은 그 규탄이 한국이나 미국 정부의 이

름으로 하는 것이 아니고 세계평화를 염원하는 범세계인의 명의로
한다는 사실이었다.

그러나 나는 몇 가지 의아스러운 점을 지적했다.

첫째, 공군의 눈을 속이고 쇼-15기를 몰래 빼돌리는 일. 그리고
쇼-15기가 정찰기인 만큼 촬영기, 청음기, 녹음기, 레이더 등등 각
종 기계로 기내가 꽉 차 있을 텐데 그 외에 소련응징용 각종 장비를
어떻게 실을 수 있겠는가?

둘째, 설사 우리가 요구하는 장비를 쇼-15기에 싣는다 하더라
도 이들 장비의 성능이 과연 어떨지, 충분한 시험을 거친 것인지?
섣부른 수작을 하다가 오히려 소련의 비웃음거리가 되고 말거나, 극
비무기인 스텔스의 기밀을 노출하는 데 그치는 일이 되면 어찌하겠
는가?

이런 나의 의심에 대하여 최영수는 다음과 같이 말하였다.

첫째 공군 당국의 눈을 속이는 일이 이번 계획의 성패를 가름하
는 분기점이다. 그러나 이 점은 걱정할 바 아니다. 쇼-15기를 타고
하늘로 떠오르기만 하면 일은 끝난 것이다. 왜냐하면, 쇼-15기는
소련 레이더에만 안 걸리는 게 아니라 미국 레이더 역시 무용지물
로 만들기 때문이다. 우리가 필요한 각종 장비를 쇼-15기에 싣는
일 역시 별문제는 없다. 우리는 여기서 약간 먼 Q라는 지점에 비밀
기지를 만들어 놓았다. 쇼-15기를 이륙시키는 즉시 비상착륙의 형
식으로 Q 지점으로 간다. 동지들이 기다리고 있다가 쇼-15기의 정
찰용 장비 중 우리에게 필요 없는 것들을 내려놓고 대신 우리의 장
비를 싣는다.

둘째, 우리가 준비한 장비의 성능문제는 신경 쓸 필요가 없다.

솔직히 말해 동지들이 제공하는 일부 장비는 성능을 보장할 수 없다. 그러나 동지들을 믿는다. 그 사람들은 각자 자기 분야의 권위자다. 절대 자신하기에 그것들을 몸소 자신이 갖고 쇼-15기에 오르는 것이다.

그리고 우리의 행동이 절대로 남의 웃음거리가 되지는 않는다. 우리가 소련 상공을 비행하는 사실 하나만 가지고도 역사적 의의가 충분히 있다. 게다가 우리가 선보일 각종 장비는 소련뿐 아니라 전 세계를 놀라게 할 것이 틀림없다.

또, 미국의 군사기밀을 소련에 제공할 위험도 걱정할 게 못 된다. 위험부담이 안 따르는 작전이란 있을 수 없다. 과거 미국은 U-2나 SR-11 등 비밀무기를 소련영공에 띄웠다가 잃은 일이 한두 번이 아니었다. 쇼-15기도 이미 시험비행이 끝나가는 마당에 가까운 장래에 누군가가 몰고 소련상공을 날 것이다. 누군가가 해야할 일이다.

최영수의 설명으로 나의 의혹은 말끔히 사라졌다.

4

최영수가 다녀간 다음 날 위번 박사가 찾아왔다.

"두 분은 호텔 사람들에겐 오후 비행기 편으로 한국으로 돌아간다고 말하고 지금 나와 함께 출발합시다."

나와 조근식은 그를 따라나섰다. 가는 곳은 Q 지점이었다. 시속 백 킬로미터 정도로 5시간가량 달렸으니 앵커리지에서 5백 킬로미터 거리는 될 것이다.

도중의 풍경은 퍽 아름다웠다. 길의 오른쪽은 탁 트인 바다였다. 이 길이 단순한 여행길이었다면 나는 뛰어난 풍경에 감탄사를 연발했을 것이다. 그러나 지금 나는 그럴 마음의 여유가 없었다. 차가 서쪽으로 달리는 걸로 봐서 우리는 알류샨열도 방향으로 가는 거로구나 하고 짐작만 할 뿐이었다.

도착한 곳은 전나무와 자작나무의 울창한 숲이 끝나는 커다란 강가의 모래밭이었다. 강가 한 곳에 이런 벽지에는 어울리지 않게 큰 창고 모양의 건물이 있었다. 지붕에 알래스카 통조림공장이라는 큰 글자가 보였다. 건물 안은 텅 비어 있고, 작업복 차림의 남자 여섯 명이 몇 개의 화물 포장을 뜯고 있었다. 얼핏 보기에 이제 막 공장시설을 시작하는 모습이었다.

새로 도착한 우리도 작업복으로 갈아입고 먼저 사람들과 합세하였다. 뜯어낸 화물들은 내게는 생소하고 복잡하게 생긴 기계들이었다.

이날과 다음 날에 걸쳐 다섯 대의 트럭이 이곳에 도착하였다. 그중 한 트럭에 시카고에서 만난 박만기도 있었다. 또 한 사람의 한국인 고정혜 박사도 딴 차편으로 왔다. 모여든 인원은 열셋. 최영수만 빼고 전원이 집결한 것이다.

여섯 나라의 국적으로 구성된 일동은 피차 초면 사이가 대부분인데 인사를 나누는 그 자리에서 모두 친숙해졌다. 나이는 40에 가까운 우리 한국인들이 비교적 젊은 측에 들고 여타는 모두 50대 수준으로 그중 두 사람은 60이 넘은 노인이었다.

60이 넘은 노인이긴 하나 그 두 사람은 매우 정정하여 힘겨루기를 한다면 나도 못 당할 것 같았다. 여러 가지 기계를 조립하고 시험하고 하는 작업이 열흘간 계속되었다. 내가 사용할 녹음기, 확성기 등의 기능은 만족할 만하였다. 다른 기계들도 성능이 우수한 모양이었다. 그것들을 다루는 과학자들의 표정이 그러하였다.

만반의 준비는 끝났다. 우리는 최영수가 쇼-15기를 몰고 오길 기다렸다.

드디어 그때가 왔다. 쇼-15기가 시험비행장을 이륙했다는 무선통신이 있자, 우리는 강가 적당한 곳에 착륙점 표시를 하고, 담당 과학자들은 무선기와 레이더를 조작하기에 바빴다. 이륙통지가 있은 지 15분쯤 지나자 누군가가 외쳤다.

"왔다. 고도 5천 미터, 서서남방 25도 30분."

나는 스텔스 항공기, 즉 도깨비감투를 쓴 비행기의 실태는 과연 어떤 것이냐 하는 흥미와 기대와 의아심이 뒤얽힌 야릇한 흥분에 휘감겼다. 그래서 눈을 비비고 하늘을 두루 살폈으나 그럴싸한 것을 발견하지 못했다. 몇 사람이 망원경을 들고 두리번거렸으나 보인다는 소리는 없었다.

"3천 미터, 2천, 1천…" 무선기사가 떠드는 동안에 "보인다!" 하는 소리가 이 입 저 입에서 나왔다. 내 눈에도 들어오기 시작했다.

잿빛 물체가 하늘에서 서서히 내려오고 있었다. 윤곽이 뚜렷지 않은 그 물체가 확실히 항공기로 보인 것은 거리가 1천 미터 이하로 좁혀진 다음부터였다.

우리가 만들어 놓은 표시점에 수직으로 착륙한 항공기는 눈대중으로 길이가 18미터, 폭이 15미터나 되는 몸체였다. 3백 미터 정도의 가까운 거리에서도 눈에 느끼는 감도가 흰 가운을 두르고 눈 위에 서 있는 사람을 보는 정도로 확실치 않았다. 도깨비감투가 틀림없었다.

나는 쇼-15기에 다가가 나의 눈을 어리게 하고, 전파나 음파마저 속이는 요술 페인팅을 자세히 살펴보았다. 얼핏 보기에 비누 거품을 묻혀놓은 것 같았다. 손바닥으로 만져보니 보기와는 딴판으로 매우 딱딱했다. 진회색 빛의 코팅 물질이 전파를 흡수하는 작용을 하며, 거품 모양의 형태가 전파를 미끄러져 지나가게 하는 구실을 한다는 과학자의 설명이었다. 사람들은 분주히 뛰어다니기 시작했다. 나도 스텔스에 도취하고 있을 때가 아님을 깨닫고 동지들과 행동을 함께하였다.

쇼-15기의 문이 열리고 최영수가 모습을 나타냈다. 우리 측에서 준비한 사다리를 대주어 탑승원들이 땅 위로 내려왔다. 탑승원은 최영수까지 모두 여섯 명이었다.

최영수를 제외한 다른 승무원들은 의아스러운 눈으로 우리 일동과 숲과 강뿐인 이곳에 자리하고 있는 공장 풍경을 두리번거렸다. 추위 탓인지 몸을 가늘게 떠는 사람도 있었다.

최영수는 태연한 어조로 우리에게 말을 걸었다. "여러분의 도움의 청해야겠습니다. 큰 고장은 아니니, 곧 떠날 겁니다."

위번 박사가 나섰다. "걱정하지 마십시오. 자 저리 가서 따끈한 커피라도 한잔…."

최영수는 주저없이 건물 쪽으로 걸어갔다. 여타 탑승원들도 최의 뒤를 따랐다.

따끈한 커피가 한 잔씩 돌아갔다. 잠시 후 최영수를 뺀 탑승원 다섯 명 전원은 비실비실 땅바닥에 쓰러졌다.

"자, 서두릅시다." 최영수가 외치자 일동은 재빨리 예정된 작업에 들어갔다.

우리는 미리 마련해둔 대형천막을 꺼내 쇼-15기를 가운데에 집어넣고 급조 격납고를 만들었다. 천막은 주변의 숲 모습으로 위장되어 공중감시의 눈을 피하게 돼 있었다. 천막 안에는 열 개의 석유난로를 피워 작업이 가능토록 하였다.

우리는 쇼-15기에 실린 정찰용 기기들을 해체하기 시작하였다. 이 해체작업이 좀 까다로웠다. 워낙 정밀한 기기인 데다 값도 비싼 것이니 함부로 다룰 수가 없었다. 공군 당국에 반환하여 재사용이 가능하도록 해야 했다. 해체작업과 이어서 우리의 장비를 장치하는 데 꼬박 사흘 밤낮이 걸렸다.

이 사흘 동안이 중요한 기간이었다. 지금 알래스카 전역은 갑자기 행방불명된 쇼-15기 찾기에 발칵 뒤집혔을 것이다. 하늘에는 쉴 새 없이 헬리콥터와 경비행기가 날아다니고 있었다.

우리는 이곳 Q 지점 외에 이곳에서 백 킬로미터 가량 떨어진 숲 속에 별도의 비밀 연료저장소를 마련해 놓았다. 우리의 모험이 지속될 경우에 대비한 조치였다. 우리는 그곳을 S 지점이라 암호명을 붙였다.

드디어 출격준비는 모두 끝났다.

마지막 점검이 마무리된 건 오후 3시. 우리는 만일의 경우를 위하여 어둠이 깔릴 저녁 7시까지 기다렸다. 이날은 KAL기의 비극이 있은 지 70일이 경과한 날이었다. 쇼-15기는 알래스카의 저녁 공기를 가르고 소련응징의 길에 올랐다. 작전에 참가한 열네 명 중에서 아홉 명이 쇼-15기에 타고 다섯 명이 지상에 남아 뒤처리를 맡기로 했다. 탑승원 아홉 명에는 최영수와 고정혜 박사, 조근식, 나 등 한국인 네 명과 미국인 두 명 그리고 독일인, 영국인, 스페인인 각 한 명씩이 포함되었다. 위번 박사와 카프레드 박사도 여기에 속했다.

지상에 남은 다섯 명은 다시 두 반으로 나눠, 두 사람이 Q 지점을 맡아 우리의 포로가 된 공군의 승무원 다섯 명과, 뜯어낸 정찰용 기계류의 보호 등 뒤처리를 담당하고, 세 사람은 S 지점을 관리하기로 했다.

박만기는 Q 지점 담당반에 배치되어 우리와 헤어졌다. 이 헤어짐이 잠깐이 될지 영원한 작별이 될지는 아무도 예측할 수 없는 노릇이었다. Q 지점에서 수직 이륙한 쇼-15기는 상공에서 방향을 정서로 잡고 곧장 소련을 향하여 날아갔다.

날씨는 약간 흐린 듯 고도 1천5백 미터 근처에 엷은 구름이 꼈으나 높은 상공은 휘황한 달빛으로 별천지를 이루고 있었다. 우리는 시속 8백 킬로미터를 유지하였다. 더 빨리 날 수도 있으나 연료를 절약하기 위한 경제속도라고 했다.

1시간 20분 만에 베링해협에 도달했다. 나는 Q 지점에서 여기까지 오는 동안 마음이 조마조마하였다. 쇼-15기가 완전한 스텔스 비행기라고는 하지만 과연 어떨지 불안하였다. 그런데 1시간 20분을 비행하는 동안 당국의 제지는 아무런 것도 없었다. 요격기도 추격기도 나타나지 않았다. 정말 스텔스구나 하고 나는 한숨 돌린 기분이었다.

이런 기분은 나뿐 아니라 동승자 전원이 같은 모양이었다. 표정들이 그러했다. 다만 최영수만은 예외였다. 그는 쇼-15기에 익숙한 사람이니 그럴 수밖에. 아무튼 첫 번째 고비는 무사히 넘긴 셈이었다.

한 가지 기우를 덜게 되자, 나는 구름 사이로 까마득히 멀어져가는 알래스카 대륙을 내려다보면서 색다른 감회에 젖었다. 혹 이것이 마지막 보는 자유세계의 모습이 아닐까 하는 약한 마음이 고개를 들었다. 그러나 이런 마음은 다른 동지들의 분주한 움직임을 보는 순간 말끔히 사라져버렸다. 그들은 각자 책임진 기기의 조작과 조작준비로 분초의 한눈팔 겨를도 없었다. 나도 방송원고의 정리, 미처 못다한 녹음의 보완 등에 열중하였다.

베링해협을 건너는 데 1시간 30분이 걸렸다. 해안선을 따라 서남방향으로 직진하였다. 첫 번째 목표는 캄차카반도의 소련군사 요충지 페트로파블롭스크였다. 이곳은 소련 핵잠수함대의 근거지며 근방에는 미국 서부와 캐나다, 알래스카 그리고 일본의 심장부를 겨누고 있는 대륙간탄도유도탄(ICBM)이 즐비하게 배치돼 있었다. 따라서 소련의 경비 태세도 삼엄한 곳으로, 우리의 실력을 시험해볼 만한 곳이었다.

2시간 20분간 줄곧 해안선과 내륙 상공을 날았는데도 상대방으로부터는 아무런 반응이 없었다. 쇼-15기가 진짜 스텔스임이 틀림없었다.

"자, 슬슬 영업을 개시해봄이 어떨까. 페트로스크가 가까왔어."

항공 레이더를 지키고 있는 위번 박사가 큰 소리로 떠들었다. 페트로스크란 페트로파블롭스크가 부르기 불편하다하여 우리가 지은 줄인 말이었다.

우리는 창 너머로 하계를 내려다보았다. 과연 먼 발치로 도시의 불빛이 깜박였다.

"김기남 씨, 준비되었습니까?" 위번 박사가 나에게 물었다.

"물건들의 낙하지점을 잘 잡아줘야 합니다." 나는 대답하고 여러 사람을 둘러봤다. 물건이란 지상에 설치할 무선방송기와 수신기, 확성기 등을 뜻했다.

여기서 우리의 작전 제1호의 내용을 소개해야겠다.

우리는 목적한 도시의 공원이나 주변 주택 지역에 여러 개의 수신기와 확성기를 투하하고 이들 수신기를 커버할 수 있는 지점을 골라 송신기 역시 투하한다.

송신기에는 내가 녹음한 녹음테이프가 장치돼 있고, 우리가 공중에서 보내는 신호에 따라 방송하게 된다. 송신기를 투하할 만한 장소를 못 구할 경우에는 쇼-15기에서 직접 전파를 보낼 수도 있다. 페트로스크 근방에 이르자 지상 곳곳에서 항공기 접근금지 표시등이 번쩍이고 있는 것이 보였다. 우리는 물론 이를 무시하고 페트로스크 상공을 빙글빙글 돌며 목표지점을 물색하였다.

경우에 따라 최영수는 주날개 안에 접어둔 보조날개를 펼쳐 마치 솔개처럼 천천히 날거나 한동안 한 위치에 정지상태로 떠 있기도 하였다. 보조날개를 다 펴면 주익이 꼬리날개까지 늘어난 꼴이 되어 하늘에 떠 있기 안성맞춤이었다.

"여기가 공원 같군요." 위번 박사가 기상 레이더를 들여다보며 알려줬다. 나는 낙하산이 달린 수신기를 떨어뜨렸다. 이때 시각이 0시 10분이었다.

"여기는 아파트 단지 같은데…." 내가 말을 꺼내려는데, 위번 박사가 내 말을 잘랐다.

"여기는 시가지 외곽에 있는 높은 언덕이거나 산마루입니다. 방송기기를 내보내십시오."

나는 위번 박사의 지시에 따라 기계들을 투하했다. 기계를 매달고 떨어지는 낙하산들은 우리가 특별히 고안한 것으로, 물건이 땅에 닿는 순간 충격으로 낙하산과 기계를 연결한 고리가 풀려 낙하산은 저 혼자 다시 공중으로 올라간다. 낙하산 헝겊에 적당한 양의 수소가스가 주입돼 있었기 때문이다.

공중에 올라온 낙하산은 바람에 불려 먼 곳으로 가버리고, 소련 사람들은 평지에서 갑자기 솟아난 물건들을 보고 출처를 몰라 애먹을 것이다.

우리는 모두 일곱 군데에 기계를 투하했다. 지상에서는 아직 우리 존재를 모르고 있었다. 쇼-15기는 거의 엔진을 끈 상태로 1만 미터 상공에서 원을 그리며 반응을 살폈다.

"소련 인민 여러분, 잠시 우리의 메시지에 귀를 기울여주시기 바랍니다."

나는 기상청음장치에서 나오는 지상 스피커의 소리를 들었다. 내가 녹음한 것이었다.

"우리는 세계과학기술자연맹(WSU)의 선전반입니다."

이 서두가 세 번 거듭되었다. 이어 본격적인 내용이 이어졌다.

"우리는 소련 인민 여러분에게 참된 정보를 제공하고자 여기에 와 있습니다. 지난 9월 1일 새벽 3시, 소련 극동사령부 소속 전투기가 사할린 서해안 상공에서 항로를 잃고 밤하늘을 날고 있던 민간 여객기를 미사일로 공격하여 격추했습니다. 탑승원 269명은 전원 몰사하고 오늘에 이르기까지 단 하나의 시신도 찾지 못했습니다. 소련 당국은 이 여객기가 미국의 스파이 정찰기라고 했다가, 민간 여객기인 줄 몰랐다고 했다가, 표시등도 안 켜고 도망가기에 어쩔 수 없이 격추했다고 변명하고 있습니다. 그러나 9월 2일 유엔 안전보장이사회에서 각국 대표들이 제시한 각종 증거는 소련 당국의 주장이 허위임을 입증하였습니다. 증거 중에는 소련전투기 조종사와 소련공군 지상사령부 사이에 오간 무선 통화의 녹음테이프가 있는데 거기에는 조종사가 문제의 항공기가 민간여객기를 표시하는 표시등을 껌벅거리고 있다는 것과, 이래도 미사일을 발사해야 하는가 하고 사령부에 문의하는 내용이 있고, 명령자는 발사하라고 했고, 조종사는 발사해 격추했노라고 보고한 내용이 있습니다. 그래도 소련 당국은 '우리에게 잘못은 없다. 책임은 미국에 있다.'고 우기고 있습니다. 격추된 항공기는 대한민국(ROK)의 민간 항공기이고 희생자들은 세계 15개국의 민간인 269명입니다. 이는 분명한 야만적 살인행위입니다. 세계의 모든 인민은 소련 당국이 사실을 솔직하게 고백하고 사죄할 것을 요구하고 있습니다. 전 세계의 인민들, 정당과 사회단체 모두가 분개하고 있습니다. 여러 나라의 공산당들도 소련의 행위를 개탄하였습니다."

지상에 있는 기계들의 작동은 완전하였다. 방송도 잘되고 확성기의 기능도 훌륭했다. 나는 내 녹음테이프의 음성을 들으면서 내가 외국어 대학에서 러시아어를 배워 두길 잘했다고 새삼스레 보람을 느꼈다. 페트로스크의 시민들은 깜짝 놀라고 있을 것이다. 더욱 놀란 건 소련의 관리들, 지도자 동무들일 것이다. 나의 녹음테이프는 계속 돌고 있었다.

"소련 인민 여러분, 우리 WSU가 여기 온 것은 새삼스레 소련 당국을 규탄하러 온 것이 아닙니다. 소련 당국은 온 세계가 퍼붓는 비난 따위에는 이미 면역이 되어 있습니다. 소련의 유엔대표는 아무

거리낌 없이 거부권을 행사했습니다. 더 이상의 규탄과 비난은 쓸데없는 것입니다. 소련 인민 여러분, 우리 WSU가 여기에 온 목적은 소련 당국에 몇 가지 질문과 우정 어린 충고를 하기 위함입니다. 소련의 지도자 동무들, 당신들은 왜 민간 항공기 KAL기를 격추했지요? 아무 무장도 않고 민간여객기의 표식도 선명한 KAL기를 왜 사전 경고 한마디 없이 미사일을 쏘았지요? 무엇이 무서워서, 무엇에 쫓기어서 허둥거리며 15개국의 무고한 생명 269명을 몰살했지요? 당신들은 지구를 열 번 이상 파멸시키고도 남을 핵무기를 보유한 현대의 초강대국입니다. 올림픽 경기장에서 연속 우승을 하는 우수한 나라입니다. 왜 무엇 때문에 악랄한 살인죄를 범하는 거죠? 분명 당신들은 무언가를 잘못 생각하고 있어요. 당신들은 당신들이 지금 어느 시대에 와 있는지를 모르고 있어요. 분명 당신들은 시대착오 증세군요. 지금은 1983년입니다. 결코 1917년이 아닙니다. 당신들은 지금 굶주리고 있지 않아요. 당신들의 팔, 당신들의 다리에는 차르의 수갑이나 족쇄가 채워져 있지 않아요. 보는 대로 죽일 필요도 없어요. 정 이럴진대 당신들은 전 세계 인민들로부터 무자비한 멸시를 당할 겁니다."

이 부분을 들으면서 나는 주변의 동지들의 표정을 훑어봤다. 원고 작성 당시, 위의 대목에서 우리의 의견은 찬반으로 갈려 한동안 진통을 겪었다. 결국, 거수가결에 붙여 7대 6, 기권 1로 가까스로 통과한 대목이었다.

"정신 차리십시오. 강대국이면 강대국답게 처신하십시오. 강대한 힘은 세계인민의 평화와 발전에 쓰일 때 진실로 위대한 것입니다. 자기만족에 이용하는 힘은 흉기에 지나지 않습니다. 한 가지 더 우리가 충고할 것이 있습니다. 아무리 강대국이라 하더라도 약소국을 깔보지 말라는 겁니다. 당신들은 격추당한 KAL기의 국적이 대한민국이라고 얕잡고 있으나, 당신들이 과연 대한민국의 국력을 제대로 평가하고 있는지 의심스럽습니다. 대한민국에는 현재 크고 작은, 상당 수량의 핵무기가 있습니다. 운반수단도 있습니다. 화나는 대로 한다면 한 대 갈기고 볼 능력은 충분히 갖추고 있어요. 더욱 강조할 점은 대한민국의 과학자 중에는 혼자의 힘만으로도 KAL기가 당한 희생의 몇십 배의 타격을 소련에 안겨줄 능력의 소유자가 여러 사람 있다는 사실입니다. 당신들은 '누가 감히 우리 소련에 돌을 던질 수 있으랴!' 하고 비웃겠으나 자, 여기 증거가 있습니다. 국가 단위가 아니라 소수의 집단, 혹은 개인의 힘도 결코 무시할 수 없다는 산 증거가 있습니다. 지금 우리가 와 있는 이곳은 어디지요? 여기가 페트로파블롭스크이지요? 소련 극동 방위권의 중심도시, 최신무기로 무장한 강철 도시 페트로파블롭스크가 바로 여기지요. 그런데 우리는 자유자재로 이곳에 들어와 이렇게 우리의 메시지를 선전하고 있습니다. 우리는 결코 미국도 아니고, 서독, 일본, 프랑스도 아닙니다. 하나의 소수집단인 세계과학기술자연맹(WSU)입니다. 우리가 평화를 사랑하는 WSU이기에 다행이지 우리가 단순히 KAL기의 보복을 목적하고 왔다면, 지금쯤 이 도시는 폐허가 되고 말았을 겁니다. 소련 인민 여러분, 여러분은 절대 놀라지 마십시오. 우리는 살인자도 무장폭도도 아닙니다. 오직 진실을 전하고 인류 공동의 평화를 염원하는 소수집단입니다."

녹음방송을 개시한 지 30분이 지났다.

"하계에서는 소동이 일어난 모양이군요." 위번 박사가 기상 레이

더 화면에 나타나는 모습을 우리에게 설명했다. "수백 대의 차량이 무질서하게 달리고 있어요. 매우 당황한 모양입니다."

왜 안 그렇겠나. 나는 하계에서 일어난 소동이 환히 보이는 듯하였다. 이때 청음기에서 펑하는 소리가 연거푸 나고 녹음 방송이 그쳤다.

"수신기가 발견된 거 같군, 쯧쯧." 무선기사 조근식이 혀를 찼다. "보조수신기를 띄웁시다."

우리는 여러 개의 새 수신기를 낙하산에 매달아 밖으로 던졌다. 이제 페트로스크의 시민들은 지상의 소리를 하늘의 소리로 바꿔 듣게 되었다.

10분가량 지나자 이번에는 산 위에 투하한 방송기기가 발견되었다. 공중에서 왕왕거리던 확성기가 일제히 침묵했다. 조근식은 재빨리 기상방송으로 스위치를 돌렸다. 이번에는 녹음이 아닌 나의 육성 방송이 나가기 시작했다.

"페트로파블롭스크의 인민 여러분, 수고가 많으십니다. 우리가 설치한 방송장비는 하나둘이 아니니 헛수고 말고 우리의 메시지에 점잖게 귀를 기울이기 바랍니다. 여러분은 잘 아셨지요. 국가가 아닌 민간인의 힘, 개인의 힘도 절대 만만치 않다는 것을 아셨을 겁니다. 우리는 자랑은 아니나 소련 당국에 대한 충고의 한 표시로 우리의 존재를 여러분 앞에 나타내 보이겠습니다. 자, 보십시오. 우리는 하늘에 있습니다."

나의 말이 떨어지자 카프레드 박사의 손이 바쁘게 움직였다. 그러자 이 도시 상공에 기적이 나타났다. 쇼-15기에서 5백미터가량 떨어진 공중에 갑자기 점보항공기 한 대가 나타난 게 아닌가! 물론

이는 영상에 지나지 않았다. 쇼-15기가 움직이는 대로 유유히 밤하늘을 헤엄치고 있었다. 정보항공기를 지상 인간들에게 더욱 선명하게 보여주기 위하여 쇼-15기가 서서히 고도를 낮추었다. 나는 지상에서 이 광경을 쳐다보고 기겁을 할 소련인들을 상상하고 가슴이 뛰었다.

쇼-15기는 고도 6천 미터에서 수평비행을 했다. 잠시 후 긴급출격하는 소련 전투기의 무리가 우리 시야에 들어왔다. 나는 긴장되었다. 그들은 미사일을 발사할 것이다. 가상의 정보항공기는 아무런 손상이 없겠으나, 허공을 치고 나르는 미사일이 혹시 쇼-15기에 부딪힐 위험은 있었다. 동지들의 말인즉, 이에 대비한 유도탄의 제 집찾기 유도장치가 있어 아무 염려 없다고는 하나, 과연 그렇게 될 것인지? 소련의 신형 유도탄은 우리 주문대로 응해주지 않을지도 모를 일 아닌가.

떠오른 전투기는 여덟 대였다. 그들은 5킬로미터 밖에서부터 성급하게 유도탄을 발사하기 시작했다. 쇼-15기는 슬금슬금 고도를 높여가고 이에따라 영상의 정보기도 이동했다. 전투기들은 우리의 앞 2킬로미터 거리로 육박해왔다. 기상 레이더 스크린에는 추가 전투기 분대가 발진하는 모습도 나타났다.

"경고를 방송하라." 반격전파의 키를 잡고 있는 영국인 기사 맥도널드가 외쳤다. 나는 즉시 마이크에 고함쳤다.

"미사일 발사를 멈춰라! 우리에겐 미사일 반사장치가 있다. 당신네 미사일이 발사지점으로 되돌아가 폭발하는 장치다. 미사일 발사를 멈춰라! 우리는 누구의 생명도 희생시키고 싶지 않다!"

우리는 소련공군이 우리의 경고를 받아들이리라고는 예상하지 않았다. 그러나 경고를 하지 않을 수도 없었다.

"우측 120도 미사일 접근!" 위번 박사가 다급하게 외쳤다. 쇼-15기의 엔진배기열을 목표로 달려온 소련전투기의 미사일이 빗나간 것이었다. 나는 다음 몇 초 후 전투기의 폭발이라는 참사를 상상하고 목을 움츠렸다.

"빗나가는데…. 지상으로 돌진하는군요. 카프레드 박사, 그쪽 레이더를 살펴봐요." 쇼-15기에는 여섯 대의 기상 레이더가 있었는데, 네 대는 대공 감시용, 두 대는 대지 감시용이었다.

"지면에 부딪혀 폭발!" 카프레드 박사가 외쳤다.

소련 전투기의 미사일은 쇼-15기에 1킬로미터 거리까지 접근했다가, 맥도널드의 유도탄 역행장치에 걸려 발사한 전투기 방향으로 진로변경을 하긴 했으나, 전투기와 미사일 양쪽이 서로 반대방향에서 음속 이상의 고속으로 날며 도킹이 빗나간 모양이었다.

결국, 나의 경고는 반 정도 빗나간 결과가 되었다. 그러나 실망하지 않았다. 이 정도면 성공 아니던가. 불필요한 살상은 원하는 바가 아니었다. 미사일 발사, 진로변경, 지상폭발이 몇 차례 반복되었다.

카프레드 박사는 발전스위치를 끄고 점보항공기의 영상을 소멸시켰다. 스무 대 가까이 난무하던 소련 전투기들도 자취를 감추었다. 지상에서는 레이더를 있는 대로 총동원하여 홀연히 나타났다 홀연히 사라진 점보기의 행방을 찾아 법석을 떨고 있음이 틀림없었다.

쇼-15기는 고도를 1만5천 미터로 높였다. 알래스카로 되돌아가기 위해서였다. 우리의 체공 가능 시간은 14시간인데 지금까지 6시간 40분을 소비했다. 우리는 하계 사람들에게 고별인사를 하였다.

"소련 인민 여러분, 우리는 이만 돌아가겠습니다. 며칠 후 다시 만납시다. 그동안 우리의 메시지를 심사숙고하기 바랍니다. 다음 우리가 올 때 미사일 대접은 안 하는 게 좋겠습니다. 오늘은 처음 만나는 터라 특별히 고려하여 미사일 역행방향을 지상으로 틀었으나, 우리의 호의와 인내도 한계가 있음을 명심하기 바랍니다."

5

알래스카의 S 지점에 도착한 것은 다음 날 아침 7시쯤이었다.

날이 훤히 밝아 발각될 위험부담이 있긴 했으나 별도리가 없어 수직 착륙을 감행하였다. 다행히 발각은 되지 않았다. S 지점은 알래스카산맥의 높은 산등을 사이에 두고 Q 지점과 서로 반대편에 자리 잡고 있는데, 주변은 빽빽한 원시림으로 뒤덮여 좀처럼 감시망에는 걸리지 않을 것으로 생각했다. S 기지를 지키던 세 사람의 동지들과 우리는 서둘러 쇼-15 기체에 위장천막을 덮어씌웠다.

출격에서 돌아온 일행 아홉 명은 숲 속에 마련한 침실로 기어들어 인사 나눌 겨를도 없이 잠에 빠졌다. 나는 오후 5시나 되어 눈을 떴다. 만 하루 동안 격절했던 미국 내 소식을 들을 수 있었다.

예상했던 대로 미국의 조야는 발칵 뒤집혔다. 여섯 명의 승무원을 태운 신개발 비밀무기 쇼-15기의 행방불명이라는 돌발사고로 관계 당국은 진상조사와 사고대책에 열을 올렸다. 언론계를 비롯한 일반사회에서도 비상한 관심을 나타냈다. 수사진은 수사진대로 알래스카 전역과 부근 해상을 사흘 동안 샅샅이 뒤졌다. 그러나 단서 하나 얻지 못하고 애만 태웠다.

그러다가 나흘째 되는 날 새벽에 공군 사령부에 걸려온 괴전화로 미국은 전국적인 경악과 흥분에 휩싸이기 시작하였다. 전화를 건 사람은 박만기였다.

Q 지점을 지키고 있던 박만기와 또 한 사람의 동지는 쇼-15기가 이륙한 후 3시간이 지나자, 계획이 순조롭게 진행되었음을 확신하고 억류 중인 포로 다섯 명을 풀어주었다.

"그동안 불편을 주어 미안합니다. 우리 일행은 지금 소련에 출격 중입니다. 쇼-15기에 실었던 모든 장비는 보는 바와 같이 여기 잘 보관하고 있습니다. 우리는 지금 근처 경찰을 찾아가 신고하겠습니다. 곧 경찰과 공군이 달려올 것이니 이곳에서 대기하십시오."

이렇게 일러놓고 박만기 등은 차를 몰아 그곳을 떠났다. 앵커리지 시내로 돌아온 박만기는 새벽 5시께 공군 사령부에 전화를 걸었다.

"뉴 헤일런으로 가는 국도 350킬로미터 지점에서 서북방 갈림길로 80킬로미터쯤 들어가면 큰 강이 나오고 강강 통조림 공장 안에 쇼-15기의 승무원들이 있을 터이니 바로 출동하십시오. 승무원들의 신상은 무사하고 정찰기의 장비도 모두 안전한 상태에 있습니다. 쇼-15기는 최영수와 그의 동지들이 몰고 소련공습에 나갔습니다. 우리는 KAL기의 보복작전을 펴고 있습니다. 그러나 너무 염려는 마십시오. 우리는 전쟁을 유발하지는 않겠습니다."

공군과 경찰은 미친 사람의 장난은 아닌가 의심하면서도 즉각 출동하였다. 지적한 장소에 가보니 과연 전화내용 그대로였다. 승무원들도 무사하고 장비 등도 잘 보관돼 있었다. 그렇다면 쇼-15기의 소련출격도 믿어야 할 판이었다. KAL기의 보복이라니, 어떤 방법으로 보복하겠다는 건가? 정찰용 장비를 내려놓고 대신 실은 물건이라면 상당한 부피와 중량의 것으로 추측되었다. 혹 핵무기를 탑재한 건 아닐까? 즉시 전국 각 군 병기창, 군사기지에 비상통보가 전달되었다.

"각종 핵무기 미사일 또는 로켓 포탄 등의 보관상태를 점검하라. 분실품의 유무를 즉각 보고하라."

만약 최영수 일행이 소련에 폭격을 감행한다면 이는 전쟁의 신호탄이 될 것이다. 미국 정부는 전국 각 군 사령부와 해외 파견군 사령부에 긴급 명령을 내렸다.

"적의 기습공격에 대비하라. 다음 지시를 기다리라."

알래스카 에일슨공군기지에서는 세 대의 RC-135 정찰기가 비상출동하였다. 소련 영공에 접근하여 그들의 동태를 살피기 위해서였다. 일본 북해도에 있는 미 공군 정찰기도 출동하였다.

미국 정부는 나토사령부와 유럽의 동맹국들, 아시아의 한국, 일본, 필리핀 정부에도 비상사태의 돌발을 통보하였다. 미국 대통령과 그의 보좌관들은 이 사태를 소련에 통지해야 옳으냐 아니냐 하는 문제를 놓고 고민하였다.

결국, 본의 아닌 상황에서 소련과 대결하기를 원치 않은 미국 대통령은 이 사태를 사실 그대로 소련에 알리고, 그들의 주미대사관 무관이 사고현장을 실지조사할 것을 제의하였다.

전국 병기창과 각 군 기지의 무기보관상황이 연합참모본부로 속속 보고되었다. 여기서 경악할 노릇은 무려 67개의 각종 핵무기의 소재가 불분명하여 추적파악 중이라는 사실이 밝혀졌다. 무기가 워낙 흔한 나라였다.

베링해 연안의 미군 레이더 기지와 일본 북해도의 자위대 레이더 기지에서 긴급통지가 워싱턴으로 날아왔다.

"한밤중 0시 30분께 페트로파블롭스크 상공에서 갑자기 WSU를 자칭하는 괴방송이 있었고 이어 소련군의 격투기 출동과 지상부대의 대공사격이 치열하였다. 괴방송은 1시 40분까지 계속된 후 자취를 감추었다. 소련군은 계속 전투기를 발진시키고 탐조등의 추적, 고사포의 난사 등 전쟁상태를 방불케 했다. 괴방송의 내용은 다음과 같다…."

원자탄을 투하하지 않았으니 천만다행이라고 당국자들은 놀란 가슴을 달래었다.

쇼-15기는 어디로 갔을까? 당국은 갖가지 추리를 했다. 소련 영토에 착륙할리는 만무하고 필시 알래스카 산속 출발지점으로 되돌아오겠지. 그러나 이미 노출된 장소로 되돌아온다는 것은 자수를 의미하는 건데, 최영수 일행이 그렇게 마음먹고 있을까? 쇼-15기의 연료 최대적재량은 14 항공 시간을 지탱하니 그 이상의 도피는 불가능하다. 군대와 경찰은 Q지점 일대를 비롯하여 알래스카 전역에 비상망을 펴고 쇼-15기의 귀환을 기다렸다.

최영수 일당에게 감금되었다가 풀려난 사람들의 진술로 소련출격단체의 인원이 열네 명이라는 것과 그들의 인상착의 등 일부가 알려졌다. 이를 토대로 FBI가 추적한 결과 몇 명의 명단이 밝혀졌다. 한국인 고정혜 박사, 미국인 더글러스 위번 박사, 스페인인 에드윈 카프레드 박사, 영국인 프레드 맥도널드 등 국제적으로 저명한 과학자가 끼였고, 이밖에 한국계 미국 시민 박만기, 최근 한국에서 온 여행자 김기남, 조근식의 이름도 파악되었다.

쇼-15기의 연료 소진 시간이 지났는데도 나타나지 않자 정부는 동원할 수 있는 온갖 수단을 총동원하여 알래스카 국토 전체를 이 잡듯이 훑기로 하였다. 그러나 알래스카는 워낙 넓었다.

소련 정부는 이 사건이 미국의 짜인 각본에 의한 도발 행위라고 맹렬비난을 퍼부었다. 그리고 "침략에는 침략으로 대항하겠다."며 으름장을 놓기도 했다. 한편, 그네들은 속수무책 당하기만 한 페트로파블롭스크의 밤이 한스럽기만 했다. 그리고 WSU라 자칭하는 괴방송의 정체는 과연 무엇인가? 한국인들을 중심으로 한 비밀결사라는 미국 정부의 해명인데 과연 그럴까? 그리고 보이지 않는 항공기의 정체는 무엇인가. 레이더로 잡기 어려울 거라는 미국언론이 흘리는 정보가 정말일까? 이 모든 것이 미국 정부의 시나리오인가?

S 지점에 숨어 있는 우리는 쉴 사이 없이 하늘을 누비는 헬리콥터 탓에 불안한 마음을 가눌 수가 없었다.

"이대로 있다간 들키기 쉬우니 오늘 다시 출격하자. 이번에는 사할린, 블라디보스토크를 차례로 방문하고 기수를 내쳐 서쪽으로 뻗어 한국으로 날아가자."

그다음 일은 운명에 맡기는 수밖에.

결국, S 지점도 포기하기로 하였다. 저장연료도 바닥났고 더 이상 유지할 필요가 없었다. 이곳 관리자인 세 사람의 동지는 우리가 2차 출격 후 당국에 임의출두하든 숨어 있든 형편 되는 대로 하기로 하였다.

그날 밤 7시에 쇼-15기는 어제와 같이 아홉 명의 동지를 태우고 하늘에 올랐다. 남은 세 사람은 차편으로 떠났다. 떠나기에 앞서 그들은 한 통의 서찰을 그곳에 남겨 두었다.

미국관리들이 받아볼 그 서찰 내용은 다음과 같았다.

　　미국 정부 재산인 쇼-15 정찰기를 무단 사용한 행위를 깊이 사과드립니다. 우리의 행위로 인하여 피해를 입은 여러분께도 진심으로 사과드립니다. 우리의 행위는 정당한 것은 아니나, 불가피한 것입니다. 269명의 많은 생명이 짓밟힌 KAL기 사건의 진상조사와 살인 책임자의 제재는 아무런 조치도 취하지 못한 채 사건 발생 2개월이 경과하였습니다. 이런 답답한 시간이 앞으로 얼마나 더 걸릴지 아무도 예측 못 하는 오늘의 실정입니다. 이유는 이것이 국제적 사건이자 정치적 사건이라는 데 있습니다. 희생자의 국적이 15개국에 이르는 큰 사건인 만큼, 국내 사건이나 개인 사건에 앞서 더욱 정중하게, 더욱 신속하게 다루어야 함에도 사태는 정반대입니다. 이러한 모순이 어찌 KAL기 사건뿐이겠습니까. 국제문제이기 때문에, 정치문제이기 때문에, 외면당하는 비극이 얼마나 많습니까. 때로는 국제문제나 정치문제를 방패 삼아 저질러지는 범죄 또한 수없이 많습니다. 피해를 입는 것은 세계의 인민들입니다. 국제적 배려 때문에, 정치적 배려 때문에 무시당하고 생명마저도 빼앗겨도 아무 소리도 못 하고 참아온 우리입니다. 이번 KAL기 사건으로 우리의 참을성은 한계를 넘었습니다. 국제적 규제, 정치적 규제에 얽매임 없는 우리 세계의 자유인들은 우리의 의지를 보이기로 했습니다. 그렇다고 우리는 원시적 보복을 하자는 건 아닙니다. 악에 대한 악의 반복으로 우리가 쌓아온 문명질서를 허물고 싶지는 않습니다. 우리는 소련 지도 충에게 KAL기 비극의 책임을 묻고 그들의 반성을 촉구하겠습니다. 동시에 우리는 미국 지도층에게도 충고하겠습니다. 자유세계의 지도자로 자처하는 미국 지도층 여러분, 당신들이 여태껏 해온 소심하고 안이한 방식으로는 세계의 지도자 자리는커녕 당신들 자신의 생존마저 위협을 받게 될 겁니다. 이제 미국의 번영만을 찾는 시대는 지나갔습니다. 미국은 미국이 원하든 원치 않든 세계문화의 초석이며 방파제입니다. 동시에 문화 세계의 한 부분입니다. 미국의 운명은 세계사에 연결되어 있습니다. 이 점을 이해하지 않고서는 미국의 내일은 존재할 수 없습니다. 여러분은 오늘의 세계의 고민과 아픔을 수렴하여 자기희생적 정신 아래 국내외의 정책을 수립하고 실천해야 합니다. 보다 진보적이고 보다 거시적인 사상과 행동만이 소련을 이기고 평화를 유지하는 길입니다.

6

두 번째 출격은 첫 번째와는 다른 코스를 잡았다. 첫 번째는 북위 60도 위도선을 따라 베링해협을 건너 캄차카반도의 북에서 남으로 동해안을 훑어갔으나, 이번에는 알래스카의 남부에서 서쪽으로 뻗어나간 알류산열도를 길잡이 삼아 열도상공을 날아 캄차카반도 남단부로 직행하였다.

첫 번째는 소련 레이더망의 성능을 살펴보느라 벽지에서부터 더듬은 것이었으나 이제는 자신이 생겨 바로 덮치기로 했다. 이 코스가 시간과 연료의 절약이 되기도 했다.

페트로스크 상공에 이른 때는 밤 11시 20분. 어제와는 달리 이 도시는 부근 해상과 더불어 철저한 등화관제로 암흑 일색이었다. 그러나 우리에게는 그네들의 등화관제는 거의 무의미한 것이었다. 쇼-15기에는 레이더와 적외선 망원경이 있었기 때문이다.

우리는 페트로스크 중심지에 이르러 상공을 한 바퀴 빙 돌았다. 그리고 세 개의 조명탄을 투하했다. 우리 과학자들이 고안한 이 조명탄은 반짝 불타다가 금세 꺼지는 그런 것이 아니고 적어도 5시간은 공중에 머무를 수 있고 한 개 한 개의 조명탄이 글자 모양을 나타낸다. 우리가 투하한 세 개의 조명탄은 'KAL' 세 글자를 페트로스크 밤하늘에 수놓았다. 우리는 다른 공작은 하지 않고 허공에 'KAL' 조명탄 세 개를 남긴 채 항로를 직선으로 뻗어 사할린 북쪽으로 날았다.

창을 통하여 뒤를 돌아본 나는 조명탄 'KAL'을 표적으로 집중적으로 작렬하는 고사포 탄막과 전투기들의 난무하는 모습을 보았다. 전투기들은 마치 등잔불에 몰려드는 하루살이 같았다.

'차원이 다르군.' 나는 슬쩍 그들에게 우월감을 느끼기도 했다.

길쭉한 사할린섬을 지도상으로만 보아온 나는 보잘것없는 작은 섬으로 인식하고 있었는데, 실제 와보니 쇼-15기가 음속으로 날아도 1시간 가까이 걸리는 큰 섬이었다.

비극의 현장, 모네론섬에 도달한 건 다음 날 오전 1시 정각이었다. 지난 9월 1일 오전 3시 26분 22초. 이곳 모네론섬 근처에서 KAL기는 갑자기 사라졌다. 아니 산산조각이 난 채 바닷속으로 가라앉았다. 269명의 생명과 함께.

쇼-15기는 고도와 속도를 줄이고 서서히 모네론섬에 접근하였다. 기체가 해면에 가까워짐에 따라 시커먼 바다가 사면팔방에서 철썩철썩 소리를 내며 우리에게 다가왔다.

조종석의 최영수는 기체를 바짝 바다 위에 닿도록 강하시켰다. 성난 파도는 왈칵 우리를 삼키려는 듯 수없이 많은 팔을 허공에 추켜올렸다.

'형님 여기는 왜?' 홀연 들리는 목소리가 있었다. 내 동생 용남의 목소리였다. '형님 돌아가세요. 여기는 너무 차가워요. 무서워요.'

"용남아!"

나는 파도에 휩쓸려 허위적거리는 동생을 구하고자 손을 뻗었다. 그순간 많은 손들이 내 손을 잡고자 몰려왔다.

'살려줘요.'

'엄마, 엄마.'

'제발 살려줘.'

울부짖는 아우성, 슬픈 얼굴들. 나는 어찌 할 바를 몰라 쩔쩔맸다.

"자, 꽃다발을." 누군가가 내 손에 꽃다발을 안겨주었다. 여러 사람이 번갈아가며 269묶음의 꽃다발을 바다에 던지는 중이었다.

나는 깜짝 놀라 꽃다발을 받았다. 그리고 바다에 던졌다. 꽃다발은 너울너울 춤을 추며 물 위를 떠돌았다. 용남의 목소리가 또 들렸다.

'은숙이는 잘 있지요? 이곳엔 데려오지 마세요.'

나는 왈칵 울음이 터졌다. 등 뒤에서 누가 내 어깨를 잡아당기기에 돌아다보았다.

"김기남 씨, 어서요." 위번 박사가 몸짓으로 무엇인가 재촉했다. 나는 아직 환상에서 벗어나지 못해 어리둥절했다.

"원고 가지고 있습니까?"

위번 박사의 말에 비로소 나는 깨달았다. 그렇다. 조사(弔詞)를
읽어야 하는 것이다.

나는 자세를 바로 하고 읊었다.

바닷속 깊이 누워 계신 고인들이시여,

얼마나 차갑습니까.

얼마나 괴로우십니까.

얼마나 원통하십니까.

원통한 당신들을 위로하기 위하여

우리가 여기 왔습니다.

그러나 우리는 어떻게 당신들을 위로해야 할지 모르겠습니다.

오직 울고 있을 뿐입니다.

당신의 가족들도

세계의 모든 사람도 울고 있습니다.

아, 우리는 어찌하면 좋을까요.

우리는 오직 가슴 아프기만 합니다.

괴롭기만 합니다. 당신을 따라 바다

깊이 잠기고 싶습니다.

허울 좋은 문명.

말라빠진 이데올로기.

신마저 우리를 배반했습니다.

오직 암담하고 오직 절망입니다.
당신들을 숨지게 한 이 세상입니다.
마지막입니다.

그래도 당신들은
우리의 하찮은 한 송이 꽃을 받으신
당신들은
우리를 타이르시겠지요.
울지 말고 돌아가라고.
아픔을 잊고 살아가라고.

결국, 우리는 돌아가야겠지요.
당신들을 두고 떠나야겠지요.
저, 허울 좋은 문명 세계로.
저, 말라빠진 이데올로기 사회로.

우리는 떠나겠습니다. 살겠습니다.
그러나 헛되이는 안 살겠습니다.

다시는 이러한 원통함이 없는
다시는 이러한 아픔이 없는
밝은 사회를 세우기 위해
노력하겠습니다.

언젠가 밝은 사회가 오면
그때 사람들은 기억할 겁니다.
어둠의 시대의 한을 남기신
어둠의 시대를 일깨워주신
당신들의 희생을 잊지 않을 겁니다.
결코 당신들을 잊지 않겠습니다.

"자, 작업개시." 위번 박사가 외쳤다. 세 사람의 레이저 사수가 레이저 총에 매달렸다. 최영수는 쇼-15기를 모네론섬 암벽에 바짝 갖다 대고 기체를 고도 150미터 위치에 고정했다. 내 눈에는 레이저 광선이 보이지 않았으나 세 대의 레이저 총은 칼끝보다 날카로운 광선 줄기를 암벽에 쏘아대고 있었다. 1분이 채 안 되어 작업의 윤곽이 보이기 시작하였다. 모네론섬 중앙에 우뚝 솟은 산봉우리 넓적한 암벽에 한 변의 길이가 5미터나 되는 크나큰 글자 모습이 나타났다. KAL. 획의 굵기는 50센티미터, 깊이는 60미터로 세 글자를 음각(陰刻)하는 데 30분이 걸렸다.

원래 계획은 음각한 글자 획 속에 폭발성 물질을 넣어 소련사람들이 글자를 메우려들면 불어내어 얼씬도 못 하게 하게 되어 있었으나, 바깥 온도가 영하 35도나 되고 바람도 강하여, 작업자가 부상할 우려가 있어 실행에 옮기지는 못했다. 부근에 소련함정이 우글거리고 있어 오래 지체하기도 어려웠다.

모네론섬을 떠나 다음 목표는 유즈노사할린스크였다. 오전 2시께 유즈노사할린스크 상공에 도착한 우리는 어제 페트로스크에서 한 것처럼 도시 여러 곳에 방송기와 마이크를 투하하여 우리의 메시지를 전했다.

"소련 인민 여러분, 잠시 우리의 메시지에 귀를 기울여주시기 바랍니다…."

등화관제 속에 묻혀 있던 도시는 잠에서 깨어난 듯 일제히 서치라이트와 고사포의 경연에 들어갔다. 우리는 전날처럼 점보기의 영상을 선보였다. 전투기가 떠올랐다. 이때 소련측에서 사고가 발생하였다. 비상출격한 전투기들이 지나치게 서두르다가 자기네끼리 공중충돌을 일으켰다. 전투기는 불을 뿜으며 공중분해했다. 사고는 이에 그치지 않고 불덩이가 된 두 전투기가 떨어진 곳이 시가지여서 큰 화재가 발생하였다. 구경거리치고는 씁쓸한 것이었다.

나는 우리의 책임이 아니라는 것과 동정한다는 인사말을 방송하려다가 그만두었다. 자칫 불난 집에 부채질하는 격으로 반감을 살 것 같고, 진화작업에 지장을 줄 우려도 있었다.

사할린 하면 우리 한국인에겐 원한 서린 곳이었다. 일본제국에 강제노역으로 끌려간 수만 한국 청년들의 청춘과 원한과 육신이 묻힌 곳이었다. 아직도 이곳에서 모진 목숨을 유지하고 있는 수천 명의 동포가 있었다. 그들은 일본 정부를 원망하다, 조국 정부를 원망하다 끝내 지쳐버려 오직 죽음만을 기다리고 있는 실정이었다. 나는 까마득히 내려다보이는 하계 어둠 속에서 추위와 굶주림에 시달리는 생명들이 손을 뻗어 내 발목을 휘감아잡는 착각을 느꼈다. 우리는 이곳에도 휘황한 KAL 조명탄을 투하하고 기수를 돌렸다. 소련 본토 방향이었다.

7

타르타리해협을 건너 하바롭스크 상공에 도착한 때는 오전 3시 40분이었다. 우리는 바로 도시 상공으로 들어가지 않고, 먼저 이 도시로 들어오는 송전선을 찾았다. 달도 없는 오밤중이었으나 적외선 망원경으로 금세 찾아냈다. 고압선 송전탑을 발견한 쇼-15기는 그 위로 바짝 다가가 전선이 손에 닿을 정도로 접근하여 정지태세를 취했다. 레이저 사수가 창 너머로 레이저총구를 겨냥했다. 조그마한 빛이 고압선에 닿자 펑! 하는 소리와 함께 전선이 끊겨 나갔다. 순식간에 여덟 개의 고압전선이 모두 끊겼다.

하바롭스크는 우리가 전선을 끊기 전부터 등화관제로 암흑의 도시였다. 기상에서 내려다보니 간혹 몇 대의 차량이 차광장치를 하고 어둠 속을 비틀거리며 움직이는 것이 눈에 띄었다. 우리는 도시 상공에 열 개의 마이크를 낙하산에 매달아 적당하게 배치한 다음 세 개의 KAL 조명탄을 터뜨렸다. 이어 나의 육성방송이 나갔다.

"하바롭스크의 인민 여러분, 여기는 세계과학기술자연맹(WSU)의 선전반입니다. 지금 이 도시는 정전상태에 있습니다. 우리가 방금 송전선을 끊었기 때문입니다. 대단히 죄송합니다. 깊이 사과드립니다. 왜 우리가 이런 짓을 했을까요? 이유는 우리의 존재를 여러분께 알리기 위해서입니다. 우리의 분노를 전하기 위해서입니다. 지금 이 도시 상공에는 휘황한 조명탄이 KAL 세 글자를 수놓고 있습니다. KAL이 무엇을 의미하는지 여러분은 모르실 겁니다. 우리의 설명을 들어보세요."

열 대의 마이크가 일제히 고함을 치니 하바롭스크 시민들은 깊은 잠에서 모두 깨어났을 것이다. 나는 녹음테이프로 KAL기 사건의 개요를 방송하였다. 10분가량 지나자 전투기 세 대가 떠올랐다. 이어 네 대 그리고 다섯 대가 더 나타났다. 전투기들은 떠오르긴 했으나 목표물이 안 보이니 갈팡질팡할 수밖에 없었다. 뿔뿔이 헤어져 밤하늘을 이리저리 방황할 뿐이었다. 그중 한대가 KAL 조명탄에 기관총 세례를 퍼부었으나 목표물이 작아서인지 명중하지 않자 포기하고 돌아섰다. 우리는 그들에게 일거리라도 주는 선심인 듯 점보 항공기의 영상을 등장시켰다. 전투기들은 신나게 이에 몰렸다. 거침없이 미사일이 날아들었다.

"미사일 발사 중지. 당신네의 미사일은 우리의 반사장치로 되돌아가고 있습니다. 미사일 발사를 중지하시오!" 나는 소리 질렀다.

그래도 전투기들은 끈질기게 미사일을 던졌다. 위번 박사를 비롯하여 여러 사람이 레이더에 매달려 유탄을 경계하기에 바빴다.

"이크! 저것 보게." 나는 우리와 4킬로미터가량 떨어진 곳에서 한 대의 전투기가 미사일을 맞고 공중폭발하는 것을 보았다. 우리의 제집 찾기 유도장치에 걸렸는지 자기네 편의 미사일이 오발한 것인지 분간할 순 없으나 아무튼 비극이었다.

"전투기가 점보기에 충돌했어." 누군가가 외쳤다.

과연 한 대의 전투기가 영상의 점보기를 향하여 자폭태세로 돌진하는 중이었다. 카프레드 박사가 획 점보기를 한 켠으로 회전시키며 어둠속으로 사라지게 했다. 전투기들은 맥이 빠져 몇 바퀴 공중에 원을 그리다가 사라진 후 다시 뜨지 않았다. 나는 다시 마이크를 잡았다.

"하바롭스크 인민 여러분, 조금 전에 나는 우리의 분노를 전하러 이곳에 왔다고 말했습니다. KAL기가 당한 분노, 소련이 세계에 안 겨준 분노를 전하러 온 것입니다. 그러나 보복을 하러 온 것은 아니 니 안심하시기 바랍니다.

우리가 단순한 보복을 마음먹었다면, 어젯밤 우리가 들른 페트 로파블롭스크나 1시간 전에 들른 유즈노사할린스크, 그리고 이곳 하바롭스크는 벌써 불바다와 잿더미가 됐을 겁니다. 우리는 그렇게 할 수 있는 능력과 수단을 갖고 있습니다. 이 점은 여러분도 수긍하 겠지요. 우리는 여러분으로부터 아무런 방해도 받지 않고 여러 도 시를 드나들었습니다. 전투기와 미사일의 공격을 받았으나 우리는 상처 하나 입지 않았어요. 그리고 우리는 폭탄을 던지는 대신 조명 탄을 터뜨리고, 암벽에 글자를 새기고, 송전선을 끊는 정도로 그쳤 습니다.

우리는 폭력을 싫어합니다. 폭력을 반대합니다. 여러분, 폭력은 구시대의 잔재입니다. 새 시대는 대화와 이해로서 이루어져야 합니 다. 이것은 발전하는 역사의 당연한 원칙입니다. 여러분, 오늘날 과 학의 발달은 지난날에는 상상조차 하지 못한 새로운 세계를 성공적 으로 건설하고 있습니다. 폭력과 무력의 어두운 그림자만 사라진다 면 소련의 정책이 수정된다면 세계는 지금 당장 낙원으로 변할 겁 니다.

소련의 지도층은 이 점에 유의해야 합니다. KAL기 사건이 인류 문화사의 크나큰 흉터라는 것을 당신들은 깨달아야 합니다. 아니 머지않아 당신들도 깨닫게 될 겁니다. 역사는 언제나 전진하는 것 이기 때문입니다."

다음 순방지는 블라디보스토크였다. 우리의 쇼-15기는 중국과 소련의 국경선을 이루는 우수리 강줄기를 따라 남하를 계속하였다. 아직 동이 트기 전이라 확실하게 시야에 들어오지는 않았으나, 고도 8킬로미터 하계에는 꽁꽁 얼어붙은 우수리강이 줄기차게 뻗어 있을 것이 눈에 선했다.

우수리강이야말로 우리 겨레와는 두만강 다음으로 인연 깊은 역사의 강이다. 일제 암흑시대 우리의 독립투사들은 이 강을 넘나들며 피의 항쟁을 이어온 바 있었다. 이 강 연안에는 하바롭스크, 푸위안, 라호허, 비킨, 후린, 이만, 미산, 우스리우스크 등 선열의 피가 엉킨 유적의 땅이 수없이 많았다. 이제 우리가 방문할 블라디보스토크 역시 마찬가지였다.

반세기 전, 독립투사들은 일제와 싸우랴, 적색 러시아의 눈치를 보랴, 그 고생이란 이루 형용키도 어려웠을 것이다. 이제 이러한 역사는 아련한 전설로 굳어가고, 역사의 강 우수리는 우리와는 인연이 먼 딴 세상의 것으로 잊혀가는 오늘의 현실이었다. 그런데 나는 오늘 갑자기 우수리 강 상공을 날고 있었다. 반세기 전의 선열들과는 생판 다른 환경에 있는 나를 인식했다. 1920~30년대의 선열들은 피압박 민족의 설움을 씹으면서 우수리강을 타고 다녔으나 1983년 오늘의 나는 범세계인의 자격으로 우수리강의 상공을 날고 있었다. 반세기 전 선열들이 눈치를 살피던 그 당시의 적색 러시아보다 몇백 배, 몇천 배 강대해진 오늘의 소련을, 나는 크게 꾸짖고자 그들의 하늘에 나타난 것이다. 분명 역사는 흐르는 것, 달라지는 것이다.

블라디보스토크에 도착한 건 6시 10분. 우리는 쇼-15기 창 너머로 태평양의 해돋이 구경을 할 수 있었다. 1만 미터 고공에서 맞이

하는 태평양의 해돋이는 한마디로 장관이었다. 이다지 장한 자연을 구경할 수 있다니 이제 죽어도 한이 없을 것 같았다. 아무튼 장관이 었다.

"우리에게 남은 시간은 3시간뿐입니다. 잘들 합시다." 위번 박사가 외치는 소리에, 나의 자연감상은 순간에 사라져버렸다.

그렇다. 알래스카의 S 지점을 이륙한 후 11시간 10분이 소비되었으니 남은 체공 가능 시간은 2시간 50분뿐이었다. 우리의 계획은 1시간가량을 이 도시에서 보내고 동해로 빠져 우리나라 강릉으로 비행하기로 짜여 있었다. 그러면 체공시간과 연료가 알맞게 맞아 떨어졌다. 우리는 커피를 나눠 마시고 작전에 들어갔다.

나는 열 개의 낙하산에 마이크를 매달아 도시 상공에 띄워놓고 육성방송을 시작했다.

"소련 인민 여러분, 우리는 세계과학기술자연맹(WSU)선전반입니다. 우리는 유즈노사할린스크와 하바롭스크를 거쳐 이곳에 왔습니다. 우리가 유즈노사할린스크와 하바롭스크에 들렀을 때 그곳 군대가 우리를 고사포와 전투기로 공격해 왔는데 그 결과 당신들의 전투기 세 대가 당신들의 미사일에 맞든가 공중 충돌로 추락하는 사고가 발생했습니다. 우리는 결코 무기를 사용하지 않았어요. 무기는 처음부터 갖고 오지도 않았습니다. 그러니 여러분은 아무 염려 말고 우리의 메시지를 들어주시기 바랍니다."

이렇게 시작했으나 역시 고사포 세례에 이어 전투기 출동이 있었다. 지상의 고사포는 우리의 방송전파를 포착하여 여기에 조준을 맞춘 듯 방향은 제법 근사하였으나 쇼-15기에 훨씬 못 미치는 저공에서 작렬할 뿐이었다. 떠오르던 십여 대의 전투기들도 5분도 못가 모두 거두어들이고 말았다. 그들은 속수무책인 모양이었다.

우리는 유유히 고공을 빙빙 돌았다. 눈 아래 검푸른 동해가 출렁이고, 서쪽 구름 사이로 한국땅이 얼씬거렸다. 구름만 걷히면 백두산도 보일 것이다. 나는 KAL기 사건을 소개하는 순서를 진행하였다.

"소련의 지도자 동무들은 분명 세계정세를 잘못 파악하고 있는 겁니다. 볼셰비키 혁명 66주년을 지낸 오늘날에 이르러서도 그저 66년 전 그때 그 모습 그대로 피의 항쟁, 제국주의 타도의 염불만 외고 있으니 딱한 노릇입니다. 소련의 지도자 동무들이 피해 망상증과 시대착각증에 걸려 있는 동안 세계의 역사는 과학 만능시대로 접어든 겁니다. 소련의 과학도 눈부신 발전을 거듭했지요. 스푸트니크를 쏘아 올리고 우주정거장을 만들어 냈습니다. 소련의 과학자들은 지도자 동무들이 요구만 한다면 이곳 시베리아를 우크라이나보다 더 풍요한 농경지로 탈바꿈시켜 놓을 겁니다. 지도자 동무들이 훼방만 안 한다면 세계의 과학자들과 손을 맞잡고 우리 모두의 지구를 낙원으로 꾸밀 겁니다.

소련의 지도자 동무들이여, 당신들이 진정 세계혁명의 이상을 간직하고 있다면 지금 당신들이 추구하고 있는 침략주의를 당장 청산하십시오. 항상 진보적 사상을 내세우는 당신들이 어째서 가장 뒤떨어진 암흑시대의 울 안에서 헤매는 거죠. KAL기 사건을 목격한 우리 WSU의 맹원들은 더 이상 당신들의 만행을 보고만 있을 수 없어 이렇게 출동한 겁니다. 우리는 엄숙하게 당신들에게 요구합니다. KAL기 사건의 책임을 시인하고 전 세계 인민에게 진심으로 사과하십시오. KAL기의 희생을 전환점으로 당신들의 세계관을 바꾸십시오. 그리하여 세계재건의 전위국가로, 참된 지도국가로 변신하기를 우리는 기대하겠습니다."

나는 방송을 마쳤다. 이제 우리는 소련응징의 과정을 마친 셈이었다. 단 한 발의 총알도 쏘지 않고, 오로지 입으로만 시종한 응징이었다. 몇 가지 새로운 과학기기의 시위가 있었긴 하나 과연 이것으로 응징의 실효가 있다고 봐야 할 것인가? KAL기의 참화를 당하고도 우리는 고작 이틀간의 미지근한 설교에 그치고 만 것이 아닐까?

목숨을 걸고 나섰던 소련응징의 끝마무리는 어쩐지 싱거운 감이 없지 않았다. 이러한 아쉬움은 나 혼자만의 기분은 아닌 것 같았다. 동지들 모두의 안색에 역력히 나타나 있었다. 그러기에 이때 지상에서 보내온 소련방송이 우리의 심사를 크게 자극했다. 지상방송은 우리가 블라디보스토크 상공을 마지막으로 선회하려는 참에 청음되었다. 그 방송내용은 다음과 같았다.

"시민 동무 여러분, 지금 우리 지방에는 미 제국주의의 스파이들이 들어와 민심을 어지럽히고 있으니 시민 여러분의 각별한 경각심을 촉구합니다. 저들 스파이들은 마치 대단한 무기라도 갖고 온 양 민심을 현혹하고 있는데 실상은 그들은 녹음테이프를 이용한 단순한 기만전술을 쓰고 있는 것이니 동무들은 각자 경각심을 발휘하여 우리 주변에 스파이들의 공작물이 있는가를 살펴 당국에 연락해주기 바랍니다. 결코 스파이들의 얕은꾀에 넘어가지 맙시다. 스파이들의 말에 귀를 기울이지 맙시다."

"어디 실감 나게 혼 좀 내줄까." 최영수가 말했다.

"어떻게?" 누군가가 물었다.

"저공으로 저자들의 머리를 스치고 날면 녹음테이프가 아니라는 걸 알게 될 거야." 최영수가 대답했다.

"그건 위험해." 위번 박사가 말리고 나섰다.

"그냥 돌아가지." 조근식도 꺼렸다.

"이곳 나홋카에 소련해군 사령부가 있으니 저공으로 위협비행을 하는 게 어떨까!" 맥도널드의 말이었다.

"좋아!" 최영수가 받았다. 최영수는 중론이 결정된 것으로 단정한 듯 곧바로 기수를 동으로 돌렸다.

나홋카는 블라디보스토크 바로 동쪽 인접한 군항이었다. 창밖을 내다보니 부두와 연안에 수많은 함정이 떠 있고 근처 해상에도 띄엄띄엄 선박들의 모습이 보였다. 최영수는 나홋카 상공을 6천 미터의 고도로 천천히 두어 번 선회하면서 저공 비행할 코스를 물색했다. 우리는 모두 안전벨트를 바짝 죄었다.

"최영수 씨, 너무 무리 마십시오." 위번 박사가 주의를 환기했다. 최영수는 알았다는 듯 고개를 끄덕이더니, 쇼-15기를 해안선에서 10킬로미터가량 바다 위로 몰고 가 그곳에서부터 급강하하여 기체를 수면에 닿을 정도로 낮췄다. 그리고 육지를 향하여 돌진하였다.

나는 파도며 선박이며 연안건물 등이 내 눈앞을 스쳐 가는지 뒤범벅이 되어 흘러가는지 분간할 수 없는 시각의 혼란을 일으켰다. 뭐 관찰이고 판단이고 할 겨를이 없었다. 쇼-15기는 일순간에 연안 일대를 휩쓸고 다시 고도를 높여 해상으로 나왔다.

나는 움츠렸던 머리를 들고 육지 쪽을 바라보았다. 몇 군데에서 포연이 퍼지는 게 보였다.

"지붕이 날아가고 집이 무너지고 하는 게 보였어."

"트럭이 바다로 날아가더군"

이런 얘기를 주고받는 동지들의 얼굴은 창백했다. 나는 위협비행은 이걸로 끝난 줄 알았다. 그런데 최영수는 달랐다.

　"해안을 훑으면서 보니, 좀 떨어진 곳에 큰 건물과 넓은 마당이 보였어. 차량도 많아. 필시 사령부일 거야."

　"이제 그만 갑시다." 위번 박사가 말했다.

　"그래요." 최영수는 고갤 끄덕였다. 끄덕이면서 빙그레 웃었다. "마지막으로 그곳을 거쳐서 한국으로 날아갑시다."

　아무도 반대하지 않았다. 조종 레버를 잡은 건 최영수였다. 그는 어제오늘 도맡아 쇼-15기를 아무 탈 없이 끌고 다녔다. 참 잘해주었다. 믿음직스러운 그가 마지막 순서로 한번 스치고 가겠다는데 굳이 말릴 거야 없잖은가.

　약 5분 후, 두 번째 천둥번개가 육지를 엄습하였다. 이때 우리는 몰랐지만, 나훗카 요소요소에는 적외선 경계망이 둘러쳐 있었고 경계망에는 경보기와 기관포 대열이 직결돼 있었다. 첫 번째 저공비행 때도 우리는 이 장치에 걸리긴 했으나, 쇼-15기의 비행속도가 기관포의 발사순간을 앞질렀기에 우리는 무사할 수 있었다.

　그런데 두 번째 저공비행은 상황이 달랐다. 해군기지사령부는 약간 내륙에 위치하고 있어 해안선 적외선에 이상이 감지되는 동시에 사령부의 경보기와 기관포 발사신호가 함께 작동하게 마련이니 해안에서 내륙으로 날아온 쇼-15기의 통과와 포탄의 발사는 시간이 맞게 되었다.

　나훗카 사령부 건물에 강도 7도 이상의 진동을 일으켜 문짝이며 창문을 깡그리 날려버리고, 마당에 늘어선 차량들이 가로세로 요동치는 타격을 안겨주는 순간 나는 내 눈이 캄캄해지는 동시에 엄청난 중량감에 짓눌린 기분이 들며 정신이 혼미해졌다. 여러 개의 포탄이 쇼-15기를 때린 것이다.

쇼-15기가 이때 추락하지 않은 건 일종의 기적이라고 해야겠다. 양편 큰 날개와 꼬리날개가 크게 상하고 기체에도 무수한 탄환 구멍이 났건만 쇼-15기는 동체를 기우뚱하는가 싶더니 근처 자작나무의 머리 부분을 댕강 날려버리면서 하늘로 치솟았다.

얼마 후, 내 귀에 최영수의 부르짖음이 어렴풋이 들렸다.

"빨리 이리와, 빨리."

나는 그의 곁으로 가려 했다. 그러나 의자에서 일어설 수가 없었다. 전신이 마비된 것 같았다.

"빨리빨리!"

애처로운 최영수의 목소리가 계속 내 귀를 때렸다. 이래선 안 되겠다고 나는 이를 악물었다. 혼미한 정신이 약간 회복되었다. 나는 나 자신을 살펴봤다. 어느새 의자에서 빠졌는지 나는 바닥에 뒹굴고 있는 게 아닌가.

두 손이 다 선혈로 시뻘겋다. 얼굴도 축축했다. 동지들이 여기저기 나둥그러져 있었다. 최영수가 숨넘어가는 소리로 외쳤다.

"빨리빨리."

나는 엉금엉금 기어 조종석으로 갔다.

"이걸 꽉 잡아줘."

최영수는 자기가 잡고 있는 조종 레버를 턱으로 가리켰다. 그의 팔 하나는 축 늘어져 있고 레버를 잡은 팔에선 피가 엄청나게 흐르고 있었다. 나는 간신히 몸을 지탱하여 레버를 잡았다.

최영수는 심한 고통으로 오만상을 찌푸리며 의자에서 일어서려 했다. 몇 번 시도하다가 안 되자 그냥 앉은 채 손을 들어 한 곳을 가리켰다.

그곳엔 비상 소화기처럼 생긴 통이 벽에 걸려 있었다. 빛깔이 초록색인 걸로 봐서 소화기는 아닌 것 같았다.

"저걸 쇼-15기 표면에 뿌리고 불을 질러, 꼭."

이렇게 말하는 최영수의 시선은 나를 보고 있지 않았다. 반실신 상태였다. 나는 겁이 덜컥 났다.

"영수, 정신 차려!" 나는 그의 귀에 대고 소리쳤다.

"응." 최영수는 나에게 시선을 돌렸다. 그리고 내가 쥐고 있는 조종 레버를 다시 잡았다.

"미안해." 최영수가 중얼거리듯 말했다.

"괜찮아, 정신 차려. 강릉까지 가야 해." 내가 외쳤다.

"못 가, 연료가 없어."

그렇구나, 연료가 없구나. 날개를 몸체고 온통 구멍투성이가 됐으니 저장탱크에 기름이 남아 있을 리 없었다. 그런데 이렇게 날고 있으니 어쩐 일일까. 앞 유리판 밖을 내다보니 온통 바다뿐이었다.

기내를 둘러보니 풍비박산이었다. 아홉 명의 탑승자 중 최영수와 나를 뺀 일곱 명은 모두 쓰러진 채였다. 그중 두어 사람은 고통을 호소하고 있었으나, 나머지는 꿈쩍도 않았다. 죽은 모양이었다. 왜 갑자기 이런 꼴이 되었을까? 나는 꿈만 같았다.

출발 당시부터 만일의 경우를 각오하긴 했고, 나도 그랬다. 대부분의 동지가 유언장을 써놓기까지 했다. 그렇지만 이토록 처참한 결과가 오다니, 만사 순조롭게 진행되어 마지막까지 잘 왔었는데….

영수가 깜박하며 레버 쥔 손을 놓았다. 나는 얼핏 레버를 잡고 소리쳤다.

"영수! 정신 차려!"

다행히 최영수는 다시 레버를 잡았다. 그러나 다시 슬며시 놓다가 내가 소리치면 다시 잡곤 했다.

그러면서도 비행은 계속되었다. 끈질긴 건 인명이고 항공기의 운명도 그런가 보다. 혹시 영수나 쇼-15기나 불사신은 아닐까, 하고 나는 요행을 바랐다. 그러나 실제로 쇼-15기의 기수는 동으로 향하고 있었다. 강릉의 반대방향이었다. 최영수와 내가 그걸 알 까닭이 없었다.

아주 오랜 시간이 걸린 것 같았다. 실제는 30분밖에 지나지 않았지만 나에게는 한없이 긴 지옥의 시절로 느껴졌다. 최후의 시각이 왔다. 연료가 다하여 엔진은 멈췄다. 최영수는 빈사상태에서 억척스럽게도 기체를 해안으로 몰고 갔다. 덜컥, 땅에 닿는 충격으로 최영수는 앞으로 고꾸라졌다.

다른 일곱 사람을 둘러봤다. 다섯은 이미 사망하였고, 고정혜 박사와 카프레드 박사가 가냘픈 맥박을 유지하고 있었는데 가망은 없어 보였다. 밖을 내다보니 이곳은 육지의 바닷가였다. 쇼-15기는 얼어붙은 해면을 미끄러져 해안 모래밭 위에 동체의 3분의 2가량을 올려놓고 있었다. 나는 갑자기 추위를 느꼈다. 몹시 추웠다. 영하 30도는 확실했다.

진작 느껴야 할 추위를 이제야 느끼니 정신이 든 모양인 것 같았다. 춥고 아프고 견딜 수가 없었다. 하늘을 쳐다보니 푸른 색깔 외엔 아무것도 없었다. 전투기가 따라왔을 터인데 어쩐 일일까? 아마 너무 저공이고, 빛을 통과시키는 코팅을 해서 발견하지 못했을까?

그러자 나는 최영수가 빈사상태에서 나에게 부탁한 말이 생각났다. 초록색 통을 가리키며 비행기에 뿌리고 불 지르라고 그랬다. 도깨비감투의 기밀을 지키기 위함이리라. 나는 그 통을 벽걸이에서 떼어냈다. 30킬로그램은 족히 되는 듯했다. 부상당한 나로서는 힘에 겨웠고 추위로 손이 얼어 제대로 일할 수도 없었으나, 이를 악물고 억지로 강행했다.

의자의 깔개를 몇 개 뜯어 모래 위에 내놓고 그 위에 초록색 탱크의 밸브를 열어 속에 든 것을 뽑아봤다. 초록색 액체가 안개 모양으로 퍼지는데 야릇한 향기가 진동했다. 라이터를 갖다 대니 잘 탔다. 탱크를 멀리 밀어놓고 불을 쬐었다. 몸이 녹았다.

자, 이제 어떻게 한다. 앞이 막막했다. 죽음을 각오한 몸이긴 하나 막상 이렇게 되니 정말 막막했다. 동지들의 시체는 어떻게 한다? 언 땅에 묻긴 불가능하고 모래밭에 널어놓자니 짐승에게 뜯길 거고, 별수 없이 쇼-15기와 함께 화장할 수밖에.

기내에 들어가 시체정리를 하였다. 숨기가 남았던 두 사람도 완전 사망상태였다. 다정하게 어깨를 맞대놓고 천당에 가주기를 바랐다. 초록색 탱크의 액체를 쇼-15기 표면에 골고루 뿌리는 작업은 무척 힘들었다. 기내에도 뿌리고 시체에도 흠뻑 뿌렸다. 이 작업은 나로서는 너무 힘겨워 그 시간이 훨씬 더 걸렸다. 이런 일을 시키기 위하여 하느님은 나를 남겨 놓은 것일까, 하는 생각이 들었다. 그러나 그럴 일은 없을 것이다. 하느님이 우릴 보고 있었다면 탄환을 비키게 했을 것이고 더 나가선 KAL기의 참극도 없었을 거고…. 아니 내가 왜 이런 생각을 하지.

나는 불을 질렀다. 쇼-15기의 표면에 코팅한 비누 거품 모양의 물체가 지르르 녹으며 아주 느린 속도로 탔다. 내부의 물품들은 활활 잘 탔다. 나는 망설였다. 나도 저 불 속에 뛰어들어 함께 사라질 것이냐, 어름어름하다가 이곳에서 얼음덩이가 되어 죽을 것이냐.

9

죽음을 눈앞에 둔 내 앞에 난데없는 청년 한 사람이 나타났다. 여섯 마리의 개가 끄는 썰매를 몰고 해안 빙판을 타고 온 청년은 나와 불타고 있는 쇼-15기를 의아한 표정으로 물끄러미 바라봤다.

나는 홀연히 땅에서 솟은 듯이 나타난 인간을 보고 착잡한 심경을 금치 못하였다. 기어이 소련사람들에게 들키고 말았구나. 근방에 인가가 있는 모양이니 경찰에 인계되겠지. 나는 골치가 땅 했다.

청년은 한동안 의문에 찬 눈으로 살피다가 내 앞으로 다가와 털옷 상의 속에서 술병을 꺼내 내밀었다. 나는 아무 소리 않고 받아 한 모금 마셨다. 추운 판에 가릴 게 없다고 생각해서였다. 설사 독약이 들었다 한들 어쩌랴.

"러시아 말 알아들어요?" 청년이 물었다. 나는 끄덕였다.

"미국에서 왔나요?"

나는 끄덕였다.

"한국인?"

끄덕였다.

"혹시 김기남 씨?"

나는 전기가 오른 것처럼 놀랐다. 내가 잘못 들었나?

"뭐라 그랬습니까?"

"김기남 씨죠? 그렇죠?"

이게 꿈인가? 나는 이미 죽어서 저승에 온 건가?

나는 청년과 불타는 쇼-15기를 다시 살폈다. 틀림없었다. 차가운 바람이 내 뺨을 여미고 있었다. 그리고 지금 마신 술맛, 분명 이승은 이승인데…?

청년은 굳은 내 표정을 보고서 빙그레 웃었다.

"김기남 씨죠?"

나는 무표정하게 끄덕였다.

"반갑습니다. 꿈만 같군요."

청년은 내 손을 덥석 잡았다. 이 사람이 내가 할 소리를 하네.

"자, 김 선생님 썰매를 타세요."

청년은 내 손목을 끌었다.

"아니요!"

나는 불타는 쇼-15기를 가리켰다. 다 타기 전에는 떠날 수 없다는 뜻이었다.

"알겠어요. 그러나 이곳을 빨리 떠나야 합니다. 수색대가 올지 몰라요."

청년은 반강제로 나를 이끌고 썰매 있는 곳으로 갔다. 나는 별수 없이 끌려갔다. 30분가량 달리니 등대가 보였다. 청년은 이곳 등대지기로, 이름은 이다노피치 바브신이라 했다. 등대 안은 훈훈하였다. 사모와르에서 차 끓는 소리가 아늑한 기분을 유도했다. 등대의 식구는 바브신과 여섯 마리의 썰매개뿐이었다.

좁은 방 안에는 이 방에 어울리지 않게 큰 무선기가 방 면적의 절반이상을 메웠고, 나머지 공간을 난로와 판자로 만든 침대, 탁자, 의자 등이 겨우 자리잡고 있었다. 바브신은 나를 침대에 걸터앉히고 팔과 얼굴의 상처를 그 나름대로 손봐줬다. 나의 부상은 피투성이의 외형보다는 대단치 않아 이곳에 있는 구급상자 속의 붕산연고와 붕대만으로 대강 응급조치가 되었다.

조치를 끝내고 바브신은 끓는 물에 나무잎차를 듬뿍 넣은 즉석차를 만들어 나에게 주고 자기도 마셨다. 굳은 치즈덩이도 곁들여 내놓았다.

"잠깐 기다리세요. 경비대에 보고를 해야 하니까요."

바브신은 내 얼굴에 긴장이 감도은 걸 보자, 종이쪽에 다음과 같이 적어 내게 보이며 말했다.

"걱정마세요. 전문내용은 이런겁니다."

여기는 세미온 곶 등대. 오늘 아침 10시계 서쪽 해안에서 연기가 오르는 걸 보고 가보니 항공기가 불타고 있었음. 시체 타는 냄새가 나고 다른 것은 눈에 안 띄었음. 장소는 이곳에서 서쪽 15킬로미터 지점 해안.

바브신은 무선을 치고 나서 나와 마주앉았다.

"김 선생님, 제가 당신 이름을 댈 때 몹시 놀라셨죠?"

바브신은 생글생글 웃었다. 그의 얼굴에는 순진한 젊은이만이 풍기는 싱싱함이 있었다.

"열쇠는 저것입니다."

그가 가리킨 것은 무선기였다. 그래도 내가 이해 안 되는 표정을 하자 바브신이 말했다.

"이진태 이름을 대면 짐작되시겠죠."

이진태란 내 누님의 아들 이름이었다. 비로소 나의 의혹은 풀렸다. 진태는 무선에 미친 아이였다. 햄(국제아마무선협회)에 가입한 무선기사였다. 그랬구나. 진태와 바브신은 햄 회원 사이였던 것이다. 진태가 내 이야기를 바브신에게 했구나.

그렇다 하더라도 바브신이 쇼-15기 추락현장에서 나를 보자마자 내 이름을 대다니 아무래도 납득이 안 되었다.

"어떻게 당신은 나를 보는 즉시 난 줄 알았죠?"

"진태와 저는 서로 잘 의사가 통하는 사이예요. 비록 체제가 다른 나라에 갈라져 살고 얼굴 한번 본 적은 없으나 우린 친한 사이죠. 이래서 햄이 좋다는 거죠.

진태는 자기 삼촌이 시인이라고 나에게 자랑했어요. 그는 삼촌의 신작시를 항상 내게 소개했었죠. 그리고 어젯밤과 오늘 아침 미국 방송에서 김 선생님 이름이 나오기에 저는 깜짝 놀랐어요."

세상이 좁고도 넓고, 넓고도 좁다는 말이 있긴 하나 이토록 실감이 날줄이야.

아무튼 신기했다. 그리고 고마웠다.

"고마워요, 바브신."

나는 청년의 손을 잡고 진심으로 감사의 뜻을 표했다.

"이곳에 누가 오진 않을까요?" 나는 엽차를 마시며 물었다.

"아무도 안 와요. 1년에 한 번 여름철에 보급선이 다녀가는 것 뿐이에요." 바브신은 고개를 설레설레 흔들었다.

"다른 직원들은요?"

"등대간수는 저 한 사람뿐이에요. 2년 전까지는 직원이 셋이었는데 등대 시설이 기계화한 후부터는 저 혼자 보고 있어요. 제 처가 조수 노릇을 하지만 마침 아기 낳으러 친정에 가고 없고요."

그래도 나는 안심할 수 없었다.

"아까 경비대에 보고했으니까, 누가 오긴 오겠군요."

"현장은 여기서 15킬로미터나 떨어졌는데 여기는 뭣 하러 와요."

"당신이 현장 발견자이니 발견과 신고조서를 꾸미러 온다고 봐야 하지 않을까요?"

"그렇긴 하군요. 하지만 정 내가 필요하면 경비대로 소환하겠지요."

"경비대가 여기서 얼마나 되죠?"

"80킬로미터도 넘어요."

"아까 경비대에 보고할 때 내가 추락현장에 있었다는 얘길 안 하던데, 그래도 괜찮을까요?"

"음…."

바브신은 묵묵히 말이 없었다. 이마에 주름살이 잡히는 걸 보니 걱정이 되는 모양이었다. 나는 계속 물었다.

"나를 도와주고 싶어서 그랬나요?"

"그래요. 도와드리고 싶었어요."

"지금도요?"

"네."

"고맙습니다. 그러다가 당신이 문책당하면 어쩌죠?"

"별일이야 있겠어요."

이렇게 말하긴 하나 이마의 주름살은 펴지지 않았다.

"아니, 대책을 강구해야 해요."

"무슨 대책요?" 바브신이 반문했다. 우리 두 사람은 한동안 마주 바라보고만 있었다.

"이렇게 하죠." 바브신이 입을 열었다. "내가 등대에 돌아와보니까 낯선 사람이 와 있더라고요. 그래서 함께 있었다고요."

"왜 보고 안 했느냐고 힐난하면 어떡하죠?"

"못 하게 해서 그랬다고 하죠."

"간단하군요. 그러나…."

"너무 걱정하지 마세요. 별일은 없을 겁니다."

"바브신. 잘 생각해서 해요. 나 때문에 당신이 욕봐선 안 돼요. 지금이라도 경비대에 보고하는 게 좋을 겁니다."

"연행되면 욕보십니다."

"괜찮아요. 나는 모든 걸 각오하고 있어요."

"어디 천천히 봐가면서 합시다. 그보다 시장하실 거에요. 저도 아침 식사를 아직 안 했거든요."

바브신은 두 사람분의 밀가루죽과 마른 육포를 탁자 위에 늘어놓았다. 나는 몹시 시장하기도 했지만, 음식이 맛있었다. 특히 육포의 맛은 희한하다고 할 정도였다. 바다사자고기를 말린 거라는데 물론 나는 생후 처음 대하는 음식이었다.

우리는 식사를 하면서 얘기를 계속하였다.

"KAL기 사건을 알고 있나요?" 내가 바브신에게 물었다.

"진태로부터 자세하게 들었어요. 우리가 잘못했어요." 바브신은 자기의 잘못도 있는 양 고개를 숙였다. "진상을 아는 소련 인민들은 모두 유감으로 생각할 거예요. 사람의 마음이란 인종이나 국경을 넘어 다 같은 것이니까요."

"김 선생님께서 소련에 온 목적은 뭐죠?"

"지도자 동무들에게 항의하고자 해서죠."

"폭격은 안 했나요?"

"우리는 무기라고는 권총 한 자루 안 갖고 왔어요. 오직 마이크에 대고 떠들기만 한 거죠."

"그런데 미국 방송에는 왜 비난들이죠? 김 선생님 일행을 마치 범죄자 취급이던데….”

"그야 왜 안 그렇겠어요. 정부 몰래 한 짓이고 정찰기 한 대가 없어졌으니 몇억 달러 손해가 났겠죠. 그리고 우리로 해서 소련과 핵전쟁이라도 날까 봐 겁도 났을 테고요."

"그렇군요. 그런데 항의하러 나섰다가 더 큰 손해가 난 게 아닐까요. 몇 분이나 희생됐나요?"

"나 말고 여덟 명요."

"어이구, 희생이 많네요. 쯧쯧. 어떻게 하죠?"

"처음부터 모두 희생은 각오한 것이니 후회는 없습니다. 우리는 이틀 동안 네 군데 도시를 돌면서 하고 싶은 말은 다했고, 소련을 떠나려는 판에 당한 거예요."

"아무튼, 불행한 일이에요. 요즘처럼 동서 간의 대립이 날카로워서야 결국은 터지고 말 터인데… 무슨 도리가 없을까요?"

"세계의 지도자들이 마음먹기에 달렸습니다. 지도자들은 쓸데없는 싸움만 하고 있어요. 군인이나 독재자들이 권력을 잡고 있기 때문에 문제가 생기는 거죠. 소련과 미국을 포함한 몇몇 나라의 과학자와 철학자들이 정권을 잡으면 문제가 해결되기 시작할 지도 몰라요. 과학자들은 전 세계 인구가 먹고 남을 식량을 만들어 낼 수 있어요.

공생공락하는 이상사회를 꾸밀 수 있어요. 지금 당장 그렇게 할 수 있는데 그렇게 못하게 하고 있는 게 지금 잘난 체하는 정치인들이에요."

"진태도 그런 얘길 하더군요. 이상사회 실현을 싫다고 할 사람이 어디 있겠어요. 하지만….."

"하지만 하는 단서를 달 필요도 없어요. 마르크스나 레닌이 지금 살아 있다면 그이들도 우리와 동감일 거예요. 아니, 그이들이 먼저 외치고 나설걸요. 과거의 인류사, 즉 환경에 지배되어 온 인류사 대신에 환경을 지배하는 인류사가 출범하는 거죠. 현재의 정치체제 대신, 살기 좋은 사회를 위한 연구개발과 공생공존을 전제한 정치체제로 바꾸는 겁니다."

＊

바브신의 세미온 곶 등대에서 나는 사흘을 보냈다. 그동안 나는 나의 과거 경험과 시의 얘기를, 바브신은 이곳 풍물이며 햄 통신에 얽힌 얘기를 서로 주고받으며 재미있게 보냈다.

나흘째 되는 날, 나는 바브신에게 말했다.

"자, 그동안 당신의 신세를 많이 졌습니다. 이제 우리는 작별할 때가 되었습니다. 당신은 경비대에 내가 여기 있다고 무선을 쳐요. 더 이상 지연했다간 당신의 변명이 성립될 수 없어요."

바브신은 내가 정색하고 타이르듯 말하자, 걱정스러운 얼굴로 말했다.

"그럼 김 선생님은 막심한 고생을 당합니다."

"그렇다고 언제까지 이러고 있을 순 없잖아요. 이제까지는 짧은 기간이니 인정상 할 수 없이 봐줬다든지, 협박에 못 이겨 그랬다든지 핑계가 되지만, 더 이상 지체하면 당신도 벌 받게 될 것이니 그럴 필요는 없는 겁니다."

"여기 있으면 한동안은 아무 탈 없이 지내실 수 있어요. 그러다가 이 앞을 지나가는 외국어선에 구조를 청할 수도 있을지 모르죠."

"그런 막연한 기대를 바라고 일을 그르친다는 건 양식 있는 사람이 할 짓이 아닙니다. 아무 소리 말고 경비대에 알려요."

"하지만 그건 김 선생님의 마지막 길이 됩니다. 아마 극형을 받을걸요. 가벼워야 무기수로 유배지에 끌려갈 거고요."

"각오한 바니 심려 말아요. 나로서는 불안한 나날 속에서 남마저 괴롭히는 일은 할 수 없어요."

나의 결의에 찬 태도에 바브신은 더 이상 말을 못했다.

"정 그런 각오시라면 어때요, 모험 한번 안 해보시겠어요?"

"어떤 모험요?"

"이리 오세요. 보여드릴 게 있어요."

바브신은 나를 이끌고 밖으로 나갔다. 따라간 곳은 연료를 쌓아두는 창고였다. 창고 안으로 나를 인도한 청년은 한쪽에 세워둔 큼직한 궤(櫃)를 가리켰다.

"이게 뭔지 아세요?"

그것은 길이가 약 2미터, 두께와 폭이 각 1.5미터가량의 푸른 빛깔의 대형 궤였다.

"글쎄요."

"들어보세요."

아니, 이렇게 큰 물체를 들어보라니, 어떻게? 의아한 생각이 들어 나는 멍하게 청년을 보고만 있었다.

"들어보시라니까요. 들 수 있어요."

바브신의 재촉에 나는 시험 삼아 궤에 손을 댔다.

번쩍 들렸다. 아주 가벼웠다. 15킬로그램이나 될까? 지나치게 힘을 준 덕에 그 물체는 탁 하고 천장에 부딪혔다. 부딪치긴 했어도 상하지는 않았다. 촉감이 부드러운 데 비해 재질은 단단했다. 나무도 아니고, 플라스틱도 아니고, 고무도 아니고, 아무튼 종잡을 수 없는 처음 대하는 재질이었다.

"가볍죠?" 바브신이 웃었다. "열어보세요."

나는 열려 했으나 열 수가 없었다. 어디가 뚜껑이고 손잡이고 이음새인지 알 수 없었다.

"제가 열죠."

궤 속은 텅 비어 있었다. 사람 하나 넉넉히 드러누울 수 있는 공간이었다.

"이것은 구명보트예요." 바브신의 말이었다. "작년 여름, 노르웨이 화물선이 풍랑에 밀려 이곳까지 와서 난파했어요. 선원 열일곱 명 중 열네 명이 행방불명이고 세 명이 겨우 목숨을 건졌는데 제가 그 세 사람을 구해냈어요. 저도 그때 죽을 뻔했지만 보람은 있었어요. 올봄에 노르웨이 정부로부터 훈장을 받았지요. 배가 난파할 때 이 보트가 육지로 뛰어 올라왔어요. 그 사람들이 저더러 가지라고 하더군요. 그 사람들의 서명이 뚜껑 안에 있어요."

이 구명보트는 재료로부터 설계와 구조, 제작, 마무리까지 아주 희한했다.

첫째, 재료가 가벼우면서 단단하고 방수가 완벽하면서도 공기유

통이 잘 되었다. 재질이 가벼워 물에 띄우면 전체가 수면상에 뜨나 사람이 속에 들어 있으면 5분의 2 정도가 물 위에 나왔다. 더 깊이 물속에 잠기려면 밑창의 이중 장치로 된 공간에 물을 넣으면 된다. 물탱크가 꽉 찰 경우 수면 밑 5미터 정도 가라앉는다.

물속에서 다시 떠오를 때는 물탱크의 물을 밖으로 배출하면 된다. 배출장치는 드러누워서 발 닿는 곳에 두 개의 페달이 있고, 페달에 연결한 압축공기 탱크가 있어 밸브의 개폐로 물탱크의 물을 임의로 조절할 수 있었다. 또 압축공기를 고물 밖으로 방출하여 보트를 전진 시킬 수도 있었다. 키도 마련돼 있었다.

보트의 뚜껑에는 길이 1.5미터의 안테나가 보통 때는 뚜껑 위에 파인 홈 속에 납작 누워 있다가 내부에서 레버를 잡아당기면 똑바로 서고 레버를 돌리면 5미터까지 길이가 연장되어 효과적인 안테나 구실을 했다. 이 안테나를 이용하여 SOS 무선 신호를 보낼 수 있었다. 이 안테나가 더욱 깜찍한 건 안테나 끝에 박힌 유리알이 잠망경 구실을 하는 것이었다. 이 유리알에 비친 수면상의 광경이 레버에 장치된 프리즘을 통하여 보트 안에 누워 있는 사람에게 전달된다. 말하자면 이 구명보트는 아기잠수정이었다.

"어때요, 한번 모험을 걸어보시겠어요?" 보트의 설명을 끝내고 바브신은 내게 물었다. "어디 물에 띄워볼까요."

나는 보트를 들고 바닷가로 갔다. 바브신이 쇠지레를 들고 따라와 얼음을 깼다. 보트를 물에 띄우고 안에 들어가 자리 잡고 누운 후 뚜껑을 덮고 내부 양편에 있는 핸들을 잡아당기니 뚜껑이 몸체에 밀착했다. 뚜껑 안에는 야광나침반과 콩알만 한 전등도 있었는데 전등은 배터리가 없어 들어오진 않았다.

나는 발을 움직여 물탱크에 물을 넣어 잠수시험도 해보고, 압축공기로 물을 빼내 부양시험도 해보고, 잠망경 조작도 해보았다. 모든 게 잘 짜여 있었다. 심지어 바닥에는 나사로 된 마개가 있어 이걸 열고 물탱크를 통하여 대소변을 외부로 버릴 수도 있었다.

이상 여러 가지 시험을 해보느라 꽤 많은 시간을 그 안에서 보냈는데 호흡에 아무런 지장이 없는 걸 보니 바브신의 말대로 보트의 재질이 공기소통을 잘 시키는 모양이었다.

또 재질이 단열재로 되어 외부의 냉기가 스며들지 않아, 나의 체온만으로 내부는 견딜 만하였다. 아쉬운 건 엔진까지 달렸으면 금상첨화겠다는 점. 그러나 엔진을 달자면 많은 문제점이 발생하겠지.

"좋아요. 해볼 만하군요."

약간의 식수와 식량을 마련하는 것으로 출항준비를 끝내고 우리는 그날 밤 최후의 만찬을 가졌다. 바브신은 눈 속에 묻어두었던 고기로 요리를 했고, 단 한 병뿐인 보드카의 마개를 따기도 했다. 99퍼센트 가망 없는 항해를 앞에 둔 나였으나 이 밤은 매우 즐거웠다.

소련땅에서 나를 알아주는 사람을 만나다니 이런 기쁨이 어디 있겠으며, 자신의 위험을 무릅쓰고 나를 보호해준 은인, 순진한 청년 바브신의 전송을 받는 이 이상의 행복이 어디 또 있으랴. 우리는 기분 좋게 취했다.

"바브신, 서방사회로 망명할 의사는 없어요?"

"없어요."

"왜요?"

"뭐, 그냥 이대로 있는 거죠."

"소련의 정치체제가 옳다고 보나요?"

"과히 신통하다고는 안 봐요. 그러나 정치체제와 국가는 별개죠. 안 그래요?"

"소련은 조국이니 좋고 싫고가 문제 될 수 없다는 건가요?"

"네."

"진정한 애국자군요. 좋네요. 하지만 당신 같은 애국자들을 크렘린이 어떻게 다루느냐 하는 게 문제겠죠. 독재정권은 순진한 애국자들을 바닷가 모래알 정도로밖에 안 봅니다. 차르와 다를 게 없어요."

"제 아버지는 등대지기였어요. 한평생 등대지기였죠. 할아버지는 소작농이었고요. 저는 차르시대를 못 봐서 잘 모르지만 전해 들은 바에 의하면 차르시대는 정말 형편 없었나 봐요. 인민의 고초가 모래알 정도가 아니었나 봐요. 모래알이면 고통이라도 없을 텐데, 뭐 비참해서 말도 안 되는 거죠. 혁명 초기의 사정도 차르시대 때보다 나을까 말까 한 정도였대요. 그러다가 차츰 나아졌대요. 내 아버지는 볼셰비키 정부가 최고라고 하셨어요. 아버지로선 당연한 평이죠."

"그래요, 바브신 당신도 그리 생각하나요?"

"저야 좀 달리 생각하죠. 햄을 통하여 많이 듣고 배웠으니깐요. 크렘린의 양반들 하는 일이 못마땅한 게 많죠. 그러나 저 같은 사람들이 모두 등을 돌려 크렘린을 망하게 한다면 그 뒤는 어찌 되죠? 미국이 우릴 잘 보살펴줄까요? 그런 보장이 있나요? 설사 보장이 있다 해도 그런 보장을 믿고 조국에 등을 돌릴 수는 없지요. 등 돌리는 순간부터 저는 남의 노예가 되는 게 아니겠어요."

"훌륭한 분이로군요. 생각한 거보다 훨씬 훌륭한 사람이에요. 당신이야말로 진정한 러시아인 같습니다. 톨스토이가 우리에게 전해준 바로 그런 러시아인 말이죠."

"바보 이반 말이죠. 그래요. 나는 바보예요."

"그래요, 바보 이반. 맞아요, 내가 존경하는 이반이죠. 바보 이반. 허허허."

"하하하."

즐거운 밤이었다. 이 밤이 지나면 어떤 운명이 찾아올까? 하는 기우는 추호도 없이 즐겁기만 했다.

그러나 날이 밝자 우리는 보다 현실적인 인간이 되었다.

바브신은 나와 구명보트를 썰매에 싣고 얼어붙은 바다를 달렸다. 해안에서 2킬로미터가량 떨어진 곳에 바닷물이 보였다. 우리는 헤어져야 했다.

"내가 바다를 떠돌다가 제3국 사람들의 손에 구조되면 더 바랄 게 없고, 운이 나빠 소련사람에게 들킬 경우에는 이 보트를 이름 모를 해안 어느 창고에서 훔쳐내 왔다고 할 테니 바브신도 그리 알고 나를 만난 얘기는 아무에게도 말해선 안 됩니다." 나는 바브신에게 당부하였다. 나는 그에게 후환이 생길까 두려웠다.

"그런 걱정은 마세요. 나는 김 선생님이 무사히 구조될 거로 믿고 있어요. 사나흘간 눈 딱 감고 남쪽으로 방향을 잡고 페달을 누르세요. 그러고 나서 안테나를 세우고 SOS를 치는 겁니다. 잘 될 겁니다. 이런 경우 신에게 기원하겠다고 말하는 게 편리할 거 같군요."

바브신의 눈에 이슬이 보였다.

"잘 있어요. 친절에 진심으로 감사합니다."

나는 보트에 올랐다. 그러자 나는 아차 하고 잊을 뻔한 게 생각났다.

"바브신. 내가 선사할 게 있어요. 손바닥을 펴봐요."

바브신이 내민 손바닥에 나는 펜을 갖다 댔다. 썰매를 타고 오면서 구상한 시 한 수가 청년의 손에 옮겨졌다.

어느 때 어디서 다시 만나리
기약 없이 헤어지는 두 나그네
험로만리 눈바람 사나운데
그대는 북, 나는 남.
부디 몸조심을
부디 행운을
소망 담기 눈동자엔 진정이 서려
눈바람 차가와도 가슴은 뜨겁다

폐수처리장의 조화

◇ 1986년 《자유공론》 21권 231호에 발표

1

봄가을마다 1년에 두 번씩 모이는 H고교 제18회 동창회. 올해 봄 모임은 4월 둘째 일요일 저녁, 청진동 뒷골목 삼화정에서 열렸다.

낮에는 곰탕을 전문으로 하고 밤에는 술을 파는 이 집은, 이 근방 일대에 밀집해 있는 같은 유형 업태 중의 하나로, 비교적 부담이 적고 맘대로 시간도 끌 수 있어 중산층에 인기가 있었다.

오늘 모인 동창회원은 열두 명. 여느 때는 보통 스무 명 내외였는데, 이번은 출석률이 낮았다.

"너, 어떻게 연락했기에 겨우 이 정도냐?" 모두 오늘의 소집책임자인 금년도 간사 박덕기에게 공격을 퍼부었다.

"연락은 빼지 않고 했지. 그러나 사정상 못 나온다는 축이 많았어. 미안해. 그런데 오늘은 여태껏 한 번도 얼굴을 안 비친 친구가 나오기로 했어. 뭐 내가 끌어낸 건 아니지만 모두 반가운 얼굴이야. 누구겠나 알아 맞춰봐." 그러거나 말거나, 박덕기는 싱글싱글 웃었다.

"누군데?"

"혹시 W인가?"

"W? 설마, 나올 리 없지." 모두 궁금한 표정이었다. W는 쟁쟁한 모 무역회사 사장이었다. 박덕기가 입을 열었다.

"장윤석이가 나와."

"뭐! 윤석이가?" 모두 어리둥절해 했다.

장윤석은 15년 전에 미국에 건너가, 현재 미국국립과학원 연구관으로 있는 친구였다. 동창생이긴 하나 명부에 올라 있을 뿐, 동창모임과는 인연이 없었다.

"아니, 윤석이가 언제 한국에 왔기에?"

"사흘 전에 서울에 도착했다더군. 급한 볼일이 생겨서 잠시 귀국한 거래. 오늘 낮에 나한테 전화가 왔잖아. 내 전화를 어찌 알았는지 모르겠어. '나, 장윤석이야.' 하기에 깜짝 놀랐다고. 내가 오늘 저녁 이곳에서 동창모임이 있다고 하니깐, 꼭 나온다고 그랬어. 1시간가량 늦을지 모르지만, 꼭 온다고 했어." 박덕기가 대답했다.

"그 녀석 송별회 열어준 게 언제지?"

"한 15년 될걸." 어떤 친구가 말했다.

장윤석. 그는 미국으로 떠난 후 한 번도 고국에 돌아오지 않았다. 대부분의 동창들과는 서신내왕도 없었다. 그러나 그의 이름을 잊은 동기동창은 없었다. 장윤석은 뛰어난 수재로, S대를 수석으로 들어가 수석으로 졸업하여 모교인 H고교의 이름을 빛낸 바 있었다. 미국 MIT에서 석사와 박사과정을 마치고 미국국립과학원 연구관이 됐다는 소식도 다들 알고 있었다. 외국 어느 전문잡지에, 현대

과학의 최고두뇌의 한 사람으로 소개된 적도 있었다.

그 장윤석이 3년 전에 한차례 동창들 사이에서 화젯거리가 된 적이 있었다. 그건 동창 중에 심한수란 친구가, 미국유람 여행길에 장윤석을 찾아본 일 때문이었다. 애초에 심한수는 장윤석을 만나볼 예정은 없었는데, 미국에 가서 장윤석의 명성이 자자한 걸 알고, 흥미가 동하여 만나보기로 했다.

심한수는 국립과학원에 가면 쉽사리 장윤석을 만날 수 있거니 했는데 실은 그게 아니었다. 알고 보니 장윤석은 펜실베이니아주 산악지대인 루이스타운 근방 호스톤이란 마을에 있는 연구소에서 일하고 있다는 것이었다.

너무 먼 벽지라 그만둘까 하다가, '세계적 학자라는 친구가 왜 그런 벽지에 가 있나?' 하는 의혹 반 흥미 반으로 기어코 호스톤까지 찾아갔는데, 그곳은 일종의 요새지대로 지역 안에 들어갈 수조차 없었다.

겨우 전화로 장윤석을 불러내어, 루이스타운에서 2시간가량 저녁을 함께하고 헤어졌는데, 일은 여기서 끝난 게 아니었다. 심한수가 한국에 돌아온 후, 미국대사관 요원이 찾아와, 장윤석 박사를 만나러 루이스타운까지 간 이유가 뭐냐? 정말 H고교 동창인가? 따지고, 심한수가 증거로 내보인 고교졸업 앨범을 카메라로 찍어가기까지 했다는 것이었다.

"혹시 미국에 가더라도 윤석이를 만날 생각은 말게. CIA 명단에라도 오를 땐 성가시럽네." 심한수는 동창들에게 당부 말을 잊지 않았다.

그 장윤석이 이 자리에 나온다니 모두 놀랄 수밖에 없었다. 마침 오늘 모임에 심한수는 불참했으나, 이 자리의 친구들은 심한수의 체험을 다들 알고 있는 터였다.

장윤석은 박덕기의 말대로, 모임시각인 6시에서 1시간 늦은 7시 정각에 모습을 나타냈다.

"야! 윤석이 반갑네."

"이게 몇 해만인가!"

"우리 모두 박수로 장 박사를 환영합시다."

한동안 자리가 떠들썩하였다. 수인사가 끝나자 입 가벼운 친구 서너 명이 장윤석에게 물었다.

"한수가 자네를 만나고 나서 혼났다는 얘기, 자넨 모르지?"

"자넨 행동제한에 묶여 있다던데, 어떻게 한국에 나왔나?"

"그곳에서 좋은 대우야 받겠지만, 어떤가, 이왕이면 우리나라로 돌아와서 일해봄이? 맘대로 안 되나?"

"뭔가 오해들 하고 있군. 나는 자유의 몸이야. 한국으로 돌아올 수도 있어. 나는 어엿한 한국인이야. 다만 나는 내가 하던 연구가 끝나지 않아, 나 스스로 그곳에 남아 있을 뿐이야. 그리고 요즘은 정보시대라, 어느 연구기관이고 기밀보전에 신경들을 쓰고 있지. 그런데 정규의 얼굴이 안 보이는데…." 장윤석은 빙그레 웃으며 말하고 자리를 휘둘러봤다.

여러 동창은 고갤 끄덕였다. 장윤석이 주정규를 찾는 건 너무나 당연했다. 두 사람은 고교 시절 절친한 사이였고, 고아 출신인 장윤석은 부잣집 아들인 구정규의 도움을 많이 받았었다.

"정규는 요즘 고생 중인 모양이야. 지금 서산에 있단 얘긴 들었어." 박덕기가 구정규의 근황을 장윤석에게 설명하였다.

*

구정규는 인생행로가 순탄치않은 경력을 지니고 있었다. 부자집 장남으로 태어나 고생을 모르고 청년기를 보냈다. 하지만 대학을 나온 후, 선친이 남긴 건어물 도매상을 경영하다 부도를 내고 몰락했다. 한때는 극심한 가난 속에서 헤매다가, 7년 전에 어느 발명가와 손잡고, 건축자재인 돌 블록 제조업에 손을 댔는데 이게 들어맞아 짭짤한 재미를 봤다.

그러나 그 재미도 오래 못 갔다. 유사품을 만드는 업자들이 우후죽순처럼 쏟아져나와 배겨낼 수가 없었다. 구정규는 모방업자들을 가격경쟁으로 따돌리기 위하여, 대량생산 시설을 갖추었다. 돌산을 사들이고 돌 쪼개는 기계를 수입하고, 컨베이어시스템을 채용하는 등 제법 큰 공장을 차렸다. 여기에 들인 돈은 은행과 친척들로부터의 차입금이었다. 비록 이자가 나가긴 했으나 기업은 그런대로 유지되었는데, 문제가 생겼다.

현무암을 주자재로 한 이 돌 블록은 내구성이 약했다.

여름철의 열기와 겨울철의 한랭을 겪자, 시멘트 부분과 현무암의 접촉 사이에 틈이 생겨, 얼마 안 가 현무암 조각이 떨어져 나갔다. 사업은 실패로 끝났다.

10억 원 가까운 빚까지 지면서 마련한 공장이 문을 닫게 되자, 구정규와 동업자인 발명가는 활로 개척에 노심초사 한 끝에, 새로운 상품개발에 성공하였다.

이번에 만든 제품은 역청암과 석면암을 섞어 가루로 만든 광물성 내장재로, 이 상품은 물에 개어 쉽게 벽에 바를 수 있고 바른 후에는 아름다운 물결무늬가 나타나, 도배를 따로 할 필요가 없을뿐 더러, 방음과 방습은 물론 방화 효과까지 있어 아파트 시공업체에 서 크게 환영받았다. 구정규는 한숨 돌리게 되었다.

"참 좋은 걸 생각해 내셨습니다. 이제 우리는 살았습니다." 구정 규는 새로운 상품을 만들어낸 발명가에게 진심으로 치하하였다. 그 들은 신제품의 이름을 '화선벽재'라 하고, 신안특허도 받아냈다.

화선벽재는 불티나게 팔렸다. 이번엔 모방업체가 나타나지 않아 시작한 후 2년 만에 빚도 어지간히 갚게 되어, 그들은 희망에 부풀 었다.

그러나 그들의 희망은 헛된 꿈에 지나지 않았다. 아니 희망은커 녕, 크나큰 불행의 수렁 속으로 빨려 들어가고 있는 자신들을 모르 고 있었다.

화선벽재를 만드느라 공장으로 끌어들인 냇물이 흙탕물이 되어 하천을 거쳐 근처 바다로 들어가자 연안 일대가 오염되었다. 하구 에서 멀지 않은 곳에 김 양식장과 굴 채취장이 있어 여기 종사하는 약 5백 가구의 어민들이 100억 원의 피해보상을 요구하고 나섰다. 공장은 물론 폐쇄되었다.

2년 동안에 걸친 험난한 협상 끝에 어민들에 대한 보상액은 30억 원으로 타결되었다. 타결은 됐으나 구정규에게는 보상액을 치 를 단 한 푼의 현금도 없었다.

공장과 광석을 캐는 산을 경매에 부쳤으나, 사겠다고 나서는 사 람은 단 한 명도 없었다. 결국 서울에 있는 집도 빼앗기고, 구정규 자신은 피해자들의 감시하에 공장 안에 틀어박혀 꼼짝도 못 하는 신세가 되었다.

"참 안됐어. 그 친구 마음은 그만인데 사업에 손만 댔다 하면 폭삭 주저앉기만 해." 모두 구정규를 동정하는 소리였다.

사업에 실패한 친구 이야기 때문에 동창회 분위기는 침울하게 되었다.

"뭐, 이런 경우도 있고 저런 경우도 있는 거지. 정규 얘기는 그만하고 우리 술이나 들세. 모처럼 윤석이도 나왔는데, 안 그래." 누군가가 화제를 돌리자 "그래." 하고 모두 이에 따랐다.

2

다음 날 아침, 장윤석은 택시를 전세 내 서산으로 달렸다. 공장은 곧 찾을 수 있었다. 바다가 내려다보이는 약간 높은 고갯마루에 차가 올라서자, 큰길에서 1킬로가량 떨어진 골짜기에 슬레이트 지붕이 보이는데, 바로 그게 구정규의 공장이었다.

간판도 문패도 없고, 두 짝으로 된 대문의 한쪽이 없어진 채로 있는 공장 안으로 들어서니, 반 파괴 상태인 공장 내부의 모습이 썰렁했다.

아무런 인기척도 없어 빈집인 줄 알았는데, 공장 한편에 있는 숙직실로 보이는 방문이 열리며, 그 안에 있던 세 사람의 얼굴이 낯선 방문객을 의아스러운 눈으로 내다봤다.

40대로 보이는 남자 두 사람과 60에 가까운 초로 한 사람으로, 세 사람 다 이 고장 사람 같았다. 모두 수심이 얼굴에 가득하고 입성도 초라했다.

"여기가 화선벽재 공장이죠? 구정규 씨를 만나러 왔는데 어디 있나요?" 장윤석이 묻자, 방 안의 세 사람은 무엇에 놀란 모양 눈을 동그랗게 뜨고 쳐다봤다.

세 사람 중 가장 나이배기가 잠시 머뭇머뭇하더니 목구멍으로 기어드는 소리로, "내가 구정규인데⋯." 하는데 마치 형사에게 덜미를 잡힌 좀도둑 모양 겁에 질린 표정이었다.

"아니, 당신이?" 이번에는 장윤석이 놀라서 입을 벌린 채 우둑하니 섰다. 구정규는 장윤석이 자기와 동갑이니 올해 39세다. 그런데 이 늙은이가 구정규라고?

노인이 부스스 자리에서 일어나며 물었다. "혹시 장윤석 아닌가?" 이어 허둥지둥 방에서 나오며 친구의 손을 덥석 잡았다. "나야, 구정규. 자넨 조금도 안 변했군."

장윤석은 비로소 옛친구의 음성이 기억에 소생하고, 또 그의 특징인 오른쪽 귀에 있는 검은 사마귀를 발견하자, 반가움보다는 놀람이 앞서 어찌할 바를 몰랐다. 이 늙은이가 내 친구 구정규란 말인가?

구정규의 눈에선 금세 두 줄기 눈물이 주르르 흘렀다.

"자네가 날 못 알아본 것도 무리가 아니야. 나는 사업을 망치고 이 꼴이 되었네. 부끄러우이." 이 말에 장윤석도 가슴이 뭉클해지며 눈물이 글썽거렸다.

"같이 있는 저 사람들은?" 장윤석이 방 안에 있는 40대 두 남자를 눈짓으로 물었다.

"나를 도망 못 가게 감시하고 있는 피해 어민들이야."

구정규는 그간의 고초를 하소연하듯 친구에게 늘어놓았다. 어제 저녁 동창회 석상에서 들어 대강 알고 있었으나, 장윤석은 잠자코 친구의 하소연에 귀를 기울였다. 어지간히 듣고 나서 장윤석이 마침내 말했다.

"어디 공장을 한번 둘러보세."

그러고는 친구를 앞세워 공장 안의 제품생산과정과 공장 밖의 폐수처리장을 둘러보았다. 방 안에 있던 두 남자가 어슬렁어슬렁 공장주인의 뒤를 따랐다.

✳

화선벽재의 제조과정은 근처 산에서 캐온 역청암과 석면암을 각각 분쇄기로 부셔 가루를 만든 후, 선광장(選鑛場)에서 필요한 원료와 못 쓰는 폐기물을 가려, 원료는 가공처리장으로 돌리고, 폐기물은 공장 밖으로 내다 버린다.

장윤석이 본바, 공해의 주범은 선광장이었다. 이 공장의 선광장은, 두꺼운 나무판으로 만든 커다란 통을 여러 개 잇대어놓고 역청암과 석면암 돌가루를 첫 번째 통속에 쏟아부은 후 공장 옆을 흐르는 냇물을 통 속으로 끌어들여 일꾼들이 쇠갈퀴로 돌가루를 휘저으면, 돌가루는 물에 씻겨 여러 개의 통을 넘쳐흐르는 사이에, 돌가루 성분의 비중에 따라 여러 층의 앙금으로 나뉘고, 일꾼들은 앙금을 거둬 원료로 쓰고, 나머지는 다시 분쇄기로 빻아서 재탕, 삼탕, 반복 선광한 후, 못 쓰는 것은 냇가에 내다 버리는 방식이었다.

이 방식은 별다른 기계장치나 동력의 필요도 없이 손쉽게 선광할 수는 있으나, 태반의 원광석 돌가루를 그냥 냇물에 흘려버리는 아쉬움이 있었다. 그러나 원광석이 무진장으로 근처 야산에서 나오는 토석이라 아까울 것도 없다고 생각하면 그만이기도 한 것이다.

그런데 문제는, 이 공장에서 쏟아져나오는 흙탕물이 바로 근처에 있는 내를 거쳐 바다로 흘러들어 가고, 그곳 바다에는 김 양식과 굴 채취장이 있다는 사실이었다.

어민들은 흙탕물이 바다를 오염하자, 곧바로 구정규의 공장으로 달려와 항의를 하였다. 구정규는 항의를 받아들여, 공장폐수가 흘러들어 가는 냇물에 겹겹이 둑을 쌓아 침전지를 만들어 흙탕물이 못 넘어가도록 조치하였다. 그러나 이런 것은 눈 감고 아웅 하는 식의 일시 방편에 지나지 않았다. 그리 크지 않은 침전지는 금세 폐수 찌꺼기로 가득 차게 되고, 흙탕물도 금세 둑을 넘게 되었다. 이래서 공장과 어민들 사이에는 시비가 그치지 않았는데, 결정적 운명의 날이 지난해 여름 어느 날 이들에게 들이닥쳤다.

온종일 쏟아진 비로 해서, 공장 옆의 냇물이 범람했다. 공장 측이 애써 쌓아놓은 여러 겹의 둑을 무너뜨린 건 물론, 공장 근방 처처에 산더미처럼 쌓아놓은 찌꺼기 돌가루를 말끔히 끌고 바다로 밀어 넣었다. 근방 해태 양식장과 굴 채취장은, 끈적끈적한 공장폐기물로 완전히 폐허가 되었다.

피해어민들은 100억 원의 보상금을 요구하였고, 행정당국이 조사한바 당장 생계가 막연한 영세민 긴급구호비만도 5억 원이 필요하였다.

이에 대하여 구정규가 마련한 돈은 겨우 2억 원. 행정당국이 긴급방출한 구호금이 1억 원. 어민들의 피해액에는 까마득히 미치지 못하는 액수였다. 거기다가 공장주인 구정규는 광산법 시행령 위반, 공해방지법 위반 등으로 형사입건이 되었다.

"내 인생은 이걸로 끝난 거야." 구정규가 울먹였다.

전에는 남달리 쾌활한 성품이었던 친구, 주변 사람들을 항상 기쁘게 해주던 친구, 게다가 자기에게는 많은 신세를 베풀었던 친구 구정규가 어쩌다 이 지경이 되었단 말인가. 장윤석은 옛 모습이 간곳 없이 된 늙찌그렁이 구정규를 바로 바라보기가 민망하여 먼 곳을 바라보는 체하면서 위로의 말을 하였다.

"정규, 너무 걱정하지 말게. 하늘이 무너져도 솟아날 구멍이 있다지 않나. 무슨 수가 있을 거야."

"무슨 수가 있을 수 없어. 자네 말은 고마우나…." 구정규는 풀죽은 소리로 콧등을 문질렀다.

"손해배상은 30억 원으로 합의됐다고 하던데, 그런가?" 장윤석이 물었다.

"응, 30억 원까지 탕감해준다고 그랬어. 그러나 나에겐 별 의미가 없어. 100억이고 30억이고 지금 내 형편으론 천문학적 숫자에 지나지 않아. 나는 집도 없고 아무것도 없어. 남은 건 이 공장뿐이야. 처분한대야 단돈 천만 원에 살 사람도 없어."

"아니, 이 공장은 처분하지 말게. 여기서 손해 본 건 여기서 되찾아야지." 장윤석이 단호하게 말했다.

"자네 무슨 소리 하는 건가. 여기서 되건진다니?" 구정규는 아리송한 표정이었다.

"문제는 이것이야." 장윤석은 땅바닥에 있는 선화벽재의 원료 흙덩이를 한 줌 집어 들고 말했다. "이걸 다시 만드는 걸세." 그러고는 포켓에서 수건을 꺼내 흙덩이를 소중하게 싸서 안주머니 속에 간직하였다.

"손님, 나 좀 봅시다. 지금 뭐라고 말씀하셨습니다. 이걸 다시 만든다고요?” 따라다니던 두 사나이 중의 한 사람이 다가서며 물었다.

“공장을 돌려 돈을 벌어야 피해보상을 할 수 있잖아요.” 장윤석의 태연한 대답이었다.

“에이, 여보시오. 누굴 놀리는 겁니까?” 또 한 사나이가 나서며 볼멘소리로 말했다. “생각만 해도 지긋지긋한 소릴 하는구려. 온 마을을 망해놓고서 또 공장을 돌려요? 무슨 말을 그리하십니까.” 그러고는 장윤석을 노려보았다.

“오해들 마세요. 나는 어민 여러분을 돕고 싶어 하는 사람이에요. 내 친구가 저지른 건 실수였어요. 공장을 돌려 제품을 만들더라도, 흙탕물이 안 나가고 깨끗하고 맑은 시냇물 그대로 흘러나가게 할 수 있어요. 그런 설비를 갖춘 후 공장을 돌리면 아무 탈이 없지요.” 장윤석의 이 말에 어민 두 사람이 픽 웃었다.

“도청환경과에서 나온 기사도 그런 소릴 하긴 합디다. 그런데 그 시설비가 6억 원가량 들고, 매달 운영비가 또 1억 원이 든다더군요. 결국 배보다 배꼽이 곱절이 커야 한다는 우스갯소린데, 그렇게 버릴 돈이 있거든 보상비로나 내주구려.”

“그건 맞는 말씀입니다.” 장윤석은 어민의 말에 동의하였다. 그리고 덧붙였다. “그건 일반적 방식이고, 묘방이 따로 또 있지요.”

“묘방?” 두 사내가 고갤 갸웃거렸다.

장윤석은 구정규에게 말했다. “자넨 아무 걱정하지 말게. 보상금은 곧 갚게 될 걸세. 자넨 나하고 이 차로 함께 서울로 가세. 친구들도 만나고 씨름도 씻고 하세.” 그러자 어민 두 사람이 펄쩍 뛰었다.

“그건 안 되우. 구 사장은 맘대로 여길 떠날 수 없습니다. 그래서 우리 두 사람이 이러고 있는 겁니다. 댁은 아마 어름어름 구 사장을 빼내 서울로 데리고 가려는 거 같은데…." 어림없는 수작 말라는 말투였다.

"좋아요. 구 사장과 나는 고교동창으로 15년 만에 처음 만나는 건데, 내 친구가 이런 처지에 빠진 줄은 몰랐습니다. 이대로 나만 돌아가기는 섭섭해서 함께 서울까지 갔으면 했는데, 두 분이 정 반대한다면, 우리 모두 가까운 읍내로 가서 함께 술이나 나눕시다. 그건 괜찮겠죠?"

잠시 수작 끝에, 일행은 택시에 함께 몸을 싣고 읍내로 향했다.

3

장윤석의 구정규 구제작전은 다음 날부터 전광석화의 빠른 템포로 진행되었다. 우선 그는 미국국립과학원에 열흘간의 휴가연기신청서를 내고, 미국에서 자기의 조수역을 하고 있는 교포기사 안덕만을, 3년간 한국에 나와 있도록 해주기를 청했다.

그다음 그는 뱅크오프 아메리카 서울지점장을 찾아가, 200만 달러의 신용대출을 부탁했다. 보증인으로 미국국립과학원장을 내세웠다.

제대로 될지 어쩔지 약간 걱정은 했는데, 위의 세 가지 부탁이 척척 통과되었다. 장윤석은 대출받은 200만 달러 중에서 100만 달러를 갖고, 충남도지사를 찾아갔다.

"이 돈을 위험부담 보증금으로 받으시고, 서산에 있는 구정규 씨의 공장을 다시 가동하도록 허락해주십시오. 앞으로는 절대로 공해

발생이 없을 겁니다. 이번에 새로 만드는 폐수처리장의 종말 탱크를 양어장으로 만들 터이니, 환경감시원이 수시로 임검하여 물고기들이 탈 없이 자라는 현장을 감시하도록 해주십시오. 그리고 구 사장이 갚아야 할 보상금 30억 원은 앞으로 2년 이내에 매달 분할 변상할 것을 약속드립니다."

충남도지사는 장윤석 박사가 어떤 사람이라는 걸 조회한 후, 그의 제의를 받아들였다. 장 박사의 인적사항도 믿을 만했고, 100만 달러도 있으니 걱정할 게 없었다.

미국국립과학원에 요청한 휴가연기 열흘은 금세 지나가, 장윤석은 미국으로 돌아갔다. 그는 미국에 돌아가는 즉시 안덕만 기사를 한국으로 내보냈다.

안 기사는 현장에 도착 즉시, 장 박사가 준 100만 달러로 화선벽재 공장 재건사업에 착수하였다. 재건사업은 폐수처리장 건설부터 시작되었다.

2백 평 넓이에, 깊이 2미터의 철근콘크리트 구조의 폐수처리장에는, 군 직원이나 도청 환경기사도 처음 보는 색다른 기계들이 여러 대 설치되었고, 여기에 쓰이는 수십 가지의 약품도 미국에서 왔다. 물론 장윤석 박사가 보낸 것이었다. 여기 설치한 기계들을 돌리기 위한 2천 킬로와트 용량의 변전소도 건설되었다.

폐수처리장 건설에 석 달이 걸렸다. 처리장 종말 탱크에는 새끼잉어 천 마리를 풀어 넣었다. "이 새끼잉어들이 제대로 자라지 못하는 경우, 공장조업은 즉시 중단되는 겁니다." 안 기사 말에, 어민들과 관청직원들은 고갤 끄덕였다.

폐수처리장 건설이 진행되는 동안에, 공장 내부 재건작업은 이미 끝난 터라, 제품생산은 폐수처리장 완성과 동시에 시작되었다.

제품생산방식은 예전과 같았다. 공장에서 쏟아져 나오는 흙탕물도 전과 같았다. 달라진 건 폐수처리장으로 들어간 흙탕물이 몇 단계를 거쳐 종말 탱크로 넘어 들어갈 때는, 원래의 냇물 그대로 맑고 깨끗한 모습 그대로였다. 탱크 안의 새끼잉어들이 활발하게 놀았다.

"이제 공해문제는 염려 안 해도 되겠군요." 어민들은 기뻐했다. 그러나 아직 풀리지 않은 의혹은 남아 있었다. 2년 안에 청산한다는 30억 원 보상금 문제였다.

이 공장의 연간 생산고가 고작 15억 원이니, 2년 치를 합해야 30억. 여기서 원룟값, 인건비, 그리고 만만치 않으리라 보이는 폐수처리장 비용을 제하고 나면, 과연 얼마나 남을까?

도청 환경기사의 말인즉슨 "저 정도의 완벽한 폐수처리를 하려면, 운영비만 연간 15억 원이 들 겁니다." 하지 않는가. 그러니 피해 보상금은 어디서 나서 갚겠다는 건가?

"폐수처리장 운영비가 연간 15억 원이나 들 거라 하던데, 정말 그렇습니까?" 공장주인 구정규는 조바심이 나서 안 기사에게 물었다.

"그건 모르는 사람의 소리지요. 실제는 연간 2억 원 정도면 됩니다." 안 기사가 빙그레 웃으며 대답했다.

"2억 원도 큰 비용이죠. 우리 공장의 연간 생산액이 고작 15억이고, 순익을 3억으로 잡아도 거기서 폐수처리비 2억을 빼고 나면 남는 건 1억. 이것 가지고는 보상금 변제는커녕, 보상지연 이자도 안 되니 야단이구려." 구 사장은 한숨을 쉬었다.

"사장님은 너무 걱정하지 마세요. 매사가 잘 진행되고 있습니다."

안 기사가 위로했다. "장 박사께선, 어민들의 보상금이나 폐수처리장 유지비는 일체 폐수처리장 자체 수지로 처리하고, 구 사장님의 본업인 선화벽재에는 전혀 관여하지 말라고 말씀하셨어요. 이대로 가면 2년 이내에 본전도 뽑고 보상금도 완불하게 됩니다." 마치 꿈같은 소릴 하는 게 아닌가.

"아니, 뭐라고? 폐수처리장 자체 수지로 빚을 갚는다니 그게 무슨 소리요?" 구 사장은 캐묻지 않을 수 없었다. 안 기사는 더욱 엉뚱하게 다음과 같이 말했다.

"사장님은 장 박사님으로부터 별다른 설명을 안 들으신 거 같군요. 그럼 제가 대신 말씀드려야겠습니다. 우리 폐수처리장에는 비밀이 있습니다. 내용은 아실 거 없고요. 좀 미심쩍은 일이 있더라도 일절 모르는 체, 못 본 체하셔야 합니다. 이건 절대적 조건임을 명심하세요."

구정규는 도깨비에 홀린 기분이었다. 폐수처리장의 비밀이란 과연 무엇일까?

'미심쩍은 일이 있더라도 일절 모르는 체, 못 본 체하셔야 합니다. 이건 절대적 조건임을 명심하세요.' 안 기사의 이 주의가 항상 머리에 박힌 구정규는, 그러기에 그 비밀에 대한 관심도는 더욱 커가기만 하였다.

지난 넉 달 동안 피해어민들에게 매달 1억 원에서 2억 원의 보상금이 송금되었고, 영수증이 어민조합에서 구정규에게 송달되어왔다. 어디서 생긴 돈일까? 짐작 가는 일이 있었다. 안 기사는 매달 한 차례씩, 50뭉치 내지 60뭉치로 포장한 물건을, 장항제련소로 내보냈다. 화주 이름은 안덕만 기사 이름으로 되어 있었다. 포장 안에

든 물건은 폐수처리장에서 건진 침전물 찌꺼기였다.

구정규는 부러 무관심한 체하였다. 1년 가까이 그런대로 참고 견디다가, 내내 참고만 있을 수 없어 장항제련소에 안덕만 명의로 자기공장에서 출하되는 물건의 처리 상황을 알아보았다.

그 결과, 장항제련소는 광석제련 의뢰인 안덕만에게 매달 3억 원 이상의 제련품 대금을 지불한 것을 알게 되었다. 이 금액은 매달 피해어민들에게 지불한 보상금에 폐수처리장 운영비를 합친 액수와 일치하였다.

제련품목은 금, 은, 동, 아연, 알루미늄 등 다섯 가지로, 생산량은 달마다 다르나 큰 변동은 없는 거로 되어 있었다.

그러고 보니 폐수처리장에서 나오는 수입이 화선벽재 제조에서 나오는 수입보다 훨씬 많다는 얘기였다. 구정규는 기분이 떨떠름해졌다. 주객이 전도된 것이었다. 전도되어도 심하게 되었다.

구정규는 속으로 따져봤다. 차라리 화선벽재를 부업으로 삼든, 남에게 넘겨주든 하고, 폐수처리장을 주업으로 바꿔야 할 게 아닌가?

그러나 이 문제는 자기 맘대로 될 일은 아니었다. 이건 순전히 과학자의 기술놀이였다. 폐수처리장 운영의 열쇠는 장윤석이 쥐고 있었다. 장윤석이 매달 미국에서 보내오는 몇 가지의 약품이 바로 비밀의 열쇠였다. 장윤석에게 매달리는 수밖에 없었다. 구정규는 장윤석에게 편지를 썼다.

'절망 상태에 있었던 나의 인생과 내 공장은 이제는 힘차게 재생의 길을 걷고 있네. 모두가 장 박사의 덕일세. 고맙네. 자네는 참으로 나의 재생의 은인일세. 앞으로 몇 달 안 있으면 피해보상문제는 완전히 청산된다네. 그다음 일에 대하여 상의하고 싶네. 내가 내달

중에 미국으로 가리다.'

이에 대한 회답이 국제전화로 왔다. "잘 되어간다니 기쁘네. 1년 후에 내가 한국으로 돌아갈 거니 그때 만나 상의하세."

별도리 없이 기다렸다. 18개월이 지났다.

"이제 피해보상은 끝났습니다. 이게 모두 장 박사, 그리고, 안 기사의 덕택입니다. 자! 우리 축배를 듭시다." 구정규는 안 기사를 주빈으로 조촐한 잔치를 벌였다. 참석한 어민대표와 안덕만 기사 등 모두 기뻐했다.

공장은 물론 계속 운영하였다. 안덕만 명의로 제련소로 보내는 물건도 계속 출하되었다. 어민조합에서 매달 구정규에게 보내오는 보상금 영수증도 계속 배달돼왔다.

"아니, 보상은 끝났는데 왜 돈을 더 주는 거지?"

구정규는 안 기사에게 따졌다. 안 기사는 "그건 장 박사의 지시입니다. 장 박사께선 피해보상 30억 원 외에 10억 원을 더 주기로 하신 거예요. 연체이자와 위로금을 가산한 거죠."

결국, 22개월에 걸쳐 30억 원이 지불되고 끝이 났다.

"약속을 지키시고, 많은 위로금까지 주시니 정말 고맙습니다." 어민들은 모두 구정규를 찾아와 법석들이었다. 구정규는 그저 떨떠름한 얼굴만 하고 있었다.

＊

공장은 계속 돌고 제련소로 가는 물건도 계속되었다. 하루는 구정규가 안 기사에게 말했다. "앞으로 벽재공장은 별로 전망이 좋지 않습니다. 나는 벽재생산은 부업으로 돌리고 광산업을 본업으로 삼을 생각입니다. 이에 필요한 광산을 몇 군데 사놓았습니다. 안 기사는 그간 애는 많이 쓰고 겨우 봉급만 탔으니 미안해요. 앞으로는 장박사와 의론하여 안 기사를 중역으로 대우하고 응분의 배당을 지불하도록 하리다."

이리 말하자 안 기사는 펄쩍 뛰었다.

"그건 안 됩니다. 광산을 사 놓으셨다니 경솔하셨네요. 왜 미리 장 박사님과 상의 안 하시고 그러셨죠?" 사뭇 나무라는 조였다.

"장 박사는 곧 한국에 나올 겁니다. 자세한 건 물론 장 박사의 지도를 받을 터이니 안 기사는 너무 걱정하지 말아요." 구정규는 안 기사의 비위를 맞추느라 애를 썼다.

"아닙니다. 저는 내주에 미국으로 돌아갑니다. 제 할 일은 다 했으니깐요."

"아니 그럼 안 기사가 하던 일은 누가 하고요?"

"할 일이 뭐 있나요. 금주 안에 폐수처리장은 철수하는 걸요."

"뭐라고? 철수한다고? 나하고 의논 한마디 없이?" 구정규는 기가 막혔다.

"참 딱하십니다. 매달 미국에서 보내오던 약품이 이 달에는 안 오지 않았습니까. 그럼, 눈치를 채셨어야죠. 사장님도 그간 그런대로 위기를 넘기시고, 어느 정도 재출발의 기반도 잡으신 거로 압니다. 저도 최근 두 달간의 수익으로 설비투자에 든 은행 돈을 청산하고, 도지사에 맡긴 보증금 100만 달러는 작년에 이미 반환받았으니 일은 잘 마무리 된 거 아닙니까."

안 기사는 껄껄 웃었다. 웃을 수 없는 건 구정규였다. 이럴 수가 있나. 구 사장은 여러 말로 안 기사를 달래봤으나, 이 젊은이는 담벼락이었다.

이런 문답이 있은 지 사흘 후, 공장일꾼 몇 사람이 이른 새벽에 구 사장 집에 달려와 문을 두드렸다.

"큰일 났습니다. 안 기사가 간밤에 폐수처리장에 시멘트를 세 트럭이나 쏟아부어 깡그리 못쓰게 만들었습니다. 아무도 몰라 말릴 수도 없었어요. 아침에 사무실에 들어가 보니 책상 위에 이 편지가 있을 뿐 안 기사는 보이지 않더군요." 일꾼이 숨을 헐떡이며 내미는 편지를 받아보니 안 기사의 필적이었다.

'인사도 못 드리고 떠나는 실례를 용서하시기 바랍니다. 그간 신세 많이 졌습니다. 부디 건강하시고 댁내 균안하시기를 기원합니다. 안덕만 드림.'

구정규는 즉시 미국으로 전화를 걸었다. 장윤석의 음성이 들렸다.

"안 기사가 그런 짓을 했나? 놀라셨겠네. 그러나 그건 우리가 처음부터 짜놓은 순서였네. 미안해." 장윤석은 태연했다.

상대가 태연한 만큼, 구정규는 더욱 화가 났다.

"뭐라고? 처음부터 짜놓은 순서라고! 나와 자네는 서로 믿는 사이인데, 이렇게 냉정할 수가 있나. 정말 너무하네. 과학자들이란 다들 이런가?"

장윤석은 더 침착한 어조로 말했다.

"과학자들이 다들 냉정했으면 좋겠는데, 그렇지만도 않으니 걱정일세. 자네는 지금 지나치게 흥분하고 있는 것 같네. 잘 생각해보라고. 우리 눈앞에 깔린 흙더미들이 모두 금이 되고, 은이 되고, 구리가 되고 하면, 우린 어찌 될까? 한번 생각해보게."

작은 마라섬의 큰 경사

◇ 1990년 《명지추리문학선 비밀 10+9》 (명지사) 수록

조 영감은 은모래처럼 반짝이는 바닷소금 한 움큼을 돌확에 넣고 절굿공이로 콩콩 빻아 칫솔에 묻혀 이닦이를 시작하였어요.

이 광경을 물끄러미 바라보고 있던 광식이는 못마땅한 듯 훌쩍 등을 돌려 주머니에서 이닦이 껌과 크림을 꺼내 이닦이를 시작하려는데….

"광식아, 너 뭐로 닦니?" 조 영감이 아들에게 물었어요.

아버지의 음성은 부드럽긴 하나 범할 수 없는 어려움이 가득하여 광식이는 어쩔 수 없이 동작을 멈추고 아버지를 돌아다봅니다.

"치약으로요."

"왜 소금으로 안 닦고?"

"짜요."

"짠 속에 진리가 있다고 일렀거늘."

"아버지, 요즘 세상에 소금으로 이 닦는 사람이 어디 있어요? 아버지 한 분뿐일걸요."

"아니지, 이 섬에서만도 너까지 두 사람이지."

"이젠 저에게도 자유 좀 주세요."

"자유는 훈련과 인내의 울타리를 넘고 나서의 차례니라."

"저를 언제까지 어린이 취급을 하시자는 겁니까? 저는 지금 22세 하고도 7개월의 청년이올시다."

"거기다 16일을 더 보태야 정확하지."

"그러니 저는 완전한 성인 아닙니까. 너무 억제만 마시고 장가보낼 걱정이나 해주세요."

"신중히 고려 중이다. 너무 서둘지 마라."

"쳇." 이 소리는 차마 내뱉지 못하고 광식이는 오만상을 찌푸린 채 돌확 속에 아버지가 남겨 놓은 가루 소금을 손바닥에 담아요.

여기는 한국영토의 최남단인 작은 마라섬. 때는 2044년 9월 27일. 바닷바람이 상쾌한 초가을의 아침 풍경입니다.

"이거 얘기가 이상하군그래. 한국의 최남단 하면 마라도지. 작은 마라섬이란 도대체 어느 곳을 말하는 겁니까?"

이런 질문을 하는 이가 있을까 봐 여기 해설자가 대령했어요. 잘 들어보세요.

＊

작은 마라섬은 마라도 정남방 120킬로미터 해상에 떠 있는 인조 섬이에요.

이 섬을 만든 사람은 이 섬의 주인인 조 영감.

생김새도 그렇고 입성이나 행동거지도 그렇고 해서 영감이라고 부르는 것이 걸맞은 이분의 성명은 조종주. 올해 60세.

이분이 겉모양과는 딴판으로 유명한 학자예요. 철학박사 학위 외에도 물리학박사, 공학박사, 의학박사 그리고….

"잠깐, 그건 농담이시겠지? 도대체 그분의 전공이 뭣이기에 그런 잡다한 학위, 그것도 분야가 전혀 엉뚱한 학위가 그다지도 많다는 겁니까."

허, 모르는 말씀. 이 세상의 진리란 고금을 통하여 오직 하나뿐이에요. 그러므로 한 가지 일에 도통한 사람은 만사에 통달하는 법이니, 예로부터 뛰어난 인재는 만물박사였어요.

예컨대 16세기의 인물 레오나르도 다빈치는 뛰어난 화가인 동시에 물리학, 생리학, 공학의 대가였어요. 우리 조종주 박사도 그런 범주에 드는 인재이고, 요즘 우리나라에는 조 박사 같은 분이 몇 분 있지요. 그중에도 지금 금강산 장안사 근방 석굴 속에서 수도 중인 소공대사는 조 박사와 쌍벽을 이루는 우리나라의 대학자인데 이분 역시 철학, 법학, 문학, 물리학….

"잠깐, 소공대사가 누군지 모르나 금강산 장안사에 있다니, 거긴 이북 땅인데?"

허, 이거 안 되겠군요. 김씨 왕조가 허물어진 지 벌써 14년이 경과한 오늘날, 이북이니 어쩌니 하니 실로 딱하십니다.

"이크, 실언했습니다. 그러고 보니 하나하나 짚고 넘어가야겠는데, 아까 선생이 말씀한 작은 마라섬이 인공섬이라 했는데 인공섬이란 어찌 생긴 거죠?"

그것도 몰라요! 인공섬 하면 비단 이곳 작은 마라섬뿐 아니라,

요즘 범세계적으로 붐을 이루고 있는 게 인공섬 아니겠습니까.

제주도보다도 큰 것으로부터 10제곱미터도 안 되는 깨알만 한 것까지 하면 세계 곳곳의 바다에는 수만 개의 인공섬이 있어요. 용도도 가지각색이죠, 항공기지용, 산업용, 레저용 등등.

우리 조 박사의 작은 마라섬은 넓이 불과 3천제곱미터에 불과하지만 여러모로 특색이 있지요. 기본재료는 장석과 알루미늄의 합금으로 목재보다 가벼우나 단단하기는 어느 강철보다 더하죠. 재료가 흔한 것이라 제작비도 싼 편이에요. 만들기도 쉽고요. 밑바닥이 이중으로 된 큰 세숫대야 모양의 배를 만든 다음 대야에 물 대신 흙을 채우면 1차 공정은 끝나는 겁니다.

인공섬에 흙을 담았다는 것이 작은 마라섬의 특색이에요. 세계의 모든 인공섬들은 거의 전부가 흙을 깔지 않지요. 흙은 지저분하다고 인간들이 싫어하기 때문이에요. 그럼 흙 대신 뭣을 까느냐고요? 대부분은 인공잔디이고 그 밖에 천, 고무 기타 등등이죠. 조 영감은 이 흙 위에 각가지 화초를 가꾸어 작은 마라섬으로 하여금 남해에 둥둥 떠 있는 활짝 핀 한 송이 꽃을 만든 거죠.

"거 볼만하겠는데. 작은 마라섬은 그렇다 하고 딴 인공섬들의 모양은?"

꽃을 좋아하는 사람들이 다른 인공섬에도 많이 있어요. 그러나 그 사람들은 자연생 꽃과 조금도 다름없는 빛, 향기, 촉감을 지니고, 영원히 시들지도 않는 인조꽃으로 장식하지요. 더러는 자연생 식물을 기르는 축도 있으나 이들은 분재로 해요. 굳이 흙을 다룰 필요가 없다는 거죠. 시대는 바야흐로 인조 만능 시대니 당연한 일이지요.

인조 만능 시대 얘기가 나왔으니 요즘의 식량 사정을 말해야겠군요. 그래야 조 영감이 작은 마라섬을 흙으로 채우고도 논밭 대신 꽃밭을 만든 이유를 알게 될 거에요. 요즘 세계는 일부 미개척 지역을 빼고는 농업이니 어업이니 축산업이니 하는 식량 생산수단은 존재하지 않아요. 그럼 무엇을 먹고 사느냐고요? 그야 클로렐라죠.

"알겠습니다. 물이끼에서 배양하는 그 클로렐라 말이죠."

맞아요. 그 클로렐라요. 그러나 이름은 같아도 예전 것과 지금의 것은 전혀 질이 달라요.

예전 클로렐라 식품은 일종의 대용식, 대용빵에 지나지 않았으나 요즘의 그것은 유전공학의 발전과 이의 응용에 힘입어 기왕의 모든 식물성, 동물성 기타 인공식품까지 포함한 온갖 식품을 몰아내고 오로지 클로렐라 일색으로 되고 말았어요.

클로렐라는 생산방식에 따라 그 맛과 외형이 무제한으로 다양하여, 밥도 되고 빵도 되고 버섯도 되고, 소, 돼지, 닭, 전복, 참치도 되고, 딸기, 바나나도 되지요. 살도 되고 뼈도 되고 자유자재라니깐! 이러니 농업이고 어업이고 축산업이고 모두가 과거의 유물이 될 수밖에.

작은 마라섬의 경우, 조 영감 부자 두 사람의 상주인구를 위해선 0.3제곱미터 크기의 클로테이블(클로렐라로 만든 식량키트라고 할 수 있어요)이 있으면 식량문제는 완전해결.

"만세! 21세기는 바야흐로 지상천국이로구나."

아직 좋아할 건 없어요. 예로부터 인간은 빵만으론 살 수 없다고 했잖아요. 유사 이래 오늘에 이르기까지, 인간들의 온갖 불안, 갈등, 모순, 전쟁이 먹이 한 가지 때문에 발생한 게 아니라는 걸 명심하세요. 상호불신과 피해망상증. 이것이 없어지지 않는 이상, 인류의 평화는 기대할 수 없어요.

"그럼 무엇이 문제인가요?"

글쎄요. 그건 하여간 우리는 다음 장면을 구경합시다.

2

아침 식사가 끝난 후, 조 영감은 안벽에 걸터앉아 낚시를 시작하였어요. 이는 조 영감의 거의 매일 되풀이하는 일과인데, 이날따라 심사가 편치않은 광식이는 잔뜩 찌푸린 표정으로 아버지의 낚시질을 지켜보고 있다가, 이내 불평을 토했죠.

"아버지. 낚시가 그렇게 재미있어요?"

"응."

"남들이 보면 흉볼 거라는 생각은 없으세요?"

"여기야 아무도 없잖으냐."

"보는 사람이 없다고 점잖지 못한 일을 해서야 쑵니까."

"낚시를 그렇게 보는 건 견해의 차이지."

"아니에요. 문화인이 낚시질을 하다니 한심한 일이죠. 세계 각국은 모두 법으로 어류의 살생을 금하고 있잖아요. 정 낚시질을 하려면 강태공식 곧은 낚시거나, 아니면 낚는 즉시 고기를 물에 되돌려 줘야 하고, 이것도 사전 허가를 받아야 한다고 규정짓고 있어요. 그럼에 불구하고 아버지는 물고기를 마구 낚다니, 원, 창피해서."

"너는 아직 모르느니라. 낚시의 재미와 낚시의 효능을 너는 아직

200

몰라."

"참 딱하십니다. 물고기를 잡아 토막을 내고 회를 치고, 아이 끔찍해." 광식이는 몸서리를 쳐요.

그러나 아버지 조 영감은 태연자약할 뿐.

"광식아, 너도 물고기를 먹고 자라지 않았느냐."

"그건 철 나기 전이었잖아요. 그것도 책임은 아버지한테 있어요. 아버지 제발 이제부터라도 그 악취미를 버리세요."

"낚시가 악취미라고? 흥, 모르는 소리지. 낚시가 고상한 취미라고까지는 말할 수 없어도 가장 자연스러운 생활수단이며 필요한 자기 보호책의 하나니라."

"그건 궤변이에요. 각종 물고기의 외형은 물론, 성분까지 자연생의 그것과 한 점의 차이 없는 클로렐라가 있는 걸 뻔히 아시면서…."

"광식아, 너 정신 차려라. 클로렐라의 역사가 얼마나 되지? 길게 잡아야 40년 안팎이다. 낚시는 줄잡아도 만 년의 역사를 갖고 있다. 나 역시 인류에 끼친 클로렐라의 공을 높이 평가하는 바이나, 그 공에 가려있는 폐단이 없지는 않은가 심히 우려하는 바이다.

나는 요즘 세상 사람들이 다분히 중성화하는 경향을 보고, 그 원인의 일단이 클로렐라에 있지 않나, 예의 주시하는 바이다. 우리 부자가 이곳에 보금자리를 차린 이유 중의 하나도 거기 있느니라."

"클로렐라가 중성화의 원인이라고요? 어떤 확증이라도 있습니까? 막연한 추측이나 선입감이야말로 위험한 사고방식 아닐까요. 우리처럼 이렇게 태평양 한가운데 외떨어져 홀아비 생활하는 거야말로 인생의 중성화 아닐까요?"

"서두르지 마라. 나도 생각이 있느니라."

"좋아요. 아버지 혼자서 생각하시든 말든 하세요. 저는 더 못 참겠어요. 이곳을 떠나겠어요."

"어디로?"

"그건 저도 몰라요. 좌우간 떠나겠어요. 말리지 마세요."

광식이는 총총걸음으로 선착장으로 가 그곳 지면상의 한 곳을 발바닥으로 힘주어 눌렀어요. 광식이가 누른 것은 안벽 내부에 장전돼 있는 보트의 출동 버튼. 찰싹하는 부드러운 음향과 함께 날렵하게 생긴 소형 보트가 금세 선착장에 나타났어요.

"아버지 안녕히 계셔요." 광식이는 보트에 올라 탔어요.

"얘, 광식아."

"말리지 마세요."

"말리진 않겠다. 가려면 가라. 그러나 비상식량과 물은 실어야하잖느냐."

"필요 없어요. 서귀포까지 1시간이면 닿을 텐데 비상식량이고 뭐고 필요 없어요."

"젊은것은 저래서 탈이야. 도중의 풍랑 걱정도 해야지."

"일기예보도 들어 뒀어요, 아버지. 안녕히 계세요."

광식이는 엔진을 걸면서 잠시 아버지를 바라보아요. 막상 아버지를 등지고 떠난다는 처량감과 함께, 아버지의 지나치게 태연한 자세에 불안감도 생긴 광식이는 보트를 저속으로 몰아 스르르 섬 주변을 한 바퀴 돌고서 아버지의 낚시터에 다가갔어요.

"아버지, 안녕히 계세요." 광식이는 마지막 작별 인사를 했어요.

"잘 다녀오너라." 조 영감은 얼굴색 하나 변치 않아요.

"잘 다녀오라고요? 흥, 아버지는 잘못 알고 계시는군요. 언젠가 처럼 무선제어기로 보트를 되끌어오실 셈이시죠. 이번에는 사정이 다릅니다. 죄송하지만 제가 무선장치를 부숴버렸거든요. 안녕."

속력이 붙은 보트는 순식간에 물살을 가르며 북으로 내달아가요.

조 영감은 물끄러미 보트의 사라져가는 모습을 바라보다가 "이 크." 손에 전달돼오는 낚싯대의 떨림에 즉각 대처해요. 줄에 달려 중천에 뛰어오른 1미터에 가까운 참치의 힘찬 모습!

섬 인구의 절반이자 단 하나뿐인 아들의 갑작스러운 탈출이란 변을 당하고도 조 영감은 어찌 이다지도 무감각할까요! 어떤 대책 이라고 있다는 건가요?

그 궁금증은 잠시 뒤로 미루고, 우리는 작은 마라섬의 됨됨이를 살펴보기로 합시다.

3

작은 마라섬이 인공섬이고 일종의 배라는 점은 앞에서 설명하였 어요. 배이니만큼 배가 가져야 할 부양 추진 정박의 세 가지 기본능 력을 갖추고 있어야겠죠?

물론 갖추고 있어요. 밑바닥이 이중 탱크로 되어 능히 뜨고, 기 관이 장치돼 있어 추진력이 있고, 세 개의 닻이 있어 한곳에 머물러 있을 수 있죠. 풍광이 심할 때는 물밑 50미터까지 장기간 잠수할 수 있는 잠수기능도 있지요.

그 경우 조 영감이 아끼는 꽃밭이 엉망이 될 것 아닌가? 하는 우려는 필요 없어요. 꽃밭 주변에는 평상시는 20센티미터, 비상시는 최고 1.5미터 높이의 자유 고저형 방파제가 있고, 여차하면 꽃밭 전체를 덮는 필름 우산이 펼쳐져 물 한 방울도 새어들지 못해요.

물밑 50미터까지 잠수할 경우 막중한 수압을 어찌 견딜꼬? 하는 기우는 안 해도 좋아요. 자동 압력조절장치가 필름 우산 위아래의 압력을 절로 알맞게 해주기 마련이거든요. 선실은 섬 간판 밑에 있고, 해면 정찰은 전자부이를 떠올려 20세기 잠수함의 잠수경 감시를 하게 해요.

추진능력은 이곳이 섬인 만큼 크게 필요치는 않으나 태양전지를 원동력으로 하는 해수 분사기관으로 시속 6노트까지의 자체 추진력을 지니고 있죠.

추진능력을 지니고 있긴 하나 이는 국제법규제에 묶여 마음대로 사용할 수는 없어요. 왜냐하면 인공섬은 엄연한 영토이지 결코 배가 아니기 때문이에요.

"혹시, 만일에 대비한 자체방어 무기는 없는가? 해적 또는 큰 물고기의 습격에 대비해서 말이죠."

있어요. 섬 주변의 안벽에 허리띠형으로 마련한 레이저 존이 그것이죠. 이 허리띠는 사람의 사전조치 없이 정세에 따라 자율적으로 강약 레이저 전파를 발사하여 대형동물의 접근을 방지하는 건 물론 웬만한 미사일 공격도 능히 피할 수 있어요.

"그건 그렇다 하고 조 영감이 아들의 무단 탈출에 저다지 태연할 수 있는 까닭은 뭐요? 광식이는 보트를 강제로 귀환시키는 장비인 무선실마저 부숴버렸다고 선언했는데?"

까닭이 있지요. 조 영감은 철저한 자연주의 신봉자이며, 자연주의에 입각한 과학자예요. 그가 보트에 모종의 술수를 써 놓았지요. 어떤 술수일까요? 결과는 사흘 후에 나타났어요.

광식이는 섬 탈출 사흘 만에 이곳에 되돌아왔는데 떠날 때는 홀몸이던 그가 돌아올제는 두 사람이네요. 동반자는 젊고 어여쁜 금발에다 파란 눈의 여성. 조 영감의 눈이 휘둥그레질 수밖에요.

"아버지, 며칠 전엔 죄송해요. 용서하세요." 광식이는 머리를 긁적거렸어요.

"그건 좋아. 그런데 이 분은 뉘신가?"

"거문도 앞바다에서 만났어요. 돌고래 놀이를 하다가 돌고래가 고장을 일으켜 표류하고 있었어요. 제가 마침 그곳을 지나치길 잘 했어요. 저를 재생의 은인으로 알겠대요. 뉴질랜드 태생이래요."

돌고래 놀이란 요즘 유행하는 레저스포츠의 하나로 로봇 돌고래를 물에 띄운 후 그 등에 올라타고 바다 위를 쏘다니는 것인데 빠르기가 시속 150킬로미터, 항행 가능 거리 1천 킬로미터, 성능에 있어 육상의 고속 오토바이에 뒤지지 않아요. 주로 1인승이 판을 치고 더러는 2인승도 있어요.

"광식아, 네가 이분을 구해준 건 좋은데, 어째서 육지로 올려보내지 않고 이리로 데리고 왔니?"

"저도 그럴 생각이었어요. 그러나 앤더슨이 저를 따라 이리 오겠다지 뭐예요. 할 수 없었어요."

"너는 마음이 없는 걸 할 수 없이 데리고 왔다는 거니?"

"저도 좋아요, 히히."

"흥, 잘 됐구나. 서로 좋다니."

"아버지 보시기에 어떠세요."

앤더슨은 생긋 웃으며 조 영감에게 정중한 인사를 올렸어요.

"흠." 조 영감은 고개를 갸웃거렸어요.

"뉴질랜드 아가씨가 한국의 남해까지 왔다고?"

"아버지, 뭘 그런 걸 따지세요. 그럴 수도 있는 거죠. 이런 경우야말로 아버지 말씀대로 자연의 섭리라는 거 아닐까요."

"그건 그렇다. 봐하니 예의범절도 바르고 외모도 나무랄 데 없구나. 그보다 네가 좋다니 그걸로 다지. 그러다 앤더슨 양의 본가에선 지금 야단법석일 테니 선실로 가서 비즌폰으로 빨리 접촉을 서둘러라."

세 사람은 부랴부랴 선실로 들어가 비즌폰의 다이얼을 돌렸어요. 알고 보니 앤더슨 양은 주한 뉴질랜드 대사관 일등서기관의 외동딸이었어요. 비즌폰 스크린에 나타난 앤더슨 양의 부모는 잃었던 딸을 대하자 눈물을 흘리며 기뻐하고 광식이의 모습을 살펴보고선 즉각 오케이. 더군다나 사돈 될 조 영감이 세계적 석학인 조종주 박사임을 알자 그들 부부의 입이 함박처럼 벌어졌죠.

작은 마라섬에 느닷없이 큰 경사가 찾아 온 것이에요. 조 영감은 젊은 한 쌍을 데리고 섬 간판으로 다시 올라와 말하였어요.

"모든 것이 잘되었다. 그런데 한 가지 격에 맞지 않는 것이 있어."

"뭐가요?"

"자고로 젊은 내외에 홀시아비란 격에 없는 거니라. 나는 이 길로 여행에 나설 터이니 너희는 이곳에서 재미있게 지내다오."

"아니, 아버지. 그게 무슨 말씀이에요. 가시긴 어디로 가세요?"

"걱정하지 마라. 내 소공대사를 못 본 지 오래니라. 이 길로 장안사 석굴로 그 친구를 찾으리."

"그럼 언제 돌아오시는 거죠?"

"글쎄다. 친구 찾아 나선 몸, 마음 내키는 대로 바람 부는 대로지."

"너무 오래 계시진 마세요, 아버지."

"혹 모르지. 도중에 다른 연이라도 만나게 되면 빨리 돌아오게 될지도."

"그랬으면 합니다요."

"그러니 너는 널찍한 방 한 칸을 서서히 꾸며 놓고 있으려무나."

"네, 알았어요."

조 영감은 훌쩍 보트에 올라탔어요.

"아버지 잠깐만요. 제가 거문도 앞바다에서 보트를 육지 쪽으로 몰려 해도 배가 영 말을 안 들어 애먹었어요. 요행 앤더슨도 동의하고 저도 여기로 오고 싶어서 핸들을 남으로 돌리니깐 그제야 배가 말을 듣지 않겠어요. 저는 속으로 아버지가 제가 부숴버린 무선 장치를 고쳐서 또 소환장을 보내셨구나 했는데. 여기 와보니 무선 장치는 박살이 난 채로 있으니 도대체 어찌 된 일이죠? 영 모르겠어요."

"허허, 그것도 모르고 있었느냐! 광식아, 이 보트 이름이 뭐지?"

"'날으는 물고기'죠."

"그렇다. '날으는 물고기'도 제집을 찾는 회귀성을 지니고 있음은 너무나 당연한 자연의 이치 아니겠느냐. 보아라! 이 보트의 두뇌인 조종 컴퓨터의 거리조절 회로 한 곳에 작은 모래알 한 개가 끼여 있잖으냐. 이 모래알은 이 섬 흙 속에서 뽑아낸 것이다.

컴퓨터에 낀 이 모래와 작은 마라섬의 흙은 서로 교신작용을 하고 있다가 교신이 어려워지는 원거리에 이를 경우 자율적으로 회귀 운동에 들어가게 되느니라."

"아버지, 흙과 모래알에 무슨 힘이 있다고 서로 교신을 합니까? 단순한 자연물에 지나지 않는 것들끼리 말씀예요."

"자연물에 무슨 힘이 있느냐, 그런 말일까? 너는 사람의 손이 닿는 기계장치가 없어 못마땅하다는 것이냐?

도대체 기계니 전자장치니 하는 것들에 무슨 마법의 힘이라도 있는 줄 너 같은 사람들은 믿는 모양이나, 실은 기계 등속에는 자연에 앞서는 아무런 힘이 없다. 오직 자연의 이치. 자연이 숨기고 있는 힘에 편승하고 있을 뿐이다.

너는 잘 알고 있지! 거북 새끼가 바닷가 모래밭에서 태양열로 부화하는 순간 바다로 기어가는 현상이나, 연어가 수만 킬로 먼 거리 밖에 있다가 산란기를 맞아 자기 고향으로 회귀하는 현상 말이다. 여기에는 아무런 기계나 전자장치가 없다. 오직 자연의 이치. 자연의 법칙이 있을 따름이니라.

나는 '날으는 물고기' 보트에 장치한 컴퓨터에 작은 마라섬의 흙의 한 부분을 기억하도록 입력시켰을 뿐이다. 본시 한 덩어리였던 흙과 모래는 우리 인간들이 모르는 힘, 즉 자연의 이치대로 서로 냄새나 모습을 확인하고 있음을 나는 실험을 통하여 알게 되었다. 자, 이번에 나는 좀 원거리에 나서야겠으니 이 모래알은 빼버려야겠군."

조 영감은 조종 컴퓨터에서 그 모래알을 집어내 종이에 싸서 몸속에 지닌 후 보트의 시동을 걸었어요.

"잘들 있거라.

"안녕히 다녀오세요."

조 영감을 태운 보트는 이내 북으로 북으로 아물거리며 사라져 갔어요.

히말라야 여단

이정기. 이 이름은 일반사회에서는 생소하지만, 그가 속해 있는 산악계에서는 모를 사람이 없을 정도로 잘 알려진 이름이다.

　그는 1978년에 히말라야 연봉 중의 하나인 안나푸르나 IV봉의 스노우돔 루트를 개척한 한국산악대원 중의 한 사람이었다.

　여태껏 이 루트는 전 세계 산악인 모두가 욕심을 내면서도, 산세가 너무나 험난하여 감히 나서지 못한 곳인데, 이정기를 포함한 우리나라 등반대원들이 이 루트로 안나푸르나 IV봉 정상에 오른 것이다.

　3년 후인 1981년, 이정기는 해발 8,167미터의 다울라기리 봉을 목표로 두 번째의 히말라야 원정에 나섰는데, 이번에는 아깝게도 정상을 불과 백여 미터 남긴 지점에서 불의의 사고를 당해 실패하고 말았다.

실패는 했으나 이 사고로 해서 이정기의 이름은 국제 산악계에 더욱 유명하게 되었다. 그 까닭인즉, 그가 겪은 조난사고가 너무나 신기하여 많은 사람을 놀라게 했기 때문이다.

이쯤 얘기하면 비록 산악인은 아닐지라도 "아, 그때 신문에 떠들썩하게 보도된 그 사람이군." 하고 기억을 되살릴 사람들이 많으리라. 그만큼 그때의 조난 사건은 유명했다. 당시의 신문보도에 따르면 그 사건의 개요는 다음과 같았다.

✳

1981년 5월 7일 새벽 7시경.

만년설로 뒤덮인 히말라야 다울라기리 봉 정상 부근에는 한국에서 온 등반대의 최후공격조 세 사람이 빙벽에 매달려 마지막 목표를 향하여 안간힘을 쓰고 있었다. 이 세 사람 중의 한 사람이 이정기 대원이었다.

이들 세 사람에게 갑자기 눈사태가 엄습하는 불행이 일어났다. 깜짝하는 사이에 세 사람은 빙벽에서 사라져버렸다.

그중 두 사람은 추락지점에서 아래쪽으로 2백 미터 가량 떨어진 눈더미 속에 파묻혀 있는 걸, 5시간 후 구조대원들이 발견해 구사일생으로 목숨을 건졌다.

아주 실종된 건 이정기. 이 사람은 추락할 때 다른 두 대원과는 40미터 가량 간격이 벌어져 있었고, 그가 의지하고 있던 곳은 거대한 직각빙벽이라, 도중 아무 데도 걸리지 않고 까마득히 아련한 절벽 아래로 눈보라와 함께 시야에서 사라져버렸다.

이러한 광경은 마지막 전진 캠프인 제5캠프에 남아 있던 두 사람의 잔류대원이 목격한 바로, 이들은 즉시 베이스캠프를 비롯한 전 대원에게 조난사고를 무선으로 알렸다.

이 조난사고의 원인인 눈사태는 불행 중 다행으로 산 전체를 엄습한 풍설이 아니라, 정상 근방의 일부 눈더미가 중량의 균형을 잃고 떨어져 내린 사고였기에 다른 등반대원들은 무사했다.

그래서 이들 대원은 필사의 구조작업을 벌여 두 명의 조난자를 구출하여 베이스캠프로 후송하는 한편, 계속 이정기 대원의 행방을 수색하였다.

수색은 끈질기게 사흘간이나 이어졌으나 이정기의 모습은 끝내 찾을 수 없었다. 이러는 동안 근처 여러 곳에서는 크고 작은 눈사태가 빈번하여 대원들의 사기는 많이 저하되었다.

등반대 대장은 더 이상의 수색이 무의미할뿐더러 수색을 계속할 처지가 아님을 고려하여 전원의 철수 하산을 지시하였다.

이때 불가사의한 기적이 일어났다. 철수를 시작한 대원 중의 한 사람이 갑자기 "저기 좀 보시오!" 하고 큰소리로 외치는 것이었다. 모두 그 대원이 가리키는 곳을 바라다보니 이게 웬일일까?

제4캠프가 설치되었던 지점 근방 암벽 한 곳에 사람 같은 물체가 걸쳐 있는 게 아닌가!

망원경으로 자세히 관찰하니 파란색 얼룩무늬 복장이 분명한 이정기 대원이었다.

이 순간부터 대원들의 민활한 구조 작업은 개시되었다.

대원들의 위치로부터 조난자의 거리는 약 3백 미터. 거리는 멀지 않았으나 도중은 노출된 바위와 빙벽이 번갈아 급경사를 이뤄 접근이 쉽지 않았다.

그러나 많은 대원이 결사 구출에 나설 것을 자원하자 탐험대장은 그중 네 사람을 지명하여 떠나보내고, 제2, 제3의 구조대를 편성하여 뒷받침했다.

네 명의 결사대는 오전 10시에 구조에 나서 오후 2시경에 조난자 곁에 접근할 수 있었다.

그동안 구조 작업을 지켜보고 있는 대원들의 심경은 몹시 착잡하였다.

이정기 대원이 저토록 가까운 거리에 조난해 있는데 어째서 자기들은 이를 발견하지 못했단 말인가?

"아니야, 나는 분명 이정기 대원이 눈더미에 밀려 저 절벽 아래로 밀려가는 걸 봤단 말이야."

"나도 보았어. 마치 가랑잎처럼 눈보라와 함께 날려 갔었어."

"나도 똑똑히 보았어."

이런 말을 하는 목격자들은 제5캠프와 제4캠프에 있던 대원들 다섯 명.

그러나 그들은 자기들의 목격 사실을 떳떳이 주장할 수가 없었다.

그럴 수밖에. 눈앞의 현실이 그런 얘기나 주장을 용납하지 않았다.

"뭐, 잘못 본 거겠지."

"얼떨결에 정확성을 잃었었나 봐."

"이 대원이 눈더미에 밀린 건 사실이고, 밀려 떨어지다가 지금 저 자리에 걸려 정지되자 눈이 덮여 우리가 볼 수 없었던 게 아닐까?"

"그러다가 바람이 덮은 눈을 날려준 덕에 발견하게 된 거겠지."

이러한 추측론이 자연스레 나왔고 현실을 합리화해주었다.

이런 얘기들은 어쨌든 좋았다. 이정기 대원이 살아 있을까? 하고 희망이랄까, 걱정이랄까 이런 의문을 품어보는 대원들의 마음은 안타깝기만 했다.

이틀 전에 구출한 두 사람의 조난자들도 구조 당시 의식 불명으로 심장의 가냘픈 고동 소리에 실낱같은 희망을 걸고 급속 하산시킨 터이며, 베이스캠프에서 전해온 무선은, 긴급출동을 요청한 헬리콥터의 신속한 도착 여부가 생명구원의 관건이라는 답답한 소식이었지 않았던가.

그런데 영하 20도 이하의 산속에 사흘간이나 된 조난자의 생존을 기대하다니.

방치 4시간이 넘는 사투 끝에 이 대원에 접근한 결사대가 이정기 대원의 가슴에 귀를 대는 광경이 구조본부 사람들의 망원 렌즈 속에 들어왔다.

"살아 있다."

실로 놀라운 워키토키의 목소리였다!

"와." 전 대원이 함성을 올리긴 했으나 모두 이정기 대원이 지금은 살아 있다 하더라도 베이스캠프에 후송될 때까지 생명을 유지할 수 있을까? 하는 암울한 심사였다.

이러나저러나 빨리 구조작업을 진행해야 했다. 해는 벌써 서쪽으로 기울어지고 주위는 땅거미에 물들었다.

구조본부는 캠프파이어로 주변을 밝히고 만일을 위해 준비해온 탐조등을 가동해 조난장소를 비춰주고 조명탄도 계속 터뜨렸다.

네 명의 구조대원들의 활동이 눈부셨다.

그들은 현장 바위틈에 하켄을 단단히 박아 의지할 곳을 마련한 후 그중 한 사람이 이 대원을 등에 업고 자일을 이용하여 빙벽 아래로 곧장 미끄러져 내려갔다.

또 한 사람은 풀리는 자일을 조절하고 남은 두 사람은 암벽을 트래버스하여 이정기 대원을 업고 내려간 구조원에 연결한 자일을 잡아당겨 구조본부 쪽으로 유도하였다.

네 사람의 작업요령을 알아챈 구조본부는 무선통화를 주고받으며 응원 작전에 나섰다.

전 대원의 정성 어린 활약 덕택으로 저녁 5시경에 이 대원은 구조본부에 무사히 운반되었다.

대원 중에 의사가 진단했다.

"회복 가능." 이 한마디에 대원들의 환호성은 다시 한 번 히말라야 산중을 뒤흔들었다.

극적이고 감격스러운 장면이었다.

2

네팔에서 인도를 거쳐 한국에 돌아온 히말라야 등반대원들은 우선 세 사람의 조난자들을 중앙의료원에 입원시켰다.

이정기 대원과 함께 조난됐던 두 사람의 대원 중 한 사람은 한쪽 어깨에, 또 한 사람은 등에 가벼운 타박상을 입은 외에는 별다른 상처가 없어 입원 일주일 만에 퇴원하는 거로 끝났다.

문제는 이정기에 있었다. 사흘간 영하 20도 이하의 혹한 속에 방치되어 있었던 만큼 신체상 고장이 여러모로 클 것으로 모두 예상했는데 이정기는 약간의 피부동상을 입은 외에는 이렇다 할 신체 이상이 발견되지 않았다.

담당의사들은 있을 수 없는 상황이라고 입을 모았다.

조난 목격자들의 이야기가 사실일진대, 이정기는 당연히 생명을 잃었어야 했다.

눈더미가 쏟아진 순간 함께 밀려나 요행으로 무서운 중량의 충격은 면할 수 있었다 가정하고 떨어진 곳이 눈 쌓인 곳이라 충격의 완화 효과를 보았다 하더라도, 영하 20도 이하의 빙설 속에 방치된 채 사흘 동안을 지냈으니 호흡기관을 비롯한 모든 신체조직이 파괴되어 제 기능을 유지할 수는 없을 것이었다.

물론 이정기는 불의의 조난으로 비박용 색 같은 걸 쓰고 있지도 않았다.

혹시 SF 소설에 나오는 냉동인간 현상이 생겼다고 봐야 하나?

이론상으로는 있을 수 없는 일인데 현실은 엄연하니 어찌하지?

"당신은 의당 죽었어야 한 인간이니 지금이라도 살지 말고 죽어 줘야겠습니다."라고 할 수는 없잖은가.

의사들은 외견상 멀쩡한 이정기를 붙들고 면밀한 조사를 거듭하였다.

결국, 정신과 의사가 이정기에게 가벼운 조현병이 있다는 사실을 집어냈다.

이정기는 가끔 헛소리를 하고 꿈과 현실을 혼동하기도 하고 때로는 충분한 수면을 못 하고 식은땀을 흘리는 경우도 있다는 사실을 발견하였다.

그러나 이러한 증세는 약간의 투약으로 능히 해소할 수 있는 성질의 것이다.

결론적으로 이정기는 건강에 별 지장이 없다는 얘기였다. 의사들은 입원 보름 후에는 퇴원시키고 말았다.

이러니 이정기야말로 운수가 나쁘다면 나쁜 사람이긴 하나 생각하기에 따라서는, 행운 중의 행운을 잡은 사나이라고 말할 수 있었다.

3

그로부터 몇 해가 지난 어느 날, 나는 M호텔 커피숍에서 이정기를 만나 얘기를 나눌 기회가 있었다. 이때 우리는 그곳에서 우연히 만나기는 했으나 쌍방이 서로 안면이 없는 사이라 아무 접촉 없이 그냥 지나칠 뻔했는데, 마침 나와 한 자리에 있던 내 친구 우용찬이 이정기와 잘 아는 사이라서, 우리 두 사람을 소개해주었다.

내 친구 우용찬은 대중가요의 원로급 작곡자이자, 등산과 낚시 등 취미가 다양하여 아는 사람이 많았다.

"서로 인사하시지, 이쪽은 유명한 등산가 이정기 씨, 이쪽은 소설가 문윤성 씨."

우용찬의 소개를 듣자 나는 귀가 번쩍했다.

"반갑습니다. 꼭 한번 만나고 싶었어요." 내가 먼저 손을 내밀었다.

"저도 문 선생님을 꼭 뵙고 싶었습니다."

그쪽도 나 못지않게 놀라는 눈치였다. 나이가 내 절반 정도로 젊은 이정기는 차려자세까지 취하며 정중하게 내 손을 잡았다.

"이정기 씨는 유명한 산악인이라서 내가 한번 만나고자 했지만, 당신은 어째서 나를 보고자 하셨죠?"

"문 선생님께서 소설 《완전사회》를 쓰셨죠?" 이정기가 되물었다.

"그렇습니다. 그 책을 읽은 적이 있습니까?"

"네. 읽었습니다. 퍽 재미있더군요."

"뭐, 재미있다고? 이것 봐라, 안 팔리기로 유명한 SF 소설이 재미있다는 애독자가 나타나다니. 허허허, 오늘 찻값은 문 작가가 턱을 내야겠군." 옆에서 친구 우용찬이 웃으며 말했다.

"아닙니다. 커피는 제가 모셔야죠. 그러지 않아도 문 선생님을 꼭 한번 찾아뵈려고 하던 참입니다. 꼭 뵙고 드릴 말씀이 있어요." 이정기는 정색을 했다.

"당신이 몇 년 전에 히말라야에 원정 갔을 때, 거, 무슨 봉우리였더라? 조난사고가 있었죠?" 얼핏 산 이름이 정확히 기억이 안 나서 나는 머뭇거렸다.

"다울라기리 봉이었죠, 저희 등반대가 목적한 곳이."

"옳지, 다울라기리 봉. 거기서 당신이 조난을 당했죠. 그리고 기적적으로 생환했고. 아무튼 큰 곤욕을 치뤘더군요. 늦인사지만 무사히 귀국한 것을 축하합니다."

"참, 기적이야." 옆의 우용찬도 한마디 했다. "기적이고 말고, 하느님의 도움이시지. 이 군은 착실한 기독교 신자예요."

"아, 그래요. 나는 기독교 신자는 아니지만 착실한 신자라면 무조건 존경하지요. 그런데 나를 꼭 만나고자 한 까닭은 뭐죠?"

"뭐 특별한 일은 아니에요. 그저 좀 여쭤볼 일이 있어서요."

"산에 관한 일이라면 나는 아주 생판 문외한인데…."

"아닙니다. 산에 관한 얘기가 아니고요…." 이정기는 말끝을 흐렸다.

"그렇다면 여기서 얘기해보시죠."

"여기서는 좀 거북합니다. 선생님 명함 한 장 주시지요. 미리 전화를 드리고 찾아뵈었으면 합니다."

"좋도록 합시다." 나는 명함을 꺼내 주었다.

이정기는 내 명함을 받아 넣고서 우용찬을 돌아보며 딴 화제를 꺼냈다.

"우 선생님, 혹시 이런 가요를 들으신 적이 있으신지요?"

"어떤 노래?"

"가사는 이렇습니다."

이정기는 호주머니에서 종이 한 장을 꺼내 탁자 위에 펼쳐놓고 거침없이 다음과 같은 가사를 술술 써 나갔다.

천길 높은 빙벽을 몸에 두르고
억만년의 신비를 간직하였네
마나슬루여 그대는 언제까지나
우리의 사랑을 거역하는가

마나슬루여 기다려다오
구름 위 정상에서 우리 만나리

천길 높은 빙벽에 동지를 잃고
끝도 없이 크랙에 형제 묻었네
마나슬루여 그대는 언제까지나
우리의 용기를 시험하는가

마나슬루여 기다려다오

구름 위 정상에서 우리 만나리

"글쎄." 우용찬은 고개를 꼬며 말했다. "처음 보는 노래인데… 노래 이름이 뭐지?"

"노래 이름은 글쎄요, 마나슬루의 노래라고나 할까요, 그건 저도 모르겠어요. 멜로디는 대강 이렇습니다."

이정기는 주변 손님들을 의식하여 목청을 낮추어 노래를 불렀다. 경쾌한 행진곡으로 이정기의 노래 솜씨도 제법이어 듣기에 싫지 않았다.

"재미있는 곡인데." 우용찬은 정말 재미있다는 듯 고갤 끄덕이며 물었다. "누구의 곡이지?"

"작곡자나 작사자가 누구인지는 저도 모릅니다. 우 선생님, 정말 이 곡을 모르십니까?"

"모르겠어. 처음 듣는 곡이야."

우용찬의 대답을 듣자 이정기의 표정이 굳어졌다.

"퍽 관심이 깊은 거 같은데, 악보가 있거든 날 줘봐. 누구의 곡인지 알아볼게." 상대의 심각한 표정을 보자 우용찬이 말했다.

"아닙니다. 됐습니다. 우 선생님은 전문가이시니 혹시 아시고 계신가 해서요." 이정기는 자신의 굳은 표정을 자각한 듯 어색한 미소를 하며 대답했다.

"몇 해 전 비극으로 끝난 우리나라의 마나슬루 등반대를 주제로 한 가사인 거 같은데…" 내가 괜히 아는체를 했다.

"맞습니다. 바로 그 등반대의 노래죠." 이정기는 자리에서 일어나며 덧붙였다. "가까운 시기에 문 선생님을 찾아뵙겠습니다. 동행이 있어 여기서 실례합니다."

이상으로 이정기와 나의 첫 접촉은 끝났다.

✳

두 번째 만남은 닷새 후에 이루어졌다.

이정기가 나에게 전화를 걸어 방문해도 좋으냐고 하기에 나는 기꺼이 이에 응한 것이다.

나는 그를 집 뒤에 있는 조그마한 뜰로 안내하였다. 그곳은 두 개의 의자가 있을 뿐인 보잘것없는 장소이긴 하나 아무도 근접하는 사람이 없는 격리된 장소이기에, 나는 부러 이곳을 택했다.

닷새 전 M호텔에서 만난 나의 기억으로는, 이정기는 필시 긴밀한 얘기를 나와 나누고 싶어 하는 게 아닌가 추측해서였는데, 그 추측이 맞았다.

두 사람의 화제는 자연스레 이정기가 겪은 다울라기리 봉 조난 사건으로 시작되었다.

"참으로 다행스럽게 구사일생을 얻었으니 대견하고 고마운 일입니다." 내가 다시 인사말을 건넸다.

"선생님 역시, 그렇게 생각하십니까?" 그런데 이정기가 뜻밖의 말을 했다. "신문에 난 기사를 그대로 믿으시는군요."

"그럼, 그게 사실이 아니었단 말인가요?" 나는 어이없어 되물을 수밖에.

"그게 어찌 사실일 수 있겠어요. 저도 그 당시 조난사고 후 인도로 후송되는 도중에서 신문을 보고서야 비로소 저의 조난 경위라는 것을 알았어요. 그리고 속으로 웃었습니다. 세상은 아직도 어수룩하구나. 이런 엉터리 기사를 쓰는 기자도 있고, 세상 사람들은 그걸 믿고…."

"아니, 여보시오." 나는 황급히 이정기의 발언을 중단시켰다. "그게 무슨 소리요. 그럼 사실인즉 조난사고가 없었다는 겁니까? 탐험대가 다울라기리 봉 등반에 실패하자, 세상 이목을 속이려고 조난사건을 조작했다는 겁니까?"

"아니 무슨 말씀을 그리하세요." 이정기는 볼멘소리를 했다. "산악인은 절대로 사실을 속이지 않습니다."

"내가 실언했다면 용서하십시오. 그러나 당신이 신문기사가 엉터리라고 하니, 조난사고가 없었던 게 아닌가 하는 의심이 생기게 됐구려."

"신문기사는 엉터리지만 조난사건은 사실입니다."

"그럼 신문기사는 엉터리로 돌리고 엉터리 아닌 진짜 조난사고의 내용은 뭐죠?"

"선생님, 죄송합니다. 제가 말주변이 없다 보니 선생님하고 언쟁이라도 하는 꼴이 되었군요."

"아뇨, 쌍방이 얘기에 열중하다 보면 언쟁 비슷하게도 되는 거죠, 뭐. 허허허."

"오늘 제가 선생님을 찾은 목적은, 여태껏 제가 어물어물 숨기고 온 사실을 그대로 털어놓고 선생님 고견을 듣고자 해서입니다.

"나 역시 그 당시의 신문기사를 쭉 읽고 나서 뭐가 있구나 하는 육감이랄까, 개운치 않은 생각을 품고 있었어요. 자, 우리 차를 마시며 서서히 얘기해봅시다."

안에서 설록차가 나왔다. 우리는 차를 마시느라 잠시 담화를 중단했다가 이내 다시 계속하였다.

"선생님. 사람이 수백 미터 절벽 아래로 떨어져서 살아남을 수 있는 일입니까?"

"없죠. 있을 수 없죠. 기적이 아니고서야."

"그 기적이란 말이 문제입니다. 누가 먼저 꺼낸 말인지 모르지만 다울라기리 봉 조난사건을 기적이란 말로 표현하는 통에, 사실은 뒤로 물러나고 엉터리 판단이 뻐젓이 행세하게 된 겁니다. 생각해 보세요. 70킬로그램 무게의 인간이 수백 미터 아래로 수직 낙하하면, 물리학적 계산은 그만두더라도 결론이야 뻔하지 않습니까. 한마디로 콩가루가 되는 거죠."

"응, 그렇죠." 나는 고개를 끄덕였다. 끄덕이고 나서 물었다. "그러나 당신은 그때 수백 미터의 절벽에 떨어진 게 사실이지 않습니까? 신문기사에 의하면."

"신문기사를 믿어도 그렇지요. 제가 조난사고 후 발견된 곳이 제4캠프 근방이라고 했습니다. 제4캠프는 고도 6천6백 미터 지점입니다.

그 당시 제가 선두에 나선 3인의 정상 공격조의 출발지점은 고도 7천8백 미터의 제5캠프였습니다.

우리가 눈사태를 맞은 것은 제5캠프에서 약 2백 미터가량 더 올라간 지점이지만 계산을 간단하게 하기 위하여 눈사태를 바로 제5캠프를 나서는 순간으로 해보죠. 제5캠프와 제4캠프 사이는 9백 미터 아닙니까.

그리고 제가 구조대원들에게 발견됐다는 지점이 제4캠프에서

2백 미터 거리였는데 2백 미터 거리라는 것은 상하좌우 어디든지 적용되지만, 편의상 제4캠프 바로 위의 지점이라고 가정할 때 제가 낙하한 최단 가능 거리는 9백 마이너스 2백, 즉 7백 미터가 됩니다. 선생님 7백 미터 상공에서 바위 위로 사람이 떨어진 경우를 생각해 보세요. 여기서 기적을 바랄 수 있을까요?"

"그런 경우 기적을 바랄 순 없겠죠. 하지만 당신은 이렇게 살아 왔으니 기적이랄 수밖에."

"하지만 저는 그 당시 7백 미터를 떨어진 게 아니라 1천여 미터를 떨어졌습니다. 다섯 명의 목격자가 있었습니다. 그들은 나중에는 우물쭈물 자기들의 목격사실을 주장하지도 부인하지도 않았습니다만."

"아니, 여보시오, 당신은 지금 엄청난 소릴 하는구려. 지금 당신의 말이 옳다면 1천여 미터 절벽에서 떨어진 사람은 누구고, 제4캠프 근처 2백 미터 지점에서 구조반원들에게 구조된 사람은 누구란 말입니까?"

"둘 다 저입니다."

"뭐라고, 나를 놀리는 건가요?"

"선생님을 놀리다니요. 떨어진 사람도 저고, 구조된 사람도 저입니다. 다만 그 당시 저는 어떤 힘에 의하여 1천여 미터 절벽 아래에서 구조된 곳으로 옮겨진 겁니다. 저는 그렇게 믿고 있습니다."

"어떤 힘이라니. 하느님?"

"아닙니다."

"그럼?"

"사람의 힘이겠지요, 아마."

"똑똑히 말해봐요. 남의 일같이 말하지 말고." 나는 힘주어 말하면서 이정기의 얼굴을 똑바로 쏘아봤다.

이정기는 나의 안광이 눈부신 듯 고개를 떨구었다. 그리 봐서 그런지 그의 두 눈의 초점은 자신을 잃고 방황하는 사람의 그것 같았다.

"이정기 씨, 우리 커피 한잔 합시다." 나나 나의 상대나 녹차로는 마음이 진정 안 될 것 같았다.

"선생님, 제가 꼭 미친 사람같이 보이죠?"

"아뇨, 멀쩡하기만 한데 미치다니요, 허허허." 나는 웃어넘겼으나 마음 한구석은 약간 불안하였다.

"아닙니다. 제가 생각해도 제 말은 성한 사람의 말이 아닙니다. 그래서 무척 고민했고 지금도 고민 중에 있어요. 사실을 사실대로 말할 수 없는 이유가 저에게 있고, 설사 사실대로 얘기해봤자 정말로 받아줄 사람도 없습니다. 병원에 입원했을 때 혼자 번민하다가 한번은 담당 의사에게 사실대로 말해봤지만, 의사는 저를 조현병 환자로 몰더군요. 끝내 내 주장대로 사실을 말하다간 정신과 병동으로 옮길 거 같아 의사 말대로 일시적 조현병 환자 행세를 하며 수습책을 강구했지요.

집에 돌아와서 가족들과의 대화도 마찬가지였죠. 아내마저 저더러 정신이 오락가락한다느니, 꿈속에서 깨어나지 못했다느니 하며 상대를 안 해주는 거예요.

처음에는 미칠 거 같았는데 차츰 냉정함을 되찾아 애써 내 경험을 잊고 지내기로 작정했지요. 그래서 직장에 복귀도 하고 이렇게 정상인 행세를 하고 있습니다."

"정상인 행세라니, 그새 내심으로도 자신도 믿기 어려운 경험에 대한 의혹감, 불신감에 쌓여 있다는 겁니까?"

"그렇습니다."

"그럼 조난 당시 1천여 미터 절벽 아래로 떨어진 당신의 참 모습은 어땠을까요?"

"저야 눈사태를 맞는 당시 아찔하였죠. 그리고 바로 의식을 잃었구요. 죽은 거죠, 뭐."

"그럼 지금의 당신은 뭐죠?" 나는 부러 우스개 짓으로 이정기의 손목을 잡고 맥 짚는 흉내를 해보였다. "이렇게 정상적인 체온에, 정상적인 맥박에, 정상적인 촉감, 아무튼 유령은 아닌데요, 허허허."

"분명 유령은 아닙니다. 그러나 자신이 없어요. 내가 아직 꿈속에 있는지, 죽어 저승에서 이러고 있는 건지, 어떤 때는 정말 미칠 거 같은 답답증에 빠지곤 합니다."

"알겠소, 아까 당신은 조난 당시 1천여 미터 절벽 아래에서 어떤 힘의 작용으로 제4캠프 근처 지점으로 옮겨졌다고 말했는데, 이점을 구체적으로 얘기해보구려."

"네. 그때 상황을 말씀드리려고 이렇게 찾아뵈러 온 겁니다. 미리 말씀드릴 게 있습니다. 저의 얘기를 들으시고 믿고 안 믿고는 물론 선생님 자유입니다. 저로서는 선생님께서 안 믿어주셔도 좋고 믿어주셔도 좋습니다.

저는 그동안의 경험으로 더 이상의 실망은 않기로 했으니깐요.

사실인즉, 벌써 전부터 저는 저의 경험담을 다시는 아무에게도 말하지 않기로 결심했었어요. 그게 마음 편할 거 같아서였죠.

그러나 꼭 한 분, 문 선생님께만은 언젠가 기회를 봐서 사실을 털어놓아 보기로 했습니다. 왜 마지막 상대로 하필 나를 택했느냐고 선생님은 의아하실지 모르나 저의 얘기를 다 들어보시면, 이 점도 이해가 되실 거로 저는 믿고 있습니다."

"알겠소, 당신의 고민이 어느 정도라는 것과, 당신의 경험담이 상당히 심각한 미스터리 일 거라는 점등, 어느 정도 짐작이 됩니다. 자, 이제부터 나는 아무 선입감 없이, 당신의 얘기를 경청하겠으니 아무 부담감 없이 얘기해봐요."

"고맙습니다."

이런 사전문답이 있은 후 이정기는 히말라야에서 겪은 자신의 경험담을 좍 털어놓았다.

다음 장에서 이정기의 얘기를 그대로 적어놓겠지만, 이정기의 얘기를 들으면서 나는 크게 놀랐다.

이럴 수가! 이게 정말이냐! 거짓말이냐!

아무 선입감 없이 듣기로 약속한 나였으나 얘기를 듣는 도중, 나는 몇 번이나 이정기의 눈동자를 살피기도 하고 나 자신의 살을 내가 꼬집기도 해보았다.

나는 꿈속에서 얘기를 듣는 것은 아닌가, 이정기는 단순한 얘기를 하려 온 것이 아니라 어떤 목적이 있어 내게 최면술을 거는 건 아닌가 하는 의심이 가끔 들었기 때문이다. 그만큼 이정기의 경험담은 기상천외의 것이고 경이로웠다.

다음 장에 이정기의 얘기를 그대로 옮기는 바이니 읽고 나면 여러분도 나와 같은 기분이 될 것이다.

여기까지의 글에 나오는 일인칭 '나'는 소설가 문윤성이고, 다음 장의 '나'는 산악인 이정기니 착오 없으시도록.

4

1981년 5월 7일 새벽 4시 30분.

나는 다울라기리 봉 등반대의 마지막 거점인 제5캠프를 나섰다. 동행자는 W대원과 C대원, 톱은 나.

셰르파도 없었다. 이번 등반대에서 우리는 포터들만 고용하여 베이스캠프를 설치하고선 모두 되돌려보냈다.

다울라기리 봉 등반대 전원 25명 중 최종 공격조로 뽑힌 게 우리 3인. 그중에서도 선두는 바로 나였다.

이런 인선은 등반대장의 절대 권한에 속했다. 베이스캠프에서부터 제2, 제3, 제4 캠프로 전진함에 따라 몇 명씩 잔류 조로 대장이 지명하면 그대로 복종해야 했다.

마지막 거점 제5캠프에 도달한 건 모두 5인. 제3캠프에 잔류한 대장이 무선으로 명령을 전해왔다. 두 사람은 잔류하고 나와 W대원 C대원이 최종공격에 나서고, 리더는 나더러 맡으라는 것이었다.

이러한 명령은 어느 정도 이미 예견한 바라 나의 심중은 담담하였다. 나는 이날에 대비하여 지난 3년간 피나는 훈련을 거듭해왔다.

반숙한 달걀과 비스킷, 그리고 커피로 요기를 한 우리 세 사람은 캠프를 나섰다.

서쪽 하늘에는 실낱같은 달이 아직 남아 있는 게 환하게 보일 만큼 하늘은 맑았다. 이렇듯 맑은 날씨가 금세 어떤 변화를 일으킬지 모르는 게 높은 산의 특성이었다. 그래서 우리는 동트기 전에 공격에 나서기로 합의하였다. 내가 앞장서고 W대원이 중간, C대원이 뒤를 받치며 암벽에 기어오르기 시작하였다.

여기서 정상까지는 667미터, 다울라기리의 산봉이 바로 머리 위에 보였다.

나의 상의 안가슴에는 큼직한 태극기가 간직돼 있었다. 정상에 올라가 얼음을 깨고 영원히 묻어두려는 것이다.

우리는 산소통을 준비하고 나섰으나 버틸 수 있는 한도까지 마스크 없이 올라가보기로 합의하였다. 나는 몹시 기분이 좋았다. 산악인으로서 최고의 명예를 얻은 것이다. 날씨도 좋고 모든 조건은 최상의 상태였다. 공격개시 2시간 만에 2백 미터를 기어올랐다. 쾌속의 진군이었다. 정상까지 남은 거리는 167미터.

나는 머리 위의 산봉우리를 쳐다보다가 내 뒤를 따르는 동료 대원 두 사람을 내려다보며, 간간이 조언을 던져주기도 하였다.

나는 보다 안전하고 등반하기 쉬운 바위틈을 탐색하며 암벽을 오른쪽으로 트래버스 하기 시작하였다.

W대원과 C대원은 내가 설치한 하켄을 이용하여 착실히 내 뒤를 따르고 있었다.

이때 이변이 생겼다. 갑자기 내 등산모 위에 털썩 눈덩이 하나가 떨어졌다. 나는 반사적으로 위쪽을 쳐다봤다. 그 순간 나는 아찔한 전율을 느꼈다. 바로 내 머리 위 30미터 가량 높은 곳의 암벽에 쌓인 눈더미가 갑자기 움직이려는 찰나였다. 머리통만 한 눈덩이가 털썩 털썩 떨어지는데, 이것은 다음 순간에 올 눈사태의 전주곡임을 알 수 있었다.

"눈사태다. 대피하라!" 나는 동행 두 사람을 향하여 힘껏 소리 질렀다.

이때 W대원은 30미터 정도 떨어져 있었다. 소리 지르면서 위를 쳐다보니 어마어마한 눈더미가 슬쩍 앞으로 몸을 숙이는 듯하더니 이내 내 머리 위로 덮쳐왔다.

'마지막이다.' 나는 그렇게 중얼거린 거 같았다. 그리고 이런 경우 냉정해야 한다고 스스로 다짐하였다.

맨 먼저 느꼈던 전율은 본능적인 것이었다고 나 자신을 변호까지 하였다. 아무튼 나는 이상하리만치 마음의 여유가 생겼다. 이럴 때 당황 않는 것이 진짜 산악인이다, 이런 경우를 대비하여 쌓아온 몇 몇 해의 피나는 수련이 아니었더냐 하고 나 자신에게 다짐하였다.

나는 계속 위를 쳐다봤다. 마치 슬로모션의 영화장면을 보는 느낌이었다. '잘 봐두자, 어느 방향으로 떨어지느냐.'

이미 내 머리 위 10미터 거리에 육박한 거대한 물체를 바라보면서 나는 상황관찰과 이에 대한 방책까지도 생각했다.

전에 나는 어떤 책에서, 인생 최후의 순간에 있어, 외형적 찰나의 순간이 본인에게는 무척 오랜 시간으로 느껴지는 경우가 있다는 것을 읽은 적이 있는데, 이 경우가 바로 그런 것일까. 나중에 생각하면 이상한 일이긴 하나, 이건 거짓 아닌 사실이었다.

눈덩이의 파편들은 더 많이 사납게 나와 내 주위에 퍼부어왔다.

'옳지. 낙하체는 얼음덩이가 아니라 눈덩이로구나. 희생을 당하더라도 처참한 꼴은 면하겠구나.' 나는 그런 예상까지 했다. 그리고 이제 곧 내 몸에 부딪칠 저 눈덩이는 어쩌면 W대원과 C대원이 있는 위치까지에는 미치지 못할지도 모른다는 생각이 떠올랐다.

나는 서둘러 내 허리띠 쇠고리에 꽂은 자일을 풀어 아래로 내던졌다. 풀려난 자일은 완만한 속도로 암벽에 부닥치면서 아래로 떨어져 갔다.

다음 순간, 묵직한 눈덩이가 내게 덮쳤고, 나는 암벽에서 공중으로 위치를 바꿔 눈덩이와 함께, 절벽과 평행선을 그리며 낙하하였다.

고통은 느끼지 않았다. 공포감도 없었다. 공중에서 몇 번 회전한 것도 같았다.

그 후 나는 꿈을 꾸었다. 꿈이라고 생각한 것은 내 눈에 비치는 광경이 비현실적인 것이었기 때문이다. 시야에 들어오는 것은 오직 오색 찬란한 빛뿐이었다.

찬란 지극한 빛은 한없이 퍼지고 또 퍼지고, 거기다가 장엄하고 은은한 교향악이 효과를 더하여, 나는 흠뻑 황홀감에 젖었다.

'옳지, 여기가 천당이로구나.' 하는 생각이 들었다. 동시에 '나같이 평생을 쩨쩨하게 살아온 사람이 어찌 천당에 올 수 있으리. 이건 꿈일 것이다.' 하는 생각도 들었다.

한참 후 은은한 교향악과 찬란한 광채가 차츰 멀어져갔다. 뒤이어 부드러운 회색빛이 나타나고 사람들의 얘기소리가 들렸다.

어느 사람이 노래를 흥얼거렸다. 분명 우리나라 말인데, 노래를 부르는 사람은 우리 대원의 목소리가 아니었다.

'그렇지. 나는 이미 죽었으니 우리 대원이 옆에 있을 리 없지. 그럼 저 사람은 누구지?' 이 점이 궁금하여 나는 정신을 가다듬고 귀를 기울였다.

천길 높은 빙벽을 몸에 두르고
억만년의 신비를 간직하였네
......

처음 듣는 노래였다. 경쾌한 리듬, 그러면서 어딘지 모르게 비감을 자아내는 멜로디였다.

노랫소리에 곁들여 또 한 사람의 목소리가 들렸다. 역시 우리나라 말이었다.

"체온이 26도로 올라왔어." 그러자 노래하던 사람이 노래를 뚝 멈추고 말했다. "됐어. 소생하는군요." 아주 반기는 소리였다.

여기서 나는 꿈에서 벗어나는 기분이 들었다.

"산악인은 역시 달라, 쉽게 죽지 않거든." 노래하던 사람의 목소리였다.

나는 눈을 뜨고 주변을 살피려고 했다. 하지만 그 순간 다시 기억을 잃고 말았다. 그러고서 한동안의 시간이 지나갔다.

갑자기 여러 사람이 내 주변에 모여든다고 느끼며 나는 눈을 떴다.

과연 오륙 명이 넘는 사람들이 나를 둘러싸고 있었다.

꿈은 아니고 현실인 것 같았다. 밝은 실내조명, 내 몸에 감긴 따스한 담요, 그리고 내 팔에 꽂힌 링거 주사 바늘.

'이것 봐라, 내가 살았네.' 중대한 발견이라도 한 듯 나는 신기하였다.

나는 내 살을 꼬집어보려 했다.

그때 누가 나의 몸을 꼭 잡으며 뭐라고 하는데 생소한 외국말이었다.

"움직이면 안 됩니다." 하는 거 같았다. 그 사람의 파란 눈동자가 그렇게 느끼게 했다.

"이정기 씨, 당신은 살았습니다. 축하합니다."

우리말이었다. 꿈속에서 듣던 노래의 주인공이었다. 나는 눈동자를 굴려 그 사람을 보려 했으나 찾을 수가 없었다.

노래를 부른 사람은 이번에는 주변에 있는 여러 사람에게 외국어로 뭐라 했다.

그러자 여러 사람도 제각기 한마디씩 하는데 그들의 말이 한두 나라의 말이 아니라 여러 나라의 말이었다.

'이것 봐라, 이곳은 국제회합장소구나! 의학 세미나인가?'

나는 알쏭달쏭하여 속으로 궁리해보는 것이다.

여러 사람들은 뭐가 즐거운지 웃고 떠들고, 서로 어깨를 두드리고 악수를 하고 법석들이었다. 그러더니 우르르 어디로인지 썰물처럼 사라져버렸다.

나는 실내에 혼자 남아 있는 줄 알았다. 그러나 그게 아니고 남아 있는 사람이 있었다. 내 손과 이마를 매만져주는 손길을 느꼈다. 여자였다. 여자는 내가 바라볼 수 있는 위치로 자리를 바꾸어 뭐라고 말했는데, 일본말이었다.

일본말인 줄은 알지만 뜻은 몰랐다. 뜻은 모르나 나는 고마움을 느꼈다.

분명 나를 위로해주는 말이었다. 그녀의 얼굴에 그렇게 나타나 있었다.

나는 이곳이 천당이래도 좋고, 천당이 아니래도 좋고, 꿈이래도 좋다고 생각하였다. 아무튼 기분이 좋았다.

"영어 할 줄 아세요?" 일본 여성은 이번에는 영어로 물었다.

"조금요." 나는 더욱 반가웠다.

"당신은 살아났어요. 아무 걱정 하지 마세요. 정말 운 좋은 분이에요."

"여기가 어디죠? 뉴델리인가요?"

"아니요." 여자는 생긋 웃었다.

"한국사람도 있나 보던데요?"

"한국인도 여러분 있지요."

"노래를 부르던데요… 한국말로."

"무슨 노래요?"

"음…."

"마나슬루여 기다려다오. 이 노래인가요?"

"네."

"그럼 미스터 김이군요, 바로 그분이 당신을 구해냈어요. 참 좋은 분이죠."

"그분이 나를요? 어떻게요?"

"너무 서두르지 마세요. 곧 알게 돼요. 당신은 지금 몹시 피곤해요. 얘기도 말아야 해요. 자, 이거 마셔요. 마시면 곧 기운이 날 겁니다."

나는 여자가 내미는 컵을 받아 마셨다. 시원하고 향기로운 액체가 몸속으로 퍼졌다. 나는 이내 잠이 들었다.

얼마 동안이나 잤는지 모르겠다. 한나절 동안 같기도 하고, 몇 날을 두고 잔 것도 같은 기분이었다. 인기척 소리에 눈을 떴는데 기분이 상쾌했다. 얼마 전까지 느꼈던 피로감이나 불안감 같은 것이 안개 사라지듯 없어졌다.

"이정기 씨." 누가 나를 불렀다. 내 이름을 어찌 알았을까? 옳지, 옷에 붙은 명찰을 보고 알았겠지. "이정기 씨, 당신의 검진결과가 나왔어요. 신체 어디에도 이상이 없고, 충분히 기동할 수 있대요. 참 다행입니다." 진심으로 기뻐하는 목소리였다.

이 사람의 음성이 귀에 익었다. 마나슬루의 노래를 부른 사람이었다. 일본 여자가 말한 미스터 김이 이 사람이 아닐까?

"고맙습니다. 나를 구해주셨다고요. 정말 감사합니다." 나는 그의 손을 잡았다.

"아니죠, 내가 당신을 구한 게 아니라, 당신이 운이 좋아 이곳으로 굴러 들어온 거죠. 하하하."

"굴러 들어와요? 여기가 어딘데요? 뉴델리인가요?"

"뉴델리라고? 하하하." 남자는 더 크게 웃었다. "이정기 씨는 뉴델리를 거쳐서 이곳에 오셨소?"

남자의 질문에 나는 얼핏 대꾸를 못 하고, 덤덤히 있었다.

우리 일행은 뉴델리를 거쳐온 것은 아니었다. 내가 이곳이 뉴델리가 아닌가 하고 물은 것은 오직 막연한 생각에서 나온 말이었다.

내가 히말라야 산속에서 조난을 당하고 이내 이렇게 살 수 있는 것은 사고현장에서 가까운 대도시로 이송된 덕분이거니 짐작하고, 히말라야에서 가까운 대도시라면 뉴델리 아닐까 하는 생각에서였다.

그야 네팔의 수도 카트만두가 뉴델리보다는 조난현장에서 가까운 도시이긴 하나 내 눈에 들어온 방 안의 가구나 비품 등속이 풍기는 느낌이 더욱 고급스러워 이곳이 카트만두는 아닐 거라고 본 것이다.

이때 또 한 사나이가 실내로 들어왔다. 역시 한국인이었다. 그는 무엇인지 한 아름 되는 물건을 안고 있었다.

먼저 와 있던 사람이 그걸 받아 내 침대 위에 펼쳐놓았다.

"이정기 씨, 어디 일어나보십시오. 내가 거들겠습니다." 그리고는 내 겨드랑이에 두 팔을 넣어 일으켰다.

"됐어. 걸어봐요."

나는 그들이 시키는 대로 걸음마를 해보았다. 걸을 수 있었다. 나는 무척 기쁘고 신기했다. 죽은 줄 알았던 내가 죽지 않았고, 전신의 뼈가 으스러진 줄 알았는데 이렇듯 멀쩡하다니!

통 믿어지지 않아 나는 두 사람을 물끄러미 바라보았다.

"환자 옷을 벗고 이걸 입어봐요." 미스터 김이라고 생각되는 사나이가, 침대 위에 펴놓은 옷가지를 가리켰다.

나는 그의 지시대로 하였다. 옷 갈아입는데 별로 아프거나 이상한 데가 없었다.

내가 불사신이 되었나?

나는 아리송한 기분이었다. 두 사람에게 물어봤다.

"두 분은 이곳 의사 선생님이신가요?"

간호사로 보이는 일본 여자가 이 남자를 닥터 김이라고 안 하고, 미스터 김이라고 말한 게 미심쩍었기 때문이다.

"우리는 의사가 아닙니다. 당신과 같은 산악인입니다." 마나슬루의 노래를 부른 사람의 대꾸였다.

"산악인이라고요?" 나는 놀랐다. "히말라야의?"

"그렇습니다."

"여긴 무슨 병원이죠?" 나는 계속 물었다. 아무래도 뭔가 사리가 맞지 않는 기분이 들어 의문이 자꾸 생겼다.

"여긴 병원이 아닙니다. 뉴델리도 아니고 여기는 히말라야 산속입니다."

나는 아리송해져 멍청하니 그들을 바라만 보았다.

"이상하게 볼 건 없어요, 이정기 씨. 우리는 히말라야에 상주하고 있는 구조대니까. 자, 우리 인사합시다. 나는 김호섭입니다."

"나는 권찬수라 합니다." 두 사람은 손을 내밀어 악수를 청했다.

"나는 이정기입니다."

나는 두 사람과 악수를 하고 나서도 얼빠진 사람처럼 덤덤히 서 있기만 했다.

이때 나는 머릿속에서 큰 혼란을 일으키고 있는 참이었다.

지금 그들이 밝힌 이름 김호섭과 권천수.

권천수라는 이름은 생소하나 김호섭은 매우 귀에 익은 이름이었다. 귀에 익긴 한데 누구라는 것이 얼핏 머리에 떠오르지 않았다.

"김호섭 씨라면 많이 듣던 이름 같은데…."

"그래요? 나는 별로 이름 있는 존재가 아닌데…. 그건 아무래도 좋고 걷기 괜찮으면 살살 걸어서 식당으로 갑시다. 몹시 시장할 겁니다." 김호섭이 앞장을 섰다.

"걷기 힘들면 내 어깨에 기대시오." 권천수가 나를 부축했다.

"아니요, 찬찬히 걸어볼게요." 나는 혼자 걸어서 김호섭 뒤를 따라나섰다.

불과 몇 시간 전만 해도 저승 속을 오락가락하던 내가 스스로 걷는다는 것이 하도 이상해, 나는 나 자신을 두루 살펴보지 않을 수가 없었다.

이토록 내가 멀쩡하다니 하고 감탄하는 중에, 핑! 하고 머리에 오는 것이 있었다.

김호섭이라는 이름이 그제야 생각났다. 1972년도에 히말라야 마나슬루에 도전했다가 눈사태로 희생당한 우리나라 등반대장의 이름이 김호섭이었다.

이 조난사건은 비단 우리나라뿐 아니라, 전 세계에 커다란 충격과 슬픔을 안겨준 사건이었다.

그 이유는 이 조난사고가, 세계 산악등반 역사상 유례없이 많은 희생자를 낸 대형사고라는 사실과, 더 가슴 아픈 일은 사고를 당한 원정대는 그 전년에도 마나슬루에 도전했다가 대원 한 명을 산에 빼앗긴 슬픔을 지니고 있었기 때문이다.

비극의 이 원정대는, 우리나라 산악인들에게 영원히 잊을 수 없는, 저 유명한 김정섭 원정대였다.

김정섭 대장은 1971년도에 제1차로 원정대를 마나슬루(8,156미터)에 파견했다가, 정상 바로 밑 7천6백 미터 고지에서 친아우 김기섭 씨를 갑작스러운 돌풍에 날려 잃어버리고 말았다.

그러나 김정섭 대장은 이러한 시련에 굴하지 않고, 다음 해 제2차 마나슬루 원정대를 편성하여, 이번에는 친히 총대장으로 현지에 출동, 악천후를 무릅쓰고 등반을 감행, 7,280미터 고지에 제4캠프를 설치하는 데 성공했다.

이제 남은 것은 대망의 정상등정과 지난해 수습 못 한 고 김기섭 대원의 유해 운구뿐.

그러나 마나슬루의 심술은 또다시 폭발하여 4월 10일 한밤중, 무서운 눈사태가 원정대의 제3캠프를 강습하여, 대원 15명을 빙설 속으로 영원히 휩쓸어갔다.

이 희생은 1937년 독일의 낭가파르바트 원정대가 당한 16명의 인명손실에 다음가는 일대 참사였다.

제2차 마나슬루 원정에서 잃은 15명의 대원 중에는, 김정섭 총대장의 또 다른 친아우이며, 등반대장인 김호섭 씨가 끼어 있어 더욱 처량했다.

연이은 불행은 김정섭 원정대를 괴롭혔으나 김정섭 대장은 한국 남아다운 불굴의 의지로 제3차 마나슬루 원정대를 조직, 1975년 또다시 마나슬루 원정의 장도에 나섰다.

그러나 불운은 아직도 이 원정대를 따라다녀, 이번 역시 원한의 눈사태로 해서 웅지를 꺾이고 말았다.

자연은 과연 막강하다. 장엄하고 무자비하다. 때로는 포악하다.

자연은 인간의 도전을 비웃는 건가? 자연은 과연 우리 김정섭 원정대를 압도한 것일까?

아니, 아니다. 김정섭 원정대는 잠시 쉬고 있을 뿐이었다.

한편, 우리나라 산악인들은 김정섭 원정대 정신으로, 더 굳세고 슬기롭게 실력을 다져, 1977년에는 대한산악연맹 원정대가, 세계 최고봉 에베레스트(8,848미터) 등정에 성공하였고, 우리의 숙적 마나슬루 역시 1980년 동국대학팀에 의하여 등정되었다. 1983년에 이르러서는, 허영호 제천산악회원의 마나슬루 단독 무산소 등정이라는, 대성공을 거두기에 이르렀다. 마나슬루에 바친 우리의 넋은 결코 헛되지 않았다.

마나슬루 천 년 빙설에 묻힌 고인들이여 고이 잠드소서.

산악인인 나는 김호섭 형제들의 영광과 교훈의 역사를 결코 잊지 않고 있었다.

김호섭. 바로 이 사람이었다. 1972년 제2차 마나슬루 등반대장이었던 사람.

나는 비로소 기억이 되살아났다. 이름뿐 아니라 모습도 기억났다.

나는 김호섭을 우리 국내에서 두어 번 만난 적이 있었다. 서로 인사는 안 했지만, 언제던가 도봉산에서 있었던 록 클라이밍 연수회에 함께 참가한 적이 있고, 어느 산악인 세미나에서 마주친 적도 있었다. 나는 정신을 바싹 차렸다.

틀림없이 김호섭이었다. 이미 10년 전에 히말라야에서 실종된 그였다.

그렇다면 지금 내 눈앞에 등을 보이며 앞장서 가는 이 사람은 누구일까?

나는 머리가 쭈뼛해짐을 느꼈다. 동시에 그 자리에서 못 박힌 채로 서 있었다.

나를 엄호하는 자세를 취하며 걷던 권천수의 발걸음도 멈췄다. 몇 초 후에는 앞서 걷던 김호섭도 걸음을 정지하였다. 그는 뒤를 흘긋 돌아보다가 나와 시선이 마주쳤다.

"아니 왜?" 김호섭은 나의 경직된 안색에 이맛살을 찌푸리며 물었다.

나는 "당신이 정말 김호섭 씨요?" 하고 묻고자 했으나, 입만 딱 벌린 채 "다, 다, 다…." 말을 만들지 못하고 더듬거리기만 했다.

"어디 아파요?" 김호섭은 내 곁으로 와서 내 손과 이마를 만져보았다.

그의 손은 따뜻했다. 나는 숨을 한번 몰아쉬고 나서 그에게 물었다.

"당신이 정말 김호섭 씨입니까?"

"그렇습니다." 김호섭은 무뚝뚝하게 대꾸했다.

"나, 나는 이, 이해가 안 됩니다."

"하, 하, 하," 김호섭은 너털웃음을 하더니, 불쑥 내 팔을 꼬집는 게 아닌가.

"앗." 나는 비명을 질렀다.

"정신 차려요, 이정기 씨. 왜 얼빠진 사람처럼 갈팡질팡 하는 겁니까?" 김호섭은 히죽 웃었다. "비명을 지르는 걸 보니, 이정기 씨당신은 살아 있는 게 분명합니다. 천 미터가 넘는 빙벽에서 떨어지고서도 말입니다. 참 기적이지. 당신이 살아 있는 거와 마찬가지로나, 김호섭도 이렇게 멀쩡해요. 설명이 필요하겠지. 그보다 우리는요기하는 게 더욱 긴요합니다. 배가 차야 매사를 올바로 보게 될 터이니 말입니다. 자, 갑시다." 그러고는 다시 앞장섰다.

가까운 곳에 식당이 있었다. 제법 넓은 공간이었다. 백 명 정도는 수용함 직했다. 식당에 딸린 주방도 널찍했다. 종사하는 일꾼들의 복장이나 기구들이 깨끗한 게 인상적이었다.

우리 세 사람 외에도 몇 패의 식객들이 있었다. 모두 외국인들이었다.

권천수의 주문에 따라 우리 세 사람의 식탁에 먹을 것이 배달되었다. 죽이 세 그릇, 그리고 과일과 주스가 나왔다.

"이정기 씨는 의사의 지시로 죽으로 해야겠기에, 우리도 메뉴를함께한 겁니다. 자, 듭시다." 김호섭의 설명이었다.

그의 배려가 고맙긴 하나 나는 굳어진 상념으로 해서 식욕이 동하지 않았다. 김호섭은 먼저 죽을 들며 말했다. "이정기 씨, 찬찬히들어봐요. 죽 맛이 좋을 겁니다. 보통 죽이 아니니깐. 식사하면서내 얘기를 잘 들으시오." 그의 말은 반 명령조였다.

나는 내키지는 않지만, 멍청히 앉아 있기도 쑥스러워 한 숟갈죽을 떠 입으로 옮겼다.

이것 봐라! 혀의 촉감에 나는 놀람을 느꼈다. 김호섭의 말마따나 죽의 맛이 보통이 아니었다. 향기롭다 할까 깔끔하다 할까, 아무튼 이색적이었다. 아니, 이색적이란 표현보다는 속세의 맛을 떠난 높은 차원의 별미라고 해야겠다.

나는 나도 모르게 부지런히 숟가락을 놀렸다. 여태껏 잊고 있던 시장기가 발동한 탓도 있긴 하겠으나, 죽 맛이 경이적이었다. 나는 주저 없이 디저트의 과일에도 손을 대고, 음료수도 마셨다. 이것들 역시 과거에 경험 못 한 뛰어난 맛이었다.

"구미에 맞죠?" 김호섭이 빙그레 웃으며 나의 식사 모습을 바라보며 말했다.

나는 잠자코 고갤 끄덕였다.

권천수가 차를 주문하여 나는 차도 감상할 수 있었다. 엽차인데 이거 역시 희한한 맛이었다.

"자, 우리 얘기 좀 합시다." 차 마시기가 끝날 무렵, 김호섭이 나를 똑바로 바라보며 말했다. 그의 자세가 근엄했다.

나는 바짝 긴장하였다. 무슨 얘기를 하려는가?

"실은⋯." 김호섭은 말문을 열고선 잠시 주저했다. "실은, 나는 수주일 간 충분한 기간을 두어, 당신이 이곳 분위기에 적응한 후에 얘기를 꺼내려 했는데, 어제 하루 심사숙고한 끝에 이곳 실정을 당신에게 빨리 알려야겠다고 결심하게 된 겁니다.

이정기 씨, 당신은 아까 이곳이 뉴델리냐고 물었죠? 나는 뉴델리가 아니고 이곳은 히말라야 산속이라 대답했죠. 이곳이 히말라야 산속이라니 당신은 못 믿을 겁니다. 나도 그전에 그랬었으니까. 세계의 지붕 밑 히말라야 산속에 이런 의료시설이나 식당이 있을 리 있겠느냐고 당신은 의심할 겁니다.

잠시 후에 우리는 당신에게 이곳의 몇 군데 시설을 구경시킬 예정인데, 그걸 보고 나면 당신은 더욱, 이곳이 히말라야 산속이란 걸 믿기 어렵게 될 겁니다.

그러나 이곳은 히말라야 산속, 깊은 지하동굴이 틀림없습니다. 당신도 그걸 이해하게 될 거고요.

무엇보다 뻔한 사실은, 당신이 1천여 미터 빙벽에서 떨어지고도 상처 하나 없이 이렇게 멀쩡하다는 현실입니다. 당신이 떨어진 곳은 바로 이곳 지하동굴의 비밀 통풍구 중의 한군데였어요. 통풍구 위에 그물이 쳐 있고 그물은 눈으로 가려져 있어요. 한없이 넓은 계곡 한 곳에, 불과 50센티미터 사방밖에 안 되는 작은 그물에, 그것도 모로 떨어진 게 아니라 똑바로 선 자세로 미끄러져 들어온 건 기적이었습니다. 당신은 정말 운이 좋았어요.

당신에 비교하면 10년 전의 나의 경우는 대단히 불운했어요.

나는 그때 마나슬루 산 중턱 6천5백 미터 고지에 설치한 캠프에서 자고 있다가, 어마어마한 폭풍과 폭설에 휘말려 수천 미터나 떨어진 엉뚱한 장소에 날려갔어요.

날려가는 도중 빙벽에 부닥치고 구르고 하는 통에 정신을 잃어, 아무런 고통도 느껴진 못했으나 나의 육체는 완전히 곤죽이 된 거죠. 허허허."

여기서 김호섭은 일단 얘기를 멈췄다.

나는 김호섭의 말을 하나도 놓치지 않으려고 신경을 곤두세웠다. 그가 허, 허, 허. 웃는 모습까지도 진지하게 지켜봤다.

이때 권천수가 말참견을 했다.

"정말 그 당시 김호섭 씨의 부상은 대단했어요. 순찰대원들이 설원에 쓰러져 있는 호섭 씨를 발견하고 들것에 담아 의무실로 운반하자 의사들은 고갤 절레절레 흔듭니다. 상태가 심각하다는 거였죠.

그러나 포기하지는 않았어요. 우리는 총력을 기울여 김호섭 구호작전을 펼쳤지요. 많은 사람들이 헌혈에 나섰고, 외부세계에 특파원을 보내 약품을 반입하여 8개월간에 걸친 일곱 차례의 대수술 끝에 호섭 씨는 조난이전의 건강체를 회복하게 되었어요. 기적이었죠, 안 그렇습니까." 권천수는 김호섭의 어깨를 툭 쳤다.

"나는 기적이라고는 생각 안 해요." 김호섭은 권천수의 말을 이렇게 받았다. "내가 다시 살아날 수 있었던 건 기적이 아니라 히말라야 여단 여러분의 숭고한 동지애 덕분입니다. 여러분의 지극한 사랑이 있었기에 꺼진 생명이 소생할 수 있었지요." 그러고는 지그시 눈을 감았다. 과거사가 새삼 감격스러운 모양이었다.

나는 얼떨떨한 기분으로 김호섭과 권천수를 번갈아 바라보았다. 김호섭이 살아난 경위가 과연 이들의 말대로인가?

정말 그렇다면 그건 기적이었다.

나의 경우도 기적이었지. 빙벽에서 떨어져 오색영롱한 구름과 장엄한 교향악을 들으며, 생사불명 지경을 경험했는데, 이렇게 살아나지 않았는가!

그러나 나는 놀라운 기적에 감탄만 하고 있을 입장이 아니었다. 나나 김호섭을 살려냈다는 이곳은 과연 어떤 곳일까? 이곳이 정말 히말라야 산속이란 말일까? 만년설 속에 덮인 히말라야 산속에 이러한 호화시설이 있을 수 있단 말일까? 김호섭 얘기 중에 나온 '히말라야 여단'이란 무엇을 뜻하는 걸까?

나는 새삼 내 주변을 살펴봤다. 여태껏 내가 보아온 어떤 고급식당에 비교해도 뒤지지 않는, 이곳의 멋진 인테리어 디자인이며, 기하학적 구조미가 돋보이는 주방 기계들의 모습, 희한한 음식 맛.

아무래도 비세속적 분위기며, 생소한 풍경이었다.

과연 이곳이 히말라야 지하동굴인가?

나는 의심 아니할 수 없었다.

더욱 의심스러운 건 역시 김호섭의 존재였다.

"김 선생님, 당신이 기적적으로 회복된 건 참으로 다행한 일이에요. 그런데 왜 한국에 안 돌아가신 거죠? 식구들이 얼마나 기뻐들할 텐데…." 나는 묻지 않을 수 없었다.

옆자리의 권천수가 고갤 끄덕였다. 나의 질문이 너무나 당연하다는 공감의 표시리라.

김호섭의 안면신경이 경련을 일으켰다. 그러고는 또다시 눈을 지그시 감았다. 감긴 눈에서 두 줄기 눈물이 주르르 흘렀다. 이내 두 팔로 머리를 감싸고 식탁에 이마를 파묻듯 엎드렸다. 두 어깨가 들먹이며 울음을 참는 간헐적인 숨소리가, 머리를 감싼 그의 두 팔 사이에서 스며 나왔다.

잠시 시간이 흘렀다. 근처 식탁에서 몇 사람이 우리를 흘깃거리기도 했다.

나와 권천수는 덤덤히 앉아 있기만 했다.

갑자기 김호섭이 얼굴을 들었다.

"미안합니다. 권천수 씨." 김호섭은 멋쩍은 듯 권천수의 손을 잡고 미안함을 표했다. "내가 고국과 가족을 단념하기로 굳게 맹세하고도, 아직도 이런 꼴을 보이다니 부끄럽습니다."

246

"아냐, 충분히 이해해요. 난들 뭐, 마찬가지지." 권천수도 콧날이 시큰한 모양이었다.

"이정기 씨." 김호섭이 나약한 티를 버리고 엄숙한 어조로 나에게 말했다. "당신의 의구심은 당연합니다. 의당 당신의 질문에 대답해야겠는데, 내 말주변으론 쉬운 노릇이 아닌가 싶습니다. 시간이 제한돼 있으니 더욱 어려울 거 같습니다. 그러니 말로 하느니, 현실을 직접 당신에게 보여, 당신 스스로 이해가 가도록 해봅시다. 자, 나를 따라오십시오."

김호섭이 다시 앞장서고 나와 권천수가 뒤따랐다. 식당을 나서자 복도였다. 복도의 폭은 4미터 정도. 복도에는 들창이 없고 양쪽 벽에 군데군데 18인치 텔레비전만 한 영사판이 붙어 있었다.

이런 영사판은 조금 전에 들른 식당에도 여러 개 있는 걸 보았는데, 영사판에 나타난 광경은 한결같이 눈 덮인 산봉우리 아니면 빙벽이나 설원의 풍경이었다.

"이 스크린들은 이곳 지하 동굴 바로 위 지표상의 광경입니다." 김호섭의 설명이었다.

어떤 방법으로 지표상의 모습을 동굴 속으로 유도했는지, 이 동굴이 지표에서 얼마나 깊은 곳인지 의문투성이였다. 나는 그저 묵묵히 따라가기만 했다. 어느덧 우리는 넓고 높직한 층단 앞에 이르렀다. 층단 높이는 대강 20미터나 되었다.

층단 가운데 에스컬레이터가 있어 우리는 이걸 타고 올라갔다.

"앗." 내 입에서 나도 모르게 경악 소리가 튀어나오는 걸 간신이 참았다.

내 눈앞에 나타난 광경이 너무나 의외였다. 그곳은 2천 평도 넘을 널따란 광장으로 천장 높이도 10미터를 웃도는 큰 공간이었다. 이곳이 온통 기계공장이었다. 작업 인원도 제법 많았다.

"이곳은 광학병기의 조립장입니다." 김호섭의 말이었다.

"광학병기이긴 해도 전쟁용이 아니라 전쟁 방지용입니다." 권천수가 부연했다.

광학병기라니 과연 그럴싸한 광선줄기가 여기저기서 눈을 황홀케 했다. 이다지 넓은 공간인데 역시 들창 따위는 안 보였다.

이거 꿈의 연속인가? 나는 다시 한 번 살며시 내 살을 꼬집어보았다. 아팠다.

"자, 이리 오십시오." 김호섭은 내 손을 잡고 에스컬레이터에서 좀 떨어진 곳으로 인도했다. "나를 따라 벨트를 타요."

과연 발밑에 보행용 벨트가 물 흐르듯 흐르고 있어 우리는 그 위에 올랐다. 벨트에는 손잡이가 딸려 있어 몸의 안정을 유지할 수 있었다.

2백 미터가량 이동하고 나서 벨트에서 내려 걸었다.

눈앞에 천 평 정도의 또 다른 공간이 나타났는데 50명 정도의 남녀가 유니폼을 입고 어떤 훈련을 하고들 있었다. 군사훈련 같았다. 장벽 넘기, 그물 지나가기, 줄타기 등.

김호섭과 권천수는 이들을 본체만체하고 지나쳐, 한 곳에 이르러 다시 에스컬레이터를 이용하여 십여 미터를 올라가, 이삼 분간 걸어 어느 문앞에 이르렀다.

권천수가 문의 손잡이를 몇 번 매만지자 문이 열렸다. 큰 극장이었다. 20여 미터 전방에 대형 스크린이 펼쳐져 있고 영화가 상영 중이었다. 스크린에는 바다와 선박의 모습이 나타나 있었다.

그러나 이곳은 극장이 아님을 나는 곧 이해할 수 있었다. 실내 어둠에 눈이 익어감에 따라 객석이거니 한 곳에 대형 기계들이 꽉 들어차 있고, 그중 한 기계가 투사하는 광선이 스크린의 선박을 포착하여 여러 가지 반응을 일으키게 하는 것을 볼 수 있었다.

"세계 각처의 핵 잠수함을 추적하여, 무력화시키는 광학기계의 도상연습을 하는 중입니다." 김호섭의 말이었다.

이때 권천수가 김호섭에게 말했다.

"호섭 씨. 고벨 씨가 급히 오라고 합니다. 제5호실에서 기다린대요. 나더러는 이정기 씨를 병실로 도로 데리고 가라고 합니다." 이리 말하는데 안색이 굳었다.

나는 권천수가 갑자기 왜 이런 소릴 하나 의아했는데 의문은 금세 풀렸다.

권천수의 귀에는 이어폰이 꽂혀 있고 이어폰에 달린 전선이 그의 옷 속으로 연결되어 있는 걸로 봐서, 권천수는 줄곧 이곳 본부와 무선으로 접속 중인 모양이었다.

김호섭은 이맛살을 찌푸리며 "음." 신음에 가까운 소리를 했다. 그리고 "가봐야지. 그럼, 권 선생, 부탁합니다." 한마디 남기고 쪼르르 어디론지 가버렸다.

"우린 돌아갑시다." 권천수가 앞장서고 나는 묵묵히 뒤따랐다.

왔던 길을 되돌아가는 것이거니 했는데 권천수는 극장 같은 이 방을 나와 1분가량 복도를 걷더니 아까와는 별다른 이동 벨트에 올라섰다. 나도 물론 그대로 했다.

이번 벨트는 아까 것과는 달리 의자가 있고, 의자 앞에 손잡이도 있었다. 속력이 아까 거와는 딴판으로 빨랐다.

권천수가 어떤 동작을 했는지 벨트가 정지하고 우리는 고정보도로 옮겨 섰다. 몇 걸음 안 걸어 한 곳에 이르러 방문을 열고 들어가니 바로 나의 병실이 아닌가.

"약간 놀랐죠?" 권천수가 빙그레 웃으며 물었다.

"약간이 아닙니다. 이곳이 전부 동굴이고 정말 히말라야 산속인가요?" 내가 물었다.

"물론이죠."

"언제 이런 엄청난 시설을 꾸며놨죠?"

"퍽 오래되었어요. 초창기는 소규모로 시작했으나 매년 규모를 확장해서 오늘에 이른 거죠."

"미국의 CIA 같은 데서 했겠군요?"

권천수는 크게 웃었다.

"CIA라고요? 어림도 없어요. 이정기 씨는 CIA를 크게 보시는구면. 그러나 CIA가 몇십 개 있어도 이런 일은 흉내도 못 낼 겁니다."

"그럼?"

나는 설마 소련은 아니겠지요 라고 말하려다가 당치도 않을 성싶어 그저 눈만 허둥거렸다.

"지하의 UN이라고 생각해 두시구려. 뉴욕에 있는 것은 지상의 UN이고."

"UN이 이런 곳에 왜 이런…." 나는 믿지 못하겠다는 얼굴을 했다.

"지하의 UN이란 건 내가 비유해서 한 말이고, 진짜 UN과는 아무 관계도 없어요." 더욱 모를 소릴 했다.

"UN 아니고서 어찌 이런 거창한 건설을…."

"UN이 무슨 힘이 있다고 이런 일을 하겠습니다. 첫째 UN은 돈이 없어 엄두도 못 내요. 또 UN은 성질상 엄두 낼 사람도 조직도 없고요."

미국도 소련도 UN도 아니라면? 나는 아리송하기만 했다.

"그럼 어느 나라죠?"

"나라가 아니라 세계 각처에서 모인 사람들로 구성된 단체예요."

"단체 이름은?"

"세계안전회의."

"왜 지하동굴에 본부를 두었지요?"

"이곳은 본부가 아닙니다. 본부는 딴 데 있어요."

"그럼 이곳은 지부인가요?"

"우리는 이곳을 히말라야 여단이라고 부르고 있습니다."

"그럼 군대군요. 우리가 본 건 군사훈련이죠?"

"일종의 군사훈련이랄 수도 있죠."

"상대는 어느 쪽인가요?"

"글쎄…."

"소련?"

"글쎄."

"그럼 미국?"

"우리는 싸움이 목적이 아니니까 가상적국도 없어요. 다만 세계 평화를 어지럽히는 존재라면, 어느 나라고 기관이고, 우리는 제재를 가할 따름입니다."

"굉장하군요. 그만한 힘이 있을까요?"

"있지요. 이곳 히말라야 여단의 병력만 가지고도, 전 세계 어느 곳의 어떤 국가든 통제할 수 있어요."

"그럼 미국이나 소련보다도 힘이 세다는 얘기 아닌가요?"

"그건 간단히 대답할 수 없네요. 전체 병력이나 전투 병기의 숫자는 당연히 미국이나 소련이 우리보다 우위에 있습니다. 그러나 그들의 군사 통제기구나, 가장 중요한 핵무기를 마비시킬 수 있는 비밀병기를 우리는 갖고 있어요."

"그들 나라는 이 사실을 모를까요?"

"대강은 알고 있을 겁니다. 더구나 몇 해 전에 우리는 미국 대통령과 소련 공산당 서기장에게 경고장을 보냈으니간. 세계평화를 어지럽히는 행위는 아예 마음먹지 말라고."

"그런 경고를 믿었을까요?"

"경고와 함께, 우리는 미국 네바다 사막에 있는 지하 핵실험소의 수소탄 한 개를, 미리 예고한 시각에 맞춰 폭발시켰습니다. 미국 정부나 국방 관계자들이 대경실색한 건 물론입니다. 우리는 형평원칙에 따라 소련인들에게도 겁을 줬지요. 무르맨스코 군함에 정박 중인 핵잠수함에 장비한, 대륙간 유도탄의 핵탄두를 제거할 것을 사전에 요구한 후, 예고시각에 그 잠수함을 폭파시켰어요."

"그, 그게 정, 정말이요?" 나는 너무나 엉뚱한 권천수의 말을 믿을 수가 없었다.

"이정기 씨, 당신은 조금 전에 못 봤습니까? 이곳 지하동굴에 장치한 레이저 광선 발사기가, 초강국임을 자랑하는 위험국가의 심장을 겨냥하고 있는 도상연습 광경을 봤지요?"

"미국이나 소련이 가만히 있진 않을 텐데…. 미국과 소련을 마음대로 다룰 만큼 강하다는 얘긴가요?"

"꼭 그렇다는 건 아니나, 미국과 소련 어느 쪽이고 우리를 두려

워하고 있는 건 사실입니다. 우리는 어쩜 미국과 소련 양대 진영 간의 캐스팅보트를 쥐고 있는지도 몰라요."

"혹시 미국과 소련 어느 쪽이고 기습공격으로 나와, 이곳에 핵폭탄이라도 던진다면 어쩌죠?"

"그런 염려는 없어요. 우리의 방어능력은 충분해요. 그리고 우리의 거점은 이곳뿐 아니라 세계 몇 군데에 별도로 있는 걸 그들도 알고 있어요. 미국과 소련 어느 쪽이고 간에, 미치고 환장할 일일 텐데, 우리와 맞설 엄두를 못 내지요. 게다가 우리는 그들 어느 편도 아닌 동시에 어느 편의 가상적국도 아니고, 오로지 세계 평화를 지키고 세계인류를 보호하는 걸 기본 입장으로 천명하고 있으니 적대행동을 취하진 않을 겁니다."

권천수의 말은 나로서는 도저히 이해가 안 갔다. 권천수의 말이 정말일진대 여태껏 세상에 이곳의 존재가 알려지지 않고 있을 까닭이 없으리라. 세계 최강을 자랑하는 미국이나 소련이 지하 동굴에 웅크리고 있는 집단에게 농락만 당하고 있을까?

"미국이나 소련이 그렇게 만만치는 않을 텐데…."

"당신이 내 말을 믿고 안 믿고는 자유요. 한 가지 내가 장담할 수 있는 건, 우리의 기술진은 미국이나 소련보다 적어도 10년을 앞서가고 있다는 사실입니다. 전 세계의 과학병기 전문가와 일류 엘리트 과학자 절대다수가 이곳에 와 있어요. 또 한 가지 분명한 것은, 만일 우리가 없었다면 세계 3차대전은 벌써 몇 해 전에 터졌을 겁니다. 과거 수십 년 역사 중에는 여러 번 미국과 소련 간의 전쟁 수단이 일방적으로 한쪽에 기운 적이 있었어요. 그리고 우위를 자신한 쪽에서 선제공격의 핵전쟁의 버튼을 누르려 했었지요.

그러나 그때마다 우리가 기선을 제압하여, 전쟁 도발자들의 전략통신망을 마비시킨다든지, 핵무기 저장고를 강타한다든지 하여, 전쟁의욕을 상실하게 했어요."

권천수의 얘기는 너무나 엄청났다. 나는 슬며시 화제를 돌렸다.

"권 선생은 이곳에 들어오는지 얼마나 되십니까?"

"17년 전에 들어왔어요."

"어떤 동기로요?"

"뭐, 그저 우연한 기회였죠…."

"듣고 싶은데요."

"이야기하자면 길어요. 그것보다 이정기 씨, 당신의 신상 문제가 더 중요한 관심사 아니겠습니까?"

"예?" 나는 바짝 긴장되었다. "내 신상 문제라니요?"

"당신이 이곳에 남아 우리와 함께 일할 것인가, 아니면 밖의 세상으로 되돌아가느냐…."

나는 아무 대답도 못 했다. 내 신상에 관한 문제는 커다란 의문거리로, 동굴 구경을 하기 시작할 때부터 내 머리에 떠돌았으나, 조심스럽기도 하고, 그 기회도 없고 해서 입을 다물고 있었는데, 드디어 권천수가 발설한 것이다.

이 사람들은 과연 나를 바깥세상으로 다시 내보내 줄 것인가?

"이정기 씨, 마음을 잘 가다듬고 결정을 내려야 합니다. 인류를 구하자는 우리의 사업에 가담하느냐? 외면하고 밖으로 나가느냐?"

"내가 나가겠다면 내보내주는 건가요?"

"나로서는 간단히 대답할 수 없습니다. 이정기 씨가 이곳에서 나가길 바라고, 우리가 이에 응한다 해도, 기술적으로 어려운 난관이 있어요. 그냥 간단히 밖으로 내보내면 당신은 눈 속에서 얼어 죽을 게 뻔하고, 당신을 이곳에 머물게 하려 해도 이곳 사정에 순응할 확고한 신념이 보증되어야 해요. 그러자면 시간이 필요한데 김호섭 씨가 뭐가 급한지, 당신의 처리 문제를 오늘 중으로 결정하려고 서두르고 있어요."

"예…." 왜 서두를까? 나는 알 도리가 없었다.

"김호섭 씨는 자기 독단으로 이곳의 비밀을 당신에게 털어놓고 당신의 결심을 촉구할 속셈인 거 같습니다. 나더러 도와달라고 해서 나는 따라 나선 바인데, 이곳 고위층에서 이걸 알고 호섭 씨를 긴급 소환했어요."

"김호섭 씨가 문책 당하는 게 아닐까요?"

"글쎄요."

"혹시 이곳의 문책은 가혹하거나 무자비한 건 아닌가요?" 나는 은근히 걱정되어 물었다.

"그런 걱정은 필요 없어요. 이곳은 속세와는 달라, 권위주의나 독재가 존재하지 않아요. 우리는 모두가 평등한 동지이며, 가족으로서 이념과 우정으로 굳게 뭉쳐 있지요. 설사 어느 누가 잘못을 저질렀다 해도 가혹한 처벌은 안 합니다." 이렇게 말하는 권천수의 표정은 자신감과 긍지가 넘쳐 보였다.

나는 권천수의 말 중에 '이곳은 속세와 다르다'라는 말에 회의를 느꼈다.

지하의 UN이니 미국과 소련도 두렵지 않다고 하는 이곳 지하동굴이 비밀조직임에 틀림없을진대, 엄격한 지휘 체제와 무자비한 징계 또는 숙청이 당연히 연상되는데, 그렇지 않다는 말이 오히려 의아스럽기만 했다.

"규율이 허술한 건 아니겠지요. 여기처럼 어마어마한 체제 속에서…."

나의 말을 권천수가 가로막았다.

"당신은 아마 어떤 강박관념에 빠져 있는 모양이구려. 아무 걱정하지 마십시오. 우리는 결코 당신을 손님으로 환대할 것이지, 포로취급을 하지는 않을 겁니다. 김호섭 씨도 생각이 있어 한 일이니 과히 걱정하지 마십시오."

이때 김호섭이 돌아왔다. 나는 우선 김호섭의 안색을 살폈다. 그의 안색은 약간 굳어져 있었다. 권천수가 물었다.

"고벨 씨가 왜 오라고 합디까?"

"뭐, 별거 아니고, 아직 한동안 안정이 필요한 이정기 씨를 왜 끌고 다니느냐고 힐난하더군요."

"그래서 뭐라 대답했습니까."

"피차 얘기가 옥신각신했죠. 그건 어쨌건 권 선생이 이정기 씨에게 이곳 형편을 설명 좀 해줬습니까?"

"지금 대충 얘기하는 중이었습니다."

"이정기 씨, 나하고 얘기 좀 합시다." 김호섭이 나를 똑바로 보면서 말했다. "나는 당신에게 이곳을 사실 그대로 구경시키고 당신의 결단을 얻으려고 했는데, 높은 양반들이 너무 성급하다고 짜증을 내는군요. 그래서 이곳 시찰은 조금 전에 잠시 둘러본 거로 끝내고, 나머지 부분은 내가 말로 때워야겠습니다. 권 선생이 대충 얘기했다니 얼추 이곳이 어떤 곳이란 건 아셨죠?"

나는 잠자코 있었다. 김호섭이 계속 말했다.

"한마디로 말하여 이곳은 군사기지입니다. 비밀무기로 꽉 차 있어요. 그렇다고 세계정복을 위한 건 아니고, 인류의 종말을 가져올 세계대전을 예방하기 위한 경찰 역할을 하자는 겁니다. 우리 단체의 명칭은 세계안전회의입니다. 이름 그대로 세계안전을 위하여 헌신 노력하는 단체지요. 어떻습니다. 이정기 씨, 내 말이 이해됩니까?"

나는 계속 입을 다물고 있었다.

"이정기 씨, 우리 여기서 함께 일합시다. 부탁입니다."

나는 한동안 김호섭과 마주 보다가 그의 안광이 너무나 눈부셔 고개를 숙이고 말았다.

"이정기 씨, 내 말이 믿어지지 않습니까?"

나는 고개를 저었다. 그의 열띤 언변, 불타는 안광에 압도당한 나는 그를 믿지 않을 수 없었다.

"그럼 우리와 함께 여기 남는 거죠?"

나는 망설였다.

"네." 하기는 쉽지만, 그 순간부터 나는 속세의 사람이 아닌 것이다. 부모와 형제, 처자식을 버려야 하는 것이다.

"너무 갑작스러워서…."

내가 머뭇거리자 김호섭이 말했다. "좋아요. 생각할 시간을 드리죠. 많은 시간은 안 되고, 꼭 2시간. 2시간 후에 우리가 다시 올 때까지 마음을 정하십시오."

"내가 속세로 돌아가겠다면 내보내주는 겁니까?" 내가 물었다.

"물론이죠. 단 한 가지 조건이 있어요. 밖에 나가 당신이 이곳에서 겪고 보고 한 것을 일체 비밀로 하겠다는 약속, 이것뿐입니다."

김호섭과 권천수는 방에서 나갔다.

나는 생각해보고 말고 할 것 없이, 그들이 되돌아오면 속세로 돌아가겠다고 말하기로 작심했다.

뻔한 일 아닌가. 지금 지하동굴 밖에서는 우리 탐험대원들이 나를 찾아 눈 속을 헤맬 거고, 멀리 한국땅에서는 아내와 아이들이 내가 돌아오길 눈이 빠지게 기다리고 있을 텐데, 내가 여기 남아 있다니 말이나 되나.

딱 2시간이 지나자, 김호섭과 권천수가 돌아왔다.

"대단히 미안하지만 나는 집으로 돌아가야겠어요." 나는 분명히 내 의사를 밝혔다.

김호섭은 기대가 어그러졌다는 듯, 시무룩한 표정이었다.

"쯧쯧, 시간의 여유가 너무 없네." 권천수 역시 이맛살을 찌푸리며 말했다.

"좋아요, 이정기 씨. 당신을 바깥 세계로 돌려보내리다. 내가 아까 말한 약속은 절대로 지켜야 해요." 김호섭은 나를 쏘아 보았다.

"물론이죠. 지키고 말고요. 여러분은 나의 생명의 은인인데 약속을 어길 리 있습니까." 나는 힘주어 말했다.

"이정기 씨, 당신이 내 경우처럼 부상이 심하여 이곳에 머문 기간이 길었다면, 이곳 사정을 좀 더 정확하게 파악하게 되고, 집으로 돌아갈 생각은 단념하게 됐을 겁니다. 틀림없어요. 그러나 이렇게 멀쩡한 몸이니, 오직 집에 돌아갈 생각 뿐일 겁니다." 김호섭은 사뭇 아쉬운 표정이었다. 옆에서 권천수가 말했다.

"호섭 씨, 당신이 좀 지나치게 서둔 거 같습니다. 집으로 돌아가겠다고 할 걸 뻔히 알면서, 우리의 기밀을 털어놓으니 고벨씨가 제동을 거는 거 아니겠습니다."

"권 선생은 그리 생각하십니까? 그야 내가 서두른 건 사실이죠. 우리가 이정기 씨를 억류하지 않는 이상 빨리 여기서 내보내야 하는데, 산악인 출신인 나로서는 현역 산악인인 이정기 씨를 그냥 보내기가 몹시 섭섭해요. 그래서 우리의 실태를 공개하여 이정기 씨의 용단을 기대했는데…."

"정 그렇다면 고위층에 의논하여 이정기 씨를 한동안 여기서 푹 쉬면서 생각을 바꾸도록 할 것이지."

"고벨 씨도 권 선생과 같은 의견이더군요. 새로 생긴 사람이 쓸 만하면 확보하도록 해보라고 해요."

나는 가슴이 뜨끔했다.

"그러나." 김호섭이 말을 이었다. "이정기 씨는 우리에 대한 인식이 전혀 백지상태에서 갑자기 속세와 인연을 끊으라는 건 무리한 얘기지요. 일단 이정기 씨의 자유의사대로 집으로 돌아가는 게 좋겠어요."

"일단 집으로 돌아가는 게 좋다뇨?" 무슨 소리냐는 듯 권천수가 물었다. 나 역시 같은 생각이어서 찜찜했다.

"나는 이렇게 생각해요. 이정기 씨는 지금 당장은 물론 집으로 돌아가고 싶은 생각으로 꽉 차 있을 겁니다. 그러나 집에 돌아가 심신이 안정되고 세상 형편 돌아가는 걸 살펴보게 될 때, 자연히 이곳에서 지낸 사흘간의 경험을 되새기게 될 거로 봐요. 산악인이란 사고방식이 단순하고 건강합니다. 모든 분야의 인간들 중에서 자연을 가장 사랑하고 즐기는 사람들이 산악인이죠. 병들어가는 지구, 멸망 직전의 세계를 보호 구제하는 데 앞장설 사람들이 바로 산악인들입니다. 이정기 씨는 반드시 우리를 다시 찾을 거로 나는 믿어요." 이렇게 말하며 나를 바라보는 김호섭의 눈에는 광채가 영롱했다.

"고벨 씨가 이정기 씨를 내보내라고 말합디까?" 권천수가 물었다.

"그분은 내게 일임합디다. 나는 장본인의 의사대로 처리하겠다고 말했어요. 자, 이정기 씨. 속세로 나갈 준비를 합시다. 시간이 촉박해요. 당신네 탐험대가 이 산에서 떠나가기 전에, 그들 대열에 끼어야 해요. 어름어름하다가 시간을 놓치면 당신은 마음이 없어도 여기 남아 있어야 하니깐."

"밖의 모습이 어떤지?" 권천수가 한쪽 벽의 커튼을 젖히고, 그 안에 장치돼 있는 스크린의 스위치를 넣자, 스크린에는 눈 덮인 산속의 모습이 나타났다.

권천수는 조절 다이얼을 돌려 여러 곳의 산 풍경을 뒤쫓더니 말했다.

"저기들 있군요."

스크린에 나타난 광경을 보고 나는 가슴이 뛰었다. 우리 탐험대의 모습이 나타나 있지 않은가! 우리 대원들은 그동안 나를 찾다 찾다 못 찾고, 지금 막 철수를 시작하는 모양이었다. 나는 화면에 대고 "나 여기 있습니다."라고 소리치고 싶은 심정이었다.

"자, 옷을 갈아입으십시오." 김호섭은 옷걸이에서 나의 등산복 일습을 꺼내 입게 한 다음, 두꺼운 덧신을 신게 하고 방한모 위에 하얀 헬멧을 쓰게 했다. 그리고 맨 나중에 머리와 팔다리가 달린 흰색 포대를 주며 뒤집어쓰라고 했다.

김호섭과 권천수는 캐비닛에서 자그마한 배낭을 꺼내 등에 걸머진 다음 역시 흰색 포대를 뒤집어썼다. 포대의 눈 닿는 곳에는 투명판이 붙어 있어 앞을 내다볼 수 있었다. 그들은 나를 좌우에서 부축하여 방 밖으로 나갔다. 그리고 근처에 있는 이동보도를 타고 잠시 가다가 한 곳에 이르러 다시 얼마간 걸었다.

"자, 이제부터 밖으로 나가는 겁니다. 이정기 씨는 조금도 움직이지 말고 그대로 서 있기만 하십시오."

두 사람은 나에게 이런 주의를 시키고 나의 양팔을 힘주어 꽉 잡고 발을 구르는가 싶더니, 내 몸은 스르르 공중으로 떠오르는 게 아닌가. 천장에 머리가 부딪치나 싶어 목을 움츠렸는데, 연기 같기도 하고 솜뭉치 같기도 한 물체 속을 별다른 탈 없이 지나쳤고, 이어 몇 미터 되는지 제법 두터운 눈 속을 통과한 다음, 땅 위로 빠져나왔다. 갑자기 냉랭한 공기가 나를 휘감아 '역시 나는 히말라야 땅굴 속에 있었구나.' 하고 맘속에 남아 있던 의아심이 아주 풀렸다.

그건 그렇고 내가 공중을 나는 까닭이 뭔가 하는 의혹이 생겨 여기에 주의를 기울였다. 내가 날 수 있는 것은, 물론 내 좌우에서 나를 붙잡고 있는 두 사람의 작용이었지만, 내 몸에 오는 느낌으로 짐작하건대, 내가 신고 있는 두꺼운 덧신과 머리에 쓴 헬멧에 어떤 힘이 가해지는 것 같았다. 예컨대 자력 같은 힘이 헬멧을 위로 끌어올리고, 덧신을 밑에서 밀어 올리는 게 아닌가? 거기에 두 사람이 걸머진 배낭에 압축공기나 가스가 있어, 이것을 적절히 방출하여 속력과 방향을 조정하는 게 아닌가? 전에 김호섭을 구했다는 순찰대원이 바로 이런 것일까?

이런 궁리를 하는 동안에 우리 세 사람은, 빙벽 위 한 곳 눈더미 위에 도달했다. 김호섭과 권천수는 서둘러 나의 포대 옷을 벗기고, 덧신과 헬멧을 거두어 함께 챙겨 들었다.

"저기 보시오, 당신의 일행들이 있습니다." 김호섭이 가리키는 방향에 과연 우리 대원들이 보였다. 그들은 나의 수색을 포기하고 철수를 시작하는 게 분명했다. 몇 사람의 대원은 눈비탈을 내려가는 게 보였다.

내가 "나 여기 있습니다." 하고 소리치려고 두 손을 입에 대려 하자 두 사람이 나의 입을 틀어막았다.

"소리 내면 안 됩니다. 우리가 잘 처리 할 테니 가만있어요."

나는 시키는 대로 잠자코 있을 수밖에 없었다.

"이정기 씨. 우리는 당신이 무사히 구출 될 때까지, 이 근방에서 지켜보고 있을 테니 안심하고 시키는 대로 하십시오." 그러고는 안가슴에서 자그마한 병을 꺼내더니 말했다.

"이걸 한잔 마셔요. 당신들의 구조원이 올 동안까지 추위에 견디려면 이 술을 한 모금 마셔야 해요."

김호섭이 마개를 따서 내미는 술병을 받아 나는 한 모금 마셨다. 술이 과히 독하지 않고 향기도 좋았다.

"그만 마셔요." 김호섭은 내게서 술병을 회수하며 빙그레 웃었다. "몸이 훈훈하지요?"

나는 그렇다고 고갤 끄덕였다.

"이정기 씨, 이걸 받으시오." 김호섭은 다시 회중에서 어떤 물건을 꺼냈다. 그건 라이터만 한 작은 물건인데 권천수가 이걸 보자 다급히 손을 내밀어 막으려 했다.

"아니. 호섭 씨, 이건 안 됩니다."

"권 선생, 걱정하지 마십시오." 김호섭은 가볍게 권천수의 반대를 물리치고 나에게 말했다. "이건, 혹시 필요할 때가 있을까 하여 당신에게 드리는 겁니다. 무전 호출기요. 혹시 이정기 씨가 다시 우리에게 돌아올 생각이 생기거든, 언제고 좋으니 이 부근에 와서 이 호출기의 버튼을 누르세요. 그렇게 하면 우리 측에서 적절한 영접을 할 것입니다. 되돌아올 마음이 없을 땐 아무 데고 슬며시 내버리면 그만입니다."

"그걸 외부에 내보내면 안 되는데…." 권천수는 사뭇 걱정되는 눈치였다.

"권 선생, 걱정하지 말아요. 이정기 씨를 믿어도 좋아요. 우리와의 약속을 지킬 사람이에요. 자, 그만 작별합시다. 행운을 바랍니다."

두 사람은 나만 남겨놓고 훌쩍 공중으로 올라갔다. 포대를 뒤집어쓴 그들의 모습은, 주변의 설경에 묻혀 이내 행방을 분간할 수 없게 되었다. 나는 제대로 작별인사도 못 하고, 멍하니, 그들이 사라진 곳만 바라보고 있었다. 내 손바닥에 남은 호출기라는 물체에선 김호섭의 체온이 배어 있어 따뜻했다. 나는 그것을 소중하게 주머니 속에 넣었다.

자, 나는 살아서 다시 이 세상을 보게 됐구나! 기쁨이 넘쳐 나는 두 손을 번쩍 쳐들었다. 그리고 저 멀리 보이는 나의 대원들에게 고함 지르려고 했다.

"나 여기 있소!" 하고 외치려 했는데, 이때 갑자기 나는 정신이 핑하고 아찔함을 느꼈다. 내가 다시 정신이 들어 주변을 살피니 나는 병원의 침상 위에 있었다. 그동안 얼마나 시간이 지났는지 나는 전혀 알 수가 없었다.

5

이정기의 이야기는 끝났다. 한여름 오후의 긴 시간을 거의 다 소비한 만큼, 그의 이야기는 길었다.

뒤뜰에서의 이야기가 오래가자, 수박과 유자차 두 차례의 참이 나왔으나, 얘기하기와 듣기에 열중한 우리 두 사람은 참은 거들떠보지도 않았다.

"제 얘기가 너무 길었죠." 이정기가 싱긋 웃었다.

"아니, 조금도 길지 않았습니다. 듣기에 팔려 나는 참이 나온 것도 몰랐습니다. 자, 우리 과일이나 듭시다."

두 사람은 차와 수박을 맛있게 들었다. 두 사람 다 목도 마르고 속도 시장했다.

"문 선생님, 제 얘기를 어찌 생각하시죠? 허황된 얘기로 보시겠죠?" 이정기는 약간 불안한 안색으로 나를 보았다.

"아니, 허황된 얘기라뇨. 앞뒤 조리가 분명한 얘기인데 허황되다니요."

"그럼 선생님은 히말라야 산밑에 그런 엄청난 시설이 존재할 가능성을 인정하십니까?"

"그게 무슨 소리입니까. 실제로 그곳에 다녀온 사람이 내 눈앞에 있는데, 가능성을 의심하다니 당치 않는 소리죠."

"제 얘기를 사실로 받아주시니 감사합니다. 그러나 저 자신은 좀 불안한 입장입니다. 내가 정말 그런 경험을 했는지, 눈 속에서 실신하고 있는 동안 꿈을 꾼 것에 지나지 않는 것인지 알쏭달쏭합니다."

"당신은 몇 차례 살을 꼬집어 꿈인지 생시인지 시험해봤다면

서요?"

"그런 것까지 꿈속의 허튼짓이었는지 누가 압니까."

"그렇게 생각하면 꿈이었을 가능성도 있죠."

"아무래도 꿈만 같아요. 안 그렇습니까? 문 선생님. 현대문명과 기술이 아무리 발달했다손, 어찌 히말라야 산밑에 그런 장치를 할 수 있겠어요. 사람이 접근하기조차 어려운 히말라야에 말이에요."

"글쎄요. 5천 년 전에 피라미드를 쌓아올린 거에 비교하면, 오늘날 히말라야 산밑에 비행장을 만드는 쪽이 훨씬 수월할걸요."

"그렇지만 온 세상 사람들의 눈을 속여가며, 그런 엄청난 작업을 할 수야 없겠죠."

"그렇게 엄청난 작업이 필요 없었을지도 모르죠. 히말라야 산맥은 화산분출로 생긴 산들이 아니라는 걸 생각해봅시다.

히말라야 산맥의 산마루들은 태곳적에는 바다 밑이었대요. 그 증거로, 그곳 바위에는 물고기와 조개 등속의 화석이 많아요. 지리학자들의 말인즉, 인도대륙이 북쪽으로 이동함에 따라, 그곳에 있던 해저대륙을 밀어올려, 지금의 히말라야를 만들었다는 거죠.

이 과정에서 크고 작은 동굴이 많이 생겼을 겁니다. 그중에는 제주도만 한 큰 동굴도 있을지 몰라요. 흔히 밀가루 반죽을 할 때, 공기주머니가 생기는 이치 아니겠습니다. 안 그래요?"

"하긴 그렇게 볼 수도 있군요. 하지만 저의 얘기 속에는 지나치게 엉뚱한 점이 하나둘이 아니지 않습니까. 1972년에 그곳 히말라야 만년설 속에 묻힌 사람이 살아 있다느니, 미국과 소련 양대진영을 마음대로 조롱한다느니, 이거 있을 수 있는 얘기입니까?"

"이것 봐요. 이정기 씨. 자기의 생생한 경험을 헛것으로 돌리면 얘기는 끝장입니다. 그 경험이 헛것이라면 경험의 당신 역시 헛것이 되는 거죠. 헛것까지는 안 되더라도 적어도 미친 사람이나 조현병 환자 취급은 받겠죠. 그리고 그런 헛것이나 헛것에 가까운 사람의 얘기를 참되게 듣는 사람 역시 비슷한 존재가 되는 겁니다. 한데, 나 자신은 분명 헛것이라고 자인할 수 없고, 당신 역시 헛것일 수는 없으니 자연 이정기 씨의 얘기는 진실이 아닐 수 없어요. 당신의 얘기에는 허황되거나 모순된 곳이 하나도 없다고 나는 봅니다.

첫째, 1972년도에 눈사태에 실종한 사람의 생존설에 의심을 두는 건 당연하나, 그보다 히말라야 빙벽 위에 장시간 방치됐어도 생명을 보존한 당신의 경우는 더욱 믿을 수 없는 일입니다. 아무리 훌륭한 방한복을 착용하고 있었다 해도, 그런 곳에서 5시간 이상 버틸 수는 없을 겁니다. 그 복장이 밀폐된 것이라면 몇 시간 안에 질식사 했을 것이고, 호흡 가능한 것이었다면, 호흡기 계통이 동결되어 죽었을 겁니다.

그런데 당신은 멀쩡했단 말입니다. 히말라야의 산신령님이 나타나 당신을 꼭 껴안고 있었다면 신기한 전설이 되겠는데, 그보다는 당신의 얘기대로 '세계안전회의'나 '히말라야 여단'의 존재가 좀 더 진실성 있는 것 아니겠습니다. 그리고 지하동굴의 그들이 호언장담했다는 미국과 소련 양편에 대한 경고설, 여기서 나는 더욱 당신의 경험담을 믿고 싶습니다."

"어째서 그렇게 보시죠?"

"1973년도에 미국 네바다 사막 핵실험장에서 의문의 핵폭발 사고가 발생하여, 미국 국방수뇌부를 아찔하게 했다는 풍문이 나돈 적이 있어요.

266

이건 풍문이니까 진실성을 확인할 길은 없으나, 귀에서 귀로 전전한 소식통의 비밀정보에 의하면, 1973년 그해에 미 국방수뇌부는 미국과 소련 양국의 전쟁능력을 분석 평가한 결과, 최근 수년간 팽팽하게 맞서온 양대진영의 전력, 특히 상대방을 초전에 박살할 수 있는 기습 무기에 있어 미국의 우위가 분명하다고 판단하고, 소련 전역을 24시간 조준하고 있는 제일선 핵 전투부대에, 데이 타임에 발사 준비를 맞추라는 지시를 내렸대요. 남은 건 카운트다운뿐.

이 무렵에, 미국방 수뇌부에 발신처 불명의 경고 전선이 날아들었대요.

미국 수뇌부에 경고한다. 여기는 '세계안전회의'다. 귀국은 지금 준비 중인 핵전쟁 도발 작전을 즉각 중지하라. 우리는 소련에도 귀국에 대응할 준비가 있음을 알고 있다.

우리는 귀국의 모험적이고, 위험천만한 도발 행위에 경고를 하기 위하여, 지금부터 정확히 5시간 후 네바다 사막에 장전되어 있는, 실험용 핵탄두 한 개를 폭발시킬 것이다. 이 폭발이 지정 시각에 발생하면 귀관들은 우리의 존재와 우리의 경고가 절대적임을 인식하라.

우리 '세계안전회의'는 미국의 대소 전략뿐 아니라, 소련의 대서방 전략도 예의 주목하며, 유효 적절한 핵전쟁 예방 수단을 보유하고 있음을 여기에 밝힌다.

"1982년도에도, 이와 비슷한 사건이 소련 북대서양 해군기지에 발생하였고, 이 사건에 앞서 뜨끔한 경고 전신이 소련 수뇌부에 전달되었다는 얘기에요. 자지러지게 놀란 건 소련 수뇌부뿐 아니라 미국 측도 마찬가지였대요."

"아니 그게 정말입니까?"

이정기는 어찌나 놀랐던지. 두 눈을 야구공만큼이나 크게 뜨고 나를 보았다.

"정말인지 아닌지 내가 어찌 알겠습니다. 어쩌다 얻어들은 풍문일 뿐입니다. 허나 당신의 얘기를 들으니 그 풍문의 진실성이 조금 더해지는 거 같군요."

이정기의 표정이 심각해졌다.

"역시 꿈이 아니었나…?"

"그게 꿈이었다면 당신은 지금도 꿈속에 있는 겁니다. 그리고 당신은 지금 한국 서울에 있는 게 아니라 히말라야 산속 어느 골짜기 눈더미에 묻혀 깊은 잠속에 빠져 있어야 하는 겁니다."

"음…."

"그건 그렇고, 이정기 씨는 그곳에서 김호섭 씨와 약속한 대로, 그곳 지하동굴의 비밀을 누설하진 않았겠죠."

"글쎄요…." 이정기는 머뭇거린다.

"글쎄요라뇨?"

"사실은 저의 경험의 전부는 아니지만, 일부를 저의 집사람과 네팔에서 입원했을 때, 담당 의사에게 비춘 적이 있어요."

"그 사람들의 반응은 어땠습니까?"

"일소에 부치더군요. 헛소리로만 들었어요."

"가만있자, 김호섭으로부터 호출기를 받았다고 그랬죠? 물적 증거물이 있군요. 그걸 어쨌습니까?"

"네, 지금도 갖고 있어요."

이정기는 웃옷 안주머니에서 조그마한 라이터 같은 걸 꺼내 보였다. 만져보니 재질도 평범한 것이고 누름 버튼 한 개 외에는 아무런 부착물이 없는 특색 없는 물건이었다.

"전자기계 전문점에 가서 물어보니, 단순한 무선발신기인데, 누가 장난삼아 만든 것이지 실용 가치는 없다고 하더군요."

나는 잠시 기억을 더듬었다.

"히말라야에서 얻은 무선 호출기라… 음. 생각나는 게 있습니다. 영국의 유명한 미스터리 작가, 스미스의 최근작에 《히말라야의 눈사람》이라는 작품이 있는데, 여기에 호출기가 등장해요.

네팔에서 셰르파를 직업으로 하고 있는 어느 젊은이가, 히말라야 산속에서 우연히 조그마한 장난감 같은 것을 주웠는데, 어느 날 산속에서 그 장난감에 있는 버튼을 무심코 눌렀더니, 잠시 후에 그 셰르파 앞에, 귀가 엄청나게 큰 눈사람이 나타났어요. 그 눈사람은 코도 입도 없고, 네모 난 큰 눈이 하나뿐인 괴물이었대요. 그 셰르파가 기절초풍하여 사람 살리라고 소리쳐 동료 셰르파며 포터들이 몰려오자, 눈사람은 바람처럼 재빨리 산을 타고 도망갔다는 얘기인데, 이정기 씨의 얘기를 듣고 보니 미스터리 소설에 나오는 눈사람이 바로 히말라야 여단의 순찰대의 모습과 같지 않습니까. 우연의 일치가 아니라 사실에 입각한 공통 경험담이라고 나는 봐요."

"결국, 저는 꿈을 꾼 게 아니라 실제로 현실을 체험한 거군요."

"물론이죠. 더욱 분명한 건 당신은 당신 자신의 체험을 의심하지 않고 있다는 사실입니다. 그야 체험한 장본인이니 너무나 당연한 일이겠습니다만."

"어째서 그렇게 단정하십니까?"

"뻔한 노릇이죠. 당신이 그 호출기를 여태껏 소중하게 간직하고 있음이 증거입니다. 그리고 당신은 나를 찾아온 목적이 꿈이냐 아니냐를 판정받기 위해서가 아니라, 내 입에서 틀림없는 사실이었음을 확인받고자 한 데 있습니다. 섣불리 진실을 말하면 주위에서 미친 사람으로 돌릴 거고, 그렇다고 터놓고 주장하자니 김호섭 씨와의 약속을 어겨야겠고, 그것이 당신에게 부담이 되었을 겁니다. 이제 사실을 그대로 털어놓고, 또 나라는 동조자를 얻었으니 한결 마음이 시원할 겁니다."

"사실 그렇습니다. 속이 시원하여 날아갈 것 같습니다."

"그런데 많은 사람 중에서 왜, 하필 나를 지목하여 말상대로 삼은 이유가 뭐죠?"

"네, 말씀드리죠. 제가 히말라야 지하에 있을 때, 저의 침대 옆 탁자 위에 책 한 권이 있는 걸 봤어요. 저는 독서에 별로 취미가 없는 터라, 눈여겨 보지 않고 지나쳤는데, 그 책 이름이 《완전사회》 문윤성 작이라고 한자로 돼 있더군요. 그때는 이 책이 무슨 책인지, 전혀 관심 없고, 그 후 그 책에 대한 기억도 사라졌는데, 얼마 전에 제 친구 집에서 똑같은 책을 보게 된 자리에서, 몇 해 전의 일이 머릿속에서 되살아 난 겁니다. 아! 역시 나는 꿈을 꾼 것이 아니었구나 하는, 다짐을 다시 한 번 한 거죠.

저는 그 친구에게서 그 책을 빌려다 읽었습니다. 그 책을 읽어보니 마음속에 짚이는 데가 있더군요. 그래서 이렇게 선생님을 찾아뵙게 된 겁니다."

"묘한 인연이군요." 나는 고갤 끄덕거렸다.

"제가 너무 오래 얘기한 거 같군요. 그만 실례하겠습니다." 이정기가 의자에서 일어서자, 그의 긴 그림자가 마당을 거쳐 담장에까지 뻗쳤다. 저녁이 다 된 것이다.

"이정기 씨. 요즘도 산에 올라가요?" 나는 그를 전송하면서 물었다.

"네, 저는 산밖에는 모릅니다. 늘 산에서 살다시피 합니다."

"올해 가을에 산악회에서 에베레스트 등반을 다시 시도한다면서요?" 나는 계속 물었다.

"네, 9월 초순에 네팔로 떠납니다."

"당신도 참가합니까?"

"네, 대원의 한 사람으로 돼 있습니다."

"나도 거기 낄 수 없을까요?"

"예? 선생님이….."

"놀랄 건 없지 않습니까. 왜 나는 자격이 없나요?"

"농담이시겠죠. 히말라야에는 산악인 중의 산악인이나 도전하는 겁니다."

"그건 나도 알아요. 나는 정상을 넘보자는 게 아니고 그저 대원 대열에 끼어, 베이스캠프까지만 따라가자는 겁니다."

"그래도 안 됩니다. 비록 베이스캠프라 해도, 해발 5천 미터 이상의 높은 지대입니다. 안 됩니다."

"왜 안 되죠?"

"선생님 올해 연세가 어찌 되시죠?"

"글쎄 나는 잘 모르겠는데요."

"예? 선생님이 선생님 나이도 모르세요?"

"부러 헤아려 보지 않았으니까요."

"몇 년생이신데요?"

"1916년생입니다."

"그럼 올해 70세 아닙니까. 히말라야 등반은 안 됩니다."

"이정기 씨. 그건 당신 계산이지 내 계산은 달라요. 나는 암흑 정치시대에선 나이를 안 먹고 살아왔습니다. 그러니 나는 아직 젊습니다. 이정기 씨, 그 호출기를 내게 맡기세요. 그리고 우리 함께 히말라야로 갑시다."

"예?" 이정기가 입을 딱 벌리고 크게 놀랐다.

아름다운 다도해

○ 1989년 《한국우수추리단편모음집 4》 (행림출판) 수록

1. 뜻밖의 모험

"참 아름답군."

"그러네."

채민호와 박선교, 두 사람은 제주-여수 간을 운항하는 관광 헬리콥터의 들창 너머로 다도해를 감상하는 중이었다.

그들이 굽어보는 다도해 해상 국립공원은 평균 폭 60킬로미터, 길이 6백 킬로미터에 뻗친 광활한 수역에, 크고 작고 기묘하고 웅장한 만여 개의 섬들이 은하수에 널린 별들처럼 현란 지극한 장관을 이루고 있었다.

두 사람은 제주시 N호텔에서 열린 국제자연환경학회에 참석한 후 서울로 되돌아가는 중이었는데, 최근 개업한 다도해 관광 헬기 소식을 듣고, 원래 예정한 서울 직행을 수정하여 샛길로 빠진 것이었다.

채민호는 K대 물리학 교수, 박선교는 한국동물학회 이사로 두 사람 다 쟁쟁한 학자였다.

날씨는 쾌청. 따라서 시계는 만점. 바람도 거의 없어 바다는 한없이 큰 푸른색 비단을 펼쳐 놓은 것 같았다. 관광용 헬리콥터라 전면 좌우 들창 모두 완전 투명판으로 되어, 천하절경을 조감하는 행복감을 만끽할 수 있었다. 승객들은 다도해 상공에서 이토록 맑은 날씨를 만난 것도 큰 복이라고 서로 치하인사를 나눴다.

모두 다도해 절경에 넋을 잃고 있는 사이 어느덧 항로의 종점인 여수항이 가까이 보이는 공간까지 왔다.

"자네의 별장이 있다는 섬은 어디야? 여기서 보이나?" 박선교가 물었다.

"응, 보이지. 바로 저거야. 내 손가락 끝을 더듬어보라고." 채민호가 바다 위의 한 곳을 손가락질했다.

"어디?" 박선교는 망원경을 눈에 댔다. "섬 이름이 뭐랬지?"

"행도. 내가 지은 이름이지. 원래는 무인도라 이름이 없었어."

"무인도라니? 자네 별장까지 있는데?"

"나든 누구든 가 있을 동안에야 유인도지. 그러나 1년 내내 대개는 무인도야."

"자네 별장 근처에는 도미가 많다고들 하던데. 맛도 최고라며?"

"응, 많아. 낚싯줄을 던지기가 무섭게 덥석덥석 물지. 두자 석자짜리도 있어. 섣불리 다루다간 고기에 끌려 바다에 빠지는 경우도 있고."

"그거 신나는 얘기군. 나도 한번 해보고 싶은데, 어떤가? 오늘 자네 별장에 초대 한번 안 해줄거야?"

"좋아. 그곳엔 대여섯 명이 묵을 시설이 항상 준비돼 있어. 낚시 기구도 여러 벌 있고."

"숙박까지 할 건 없고 그저 몇 시간 놀다가 밤 비행기로 떠나면 되겠지."

"그렇게 할 수도 있지. 여수 연안부두에는 내 전용 보트가 항상 대기하고 있으니깐, 바로 갈 수 있어. 연안여객선은 4시간 걸리지만, 내 보트로는 50분이면 돼. 점심은 그곳에 가서 할까? 간단하게 먹는다면 언제고 상관없어."

"자네는 신선놀이를 하고 있구면. 부럽네."

두 친구는 여수 헬리포트에 닿자 택시로 연안부두로 갔다. 채민호는 선창가에 즐비한 여객선 개표소 중 한 곳에 들러, 그곳 직원과 몇 마디 나누더니 수첩 정도의 자그마한 케이스를 받아들고 나왔다.

채민호의 보트는 부두와 약간 떨어진 바닷가 창고 속에 있었다. 창고에서 보트를 끌어내 바다에 띄우자면 기중기를 이용하거나 많은 인원이 필요할 텐데 채민호가 전혀 이러한 사전준비를 취할 기미를 보이지 않아 박선교는 의아하게 생각하였다.

채민호가 창고 앞에서 들고온 케이스 뚜껑을 열고 몇 개의 단추를 누르자, 창고의 덧닫이 문이 활짝 열리며 그 속에 안치된 물체의 모습이 보였다.

눈대중으로 길이 6미터, 폭 1.5미터의 유선형 보트는 흡사 전투기의 동체 같았다. 일반 보트처럼 좌석이 노출되지 않고, 완전 캡슐형 뚜껑으로 가려져 있어 더욱 그렇게 보였다.

"자, 타게." 채민호는 앞뒤 두 쪽으로 된 뚜껑 중, 앞뚜껑을 열어 젖히고 자기가 먼저 조종석에 올라탄 다음, 친구에게 옆자리에 앉기를 권했다. 두 사람이 타자 뚜껑이 가볍게 닫혔다. 뚜껑은 투명판으로 되어 전후좌우며 위쪽도 환히 내다보였다.

채민호가 계기판에 키를 꽂자, 보트는 앞으로 스르르 미끄러져 나갔다. 동체 밑에 바퀴가 달린 모양이었다. 보트는 15미터 거리의 모래땅을 거쳐 물속으로 들어가면서, 비로소 배답게 출렁거렸다.

창고는 어찌 됐나 싶어 박선교가 머리 위 뚜껑에 달린 백미러를 쳐다보니, 창고 셔터는 이미 닫혀 있고 창고 근처에는 조금 전까지 없던 많은 군중이 몰려서서 이쪽을 바라보고 있었다. 아마 그들은 채민호의 보트를 큰 구경거리로 대하는 거 같았다.

"자네 보트의 인기가 대단하군."

"그런가 봐. 내가 이곳에 오면 구경꾼이 몰려들어." 채민호는 담담하게 대꾸했다. 박선교가 내부를 둘러보니 좌석은 모두 여섯 개, 운전석의 계기판에는 항공기의 그것과 비슷한 복잡다단한 계기가 다닥다닥 붙어 있었다. 박선교는 궁금한 것 몇 가지를 친구에게 물었다.

"아까 자네는 연안여객선이 4시간 걸리는 뱃길을 50분에 간다고 말했는데, 이 배의 최고속도는 어느 정도인가?"

"시속 60킬로미터가 표준 속도이고, 최고 백 킬로미터까지 낼 수 있어."

"굉장하구나. 외국서 도입한 건가?"

"아닐세. 국산이야. 부속품 일부가 외제이긴 하지만."

"엔진은 어떤 건가?"

"제트 엔진."

"항속거리는?"

"5백 킬로미터."

"우리나라엔 단 한 척밖에 없겠군."

"천만에, 현재 60척 정도 있어."

"뜻밖인데. 어느 조선소에서 만든 건가?"

"그건 비밀사항이야, 미안해. 단, 이 보트는 내가 손수 만든 거고."

"뭐라고! 재료가 어디서 나서?"

"내가 모처에 아이디어를 제공하고 그 대가로 재료를 얻어냈지."

"보트 이름이 뭔가?"

"양쪽 동체에 '여수제비'라고 표시했건만, 여수사람들은 이 배를 '날치'라고 부른다더군."

"그건 왜? 날치보다 제비가 더 빠를 텐데."

"이 보트가 최고속을 낼 경우, 멀리서 보면 물 위를 살짝살짝 스치면서 나는 거 같이 보이기 때문에, 그런 별명이 붙었나 봐."

박선교가 백미러에 비친 보트의 뒷모습을 보니, 한줄기 큰 물기둥을 올리며 배꼬리가 물에서 떴다 닿았다 했다. 속도계의 바늘은 시속 90킬로미터 선에서 떨고 있었다.

"굉장히 빠르구나!"

"자네가 오늘 중으로 서울로 가야 한다기에 속도를 냈지. 관광 위주라면 속도를 줄일까?"

"아닐세, 자네 별장으로 빨리 가세. 그곳에는 더 놀라운 게 있을 성 싶어."

"뭐 그렇지도 않아."

얘기를 주고받는 사이에 여수제비호는 헤아릴 수도 없이 많은 섬들 사이를 요리조리 빠져, 앞이 탁 트인 태평양 해역으로 나왔다.

이쯤에서 속도를 줄여 오른쪽에 나타난 커다란 섬 근처를 다가섰다. 외라노도였다.

"저게 내 영토인 행도일세." 채민호는 외라노도에서 8킬로쯤 동쪽 해상에 외톨이로 서 있는 바위섬을 가리켰다. 박선교가 본바, 행도는 바다 위에 툭 튀어나온 큼직한 바윗덩이였다. 높이 30미터나 되는 깎아지른 절벽이 눈앞을 꽉 가로막고 있었다.

"이건 순전한 바위 덩어리 아닌가!" 박선교 입에서 불쑥 튀어나온 말이었다.

"음, 그래. 순 바윗덩이지." 채민호의 대꾸였다. "이 섬뿐 아니라 다도해의 모든 섬이 다 그래. 제주도 역시 마찬가지지. 남해에 떠 있는 섬들은 모두 바위섬이야. 평지가 드물어. 그리고 그 바윗덩이가 보통 바위가 아니고, 하나 예외 없이 기암괴석들일세. 그럴 수밖에 없는 것이 태곳적엔 남해가 한반도의 연장인 육지였는데, 지각의 변동으로 침하를 계속하여 바다로 된 거라네. 그래서 다도해에 수없이 떠 있는 섬들이, 옛적에는 태산준령의 산마루였을 거야. 그래서 모든 섬들이 바윗덩이고, 기암괴석이고 깎아지른 절벽이게 마련 아닌가. 다도해의 특징이며 자랑이지."

채민호의 설명을 듣고 보니 그럴싸하나 박선교는 약간 뜨악한 기분이었다. 별장이 있는 섬이라면, 반짝이는 은모래사장이 있고, 해변에는 울창한 숲이 있어야 제격이 아니겠는가.

그런데 이곳은 커다란 바윗덩이고 절벽뿐이었다. 친구의 해설인즉 이것이 다도해의 특징이라 하나, 도대체 어디다 배를 대며 어디에 발을 부치고 낚시를 즐긴단 말인가. 소문이 자자한 별장은 보이지도 않았다.

이런 박선교의 심기를 더욱 어둡게 하는 사태가 일어났다. 오는 도중 쾌활하기만 하던 채민호의 태도가 갑자기 달라졌기 때문이다. 채민호는 여수에서 가지고 온 케이스를 꺼내, 거기 달린 안테나 선을 뽑아들고, 버튼을 두드리고 다이얼을 돌리고 수선을 떠는데, 그의 표정이 차츰 심각해지는 것이었다. 그의 손에 든 케이스는 분명 단거리 무선 전화기 같은데, 작동이 안 되는 모양이었다.

"고장인가?" 박선교가 물었다.

"고장은 아닌 모양인데, 사고가 생긴 거 같군."

"사고라니?" 박선교는 더럭 겁이 나서 친구에게 물었다. "어떤 사고?"

"전화를 안 받아서 그래. 이상한데." 채민호는 다시 한 번 무선 통화를 시도했으나 응답이 없었다.

"전화 받을 사람이 있단 말인가? 무인도라고 했잖아?"

"사람은 없어도 전화는 받게 돼 있어. 섬을 한 바퀴 돌아보세."

채민호는 보트를 저속으로 몰아 섬을 한 바퀴 돌았다. 남북 길이가 5백 미터, 동서가 3백 미터의 이 섬은, 해안선의 굴곡도 거의 없이, 높은 곳은 50미터가 넘고, 얕은 곳이라야 15미터가 넘는 절벽의 연속이었다. 보트를 접안시킬 만한 곳도 없고, 근처에는 지나가는 고깃배도 보이지 않았다.

섬 일주를 마치고 난 채민호는 난감한 표정으로 혼자 중얼거렸다. "도둑들이 다 털고 간 걸까? 도둑이 섬 안에 있다면 타고 온 배가 근처에 있어야 할 텐데…."

실은 닷새 전에 이 섬에 세 사람의 무법자가 침입했다. 그들이 타고 온 배가 절벽 한 곳 돌 모서리에 매여 있는 게 눈에 띄었어야 했는데, 사흘 전 이 일대에 한차례 강풍이 불어 파고 4미터의 물결이 그 배를 휩쓸고 가버려, 두 사람은 아무런 흔적도 발견할 수 없었다. 침입자들은 아직 섬 안에 있었건만.

"별수 없군. 들어가봐야지. 자네가 좀 도와줘야겠어." 채민호가 말했다.

"내가 도와줄 수 있는 게 뭔가?"

"침입자가 혹시 섬 안에 남아 있을지 몰라. 만일에 대비하여 자네도 이걸 하나 들고 있게."

채민호는 계기판 밑에서 두 자루의 권총을 꺼내 친구에게 한 자루 건넸다. "난 이런 거 만져본 적이 없어." 박선교는 받기를 주저했다. 채민호가 내민 게 권총이긴 한데, 구경이 10밀리나 되는 대형이었다. 박선교는 처음 보는 괴물 권총이었다.

"별거 아니야. 가스총이야. 맞아도 죽진 않고 질식할 뿐이야. 우선 들고 있어봐."

"경찰에 알리지그래."

"확실히 도둑이 들어 왔는지 어떤지도 모르고 경찰을 부를 수야 없지."

채민호는 억지로 친구 허리춤에 가스총을 쑤셔넣었다. 그리고 계기판에 있는 단추를 콕콕 누르기 시작했다. 그러자 뱃머리에서 가느다란 철봉이 쏙 튀어나오더니, 채민호가 단추를 누르는 대로 쑥쑥 공중으로 뻗어 올랐다.

철봉이 눈앞의 행도 절벽 높이를 약간 지나쳐 오르게 한 다음, 채민호는 철봉을 기계조작으로 이리저리 돌리며 계기판에 있는 화면을 살펴봤다. 박선교는 철봉 장대 속에 반사경 장치가 있어, 섬 안의 상황을 볼 수 있는 일종의 잠망경임을 알 수 있었다. 그러나 계기판의 화면이 너무 작아, 그로서는 뭐가 뭔지 모르겠는데, 채민호는 인상을 찌푸리며 말했다. "사고가 나도 단단히 났군."

"어떤 사고가?"

"글쎄, 세 명 이상의 강도가 들어온 거 같군."

"강도?" 박선교는 깜짝 놀랐다. "그럼 경찰에 알려, 빨리." 그는 강도가 금세 섬 절벽 위에 나타나 보트에 대고 발포하지는 않을까 하는 강박관념에 짓눌려 친구를 재촉했다. "어서 빨리 경찰을 불러."

그러나 채민호는 조금도 당황하지 않았다. "걱정할 건 없어. 강도가 들어와봤자 겁날 건 없어." 말하는 투가 남의 일 다루듯 했다.

"자네는 아까 사람은 없어도 전화는 받게 된다고 그랬는데 그건 무슨 소린가?" 박선교는 속이 타서 물었다.

"전화 받는 이는 로봇이야."

"로봇?" 박선교는 말문이 막혔다. 친구인 채민호가 재간꾸러기란 건 알고 있었으나, 절해고도 별장에 로봇을 집 지킴이로 삼고 있을 줄은 몰랐다.

채민호는 좌석 밑에서 60센티미터 길이의 쇠몽둥이를 끄집어내더니, 캡슐 뚜껑을 제치고 일어나서 쇠몽둥이를 섬 절벽에 대고 조준하는 자세를 취했다.

이 쇠몽둥이는 채민호가 창안한 휴대용 곡사포였다. 채민호가 방아쇠를 당기자, 피식 가벼운 폭음을 내고 탄환이 날아가는 것을 박선교는 볼 수 있었다. 다음 순간, 절벽 넘어서는 쾅! 큰 굉음과 함께 번개가 번쩍! 눈을 부시게 했다.

채민호는 철봉 잠망경을 통해 나타나는 스크린을 보고 있었다. 5분, 10분, 15분이 지났는데, 화면에는 아무런 변화가 없었다. 15분

동안이 박선교에게는 3시간도 더 넘게 느껴져 지루하고 조마조마
했다.

"올라가서 봐야겠어." 채민호는 한마디 하고 보트를 천천히 몰아
절벽 한 곳에 갖다 댔다. 접안해 놓고 보니 그곳에는 보트가 바위에
직접 접촉 안 되게 두꺼운 고무판이 붙어 있었다. 튼튼한 쇠고리도
있어 보트를 잡아맬 수도 있었다. 그렇다고 사람이 발붙일 만한 곳
은 보이지 않았다.

"자넨 보트에 남아 있어도 좋고, 나와 함께 섬에 올라가도 좋아.
마음 내키는 대로 해." 채민호 제안에 박선교는 어찌 대구해야 할지
난처했다.

잠시 머뭇거린 후, 박선교는 핑곗거리 먼저 지적했다. "저 절벽을
어찌 올라가나?"

"나를 따라 올라가면 돼. 발 디딜 곳도 손잡이도 있어."

"강도가 덤비면 어쩌지?" 박선교는 또 물었다. 음성이 떨렸다.

"우리에겐 가스총이 있잖아. 침입자들은 이미 도망쳤거나, 우리
김 영감에게 꼼짝 못하고 당했거나 했을 거야. 아까 쏜 로켓 포에 나
타나지 않는 걸 보니."

"김 영감은 누구야?"

"로봇의 이름이 김 영감이야. 아주 호인이지. 허허허."

박선교는 이 사람아, 지금 웃을 형편인가! 하는 반감도 났으나, 친
구의 웃는 표정에서 마음이 어느 정도 진정된 걸 부인할 수 없었다.

"보트에 혼자 있긴 싫어, 함께 가세." 박선교는 용기를 냈다.

"좋아, 자네는 내 시키는 대로 해. 우선 가스총 사용법은 이렇게
하는 거고…."

284

2. 침입자들

행도의 침입자들은 세 명. 사달이, 왕쇠, 빡빡이. 세 사람 모두 본명은 떼어버리고, 교도소에서 붙은 별명으로 통하는 인물들이었다. 강도, 절도, 협박 등 매인당 전과 7범에서 12범의 베테랑급이었다.

이들이 행도에 침입한 건, 채민호와 박선교가 이곳을 찾아오기 닷새 전인 5월 20일이었다.

비록 지도에도 안 나와 있고 고작 항해용 해도에나 표시된 무인도이긴 하나, 알고 있는 사람들 사이에선 절대로 근접할 수 없는 비밀의 섬. 정체불명의 무서운 곳으로 통하는 이 섬에 세 사람이 관심을 두게 된 건 3년 전부터였고, 침입을 결심하고 준비하는 데 15개월이 걸렸고, 침입 예행연습도 두 차례나 했다. 여기 쏟아 넣은 자금도 천만 원이 넘었다. 그리고 결국, 침입하는 데 성공하였다.

그들은 왜 행도에 집착했을까? 그건 소문 때문이었다. 남해안 암흑가에 쫙 퍼진 소문. 고흥군 관내 외라노도 근방 외딴 무인도에 어마어마한 재물이 숨겨져 있다는 소문.

소문이 나올 만도 했다. 채민호 교수가 지난 10년 전에 이 섬을 불하받아, '행도'라는 그럴싸한 이름을 붙이고, 별장을 만드는 데 걸린 세월이 5년. 뭐 공사가 커서가 아니라, 육지와 동떨어진 위치조건이 나쁜 데다, 별장 주인이 기분 내키는 대로 몇 차례 설계변경을 해가며 마냥 늑장을 부리다 보니 5년이나 걸린 건데, 주위에서 보는 눈들은 그렇지 않았다.

어느 고위층 인사, 혹은 어느 재벌가 총수가 만일을 위한 피난처, 세계대전이 나도 끄떡없는 요새를 꾸미느라, 5년 동안이나 공사를 했고, 그곳 비밀창고에는 비상식량이며 금은보화가 엄청나게 많을 거라고 수군댔다. 그리고 그 섬에는 경비가 삼엄하여 섣불리 접근했다가는 큰 봉변을 당할 거라는 소문도 자자했다.

이 소문이 사달이, 왕쇠, 빡빡이를 유혹했다. "그런 곳이야말로 한탕 감이지. 팔자를 고칠 수도 있을 거야."

그들은 이런 욕심을 품고 2년 동안 행도에 눈독을 들여왔다. 그러던 중 한번은 이 섬에 사람이 들어가는 현장을 목격하게 되었다.

어느 화사한 봄날, 이들이 외라노도 근처를 고기잡이 목선을 타고 어슬렁거리는데, 북쪽 여수 방면에서 날씬하게 생긴 보트 한 척이 화살처럼 빠른 속도로 바다를 가르며 달려오더니, 수수께끼의 섬 행도 동쪽 절벽에 바짝 뱃전을 갖다 댔다.

이때 섬 절벽 위에 사람 하나가 나타나 보트를 몰고 온 사람과 서로 손을 흔들며 뭐라고 지껄였다. 이때 사달이 일당은 상당히 먼 거리에 있어 그들의 짓거리를 들을 순 없었다. 망원경으로 살펴보니 절벽 위의 사람은 한복을 입은 영감이고 보트의 주인은 중년의 남녀 한 쌍이었다.

절벽 위의 영감이 잠시 후 보이지 않더니, 대신 큼직한 기중기가 절벽 밖으로 모습을 나타냈다. 기중기 끝에는 밧줄과 고리가 달려 있어, 밧줄이 스르르 아래로 내려오자 보트의 남자가 내려온 고리를 보트 몸체에 달린 고리에다 맞물렸다.

이어 밧줄이 팽팽해지며 보트는 바다 위로 둥실 떠올라가, 순식간에 절벽 너머로 기중기와 함께 자취를 감췄다. 눈 깜짝할 사이의 조화였다. 보트가 암벽에 닿고서 모습을 감추기까지 불과 5분 정도밖에 안 걸렸다.

"야, 이것 봐라!" 사달이 일당은 놀랐다. 그들은 비로소 그동안 이 섬에 선착장이 보이지 않는 까닭을 알게 되었다.

"틀림없이 이 섬에는 알찬 물건들이 그득할 거야." 도둑들의 욕심은 한층 더 부풀었다. 그들은 반나절 이상 근처를 오락가락하면서 섬의 동정을 지켜봤으나, 한번 들어간 사람과 보트는 다시 보이지 않아, 기다림에 지쳐 그날은 그곳을 철수하였다.

다음 해 봄, 사달이 일당은 5톤급 어선 한 척을 세내어, 행도 탐사에 나섰다. 그동안 기회 있는 대로 그 섬을 주목해 왔으나, 지난해 보트가 기중기에 매달려 올라가는 광경을 목격한 후로는 사람의 그림자도 볼 수 없었다. 물론 그간 사람의 출입이 있었으리라고 사달이 일당은 짐작했다. 한복 입은 섬지기 영감도 항상 있으리라 봤다.

사달이 일당은, 어선을 지난해 눈 여겨둔 넓적한 안벽 가까이 몰고 갔다. 가보니 그곳은 암벽이 아니라 길이가 6미터가 넘고, 물 위에 나와 있는 높이만도 2미터가 넘는 인공 구조물이었다. 빛깔이 절벽 바위 색깔이어서 먼 곳에선 분간하지 못했던 것이었다.

더욱 가까이 다가가 보니, 그 구조물은 두꺼운 목재 아니면 고무 제품 같으며, 분명 선착장 구실을 하는 것이었다.

이 선착장이 있는 곳부터 바위 군데군데를 쪼아낸 계단이 있고, 적당한 간격으로 손잡이도 마련돼 있는 게 보였다. 사달이 일당은 배를 그 넓적한 구조물에 접안시켰다. 그 순간, 픽! 이상한 소리와 함께 배가 충격을 받고 1미터가량 뒤로 밀려났다. 일당은 하마터면 바다로 떨어질 뻔했다.

까닭을 모르겠다. 혹시 과속으로 접안했기 때문인가? 이번에는 뱃머리를 돌려 뱃전을 살며시 갖다 댔다. 그 순간 또 픽! 소리와 함께 배가 요동치며 역시 1미터가량 밀려났다. 이번에는 세 사람 모두 똑똑히 봤다. 배가 접안하려는 찰나, 그 구조물이 순간적으로 강하게 진동하는 모습을 봤다. 마치 시동 걸린 엔진이 떨듯 분명한 진동 현상이었다.

"안 되겠다. 물러가자." 일당은 서둘러 그곳을 도망쳤다. 선착장 모습의 그 구조물에는 어떤 기계장치가 있음이 틀림없었다. 외부 침입자를 거부하는 강력한 힘이 숨겨져 있었다. 일당은 도망가면서 되까렸다. "어디 다음에 보자!" 생각할수록 허망하고 분했다. 그리고 '저토록 요상한 장치를 해둔 걸 보니 섬 안에 막대한 보물을 숨겨둔 게 분명하다.'는 신념이 굳어져다.

그들은 다음 해 여름까지 꾹 참았다. 그 섬을 정복하는 데에는 많은 장비가 필요할 거로 봤다. 우선 자금을 마련해야 했다. 그래서 그들은 몇 차례 못된 짓을 하여 자금을 마련했고, 그 돈으로 여러 가지 장비를 구입했다.

'어디 이번엔 견디어 봐라.' 단단한 각오로, 일당은 본격적인 행도 침공에 나섰다. 이번에도 자그마한 어선을 이용하여 석양 머리에 목적지에 다가갔다. 이때쯤이면 근방 해상은 선박내왕이 한산할뿐더러, 일몰 직전의 해면은 시뻘건 태양광선이 어지럽게 번득여 작은 배 따위는 근거리에서도 남의 눈에 들킬 염려가 없었다.

석양의 다도해. 시인이면 저절로 시상이 발동할 시제이며, 사진작가에겐 렌즈를 들이댈 절호의 기회였다. 그러나 사달이 일당은 이런 사치와는 인연이 먼 존재였다. 그들은 행도를 휘감고 있는 절벽 중에서, 비교적 낮은 20미터 정도의 암벽을 목표로 접근하여, 배를 갖다 붙이고 바위 모서리에 로프를 걸었다. 이 근처는 수심이 깊어 닻을 내려봤자 헛일이었다.

사달이, 왕쇠, 빡빡이 세 악당은, 각자 준비해온 대궁을 당겨 절벽 너머로 화살을 쐈다. 화살에는 살촉 대신 쇠갈고리가 끼워졌고, 갈고리에는 가느다란 나일론 끈이 매여 있었다.

몇 차례 시도한 끝에 세 사람 모두, 절벽 위에 쇠갈고리를 걸치는 데 성공했다. 이어 나일론 끈을 잡고 기어올랐다. 올라가 보니 섬 꼭대기는 밖에서 본 거와는 딴판으로, 주변 절벽보다 푹 가라앉은 편편한 분지로 제법 넓었다. 울창한 숲이 있고, 남새밭이 있고 냇물도 있었다. 냇가에는 멋드러진 양옥이 있었다. 바로 이것이 소문의 별장임을 알겠다.

세 사람은 회심의 미소를 교환하고 숲 속에 몸을 숨겼다. 수평선 상에서 넘실거리던 태양이 바다에 풍덩 가라앉기까지 시간은 얼마 걸리지 않았다. 바다와 섬은 곧 암흑 일색이 되었다. 별장 안에는 한점 불빛도 없었다. 침입자들은 행동을 개시하였다.

우선 처음 타고 올라온 나일론 끈을 당겨 올렸다. 이 끈에 연결한 굵은 마닐라 로프가 딸려왔다. 셋 중의 한 명이 이 로프를 타고 어선으로 내려가, 준비해온 연장들을 두 번에 걸쳐 절벽 위로 올려보낸 후 자신도 되돌아왔다. 그들은 무기부터 먼저 점검하였다. 권총, 도끼, 단도가 있었다. 이것이면 충분하다고 그들은 자신하였다.

그들은 별장을 삼면으로 포위하며 접근하였다. 쇠로 된 현관문과 뒷문은 견고하게 보이나, 네 군데 들창과 정원 마당에 접한 발코니 문은 대형 유리로 되어 부수기 쉬워 보였다.

일당의 우두머리격인 사달이가 현관문을 점잖게 노크하여 반응을 시험했다. 대꾸가 없자 빡빡이가 발코니 유리문에 도끼 머리로

일격을 가했다. 왕창 부서질 줄 알았는데, 둔탁한 소리만 나고 유리
는 멀쩡했다. 이럴 수가! 빡빡이는 도끼를 다시 잡고 크게 원을 그
리며 힘껏, 도끼 등이 아니라 날카로운 날로 유리를 찍었다.

하지만 쿵! 엉덩방아 찌며 나동그라진 건 빡빡이. 유리와 문짝은
끄떡없었다. 세 사람은 어둠 속에서, 마치 도깨비에 홀린 사람처럼
서로의 표정을 멍청하게 보고만 있다가, 일제히 플래시를 켜 들고
유리문을 점검했다. 집 안 내부가 환히 보이는 거로 봐선 유리 같긴
한데, 도끼날을 튕겨 내는 걸 보니 보통 유리가 아님을 알겠다.

방향을 바꿔 현관으로 몰려가, 이번에는 왕쇠가 도끼로 난도질
을 했다. 한동안 도끼질을 하다 숨이 차 멈췄는데, 문은 부서지기는
커녕 겨우 우그러진 자국 몇 개만 났을 뿐, 그것도 아주 작은 자국
이었다.

사달이가 대타자로 나서 이번에는 손잡이를 집중적으로 공략했
다. 수십 차례 가격 끝에 손잡이가 크게 찌그러졌다. 하지만 그것뿐
이었다.

"이거 보통 일이 아니다. 이러다간 날 새겠다. 딴 곳을 찾아봐."
사달이가 어깨를 헐떡이며 말했다.

"벽을 까볼까." 빡빡이가 말했다.

"그만둬." 사달이가 한마디로 반대했다. 유리문이 도끼질에 꿈적
않는 집의 돌담이 허술할 리가 없다고 본 것이다.

"지붕은 어떨까?" 왕쇠가 말했다. 플래시에 비친 지붕은 얇은 슬
레이트가 얹혀 있으나, 슬레이트의 받침은 두꺼운 콘크리트 구조임
을 알자 세 사람은 실망했다.

"굴뚝은 어디야?" 사달이가 굴뚝에 착안한 건 그럴싸했으나 이

집에는 굴뚝이 아예 없었다.

"제기, 뭐 이따위 집이 있어, 퉤." 사달이가 침을 뱉었다. "별수 없다. 산소로 불어버려."

그들은 섬 안에 대형 금고가 있을 거로 보고, 금고를 부수기 위한 절단기구를 싣고 온 것이다. 왕쇠와 빡빡이가 절단기로 현관 손잡이를 도려내기 시작했다.

이때 근처에서 갑자기 환한 불빛이 나타났다. 절단 작업 중인 두 사람은 이 불빛을 못 봤으나, 주위를 살피고 있던 사달이가 이걸 보고 깜짝 놀라 외쳤다. "저기 누가 있다."

"어디?" 왕쇠와 빡빡이도 놀라서, 사달이가 가리키는 쪽을 봤다. 그러나 갑자기 나타난 불빛은 갑자기 사라진 후였다. "뭘 보고 그래?" 두 사람이 다그쳤다.

"방금 누군가 이쪽을 보고 있었어, 바로 저곳이야." 사달이는 어둠 속을 손가락질 하며 말했다.

"그럼 가봐." 왕쇠가 말하자, 사달이가 권총을 들고 앞장서고, 왕쇠와 빡빡이는 도끼와 칼을 움켜쥐고 뒤따랐다.

사달이가 지목한 곳에 가보니, 마당 풀밭 한 곳에 사방 1미터 정도의 철판이 깔려 있었다.

"맞다. 이거야. 이건 지하실 출입구인 거 같아. 방금 이 철판문이 여닫히면서 환한 불빛이 껌벅였어." 사달이는 이리 말하며, 그 철판 위에 올라서 쾅쾅 발을 굴렀다. 과히 두껍지 않은 철판 같았다. 플래시로 비춰보니 손잡이도 있었다. 세 사람이 힘을 합쳐 손잡이를 끌어당겼으나 요지부동이었다.

"이것부터 불질 하는 게 어때?" 왕쇠가 말하는 걸 사달이가 말렸다.

"좀 더 두고 보고서, 작년에 우리가 본 영감쟁이가 망을 보러 나왔었다면 별것 아니야. 여긴 내가 지킬 터이니 자네들은 지체 말고 현관문을 뜯어내."

사달이 지시에 따라 두 사람은 다시 현관으로 갔다. 견고 무쌍한 현관문도 산소 불에는 못 견뎠다. 약 20분 후에 현관문이 활짝 열렸다. 안쪽에 문 한 겹이 더 있었으나, 목조로 된 이 문은 도끼 한 방에 박살이 났다. 안에 들어가 먼저 벽 스위치를 찾아 눌러보니 천장 두 곳의 샹들리에가 켜졌다. 20평이 실히 되는 거실이 대낮처럼 환해졌다.

"됐다. 샅샅이 뒤지자." 왕쇠와 빡빡이는 거실에 붙어 있는 방문들을 차례로 열어 젖혔다. 방마다 스위치가 있어 모두 불을 밝혔다.

방은 여덟 개. 침실이 셋, 욕실이 둘, 주방 한 곳, 옷장 방 하나, 그리고 허드레방 등이었다.

"웬 놈의 방이 이리 많아." 빡빡이가 투덜대며 왕쇠와 함께 된장질을 했다. 마당에서 망보던 사달이도 가세했다.

사달이는 별장 안이 환하게 된 걸 보자, 좀이 쑤셔 철판 뚜껑과 눈싸움만 할 수가 없었다. 그는 산소통과 연장 궤짝, 그 외에 마당에 있는 큰 돌 두 개를 철판 위에 포개놓고 수색 현장으로 뛰어든 것이다.

현란한 전등 아래 펼쳐진 별장 내부. 고급 가구, 벽걸이, 서화 등으로 장식된 겉모양으로 봐서, 그들이 기대한 금은보화는 금세 쏟아져 나올 거 같았는데, 1시간 넘게 뒤진 결과는 한마디로 평하여 헛수고였다. 들고 갈 만한 물건은 하나도 없었다. 장롱이며 서랍들은 텅텅 비었고, 옷장에도 작업복과 잠옷뿐이었다.

"금고가 없잖아." 사달이가 투덜댔다. 금고가 있을 만한 곳도 없었다.

"밖에 있는 지하실에 있을까?" 누군가가 말하자 세 사람은 일제히 마당으로 나섰다.

사달이가 애써 얹어놓은 물건들을 밀어내고 왕쇠가 절단기를 들이댔다. 사달이는 빡빡이를 시켜 별장 안의 전등들을 모두 끄게 하였다. 혹시 지나가는 경비정이나 근처 섬 주민들이 이상하게 볼까 봐서였다.

철판 뚜껑은 한참 후에 요절이 났다. 플래시로 비춰보니 역시 지하로 내려가는 계단이 있었다. 사달이가 밑에다 대고 권총 한 방을 쐈다. 그리고 소리쳤다. "거기 있는 사람은 나오라. 해치진 않았다. 우린 약간의 재물만 얻으면 물러 갈 것이다."

아무 반응이 없자, 세 사람은 전투태세를 갖추고 계단을 따라 내려갔다. 계단은 무척 길게 뻗쳐 있었다. 백 계단도 넘게 아득하게 보였다. 가진 악행에 찌든 그들도 기분이 으스스하였다. 한 계단 한 계단 조심조심 내려가다 보니, 30여 계단 만에 일단 한 평가량의 빈 터가 있고, 빈터 좌측에 출입문이 있었다. 앞장선 사달이가 손잡이를 돌리자 간난히 열렸다.

"으악!" 사달이는 비명을 지르는 동시에 총을 쐈다. 문 안에는 한복 차림의 영감이 눈을 부라리고 서 있었다. 영감의 가슴팍에 피가 낭자했다. 영감은 비실비실 쓰러지면서 입을 크게 벌리는데, 입안에서 연기가 확 쏟아져 나왔다.

사달이는 엉겁결에 또 한 방 쐈다. 영감이 털썩 주저앉았다고 본 순간, 침입자들은 정신이 아찔했다. 동시에 우당탕 계단이 무너지고 자신들은 지옥으로 굴러떨어짐을 어렴풋이 느꼈다.

3. 암중모색

사달이는 정신이 들긴 했으나 얼빠진 사람처럼 사물의 분간 능력이 전혀 없었다. 그간 캄캄한 암흑 속에서 헤맨 기억은 나는데, 눈을 떠보니 자신은 침대 위에 누워 있고, 주변을 살펴보니 자기처럼 침대에 누워 있는 사람이 여러 명이었다. 병원 같다고 생각했다. 아니 틀림없는 병원 환자실이었다.

병원이라니 이상하다고 생각했다. 경찰서나 교도소라면 이해가 가겠는데, 병원 환자실이라니 요상했다. 아니지, 요상하고 이상하고는 따질 처지가 아니지. 도망쳐야지. 범죄자의 첫째 목표는 도망이다. 사달이는 몸을 일으키려 했다. 그 순간 '에구구' 자기도 모르게 비명을 질렀다. 몸 전체가 아팠다.

"왜 그러세요. 가만히 있어요." 근처에 있던 간호사가 달려와 움직이면 큰일 난다고 타일렀다. 간호사가 있는 걸 보니 진짜 병원임이 틀림없다고 사달이는 확신했다.

"여기가 무슨 병원인가요?"

간호사가 '세브란스 병원'이라고 대답했다. 교도소 병원이 아니고 세브란스 병원이라니 이상했다. 그래서 또 물었다.

"내가 왜 여기 왔소?"

"뭐라고요? 그걸 몰라서 물어요."

"누가 날 이리 데리고 왔소?"

"나도 몰라요."

"나는 나가고 싶은데, 나가도 괜찮겠습니까?"

"어디로 나가요?"

"집으로."

"여보세요. 정신 차리세요. 이걸 봐요."

간호사는 환자의 좌우 팔뚝에 꽂힌 두 개의 주사기와, 침대 머리에 달린 주사약 병을 가리켰다. 그리고 환자 팔다리를 침대에 묶어놓은 벨트를 보라고, 머리를 들어 세워주었다. "이러고서 댁으로 갈 수 있어요?"

"나는 도망가지 않을 텐데 왜 이렇게 묶어놓았소?"

"뭐라고요. 호호호. 도망 못 가게 묶은 게 아니고요, 팔뼈, 다리뼈, 갈비뼈, 어깨뼈가 부러져서 깁스를 하고 동여 맨 거라고요."

"뭐! 누가 나를 이 꼴로 만들었소?"

"그건 우리도 몰라요. 환자분께서 잘 생각해보세요."

그렇다. 잘 생각해봐야겠다. 그때 그 영감이 총에 맞고 쓰러지면서 입에서 연기를 뿜어냈지. 그리고 나는 정신을 잃고 계단에서 나동그라졌지. 그리고서 어찌 된 건가?

나는 죽는 줄 알았는데, 아니 죽었었는데. 캄캄한 지옥에서 헤매다가 허기져 죽었는데, 그게 얼마 전 일일까? 몇 달 전 일일까? 그런데 여기가 병원이라니 아직 꿈속인가?

이런 의문은 세 사람이 똑같았다. 무척 궁금하나 별수 없이 꼼짝 못하고 있어야 했다. 이러길 40여 일 만에 목발을 짚고 화장실 출입과 복도 내왕이 가능하게 되었다. 이 병원 안에 자기네 일당이 다 와 있는 것을 알게 되었다. 각기 딴 병실에 나뉘어 있으나, 부상 상태는 비슷한 것도 알게 되었다.

그들은 남의 눈을 피해, 구석진 곳에서 만났다. 각기 품고 있는 같은 궁금증을 서로 호소했다. 그러나 풀리는 의문점은 하나도 없었다. 누가 자기들을 이곳에 데려왔으며, 치료비며 기타 온갖 비용은 누가 대는 것인지 전혀 짐작이 가지 않았다.

"혹시 그 섬의 주인이 보살펴 준 것은 아닐까?" 한 사람이 말했으나, 다른 두 사람이 곧바로 타박했다.

"쓸데없는 소리. 그 사람이 미쳤다고 천 리 밖 서울까지 옮겨다 주다니, 더군다나 그 영감을 죽인 우리의 어디가 이쁘다고."

"그건 그래." 세 사람의 견해는 같았다.

"그런 거 따질 때가 아니야. 우리가 갈 곳은 뻔해. 사형대뿐이야." 이것 역시 일치된 결론이었다.

"빨리 도망가야 해."

일당은 치료가 끝나기 전에 탈출할 것을 결의하고, 어느 정도 걸음을 걷게 되는 시점에서 한날한시에 병원을 빠져나가기로 굳게 약속했다. 여기서 개인행동을 취했다간 자승자박이 된다는 점을 다짐하면서.

일은 그들의 뜻대로 되지 않았다. 어느 날 외과 과장이 세 사람을 자기 방으로 부르더니, 한 사람 앞에 대형 봉투를 하나씩 나눠주며 설명했다.

"세 분은 일주일 후면 퇴원하게 됩니다. 그간의 병원비 일체는 이름을 밝히지 않은 분이 청산했으니 이 점 걱정하지 마십시오. 지금 나눠드린 봉투 속에는 당신들의 엑스레이 사진이 여섯 장씩 들어 있습니다. 그걸 보면 당신들의 부상이 얼마나 심했던 걸 알 수 있을 겁니다. 여섯 장 중의 한 장은 세 분 각자의 등판 엑스레이 사진인데, 이것을 딴사람, 의사이고 누구이고 간에 안 보여주는 게 여러분 신상에 좋을 겁니다. 나는 그 사진은 찍을 생각이 없었는데 당신들의 병원비용을 부담한 분의 각별한 부탁으로 찍은 겁니다.

무슨 이유로 그 사진을 찍어 당신들에게 주려는 건지 그분이 말씀을 안 해서… 나나 우리 의사들 모두 몰라요. 그 봉투 속에는 그분의 편지도 한 장씩 들어 있어요. 혹시 그 편지 속에 그 사진의 뜻이 적혀 있지 않나 추측되나, 그건 우리가 관여할 바 아니니 그리 아시고, 남은 치료 기간 각자 조심하여 완치되어 퇴원하도록 하세요. 이상입니다."

세 사람은 절을 꾸벅하고 과장실을 나왔다. 나오는 길로 외진 곳을 찾아 과장이 준 봉투를 열어봤다. 과장 말대로 각기 여섯 장의 엑스레이 사진과 편지봉투 한 장씩이 들었다.

다섯 장의 엑스레이 사진은 자기들의 치료 부위를 찍은 거라 별것 아니고, 문제는 과장이 의미심장하게 말한 등판 사진이었다. 그러나 의학 문외한인 그들이 보기에는 그것 역시 별것 아닌 것 같았다. 그저 보기 흉한 뼈다귀 사진일 뿐이었다.

"편지를 뜯어봐."

서로 경쟁하듯 편지를 뜯어봤다. 내용은 이러했다.

여러분은 이제부터 자유입니다. 병원 비용도 다 치렀고, 경찰에도 신고 안 했으니 굳이 도망갈 필요도 없습니다. 원칙대로 하자면, 당신들은 지금쯤 재판에 계류된 미결수로 감옥에 있어야 할 사람들입니다.

이 점은 당신들이 누구보다 잘 알고 있을 겁니다. 당신들 세 사람, 사달이는 전과 12범, 강쇠는 8범, 빡빡이는 7범이죠. 당신들은 강도 강간 등, 인간의 탈을 쓰고선 해서는 안 될 악행을 거듭한 흉악

범들입니다. 이런 사실은 당신들의 지문조사로 밝혀졌습니다.

지난 사건이 살인사건이 아니고, 단순 강도미수죄로 치죄 되더라도, 당신들은 10년 이상의 형을 받았을 겁니다. 그것으로 당신들의 인생은 끝장나는 겁니다. 왜 그런 어리석은 짓을 하셨나요. 앞으로는 절대로 죄를 짓지 말고 올바로 살아보세요.

그러나 일단 악의 세계에 빠진 사람들은 대개 그 세계에서 발을 빼지 못한다고 사람들은 말하더군요. 당신들의 과거 행적을 참작할 때, 이대로 세상에 내보낼 수는 없다고 생각한 나는, 당신들을 교도소에 보내는 대신 다시는 악행을 못하도록 당신들 몸속에 방범 장치를 해놓았습니다.

그 장치란 당신 왼쪽 어깨 뼈 속에 쌀톨만 한 발신기를 숨겨둔 것입니다. 듣기에 끔찍한 것 같지만 겉으로 봐선 간단한 수술 자국뿐이고, 본인의 육체적 정신적 활동에는 아무 지장이 없으니 안심해도 좋습니다. 아프지도 않고 수술의 후유증도 없어요.

이 발신기의 기능은, 당신의 일상행동을 국내 모처에 있는 어느 기관소속 컴퓨터 기록판에 보고하는 일입니다. 구체적으로 설명하면 당신이 어딜 가든, 당신의 현재 위치가 컴퓨터 기록판에 24시간 반영되는 겁니다. 장거리 이동은 물론, 이웃 나들이, 심지어 화장실 출입, 잠자는 동안까지 모조리 기록되는 겁니다.

거짓말이겠지 하고 의심하면 안 됩니다. 오늘날 발달된 범죄 용의자 추적기술 한 가지를 소개하겠습니다. 어느 수사관이 거리에서 간첩 용의자를 발견하면, 전에는 미행하느라 고생했지만, 요즘은 멀찌감치 떨어진 거리에서, 소리 없는 물딱총으로 상대 등 뒤에 물 한 방울 쏘는 것으로 끝납니다. 물방울에는 방사능이 있어, 수사본부의 방사능 감지기가 피의자를 끝까지 추적하여 검거하게 되는 겁니다. 방사능 추적보다 더욱 확실한 것이 바로 피의자 몸속에 발신기를 부착하는 방식입니다. 당신 등판에 박힌 발신기가 바로 그겁니다.

혹시 당신들은, 그런 고약한 거라면 뽑아버려야지 하는 생각은 아예 마십시오. 발신장치를 어깨뼈에서 제거하기는 끼워 넣는 것보다 훨씬 어려운 일이라, 그런 수술을 감당할 병원이나 의사가 없을 것이고, 설사 있다 해도 수술 착수와 동시에 감지기 컴퓨터에 반영되어, 즉각 기관요원이 출동하게 마련입니다.

그렇다고 너무 고민할 건 없습니다. 당신 몸속에 있는 발신기는 어느 기간 후에는 작동이 자연소멸합니다. 이 발신기는 자극을 받지 않을 경우, 3년마다 기능이 반감되어 10년 후에는 소멸하는 겁니다.

여기서 말하는 자극이란, 당신 자신의 신경 상태를 뜻하는 겁니다. 몸속에 있는 발신기에 신경을 쓰면 발신기는 자극을 받아 기능이 연장되고, 반대로 전혀 무관심 상태로 두면 기능이 약해지는 겁니다. 마음을 편하게 갖는다든지, 종교나 믿음에 몰두하는 경우 소멸 기간은 더 단축되는 겁니다. 참고하기 바랍니다.

별도 동봉한 1천만 원 수표는 적은 돈이지만, 당신의 새 출발을 축하하는 나의 성의 표시니 받아주십시오.

이제부터 당신의 앞날은 당신 자신의 의지에 달렸습니다. 당신은 남다른 건장한 육체와 억센 의지의 소유자 아니겠습니까. 인생살이에 있어 이보다 더 큰 밑천은 없을 겁니다. 성공을 빕니다.

4. 잃은 것과 얻은 것

세 사람의 무법자가 다녀간지 석 달 후부터 행도에는 새로운 공사가 시작되었다. 섬 꼭대기 가장 높은 절벽 위에 등대를 설치하고, 섬 전체를 낚시공원으로 꾸미는 공사였다. 등대는 항만청에서 짓는 게 아니라, 채민호 교수가 사비를 들여 준공 후 정부에 기증하기로 되어 있었다.

낚시공원은 제대로 된 선착장을 신설하고, 섬 주변에 튼튼한 축대를 쌓고 난간도 세워 낚시꾼들에게 무료 개방하기로 했다. 절벽을 오르내리는 계단도 물론 만들었다.

섬 위의 별장은 등대지기 일가의 숙소로도 쓰고, 낚시꾼들의 대피소로도 제공했다. 남해에 새로운 명소가 생기는 것이다.

박선교가 물었다. "자네는 딴 곳에 새로운 별장을 지으려는 건가?"

"천만에." 채민호는 고갤 절레절레 흔들었다.

"이젠 별장은 필요 없네. 애당초 내 생각이 잘못된 거였어. 천하 절경인 남해 국립공원 안에 나 개인을 위한 별장을 차린다는 게 유치하고 외람된 발상 아닌가. 이 지방 일대에 자자한 소문이 퍼진 것도 당연하고, 무법자들이 덤벼든 것도 당연했지. 내가 로봇을 섬지기로 했기에 망정이지, 안 그랬더라면 인명피해까지 날뻔했지."

"자네는 막대한 자본을 들여 섬을 사고 별장을 짓고 까다로운 기계장치를 설치하는 법석을 떨더니, 이번엔 다시 큰돈을 들여 장치들을 철거하고 새로 등대를 세우고 낚시공원을 만들다니, 좌우간 자넨 돈도 많네."

"부모님 유산 덕이야. 이젠 다 날렸지만."

"자넨 왜 강도 일당을 경찰에 넘기지 않았나?"

"우리나라의 현행 행형제도는 모순투성이야. 범죄자에 대한 보복도 아니고 교도도 아니고 아무것도 아니야. 대부분의 경우 범죄자는 교도소를 드나들수록 더욱 질이 나빠질 뿐이거든."

"그렇다고 강도들을 위해 그 많은 치료비를 부담하고, 사후 관리까지 책임지는 건가? 이래저래 자네는 밑지는 장사만 하네그려, 쯧쯧."

"이런 걸 자업자득이라고 하잖나. 허허허. 덕분에 많은 인생공부를 했어. 그렇다고 밑진 장사만은 아니었고."

낙
원
의　별

"참 황홀하구나."

"틀림없어. 바로 저기가 낙원의 별이야."

"정말이야. 가까워질수록 더욱 아름답네."

여섯 승무원은 눈 아래 펼쳐지는 자연경관의 아름다움에 너무나 감격하여 숨이 막힐 것만 같았다.

"낙원의 별이 있기는 정말 있구나!"

일부 우주과학자들이 주장한 학설. 즉 우리가 속해 있는 우주와 까마득히 먼 별개의 우주에는 고도의 문명이 발달하여 그곳 주민들은 이상사회의 낙원을 이루고 있다 하여, '낙원의 별'이라 이름한 상상의 별. 바로 그 낙원의 별이 눈앞에 나타난 것이다.

기적이었다. 정말 기적이었다. 낙원의 별을 찾아 나섰던 것도 아닌, 그저 절망 속에 헤맸던 우주 속의 표류 십여 년. 그간 모든 희망은 사라지고, 이제는 체념의 막바지에 이른 상황이었는데, 낙원의 별이 눈앞에 나타난 것이다.

이 별이 우주과학자들이 말하는 낙원의 별인지, 혹시 전혀 다른 이름의 별인지는 분명치 않았으나 그건 아무래도 좋았다. 비행접시 라라-15기에 살아남은 여섯 사람에게 이 별은 분명 기적의 별이요, 생명의 별이었다. 아니 틀림없이 우주과학자들이 예견한 바로 그 낙원의 별일 것이다.

조종석에 앉은 에드 아담은 조심조심 조정계기를 조작하여 그 별을 향하여 접근을 시도하였다. 고도를 낮추는 동시에 활공속도를 줄였다. 고 데스너는 레이더를 지켜보고 얀 만스는 열두 개의 착륙용 다리도 시험 삼아 작동시켜 보았다. 이런 실험을 실로 몇 년 만에 다시 해보는 노릇인가? 다행히 운전 계기를 비롯한 모든 장비는 정상적으로 작동되었다.

"모든 것이 잘됩니다." 기쁨에 넘쳐 다섯 사람의 대원들은 일제히 칸 두루세를 바라보았다.

"의장님, 이젠 살았습니다."

칸 두루세는 침착하게 말했다.

"제군 여러분, 우리는 그간 잘 참고 잘 이겨냈습니다. 그러나 방심해서는 안 됩니다. 지금 이 순간이 가장 중요한 순간입니다. 더욱 조심하고 더욱 경계하십시오. 착륙하기에 앞서 좀 더 저 별의 정체를 알아봅시다. 대기측정과 분석을 정확히 하고, 지표상의 생태상황도 충분히 검토하도록 하십시오."

"예." 다섯 사람은 큰소리로 대답하였다. 그렇다. 죽음의 우주횡단이 끝났다고 방심했다가는 불의의 어떤 사고가 나타날지 알 수 없었다. 흥분에 젖었던 일동은 긴장을 되찾고 각자 맡은 바 임무에 착수하였다.

조종사 에드 아담은 상대별과의 거리를 2만 킬로미터까지 접근시키고, 속도를 시속 3만2천 킬로미터로 줄였다. 다다 모니는 외부 대기를 0.5리터가량 채취하여 성분을 알아보았다. 고 데스너와 킨 칸사 그리고 얀 만스는, 몇 가지 방위무기의 점검과 조작시험을 했다.

"신호를 보내보라." 칸의 명령으로, 고 데스너는 무기를 놓고 몇 차례 무선신호를 내보냈다.

이들이 낙원의 별 주변을 한 바퀴 도는 동안(약 5시간이 소요되었다) 상대편에선 아무런 회답 신호가 없었다.

"바짝 다가가보는 게 어떨까요?" 고 데스너는 좀이 쑤시는 얼굴로 지도자에게 물었다.

"좋아." 지도자의 승낙이 떨어지자, 조종사 에드 아담은 라라-15기의 몸체가 견딜 수 있는 한도까지 방향각도를 꺾어, 목적 천체를 향하여 돌격하듯 일직선으로 하강하였다. 물론 속도는 최대한으로 감속하였다. 그러지 않으면 라라-15기는 타버릴 것이다.

목적의 별 표면에서 50킬로까지 하강하여 다시 수평비행으로 들어갔다. 이제는 육안으로도 하계를 관찰할 수 있었다. 바다가 보이고 산이 보였다. 무선신호는 계속 나갔으나 하계로부터는 전혀 반응이 없었다. 라라-15기는 착륙지점을 찾아 더욱 지면 가까이 접근하였다. 이제는 지상의 모든 것이 손에 잡힐 듯이 선명했다.

"정지하고 착륙지점을 살피시오. 각자 비상사태에 대비하라." 칸의 지휘는 어디까지나 침착했다.

라라-15기가 떠 있는 위치는 밋밋한 구릉 지대의 상공이었다. 구릉 지대는 과히 크지 않은 여러 종류의 나무숲으로 덮여 있었다. 서너 줄기 시냇물이 흐르고 있을 뿐, 그 외에는 아무런 동물이나 기타 물체가 일체 눈에 띄지 않았다.

대기분석을 하던 다다 모니가 외치다시피 큰 목소리로 중간보고를 했다. "기압 800밀리바, 산소 21퍼센트, 질소 76퍼센트, 탄산 0.03퍼센트. 대체로 우리의 한나폰 대기상태와 거의 일치합니다." 그러자 다른 사람들은 일제히 "와." 하고 환성을 질렀다.

다음은 세균의 검사였다. 이 검사에는 시간이 걸렸다. 에드 아담은 라라-15기를 지상 80미터까지 접근시키고, 다다 모니는 비행체 밑바닥에 설치된 지름 9밀리미터의 견본채취봉을 세 개 사출하여, 두 군데의 토양과 한 곳의 시냇물을 빨아올려 성분검사를 하였다. 그러느라 5시간이 걸렸다. 땅거미와 맞먹을 시각에 시험결과가 나왔다.

"이상 없음." 다다가 선언했다. 다시 한 번 "와." 하고 환성이 터졌다.

"우주복을 벗어도 좋다. 착지하라." 칸 두루세의 명령이 떨어지자, 일동은 서로 경쟁이나 하듯 우주복을 벗었다.

에드가 지상 5미터 지점에 리라-15기를 정지시키고 열두 개의 다리를 내밀었다. 착지 지점은 시냇가 울퉁불퉁한 바위로 15도 정도의 경사지였으나, 열두 개의 다리가 높이를 자동조절 해주는 덕에 비행체는 완전수평을 이루었다.

그다음 중앙안전기둥이 땅에 내려졌다. 지름 2미터의 속이 빈 드럼통 모양의 중앙안전기둥은 땅속 1미터 깊이에 박혔다. 두께는 얇아도 경도 20의 재질로 만든 드럼통은 어떤 종류의 강철이건 암석

이건 아무런 저항도 받지 않고 쉽사리 파고든다. 이 기둥과 열두 개의 다리가 땅에 박히면, 웬만한 지진이나 시속 3백 킬로미터의 태풍에도 라라-15기는 능히 견딜 수 있었다. 안전기둥은 엘리베이터 작용도 겸하므로, 일동은 힘 하나 들이지 않고 땅 위에 내렸다.

이곳이 말로만 듣던 낙원의 별인지, 혹은 미지의 딴 천체인지는 아직은 알 수 없으나 곁에 나타난 모든 상황이 이토록 아름답고, 기후조건도 훌륭할진대, 이곳에도 고도의 문명사회가 존재한다고 봐야겠다. 그렇다면 우선 그들이 취해야 할 행동은 경계태세였다. 어떤 적이나, 위험물질이 있을 가능성은 충분히 있었다. 그래서 그들은 한동안 자연풍경 외에는 아무것도 눈에 안 띄는 사면팔방에 방위태세를 취했다.

한동안 시간이 흐른 후 칸 두루세가 명령을 내렸다. "좋다. 자유행동 개시."

그들은 일제히 시냇물로 달려가 맑고 시원한 물을 몇 움큼씩 손으로 담아 마셨다. 참으로 오랜만에 마셔보는 살아 있는 물이었다. 물맛이 상쾌했다. 그간 비행체 안에서 마시던 크로라 수액도 맛이야 자연수와 별 차이는 없었지만, 촬촬 흘러가는 시냇물을 직접 움켜 마시는 멋과 맛이란 어찌 수액에 댈 것인가!

공기도 맛있었다. 기온도 따뜻했다. 15도 내외로 느껴졌다. 주위의 경치도 아름다웠다. 해가 서산을 넘어가 주변이 침침한데도 이토록 정경이 아름다우니, 날이 새면 더욱 황홀하리라.

"야생동물도 많겠는데." 누군가가 말했고, "글쎄, 있음직해." 모두 맞장구쳤다.

"자, 그만 안으로 들어가지." 칸 두루세의 권유로 일동은 엘리베이터를 타고 비행접시 안으로 들어갔다. "아직은 완전히 마음을 놓을 수 없습니다. 오늘 밤은 이곳에서 자고, 날이 밝는 즉시 이 일대를 정찰합시다." 칸 두루세가 지시했다.

"예." 일동은 긴대답하고 각자 잠자리로 들어갔다.

만일을 위하여 비행체 외부에는 적외선 경계망을 쳤다. 밤이 깊어감에 따라 주변은 캄캄했으나, 구름 한 점 없는 맑은 하늘에는 수없이 많은 보석을 뿌린 듯 반짝이는 별들로 하여 일동은 정신이 황홀하였다.

잠시 시간이 흐르자 하늘에서 더욱 큰 잔치가 벌어졌다. "아! 저게 뭐지?" 누군가가 외치자 모두 그 사람이 바라보는 방향으로 시선을 돌렸다. 먼 산 너머에서 이상한 불빛이 보였다.

"저게 뭘까?" 모두 불안과 호기심에 휩싸여 불빛을 바라보았다. 얼마후 에드 아담이 외쳤다. "알았다. 저건 이곳의 위성이야."

"위성?" 누군가가 되물었다.

"그래. 위성이야. 멋진데!" 킨 칸사와 얀 만스가 에드 아담의 말에 동조하였다.

아담이 칸 두루세에게 설명하였다. "우리의 한나폰에는 위성이 없으나, 한나폰과 같은 행성인 제인스 1호별, 제인스 2호별에는 각기 두 개씩의 위성이 있는 게 관측됩니다."

"나도 그건 알고 있지만, 저것이 정말 이곳의 위성이란 말인가?" 칸 두루세는 너무나 신기하여 위성에 정신이 팔려 멍하니 바라보고만 있었다. 다른 사람들도 마찬가지였다.

문제의 위성은 차츰 산마루 위로 이동하여 하늘 높이 떠올라갔다. 모양이 깎아놓은 과일 쪽 같긴 했으나, 틀림없는 별의 일종이라는 걸 모두 인식하게 되었다.

그러고 보니, 혹시 이곳이 낙원의 별이 아니고, 자기들은 어쩌다 요행으로 한나폰에 되돌아온 건 아닌가? 하는 가냘픈 희망이랄까, 의혹이랄까, 아무튼 입밖에는 내지 않았으나, 가슴속에 품었던 꿈이 물거품이 된 아쉬움은 어쩔 수가 없었다. 모두 긴 한숨을 내쉬었다.

"자, 모두 자리에 누워요. 내일은 할 일이 많을 겁니다." 칸 두루세는 이렇게 말하고 자기 먼저 누웠다.

그러나 잠을 자라고 명령을 내린 칸을 비롯하여 일행 여섯 명 모두는 좀체 잠을 이루지 못하였다. 밤하늘의 경치가 아름다워 눈을 감기가 아쉽기도 했지만 고향을 떠나 십여 년 만에 비로소 고향 땅과 같은 새로운 천체를 발견한 감격에 일행은 가슴이 벅차, 그들의 눈에는 본인들도 모르는 사이에 이슬이 맺히고, 이어 주르르 볼을 적시기까지 했다.

왜 그러지 않겠나! 우주표류 십여 년의 피맺힌 한이 그들 가슴마다 응어리져 있고, 그간에 겪은 수천 수만 번의 위기를 넘긴 아슬한 기적이, 생생하게 기억에 남아 있었다.

그렇다고 모험이 끝났다고는 아무도 생각하지 않았다. 이곳은 미지의 천체였다. 처음 대하는 세계였다. 이곳에서 과연 삶을 유지할 수 있을 것인가? 이곳을 지배하는 주인은 과연 어떤 부류에 속하는 것인가? 모두가 캄캄했다.

그러나 우선은 희망을 걸 수 있는 세계임은 틀림없었다. 쫓겨나온 고향 땅과 같은 자연환경이 이곳에는 있었다. 공기, 물, 들과 산, 풀과 나무, 그리고 밤하늘을 수놓은 찬란한 성좌. 신비스러운 밤하늘의 등불 같은 위성의 존재. 이 모두가 우주표류 이후 처음 대하는 감격의 대상이었다. 내일의 탐험을 위하여 잠을 자라는 칸의 명령이긴 하나 잠이 올 턱이 없었다. 칸 자신부터 잠을 이루지 못하고 있었다.

✳

비행접시 라라-15기가 착륙한 곳은 지구였다. 등장인물 여섯 명은 외계인들이었다. 그들의 고향별은 그들의 이름으로는 '한나폰'이라는 천체인데, 물론 지구가 속한 태양계와는 전혀 별개의 우주권에 속해 있었다. 지구와 한나폰의 거리는 적어도 5광년이 넘는 멀고 먼 먼 거리였다.

여섯 명 외계인의 지도자 칸 두루세는 그전에는 한나폰의 최고인민회의 상임위원회 의장, 약칭 '최고의장'이었다. 지구식으로 말하면 세계대통령에 해당한다고 할까? 아무튼 칸 두루세는 20억 인구의 한나폰의 최고 지휘자였다.

그는 임기 3년의 최고의장직을 한차례 마치고 난 후, 전체인민회의에서 재추대되어, 두 번째 최고의장직을 2년째 하던 중 어느 날 갑자기 혁명집단을 자칭하는 반항세력에 의하여 권좌에서 쫓겨났다. 정말 너무나 갑작스러운 이변이었다. 칸 두루세 본인에게는 물론이고 한나폰 전체사회에 있어서도 큰 이변이었다.

쿠데타 발생 바로 그 순간까지 칸 두루세 자신은 아무런 이상을 느끼지 못하였고, 한나폰 전 세계 어느 구석에도 특별한 조짐이나 불안의 기색은 나타난 바 없었다. 모든 것이 순조롭고 모든 것이 정상적 평화, 그것이었다.

칸 두루세가 한나폰의 최고의장이 되기 이전이나 된 후나, 한나폰은 무사태평한 시대의 계속이 있었을 뿐, 지역대립이나 정치불안, 인구문제, 천재지변 등 골칫거리의 소재는 아무것도 없었다. 그런데 어째서 한나폰의 최고지도자가 갑자기 권좌에서 쫓겨났으며, 쫓겨난 과정은 어떠했던가?

쿠데타가 발생한 그 날, 최고의장 칸 두루세는 평상시 그대로 한나폰 세계정부가 있는 수도 마하한의 중앙청 집무실에 출근했다. 오후에는 우주항공장관의 안내로 시민운동장에 나가, 새로 개발된 원거리 우주탐험 항공기 라라-15기 시승식에 참가했다.

라라-15기는 우주항공국이 6년간의 정성을 기울여, 은하계 탐험을 위한 특수항공기로 제작되어, 지난 반년간 세 차례의 시험비행을 끝낸 후, 오늘은 최고의장 임석하에 정식 명명식을 갖는 날이었다.

칸 두루세는 역사적 사명을 띤 새로운 우주개척항공기의 이름을 '라라-15'라고 명명하였다. '라라'는 한나폰 말로 '넓고도 넓다'는 뜻이고, 15는 행운을 뜻하는 숫자였다.

이날, 수용 능력 20만 명의 시민운동장은 입추의 여지 없이 초만원이었다. 주 경기장 한가운데에는 지름 25미터 높이 3.5미터의 접시형 우주항공기가 자리 잡고 있었다.

칸 두루세 일행은 5킬로 거리 밖의 중앙청에서 경비행기 편으로 식장에 도착하였다. 최고의장을 맞이한 스텐드의 시민들은 일제히 환영의 박수와 환호성을 올려 거대한 스타디움이 들썩거릴 정도였다. 칸 두루세가 오른손을 번쩍 쳐들자 식장의 장막이 거치고, '라라-15'라는 글자가 몸체 여섯 군데에 선명한 비행접시가 선보였다.

팡파르가 크게 울리자, 5천 마리의 새가 일제히 날개를 퍼덕이며 시민운동장 하늘을 덮었다. 시민들의 환호성은 더욱 높아져 온통 흥분의 도가니였다. 이 즐거운 광경이 불과 반 시간 후에는 절망의 수렁으로 이어질 줄이야 누가 짐작이나 했으랴. 그 환호성. 20만 시민들의 열광하는 모습. 지금도 귀에 쟁쟁하고 눈에 선한 칸 두루세였다. 그때 그는 우주항공장관의 안내로 20여 명의 수행원들과 함께 라라-15기 안으로 들어섰다. 수행원은 최고회의 각 부장들과 수석비서관 일행이었다.

장관 중에 빠진 사람이 한 사람 있었다. 치안장관 차이시안인데, 칸 두루세를 비롯하여 모두 차이시안 장관이 빠진 사실에 별 관심을 나타내는 사람은 없었다. 누구에게도 수행하라는 명령이 있었던 것도 아니기에, 수행에 참가하고 안 하고는 별문제가 아니었다.

우주항공장관 하라페스와 라라-15기의 기장 란스 킴이 칸 최고의장에게 라라-15기의 내부 여러 가지 장비에 대한 해설을 했고, 이어 최고의장 수석비서관이 칸에게 물었다.

"각하를 모시고 약 20분간의 우주비행을 하기로 순서가 짜여 있습니다만, 그대로 하라고 해도 괜찮겠습니까?"

"나는 괜찮네." 금년 58세의 칸 두루세는 빙그레 웃으며 대답하였다. 순서에 없더라도 이 기회에 잠깐이나마 우주여행의 멋을 누리고 싶은 심사였다. 그만큼 그는 나이에 비하여 마음은 젊고, 육체도 정정하였다.

수행원들도 모두 즐거운 표정들이었다. 우주비행이 흔한 시대라, 일행 중 대부분은 다소간의 우주비행 경험이 있긴 했으나, 최고의장과 함께 최신형 은하계 왕복항공기 라라-15기를 타고 우주공간에 떠오를 기회란 거의 없을 거라는 호기심이 이들을 들뜨게 했다.

"출발 준비." 라라-15기의 기장 란스 킴이 실내 마이크에 대고 명령을 내렸다.

"출발 준비." 수석조종사 에드 아담의 복창이 있고, 곧 이륙 카운트다운에 들어갔다. 카운트는 하나에서 스물까지.

땅에 내려진 사다리가 물러가고, 출입문이 닫히고, 각종 계기의 파란 램프가 켜지고, 조종석에 진열된 신호등이 차례차례 불이 켜져, 빈 등불이 없게 되자 부저가 울렸다.

"준비 완료." "준비 완료."

"이륙 개시." "이륙 개시."

총중량 105톤의 라라-15기는 탑승자들이 겨우 감득할 정도의 느낌이 있을 뿐, 잠자리가 풀잎 위에서 자리를 뜨듯 사뿟이 공중에 떠올랐다. 자력작용이었다.

다음은 압축수소의 분출로 지상 50미터 높이까지, 초속 10미터 속도로 찬찬히 올라가면서, 순서에 따른 각종 연료의 교체로 차츰 가속되어, 10분 후에는 까마득 콩알만 한 점으로 변하여 시야에서 벗어져나갔다.

별반 소음도, 연기도, 먼지도 일어나지 않고, 다만 서늘한 강풍이 운동장 안을 한바탕 훑고 갈 뿐이었다. 옛적에는 어떤 물체를 대지의 인력이 못 미치는 외계로 쏘아 올리려면, 목적물 무게의 2천 배 내지 만 배에 해당하는 추진체를 소모해야만 했다. 그래서 첫째 번 둘째번 셋째번 로켓 순서로, 대형 연료탱크를 공중에서 탈락시키는 소동을 벌였으나, 현재는 폭발연료 대신 전자력, 기체, 광선 등 항공기 자체보유의 에너지로 조용하게, 인력권 탈출과 외계항진을 계속할 수 있었다.

이것뿐만이 아니었다. 옛적에는 우주항공체가 외계로 나가면,

무중력 현상으로 기체 내의 사람이고 기물, 액체 등이 둥둥 떠다니는 진풍경을 연출했지만, 오늘날에는 항공기 바닥에 깐 융단 표면에 흡수성 페인트 코팅을 하여, 모든 물질은 지상에서의 인력작용을 받듯이, 안정된 생태를 유지하게 돼 있었다.

이래서 칸 두루세 일행들은 아무런 쇼크도 받지 않고, 무사히 예정된 우주공간의 궤도위치를 비행하면서, 육안으로 또는 망원경을 이용하여 8천 킬로미터의 거리를 두고 한나폰을 바라볼 수 있었다.

모두 들뜬 기분으로, 좀체 볼 수 없는 장관에 눈이 팔렸다. 시민운동장을 떠난 지 30분경에 이변이 돌발하였다. 지상관제탑에서 갑자기 이상한 소리를 보내왔다. 지금까지 교신을 하던 사람과는 생판 다른 사람의 목소리였다.

"여기는 혁명위원회 보도국이다. 이 시간부터 한나폰은 차이시안 치안장관이 지휘하는 혁명위원회가 모든 권한을 행사한다. 모든 인민은 혁명위원회가 발표하는 명령에 따라야 한다.

첫째, 칸 두루세가 이끄는 최고회의는 존재하지 않는다.

둘째, 각 연방정부 및 중앙정부의 헌법 기능을 잠정적으로 정지시킨다.

셋째, 라라-15기의 한나폰 귀환을 불허한다."

그리고 소식이 끊겼다. 라라-15기의 모든 사람들은 너무나 엉뚱한 소리에 얼이 빠져, 멍청하게 굳은 표정만 하고들 있었다. 곧이어 더욱 엄청난 소리가 기내 스피커에서 뛰어나왔다.

"라라-15기, 라라-15기. 내 말을 들어라. 여기는 기오-7이다. 우리는 차이시안 장관의 친위대다. 우리는 차이시안 장관의 명령으로 라라-15기를 감시하고 있다.

이제부터 우리의 지시에 따르라. 라라-15기는 탑승원 전원과 더불어 한나폰에서 영원히 사라져야 한다. 절대로 한나폰에 귀환할 수 없다. 외계로 사라져라. 지금 곧 외계 아무 방향으로나 진로를 바꾸어 한나폰 인력권 밖으로 나가라. 명령을 어기면 즉각 발포하겠다. 우리는 먼저 경고사격을 한번 하겠다. 라라-15기 우측 50킬로 공간에 빨간색 가스탄을 보낸다. 보아라."

과연 라라-15기의 오른쪽 하늘에 시뻘겋게 불타는 섬광이 있고, 기체가 크게 요동을 하여 탑승원 전원의 가슴을 서늘하게 하였다.

"보았는가? 이제부터 10초의 여유를 주겠다. 10초가 지나는 동시에 직격탄을 쏘아 라라-15기를 공중분해시키겠다. 하나, 둘, 셋…."

기장 란스 킴이 무선기에 대고 외쳤다. "리오-7. 카운트를 멈춰라. 관제탑 나오라. 나는 란스 킴 기장이다. 관제탑 나오라!"

"넷, 다섯, 여섯…."

칸 두루세가 란스 킴 기장을 제치고 직접 나섰다. "나는 칸 최고의장이다. 명령이다. 관제탑 직원은 차이시안 치안장관을 불러 나와 대화하도록 하라."

그사이 카운트는 "… 아홉, 열."이 다 되었다.

쾅! 섬광과 더불어 기체의 극심한 동요로 전원이 바닥에 나동그라졌다. 스피커에서 차가운 음성이 흘러나왔다.

"지금 터진 것이 마지막 경고신호다. 이제 직격탄을 명중시키겠다. 빨리 우주 속으로 사라져라."

기장 란스 킴, 수석조종사 에드 아담 그리고 모든 사람이 칸 최고의장의 안색을 살폈다. 칸 최고의장은 고개를 끄덕였다. 에드 아담이 운전판의 버튼 몇 개를 조작하였다.

"좋다." 스피커가 냉엄하게 말했다. "계속 같은 코스를 잡아라. 속력을 가속시키라."

라라-15기 무선기사는 몇 차례 지상관제탑과 교신을 시도했으나 무선기 작동이 전혀 안 되고 심한 잡음만 일으킬 뿐이었다. 뒤쫓아오는 기오-7기가 방해전파를 쏴대는 게 분명했다.

칸 두루세와 그의 수행원 22명, 란스 킴 기장을 비롯한 10명의 승무원. 합쳐 32명의 탑승자 전원은, 갑작스러운 사태로 이것이 현실인지 꿈속인지 분간하지 못할 정도의 허탈에 빠져, 더러는 일어선 채 더러는 바닥에 주저앉은 채 눈만 껌벅이고 있었다.

"속도를 더 높여라. 우주횡단을 하려면 그 속도로는 안 되지 않는가. 한나폰으로 돌아갈 궁리는 절대로 하지 말라. 우리는 5백만 킬로미터까지 추적 감시할 것이며, 그다음은 레이더로 감시할 것이다. 당신네가 속도를 줄이거나 방향전환을 시도할 경우, 즉각 추적 로켓을 출동시켜 라라-15기를 우주의 먼지로 만들 것이다." 기오-7이 보내오는 매정스러운 메시지였다.

우주항공장관 하라페스가 기장 란스 킴에게 물었다. "뒤쫓아오는 저것을 부숴버릴 수는 없는가?"

란스 킴은 맥빠진 소리로 대답했다. "우리에겐 무기가 없습니다."

"왜 없어? 레이저포와 고발트포가 여러 대 있을 텐데?" 하라페스 장관이 볼멘소리로 따졌다.

"필요에 따라 그런 무기를 탑재할 수 있도록 설계는 돼 있지만, 이번 시험비행에는 필요가 없어 안 실었습니다."

"저건 무기가 아니고 뭐요?" 하라페스 장관은 벽 여기저기에 걸려 있는 총기 모양의 물건들을 손가락질하며 재차 기장에게 물었다.

"저건 우주유영의 경우 사용하는 거리조종용 로켓총입니다. 무기가 아니에요."

"그럼 우린 어찌 되는 겁니까?"

"우선은 기오-7의 지시에 따를 수밖에 없겠군요."

"우선은 저자들의 지시대로 따른다 하고, 그다음은 어찌 되는 겁니까?" 칸 두루세가 기장에게 물었다.

"그건 저도 모르겠습니다." 이리 말하고 기장은 긴 한숨을 내뿜었다.

모두의 얼굴에는 절망의 빛이 역력했다. 다만 조종석의 에드 아담이 여러 사람에게 말했다. "너무 걱정하지 마세요. 우선은 추격기의 핵폭탄을 피해 멀리 나갔다가, 가끔 신호를 보내 저들의 반응을 봐가며 대응해 나가면, 어떤 방도가 나올지도 모르지요."

이 말은 에드 아담이 자신과 여러 사람을 위한 위로의 말에 지나지 않았으나, 이 말의 효과는 대단하였다. 지옥의 나락 바닥에 빠져 있다가 한 가닥 빛을 본 것처럼, 각자의 눈동자에는 희망의 반짝임이 보였다. 칸 두루세가 고갤 끄덕끄덕하며, 육중한 목소리로 말했다. "그 말이 옳습니다. 우리는 너무 조급하게 굴지 맙시다. 지금의 상황은 너무나 갑작스러운 이변이지만, 갑작스러운 이변에는 또 다른 이변이 항상 뒤따르게 마련이니, 우리는 냉정한 자세로 사태의 추이를 지켜봅시다."

일동은 잃었던 정신을 되찾은 듯 얼굴에 핏기가 돌았다. 란스 킴 기장의 지시가 연달아 나왔다. "아담은 계기에서 눈을 떼지 말라. 데스너는 레이더 감시를 맡으라. 얀 만스는 우리를 감시하는 기오-7과의 거리측정을 살피라. 킨 칸사는 우리의 위치를 검산하라. 다다 모니는 실내 환경기능을 계속 검토하라. 손 사샤는 갑판의 이상 여부를 주의하라." 이리하여 라라-15기는 32명의 인원을 태운 채 우선은 추적기의 격추위협에 못 이겨, 허허 막막한 우주공간을 초속 20킬로미터의 속도로 한나폰으로부터 멀어져갔다. 끝내 못 돌아갈 우주방랑의 시작임을 상상도 못 하면서.

2

칸 두루세 일행은 한밤을 꼬박 새우다시피 하고, 다음 날 아침을 맞이하였다. 지구 도착 둘째 날이었다.

"계절은 봄 같군요. 태양이 떠오르는 방향으로 봐서 그래요. 물론 이곳에 사계절이 있다는걸 전제로 해서 그렇다는 거지만." 고 데스너가 동쪽 산마루에 모습을 나타낸 해돋이를 보면서 하는 말이었다.

"맞아. 이른 봄이야. 이곳은 우리의 한나폰과 모든 자연조건이 일치할 거야. 봐! 나침반이 여기서는 제대로 작동하잖아." 에드 아담이 큰소리로 외쳤다.

나침반이 제대로 작동하다니! 실로 놀라운 일이었다. 우주표류 기간 중 아무 쓸모 없이 고물이 돼버렸던 나침반이 제대로 움직인다는 것은, 이곳이 한나폰과 같은 자기체를 지니고 있다는 얘기였다. 여섯 사람은 너무나 신기하여 나침반을 둘러싸고 감격에 찬 표정들이었다.

다시 기능을 회복한 건 나침반뿐이 아니었다. 계기판의 시계와 몇 해 전에 내던져버렸던 개인용 시계가 모두 다시 움직였다. 움직이긴 하는데, 표시된 시각은 제각기 다 달랐다. 이러나저러나 신기하여 일행 여섯 사람은 몹시 기뻤다.

우주를 표류하는 동안, 그들은 방향감각, 위치감각, 시간의 흐름, 낮과 밤의 구별, 자기 나이의 변화 등등 모든 것을 잃고 있었다. 이유는, 라라-15기에 장비된 모든 계기가 한나폰의 자력권을 벗어나면서부터 작동불능상태에 빠졌고, 한나폰이 의지하고 있던 그들의 태양을 잃고 난 후에는 시간과 세월을 분간할 기준이 아무것도 없었기 때문이다. 얘기 첫머리에, 칸 두루세 일행이 십여 년간 우주표류를 했다고 했지만, 그건 편의상 그렇게 표현한 것일 뿐 실제의 시간 경과는 아리송했다.

사실, 우주에서 시간의 실체는 아리송한 것이다. 우리가 사는 지구의 태양계만 하더라도, 지구의 하루는 24시간이지만, 토성의 하루는 10시간이요, 수성은 2,112시간이다. 또, 지구의 한해는 365일이지만, 토성의 한해는 10,814일이다. 같은 태양계에 속한 행성들도 이렇게 다르니, 별개의 태양계, 즉 외계에서의 시간 계산은 헛수고에 지나지 않는 것이다.

그건 그러나, 이 얘기의 주인공들의 우주표류 기간을 십여 년으로 잡은 것은, 막연하나마 계산의 바탕은 있었다. 첫째, 칸 두루세 최고의장이 한나폰의 수도 마아한 시민운동장을 출발할 때의 나이가 58세였고 아직 생존해 있으니, 표류 기간을 수십 년으로 잡긴 곤란하고, 그렇다고 10년 이내로 잡기에는 한나폰과 지구와의 거리상의 문제가 있었다.

우리의 우주과학 지식으로는, 우리 태양계 내의 행성에는 생명체가 존재하리라고 추리되는 천체가 하나도 없다. 밤하늘에 반짝이는 별 중에 혹 이웃 우주가 될 만한 항성이 있을지도 모르나, 그 별들과 지구와의 거리는 가장 가까운 것이 43광년, 먼 것은 수십만 광년으로 표현된다. 그리고 현재까지의 알려진 인간 지식으로는, 지구와 10광년 거리 이내의 천체에는 생물이 존재하지 않는 것으로 되어 있다. 그렇다면, 외계와의 교류나 탐험 같은 것, 외계에서 왔다고 보는 비행접시나 외계인의 얘기 등은 아예 황당무계한 헛소리겠구나? 하면, 그건 아니다.

우리는 과학자들의 학설을 존중은 하지만, 절대시할 수는 없다. 은하계와의 거리가 수십만 광년이니, 아니 수백만 광년이니 하여, 우리 같은 일반인들로서는 이해조차 할 수 없는 엄청난 수치까지 밝혀내는 위대한 과학자들이지만, 아주 작고 일상적인 일, 예컨대 화산폭발이니 지진의 예보, 태풍의 진로 예상 따위도 제대로 못 하고, 고대인이 쌓아놓은 피라미드의 축조과정도 밝혀내지 못하는, 아둔한 사람들 역시 과학자들이니, 우리는 과학자들이 제시하는 소위 천문학적 숫자놀이에 지레 겁을 먹고 물러날 일은 아니다.

아무튼, 우주는 아직은 우리 인류에게는 수수께끼의 존재다. 우리가 알지 못하고, 상상도 할 수 없는 진실이 숨어 있는 것은 분명한 사실이다. 그 사실 중의 하나가, 우주 속의 시간과, 우리 지구촌 사람들이 인식하고 있는 시간 개념과의 어긋남이다.

실례로 라라-15기의 칸 두루세는 58세 때 한나폰을 떠난 후 수년 간의 우주생활을 지내고도 아직도 원기가 팔팔한 데 비하여, 함께 출발한 탑승원 32명 중 26명은 늙고 병들고 하여 죽고, 생존자는 단 6명뿐이었다. 이렇듯 우주 속의 시간이란, 공간위치에 따라,

혹은 천체조건에 따라, 혹은 이에 적응하는 생물의 생리적, 심리적 조건에 따라 다양하다는 것이다.

＊

칸 두루세 일행은 그들이 생각하는 낙원의 별에서 하룻밤을 지내고, 조반을 마치는 즉시 착륙지점을 떠나 탐방비행에 나섰다. 저공비행으로 난 지 불과 10분 만에 조그마한 산간마을을 발견하였다. 한나폰에서도 흔히 볼 수 있는 농촌 풍경으로, 시냇물 양켠 풀밭에 군데군데 가축 울타리가 있고, 허수룩한 농가가 여섯 채 띄엄띄엄 흩어져 있었다.

이른 새벽이어서 그런지, 사람이고 짐승이고 움직이는 물체는 하나도 안 보였다. 라라-15기는 조심을 하느라 마을 사람들의 시선이 안 미치는 언덕 넘어 후미진 곳을 찾아 소리 없이 착지하였다.

칸 두루세와 고 데스너, 그리고 킨 칸사와 다다 모니 두 여성 등 네 사람은 비행체에 남아 있고, 에드 아담과 얀 만스가 척후대로 나섰다. 두 사람 다 우주유영용 권총으로 무장하였다.

두 사람은 조심조심 언덕을 넘어, 발걸음 소리도 죽여가며, 제일 가까운 거리의 집으로 접근하였다. 좔좔 흐르는 시냇물 소리만 있을 뿐, 마을 전체는 죽은 듯 조용하였다. 가축 울타리에는 동물의 그림자가 없을뿐더러, 울타리도 거의 자취만 남아 있을 정도로 삭아 빠졌다. 더욱 가까이 가보니 삭아 빠진 건 집 모습도 마찬가지였다. 문이고 창이고 부서진 틀만 남고 벽도 구멍투성이였다. 폐가 같았다. 문짝도 없는 현관으로 들어서보니 과연 사람이 안 사는 버려진 집이었다. 지붕도 여러 군데 바스러져, 푸른 하늘이 훤하게 쳐다

보였다.

이 집을 나와 근방 다섯 채의 집을 바라보니 겉모습이 한결같이 퇴락한 폐옥이었다. 두 사람은 다섯 채를 두루 다니며 폐옥임을 확인하였다. 서먹한 기분이었다. 하필이면 폐촌이 첫 번째로 걸리다니 하는 언짢은 생각이 들었다. 그들은 라라-15기로 돌아가, 언덕 너머의 마을 모습을 최고의장에게 보고하였다.

"딴 곳으로 이사들 갔을까?" 칸 두루세는 중얼거렸다. 그러고는 에드 아담에게 운전을 지시하였다. "좌우간 함께 다시 가보세."

라라-15기는 자력선을 이용하여 땅 위를 기듯 사뿐히 날아, 고개를 넘어 폐촌 한가운데에 착지하였다.

"정말 이상하군." 칸 두루세는 심각한 표정을 했다. "이 마을은 이미 오래전에 망한 마을입니다. 이사 간 것이 아니라, 모두 죽었거나 먼 곳으로 피난 갔거나 한 것입니다. 사람뿐 아니라 이 근방의 모든 생물은 같은 운명이었을 겁니다. 보세요. 이곳에서 움직이는 것은 오로지 흐르는 시냇물뿐입니다. 숲에는 새소리가 없고 땅에는 벌레 모습도 없어요.

들에 잡초는 있지만, 숲에는 갓 자란 키 작은 나무뿐이고, 오래된 큰 나무는 모두 말라죽은 모습입니다."

칸의 관찰은 맞았다. 모두 주변 환경을 둘러보니 과연 칸의 말대로였다. 그들은 어제 오후 첫 번째 착지한 곳에서나, 지금 이곳에서나, 한 마리의 짐승이나 새 모습은 고사하고, 땅 위에 기어 다니는 벌레조차 보지 못했다. 어쩐지 등골이 오싹해졌다.

"어떤 큰 재난이 이곳을 휩쓴 모양이군요." 고 데스너가 말했다. 칸 두루세는 잠자코 고갤 끄덕였다.

"딴 곳으로 가보죠." 에드 아담이 말했다.

"잠깐." 칸 의장은 묵묵히 하늘을 쳐다보며, 어떤 깊은 상념에 빠진 듯 제자리에 서 있었다. 다른 다섯 사람은 말없이 칸의 거동만 바라보고 있었다.

잠시 후 칸 의장은 폐옥 중의 한 집 안으로 발길을 옮겼다. 모두 그를 따랐다. 칸 의장은 집 안을 두루 살피다가 거의 다 부서진 책장 앞에 발을 멈추고 한 권의 책을 뒤적거렸다.

"아!" 칸 두루세는 찔끔 놀란 탄성을 토하며 다섯 사람에게 책을 내보였다.

다섯 사람은 칸 의장은 내민 책을 보자, "아!" 일제히 입을 딱 벌렸다. 책 모양은 한나폰에서 흔히 보는 것과 비슷했고, 책에 적혀 있는 글자가 한나폰의 글자와 비슷했다. 아니, 비슷한 게 아니라 바로 한나폰 자기네들의 글자였다. 페이지를 넘기니 내용 전체가 모두 한나폰의 글자였다. 한나폰의 책이 어째서 여기 있을까? 이곳은 역시 한나폰인가? 그러나 그건 아니었다.

익숙한 글자이니 읽을 수는 있는데, 뜻은 전혀 안 통했다. 글자는 같고 말은 안 통하는 건가? 에드 아담과 얀 만스가 각기 별개의 책을 꺼내 펼쳐보니 역시 같은 글자였다.

"숫자도 같네요." 얀 만스가 말하자, 에드 아담이 "아니 틀린 자도 있어." 하고 되받았다.

과연 페이지를 표시하는 숫자는 한나폰에서 사용하는 숫자와 대부분이 달랐다. 그리고 책 속에 나오는 사진이나 그림에는 인물과 동식물, 기타 수많은 물건과 여러 가지 상황 장면이 있는데, 거의 모두가 한나폰에 있는 그것들과 모습이 같았다.

"우리가 한나폰에 돌아온 건 아니지?" 누군가가 얼빠진 소릴 했다.

이곳이 한나폰이 아닌 건 너무나 확실했다. 어젯밤에 본 별자리의 모습이나, 한나폰에 없는 달이 이를 증명하고 남지 않는가! 그러나 일행 여섯 사람은 무엇에 홀린 사람처럼 얼이 약간씩은 흔들린 상태였다.

항공사 킨 칸사가 말했다. "천문학에서 반우주란 학설이 있잖아요. 우리가 사는 우주의 정반대 편에 우리의 우주의 복사판처럼 똑같은 우주가 존재한다고요. 여기가 바로 반우주의 한나폰이 아닐까요?"

에드 아담이 반대하고 나섰다. "당치않은 소리. 명색이 항공사이면서 그런 소리를 하는 겁니까? 우리가 대기권 밖에서 한나폰을 관찰한 것이 수십 번이나 되는데, 모습이 이곳과는 전혀 다르지 않습니까. 육지와 바다 모양이 다르고, 이곳에는 한나폰에 없는 위성이 있고."

그럼, 이곳이 한나폰의 복사판이 아닐진대, 사진에 나타난 인간의 외형이며, 주택 등 생활환경이 이토록 닮은 것은 우연의 일치란 말인가. 글자마저 같은 건, 우연치고는 너무도 기묘했다.

칸 두루세가 다섯 사람에게 말했다. "우리는 이제 겨우 이곳에 발을 디딘 순간에 지나지 않습니다. 좀 더 관찰해봅시다."

이리하여 라라-15기는 다시 정찰비행에 나섰다. 라라-15기는 고도 2천 미터 정도를 유지하면서, 하계의 지형이 산악지대에서 평야로 변하는 방향으로 날았다. 얼마 안 가 제법 큼직한 도시가 나타났다.

조종사 에드 아담은 만일을 경계하여 고도를 6천 미터로 높이고 도시의 외곽을 돌면서 하계의 모습을 정찰하였다. 모두 망원경을 통하여 도시의 모습을 볼 수 있었다. 크고 작은 건물이 10만도 넘게 추산되는 대도시였다. 시원스레 뻗은 동서남북 관통 도로며, 도시 내외의 고가도로의 모양도 기하학적 형상미가 뛰어나게 아름다웠다. 그런데 움직이는 것은 아무것도 안 보였다.

고도를 점차 낮게 하고, 외곽에서 도시의 중심부로 접근함에 따라, 도시의 상태가 육안으로도 잘 보였다. 한마디로 표현하여 훌륭한 도시였다. 종합적으로 잘 짜인 구역이라든지, 충분한 녹지대, 도심을 관통하는 운하. 운하에 얹힌 십여 개의 미술품 같은 교량들, 고층건물과 소형건물들의 조화 등.

이 정도로 아담한 도시는 한나폰에도 그리 많지 않았다. 그러나 공중에서 내려다보는 여섯 사람의 외계인들은, 하계의 도시미에 감탄할 마음의 여유가 없었다. 이 도시는 살아 있는 도시가 아니고 이미 죽은 지 오래된 도시임을 쉽게 알 수 있었기 때문이다. 움직이는 거라고는 아무것도 안 보이고, 군데군데 무너진 가옥, 교량, 고가도로, 말라 죽은 가로수, 도시 전체를 좀먹듯이 널려 있는 잡초의 무리들까지.

"저곳에 내려가보자고." 칸 두루세가 손가락질 한 곳은 도시 중앙의 십자로 복판. 여섯 사람은 착지하자마자 거침없이 땅 위로 내려섰다.

도시는 짐작한 대로 커다란 폐허였다. 길폭이 2백 미터나 되는 시원한 공간이 한없이 뻗쳤는데, 움직이는 건 지금 도착한 여섯 사람의 외계인뿐이었다. 널따란 도로 곳곳에 녹지며 휴식처가 마련되어 있고, 몇 군데 연못에는 멋진 분수대가 있는데 물을 뿜는 곳은 없었다. 몇 개의 석상, 조형미술품도 있었다. 그중 반가량은 제자리에서 떨어져 땅 위에 뒹군 채로 있었다. 길가 건물들을 기웃거려봤다. 모두 텅텅 비어 있었다. 지하철 입구도 있었다. 지하를 연결하는 에스컬레이터에 쌓인 두꺼운 먼지의 두께가, 이 도시의 죽음의 연륜을 암시하는 거 같았다.

"한번 내려가 볼까요?" 에드 아담이 최고의장에게 물었다.

"조금만 내려 갔다 오시오. 혼자 가진 말고." 칸은 승낙하였다. 아담과 만스가 함께 층단을 내려갔다. 두 사람 다 우주용 권총과 플래쉬를 휴대하였다.

지하철 층대를 내려간 두 사람은 3분도 못되어 허겁지겁 되돌아왔다. 그들의 안색이 창백했다. "사람의 뼈가 무척 많아요."

이 도시가 재앙을 당하고서 과연 얼마나 됐기에 지금의 이 꼴인가? 그 재앙의 원인은 뭣일까? 어째서 복구되지 않고 내버려진 채인가? 혹시 이곳의 인류는 전멸한 건 아닐까?

한 가닥 바람이 획 지나갔다. 봄바람이라 차갑진 않았건만, 여섯 사람은 모두 음산한 냉기를 느끼고 어깨를 움츠렸다.

"딴 곳으로 가보시죠." 킨 칸사가 말했다.

"갑시다." 칸 의장은 비행접시 쪽으로 발길을 옮겼다.

"아, 저게 뭐지?" 고 데스너가 한 곳을 가리켰다. 10미터 가량 떨어져 있는 연못가에 약 6제곱미터 크기의 넓적한 돌판이 있는데, 그 돌판 위에 세 개의 구슬이 쉬지 않고 굴러다니고 있는 걸 발견한 것이다. 이 주검의 도시에 움직이는 거라고는 아무것도 없다고 봤는데, "내가 이렇게 움직이고 있는 걸 보라!"는 듯, 돌판 위의 구슬은 아주 리드미컬하게 움직이고 있었다.

외계인들은 그 돌판 앞으로 다가갔다. 유리판처럼 평편하고 반질반질하게 다듬은 화강암 표면에 넓이와 깊이가 각 5센티미터가량의 홈이 불규칙 타원형 형태로 패어 있는데, 평균 지름이 1미터 정도 되었다. 홈 속에 지름 3센티미터 정도의, 역시 반질반질하게 다듬은 세 개의 돌구슬이 서로 꼬리를 물고 부딪치는 충격으로 쉬지 않고 굴러다니고 있었다.

"이럴 수가 있나!" 외계인들은 놀랐다. 훨씬 오래전부터 이런 동작을 계속하고 있던 것 같은데, 그렇다면 이건 놀라운 물리현상이 아닌가! 바로 무동력 무한운동체였다.

"아니지, 이럴 수는 없지!" 여섯 사람의 생각은 같았다. 아무리 모서리 없이 만든 구슬이고, 제아무리 매끄러운 돌판이라 할지라도, 구슬과 돌홈 사이의 마찰저항으로 구슬의 운동은 불과 5분도 못 가 정지되고 말 것인데, 눈앞의 돌판에서는 불가사의의 현실이 진행되고 있지 않은가! 이게 어찌 된 조화일까? 여섯 사람은 하도 이상하고 신기하여, 방금 느낀 주검의 도시의 불안감도 잊고, 돌구슬의 조화에 넋을 잃었다.

한참 후, 칸 두루세는 손을 내밀어 세 개의 돌구슬 중의 한 개를 집어 들었다. 손바닥에 놓인 돌구슬은 잘 만들어진 자연석이었다. 홈 속에 남은 두 개의 구슬은 여태껏 반복하던 운동의 맥이 끊기자 저절로 정지하고 말았다. 칸 두루세는 남은 두 개의 돌구슬마저 손바닥에 옮겨놓고 살펴봤다. 세 개 모두 이상한 데가 없었다. 그중 한 개를 귀 가까이 갖다 대고 흔들어보았다.

'잘그락 잘그락' 미세한 소리가 들렸다. 돌 속에 빈 곳이 있고, 그 속에 아주 작은 구슬이 있는 모양이었다. 차례로 시험해보니 세 개가 다 같은 반응을 보였다. 칸 의장은 세 개의 돌을 동행인들에게 내줘 살펴보도록 하였다.

귓가에 갖다 대고 흔들면 '잘그락' 소리는 나는데, 돌구슬 몸체에는 아무런 자국이 없었다. 자연석인 돌구슬 속에 어떤 물질을 어떤 수단으로 넣었을까? 혹은, 천연적으로 생긴 이중 구슬일까? 설사 천연의 이중 구슬 일지라도, 제힘만으로 돌판 홈 속을 쉬지 않고 구르는 이치는 무엇일까?

여섯 사람 모두 고개만 갸웃거리고 있는데, 그중 얀 만스가 "옳거니, 그런 거로구나." 하고 큰소릴 했다. 다섯 사람은 만스의 설명을 기다렸다.

얀 만스가 말했다. "이 돌구슬의 비밀을 알았다는 건 아닙니다. 그러나 이건 어느 과학자의 재간으로 된 공작물임은 틀림없습니다. 나는 그렇게 믿습니다. 여러분도 생각해보세요. 한나폰 중앙대학에 있는 케이아 기념박물관…."

"아, 저 유명한 케이아 박사의 거북이 말이지?" 다다 모니가 이어받아 물었다.

"웅, 그 거북이." 다른 네 사람도 일제히 합창하듯 말했다.

케이아 박사의 거북이란, 현대에 살아 있는 신화적 존재이며, 현대과학이 낳은 첨단기술의 상징물이었다. 유명한 물리학자 케이아 박사는, 이미 30년 전(라라-15기가 한나폰을 떠나던 해를 기준으로 하여)에 작고한 분인데, 이분이 자기의 인생 고별작품으로 만들어 놓은 것이 로봇 거북이었다.

이 로봇 거북이는 아무런 동력장치도 없이 지름 1미터의 원형 탁자 위 가장자리를 느릿느릿, 거북이 특유의 걸음걸이로 쉬지 않고 맴돌았다. 거북이의 몸체와 네 다리는 사기질이고, 몸체 속에 케이

330

아 박사가 조제한 일종의 부동액이 들었다. 그 부동액이 조화를 부리는 것이었다.

"우리 인류는 물질의 소모 없이 무한동력을 얻게 될 것이다. 새로운 소재개발이 이를 가능케 할 것이다. 나의 거북이는 비록 느림보이긴 하나, 천 년은 멈추지 않고 걸음을 계속할 것이다. 앞으로 더 빠르고 힘찬 거북이가 줄이어 탄생하리라 믿는다." 케이아 박사가 남긴 말이었다.

"그럼 이 돌구슬도 새로운 소재에 의한 무한동력의 일종이란 말이지. 딴은 그렇겠는데." 아담이 고갤 끄덕였다.

일행은 세 개의 구슬을 모두 돌판 위 제자리에 갖다놨다. 구슬들은 다시 전처럼 무한운동을 되풀이했다.

"좋은 구경을 하였습니다. 자, 그만하고 탐험을 계속합시다. 다른 지방의 상태가 어떤지 궁금합니다."

칸 두루세 일행은 서둘러 라라-15기를 몰고 다음 장소를 찾아 나섰다.

이들은 보름 동안 지구 여러 곳을 두루 살피며 다녔다. 아프리카, 유럽, 아시아, 남북 아메리카, 대양주 등 지구의 거의 전역을 누볐다. 결국, 그들은 이 별은 낙원의 별이 아니라, '죽음의 별'이라는 걸 알게 되었다. 혹시나 하고 오스트레일리아까지 날아가, 역시 뼈만 앙상하게 남은 과거의 멜버른 도시를 돌아본 칸 두루세 일행은 맥이 빠졌다.

"의장님, 이게 어찌 된 일일까요? 이다지 큰 천체가 깡그리 죽어 있다니 참 이상하군요." 뉴사우드웨일즈 대초원에 주저앉은 고 데스너의 푸념이었다.

"여러분." 칸 두루세가 침착한 어조로 말하였다. "그동안 이곳을 둘러보고서 몇 가지 터득한 것이 있어요. 첫째, 이곳은 우리가 보다시피 완전히 죽은 땅이긴 하나, 과거에는 우리의 한나폰 못지않은 고도의 문명문화가, 찬란하게 꽃핀 살기 좋은 곳이었을 겁니다.

그 영화의 자취를 우리는 똑똑히 보았습니다. 이곳은 틀림없이 낙원의 별이 틀림없었어요. 우리와 조금도 다를 바 없는 인류가 이곳을 지배했었고, 인간 지혜가 극도로 발달하여 거의 신의 영역에까지 도달했을 겁니다. 우리가 이곳에 도착한 다음 날에 들른 도시의 공원에서 본 돌구슬의 조화는 우리가 봐도 기막히지 않습니까. 한나폰의 케이아 박사 거북이에 뒤지지 않는, 아니 그보다 한걸음 앞선 놀라운 공예품이에요. 케이아의 거북이나 이곳의 돌구슬이나, 둘 다 신의 솜씨라 해도 지나친 표현이 아닐 겁니다.

또 한 가지 우리를 놀라게 하는 것은 한나폰과 이곳에 있었던 글자가 같다는 겁니다. 한나폰의 글자는 한나폰 1만5천 년 역사 가운데 으뜸가는 문화재입니다. 250갈래가 넘는 인종과, 과거 560개가 넘는 크고 작은 국가와 민족들이 사용하던 수천 가지 글자를 모두 버리고, 전 세계의 석학들이 오랜 세월을 두고 머리를 짜서 가장 이상적인 글자, 즉 한나폰의 글자가 완성되면서, 한나폰은 역사상 비로소 평화와 통일의 기틀이 잡히게 된 것입니다.

이 점은 여러분도 잘 이해하고 있겠지요. 그 위대하고 자랑스러운 한나폰 글자가 이곳에서도 있었다는 건 무엇을 뜻함일까? 단순한 우연일까? 이 점을 우리는 깊이 생각해볼 필요가 있습니다.

우리가 이곳에 온 후 어딜 가봐도 눈에 띄는 글자는 한나폰 글자뿐이었습니다. 그것은 이곳 세계 전체가 한나폰 글자에 의하여 통일돼 있었음을 증명하는 겁니다. 한나폰도 그랬듯이 말입니다. 물론 이곳에서의 이 글자의 이름은 다르겠죠. 자연계의 발달, 인류의 진화과정은 천체가 달라도 그 수준이 비슷하다는 사실을 우리는 알게 되었습니다.

그런데 한나폰 문명 수준에 지지 않는 이곳 문명사회는 멸망하고 말았습니다. 멸망의 원인은 천재지변의 불가항력에 의한 게 아니고, 인류 스스로의 장난이 그 원인인 듯 싶습니다. 내가 그렇게 보는 것은, 이곳의 멸망한 자취가, 우리의 한나폰 과학자들이 누누이 경고한바, 과학전쟁, 핵무기전쟁, 공해로 인한 자연훼손 등의 결과로 보이기 때문입니다.

당신들도 귀가 따갑도록 들었지요. 세균전의 무서움, 중성자탄, 레이저광선의 가혹한 성능. 과학자들은 말하지 않았습니까. 세계는 신이 벌주기 전에 인간의 장난으로 파멸될 거라고. 과학자들의 예언의 산 증거를 우리는 이곳에서 본 것입니다."

여기까지 말하고 칸 두루세는 감정이 복받쳐 말을 끊고 허공을 쳐다보았다. 다섯 사람은 풀밭에 앉은 채 꼼짝도 않고 칸만 바라보았다.

칸 두루세는 시선을 허공에서 다시 자기 일행에게 돌리고 말을 계속하였다. "이곳 세계의 멸망은 어쩌면 인간의 힘으로서는 어쩔 수 없는 자연현상의 진행과정이었을지도 모르겠습니다. 인간의 지혜가 극에 도달하면, 인간에게 도움이 안 되고 오히려 역효과를 나타내는 것이 자연의 이치일지 모르겠습니다. 인간도 자연의 예속물에 지나지 않으니까요.

이렇게 생각해보니, 나 칸 두루세가 한나폰에서 쫓겨난 까닭이 이해되는 것도 같습니다. 한나폰의 영화는 어찌 보면 극에 도달하였어요. 케이아의 거북이가 이를 상징하고 있어요. 우리 한나폰의 과학 수준도 거의 신의 영역에 가까이 다가서 있었습니다.

아니, 이건 나의 잘못된 생각이죠. 나의 무능의 탓으로 내가 권좌에서 쫓겨난 것이지, 딴 원인을 찾을 필요가 어디 있겠습니다." 말을 마치고 칸 두루세는 두 눈을 지그시 감았다.

아무도 입을 열지 않았다. 모두 충격이 컸다. 칸 의장의 감긴 두 눈에서 눈물이 주르르 흘러내렸다.

"의장님. 고정하십시오." 에드 아담이 외치듯 말했다. "지난번 사태가 어찌 의장님의 책임입니까. 그건 순전히 차이시안 장관의 반역입니다."

"그렇습니다, 의장님." 다른 네 사람도 일제히 외쳤다. "차이시안은 악한입니다."

"개인적 욕망을 위하여 음모를 꾸민 겁니다."

칸 의장을 뺀 다섯 사람은 제각기 열을 올려 차이시안 치안장관을 성토했다.

"그자는 부질없이 최고의장 자리를 넘본 거야."

"본시 그는 음흉한 성격자였어."

"그자의 음모를 진작 눈치 챘어야 했는데."

그러자 칸 두루세가 손을 내저었다. "아니, 이러지들 마십시오. 나는 그 당시 차이시안의 흉중을 짐작하고 있었어요. 어떤 비극이 일어나리라 짐작하고 있었습니다."

"그럼 사전에 조처를 하시지…." 고 데스너가 항의 조로 물었다.

"그건 오로지 나의 무능의 탓입니다." 칸 두루세는 고갤 푹 숙였다.

"의장님께선 어떤 조짐을 보시고 차이시안의 음모를 눈치채셨습니까?" 에드 아담이 물었다.

"내가 눈치채기 전에 그가 먼저 나에게 자기의 계획을 말하더군요. 하루는 불쑥 나에게 이런 말을 했습니다. '최고의장 비서실 직할기관으로, 세계정보 처리국을 신설할 필요가 있습니다. 전 세계에 흩어진 지방정부의 실태를 항시 파악하고 감시하지 않으면 안 됩니다. 어느 정부의 어느 구석에서 어떤 음모가 꾸며질지 우리 중앙정부는 모르고 있는 실정 아닙니까?'

그때 나는 '그럴 필요는 없습니다. 지금 내 생각으로는 연방중앙정부에 권력이 지나치게 집중돼 있다고 보고, 중앙집행기관의 일부를 각 지방정부에 양도할 것을 구상 중입니다. 권력이 지나치게 집중되고 거창해지는 건 바람직하지 않습니다.' 하고, 그의 제안을 거절하였습니다. 그는 몹시 못마땅해 하더군요.

그 후 그가 뻔질나게 각 지방정부를 두루 다니고, 자기의 막료들을 이리저리 배치하고 하는 걸 보고, 나는 가까운 시일 안에 간부회의를 열어, 차이시안 장관을 경질할 생각이었는데, 그쪽에서 선수를 친 겁니다."

"차이시안은 최고의장님을 몰아내고 어쩌겠다는 거였을까요?" 킨 칸사가 물었다.

"그야 뻔하지." 다다 모니가 대꾸했다. "자기가 대신 최고의장이 되어 독재정치를 하겠다는 거지."

"독재를 해서 뭣을 얻겠다는 거지?" 킨 칸사는 답답하기만 했다. 이에 대하여 얀 만스가 설명했다.

"만민을 자기 발밑에 꿇어 엎드리게 하고, 제멋대로 권세를 부려 보겠다는 거 아니겠어. 우리 사회의 과거사를 얼룩지게 한 것이 바로 이런 것이라고. 독재자와 민주진영의 싸움으로 해서, 역사와 인류문명은 큰 상처를 받아온 것입니다. 역사가들은 흔히 이런 과정을 밝음과 어둠의 반복이라고 하더군요. 의장님 말씀대로 우리는 오랫동안 평화를 누려왔어. 악마가 등장할 시대가 온 거라고."

"맙소사." 킨 칸사는 금세 울 듯한 표정이었다.

킨 두루세가 힘차게 말했다. "여러분, 과거에 너무 집착하지 맙시다. 우리가 이곳 낯선 천지에 오게 된 것도 자연의 섭리로 받아들여야 합니다. 더욱 우리에겐 행운 중의 행운을 잡은 겁니다. 이곳은 틀림없는 낙원의 별입니다. 우리가 새로이 시작한 창세기의 땅입니다."

3

사실 지구는 오래전부터 병들고 있었다. 황금과 권세에 눈이 가려진 자들은 알면서, 혹은 무지의 탓으로 아름다운 자연을 훼손하는 데 쉴 줄도 몰랐다. 한편, 외적을 막는다는 구실로, 또는 조국의 영광을 위한다는 명목으로, 대량살생의 무기가 연달아 발명되고, 번개 같은 속도로 발전을 거듭하였다. 무기생산에 따르는 공해, 특히 화학무기, 세균무기 생산에는 막심한 공해가 동반해야만 했다.

그런가 하면, 목전의 편의를 취하고, 문화생활을 한답시고, 필요치도 않은 짓을 보다 자주, 보다 빠르게, 더욱 빠르게 거듭하였다. 예컨대 파리 뉴욕 사이를, 평생 걸려 한 번 갈 수 있는 것을, 단 한 달에, 단 하루에, 드디어는 1시간대에 내왕할 수 있게 되었다. 이 얼마나 효율적이냐고 자랑하는 한쪽에서는, 이로 인하여 대기가 오염되고, 땅과 바다가 부식됨을 걱정하는 소리도 높아갔다. 그러나 장래를 우려하는 올바른 의견은, 찰나의 안이감과 그릇된 가치관에 밀려나야 했다.

이러한 양상을 일반인들은, 영특한 과학자들이 인류문화를 선도해 가는 거로 알고 있었다. 그러나 실상인즉, 대다수의 과학자란, 권력자가 던져주는 모이에 팔려서 자기가 하는 짓이 어떤 결과를 가져오는지를 모르고 있었다.

누가 말했는가? 천재와 천치는 종이 한 장 사이의 차이라고! 드디어 천치이며 천재인 무서운 아이들은, 신의 노여움도, 자연 섭리의 두려움도 아랑곳하지 않고, 자연의 기본이자, 신비의 근원인 원자핵을 파괴하는 장난을 저질렀다. 장난이 아니라 위대한 성공이라 자랑하면서. 그렇게 지구의 파멸은 아무도, 어떤 힘으로도 막을 수 없게 되었다. 당연히 올 차례가 왔다. 지구의 종말. 너무나 당연한 순리가 아니겠는가!

중성자폭탄, 살인가스, 레이저빔 등의 막강한 살인물질의 더미, 지구를 수백 번 뒤집어 놓고도 남을 파괴물질을 쌓아놓고, 그리고 계속 만들어내면서, 그래도 백 년 가까이 참고 온 것이 기적이라면 기적이라고 말해야겠지. 역시 인간은 만물의 영장이었다. 드디어 자신들을 지구상에서 영원히 없애면서, 동시에 만물의 씨도 말살해 버렸다.

그 후 얼마나 세월이 흘렀는지 아직은 아무도 몰랐다. 칸 두루세 일행이 이곳 지구에 표류해 왔을 때, 지구 멸망 당시에는 자취도 없었던 잡초가 여기저기 퍼져 있고, 어떤 나무는 2미터 정도 키가 자라기까지 했으니, 지구 종말로부터 천 년 후? 아니 2천 년 후? 글쎄….

칸 두루세는 다섯 명의 일행들에게 "이곳은 우리가 새로이 시작할 창세기의 땅입니다." 라고 말했는데, 실상 이 말은 굉장한 허풍이었다. 진짜 창세기, 즉 수십 수백억 년 전의 창세기에 비하면, 칸 두루세의 창세기는 지나친 호화판이었다. 비록 지구인이 장난하고 난 찌꺼기인 망정, 엄청난 유산이 전 세계에 널려 있지 않은가!

십억 채 이상의 건물, 농장, 공장, 발전시설과 이루 헤아릴 수 없는 많은 생산수단 등등. 아무튼, 단 여섯 사람의 외계인에게는 과분한 유산이었다. 값으로 따진다면 그야말로 천문학적 수치였다.

아니지. 그것들이 칸 두루세 일행에게 무슨 이용가치가 있단 말인가. 가치는 제로였다. 사실 칸 두루세 일행에게는, 집도, 땅도 필요 없었다. 공기도 물도 절실한 게 못 되었다. 왜냐하면, 라라-15기가 모든 것을 해결해주고 있었다. 라라-15기의 실내공간은 여섯 사람에게는 과분한 생활권이었다.

식량 걱정도 없었다. 과거 오랫동안 표류생활을 거쳤고, 앞으로 얼마나 더 살 수 있을지 모르지만, 따로 농사일을 안 해도 식량 걱정은 없었다.

"한나폰 출발 당시 얼마나 많이 싣고 왔기에 그런 소릴 하나." 하고 물으면, 그건 어리석은 질문이었다. 이 비행접시 라라-15기는 원래, 은하계 천체탐험용으로 만든 항공기였다. 모든 생활용품은 기체 내에서 자급자조토록 설계되어 있었다. 그 기간은 10년도 좋고 100년도 좋았다.

'크로라'라는 나무가, 식량과 식수문제를 해결해주었다. 이 나무는 바닥에 뿌리를 내리고, 세 군데 벽을 타고 위로 뻗은 줄기는 천장의 절반 정도를 꽉 메운 잔가지와 잎새를 늘어뜨리고 있었다. 이 나무의 잎새가 승무원들의 식량이 되고, 줄기에서 흐르는 수액이 식수 기타 용수를 공급해준다. 참으로 실속있는 나무였다. 옛적에 지구에서 판을 친 녹색의 물이끼 클로렐라가 한나폰에서도 있었고, 클로렐라가 개량을 거듭하여 만능식품이 된 게 '크로라'였다.

크로라 나무가 바닥에 뿌리를 내리다니? 비행접시 라라-15의 바닥이 땅이란 말인가? 라라-15기의 바닥은 인력 작용을 하는 융단이 깔려 있지만, 융단이 깔린 건 기밀실의 바닥이었다. 기밀실 바닥과 기체를 보호하는 갑피, 즉 외피 사이에는 15센티미터 정도의 공간이 있었다.

이 공간의 한 부분에 정화 탱크가 설치돼 탑승원들의 생리 폐기물과 기타 폐수를 모아, 몇 가지 활성균을 이용하여 이곳에서 깨끗하게 정화시킨다. 이 정화탱크의 종말처리칸에 크로라의 뿌리가 닿아 있었다. 크로라는 탑승원들에게 식량, 식수를 공급하는 외에, 인간과 식물이 필요로 하는 산소, 탄소, 질소의 교류역할도 했다. 그래서 기밀실 내의 공기는 항상 쾌적했다.

그리고 한나폰 사람들은 하루 한 끼밖에 안 먹는다. 과거 지구인들의 어느 부족들도 하루 한 끼가 원칙인 시절이 있었다. 예컨대 그리스의 귀족들처럼. 한나폰도 2백 년 전까지는 하루 두 끼 또는 세 끼의 식사가 일반적 습관이었는데, 한나폰 글자 통일시대 이후, 전 인류는 육식, 초식 혼식에서 점차 초식 일방으로 변화하고, 식사의 양도 문화생활의 향상과 더불어 점차 소량으로 기울어져, 이제는 크로라를 섭취할 경우, 하루 한 사람이 잎새 열 장 안팎이다. 크로라 수액 세 컵이면 더 이상 필요치 않았다. 이러니 식량문제가 사회문제에서 제외된 지는 이미 오래되었다.

따라서 하라페스 우주장관이 주관한 은하계 탐험계획에서 가장 어려운 대목은 식량 문제 같은 게 아니라 우주 비행체의 우주공간 속도와, 우주항행 기간이었다. 바꿔 말하면 얼마나 빨리날아, 어디까지 갈 수 있고, 그리고 얼마 동안이나 버틸 수 있느냐는 게 문제였다.

우주항공전문가들은, 은하계 탐험비행체는 거의 광속에 가까운 속도로 날 수 있고, 30년간은 우주항행을 계속 할 수 있을 거라고 내다봤다. 그래서 우주조종사는 한나폰의 우주권이 이동하는 방향으로 15년간을 날아가다가, 그 시점에서 한나폰으로 되돌아오면, 한나폰에서 15광년 거리의 우주공간을 탐험할 수 있고, 30대의 탑승원은 60대에 살아서 되돌아와, 그간의 견문을 보고할 수 있다고 계산하였다.

라라-15기는 우주공간 속의 추진기관으로, 무반동 레이저빔 발사기와, 내열장치가 달린 충격판으로 꾸며진 가속기 두 대를 몸체 양쪽에 달았다. 저항물체가 존재하지 않는 절대공간에서 비행체는 충격파를 받는 그대로, 가속에 가속이 붙어 레이저 광파의 속도까지 갈 거라는 이론이다. 이 이론은 몇 차례의 시험비행에서 가능성을 어느 정도 입증하였다.

광속! 1초에 30만 킬로를 간다는 광속. 그러나 인간에게 놀라운 광속도, 우주라는 천문학의 바다에서는 보잘것없는, 느림보에 불과하다. 가도 가도 끝이 없고 한이 없는 것이 우주다. 지구에서나 한나폰에서나 밤하늘에 반짝이는 별들. 무한세계인 우주에서 그래도 유한거리이고, 가장 가깝다는 이들 별과, 그 별을 쳐다보는 사람과의 거리는 가까와야 몇십 광년, 몇백 광년 내지 천, 억 단위의 광년 거리다.

이러한 허허 공간에서는 광속도 거의 무의미한 존재에 지나지 않는다. 예컨대 1천 광년 거리의 은하계에 광속 로켓을 띄워 보냈다고 가정할 때, 그 은하계 내에 로켓이 진입한 걸 알 사람은, 로켓을 발사한 사람의 시대로부터 2천 년 후세의 사람일 테니 말이다.

그러니 한나폰 주민들이 떠든 은하계 탐험여행이란, 매우 과장된 선전에 지나지 않고, 실상인즉 한나폰에서 쉽게 관찰할 수 있는 10광년 이내의 외톨이 별을 알아보자는 거에 불과했으리라.

이런 외톨이 행성일지라도, 이 별을 탐험하는 데에는 문젯거리가 너무 많았다. 하라페스 우주장관이 주도한 은하계 탐험계획에는, 우주조종사가 30년간 우주에 체류하게 되어 있다는데, 정말 이토록 오래 버티어낼 우주조종사가 있을지 의문이었다.

그래서 등장한 것이 '우주공간 불로현상'이라는 색다른 이론이었다. 무중력 상태이고, 쾌적하기 이루 말할 수 없는 우주기밀실 안에서는 일체의 에너지 소모가 없으므로, 인간은 늙지 않는다는 이론이었다.

글쎄, 정말 그럴까? 이 이론은 우주조종사를 자원하도록 하는 속임수가 아닐까? 하라페스 우주장관은 절대로 속임수가 아니라고 주장했다. 그의 기술진들은 실제 그럴 법한 인체 에너지 소모방지책을 라라-15기에 마련하였다. 접시 모양의 이 항공기는 내피와 외피의 이중피복으로 되어 내피는 기밀실이 되고, 외피는 비행체의 보호막 역할을 했다.

기밀실은 비행체의 기둥인 중심축에 고정되어 있고, 외피는 중심축을 끼고 20분에 1회전씩 쉬지 않고 자전을 했다. 이 회전운동은 태양권 역내를 비행할 때, 양지와 음지의 과열과냉 현상을 방지하기 위함이었다. 기밀실은 외부와 완전차단되어, 실내조명은 중심축 윗부분에 있는 렌즈를 통한 태양광선이나 배터리를 이용한 인공태양광선을 사용하는데, 여기서 낮시간과 밤시간을 조작하여 승무원들이 짐작 못 할 사이에, 지상시간과는 별개의 우주시간 속에서 생활하도록 유도했다.

구체적으로 설명하면, 비행 첫날에는 주야를 각기 12시간으로 하고, 다음 날부터 매일 낮시간을 24분씩, 밤시간을 48분씩 늘려, 한 달 후에는 낮시간이 24시간, 밤시간이 36시간이 되게 한 후, 31일째부터 한 달간 매일 밤시간만 24분씩 연장하여, 결국 두 달 후부터는, 낮시간이 24시간, 밤시간이 48시간, 합계 72시간이 되니, 승무원은 지상의 사흘을 보내고도 하루로 느끼게 된다.

이 정도의 시간 조절은 곧 익숙해진다. 이것만으로도 지상의 3년을 우주에서는 1년으로 환산할 수 있었다. 여기에다 기밀실 내의 청정공기와 크로라 식사로 인한 생리부담의 경감, 특수음향효과로 인한 심신의 안정 등이 상승작용하여, 효과를 극대화했다. 어림잡아 지상의 5년 내지 6년을, 우주공간에서는 1년으로 활용할 수 있다는 전문가의 견해였다.

과연 그럴 수 있을까? 칸 두루세 최고의장 일행이 한나폰 수도 마아한의 시민운동장을 출발 당시, 라라-15기에 탑승한 인원은 32명이었는데, 우주표류 끝에 지구에 도달한 인원은 겨우 6명에 불

342

과했다. 표류과정에서 사망한 26명의 사인은 모두 심신쇠약증, 늙어서 죽은 것이었다. 표류한 지 2년과 3년 사이에 6명이 죽고, 4년 되는 해에는 10명이 죽고, 그 후 2년 사이에 10명이 더 죽고, 그 후로는 사망자가 발생하지 않았다. 우주항행 6년 동안 26명이 죽었으니, 우주공간 불로현상이 이들에게는 적용 안 됐다는 얘기였다. 살아남은 6명도 노쇠현상은 제각기 달랐다. 출발 당시 58세의 칸 두루세는 겉보기 65세 정도인 데 비하여, 34세였던 고 데스너는 80세 노인처럼 보이고, 35세였던 얀 만스나 36세였던 에드 아담은 다 같이 60세 노인으로 보였다.

세 여성의 경우, 킨 칸사(출방당시 30세), 다다 모니(30세), 손 사샤(28세) 중 가장 나이 어린 손 사샤는 사망자 26명 중의 첫 희생자였다. 살아남은 킨 칸사는 60대의 할머니로, 다다 모니는 비교적 젊은 50대의 할머니로 보였다. 30세에 죽은 손 사샤는, 그 후에 죽은 다른 희생자들과 같이, 얼굴에 깊은 주름살이 많이 패여, 흡사 노파 같았다. 직업이 기계기사인 손 사샤는 성격도 명랑하고 몸도 건강하고 얼굴도 예뻤다. 그녀는 결혼을 겨우 열흘 앞두고 이런 끔찍한 비극을 맞이하여 심적 충격이 컸다. 그래서 불과 2년 사이에 30년 이상의 나이를 먹게 된 것이 아닐까? 그녀의 죽음은 여타 사람들에게 큰 쇼크를 더하게 한 거 같았다. 그로부터 희생자는 줄이어 발생했으니까.

사망자가 생기면, 남은 사람들은 몇 시간 동안 애도의 정을 나누고, 곧 시체를 기체 밖으로 내보냈다. 관은 물론 없고, 시트나 보자기도 없는 기밀실의 현실이라, 어쩔 수 없이 본인이 입고 있던 복장 그대로 밀어내는 도리밖에 없었다. 아마 영원한 표류물체로 우주공

간을 떠다니든지, 혹시 어느 천체 인력권에 끌려들어 타 없어지든
지 하겠지.

위와 같이, 죽은 자나 살아 남은 자의 양상이 각양각색인 걸로
봐서, 우주공간 불로설은 믿을 바가 못 되며, 이는 오로지 각 개인
의 타고난 체질과 성격의 차가 결정한다고 보는 게 옳겠다. 그 증거
가 칸 두루세의 모습이었다. 쿠데타 당시 58세의 노인으로, 최고의
장 자리를 빼앗긴 큰 충격과 그 후의 위험천만한 우주표류 모험을
거듭하면서도, 의지가 흔들리지 않고 체력도 별반 꺾이지 않고 있
는 것은, 역시 세계대통령다운 큰 그릇이기 때문일 것이다.

4

낙원의 별인 줄 알고 좋아했던 신천지가 죽음의 별이란 것을 알
게 된 여섯 외계인은 처음에는 크게 실망하였으나 이내 현실에 순
응할 마음의 안정을 되찾았다. 비록 이곳이 낙원의 별은 아니더라
도 이제까지의 우주표류, 한 치 앞을 내다볼 수 없었던 불안에서 해
방된 것만으로도 다행이라고 생각하였다.

이곳이 한나폰 땅이 아니긴 하지만, 산수의 경관이 결코 한나폰
에 못지않게 훌륭함에 만족감을 느꼈다. 그들은 그동안의 기나긴
여행으로 해서 많이 늙긴 했으나, 다행히 건강은 모두 괜찮은 편이
었다. 가장 늙어 보이는 고 데스터도 근력은 겉보기보다는 정정한
편이었다.

"이곳은 우리가 새로이 시작할 창세기의 땅입니다."라고 칸 두루

세가 힘차게 선언했으나, 당장 무엇을 어떻게 시작해야 할지 마련을 세우지는 못했다. 우선은 좀 더 이곳 형편을 알아야 하겠고, 혹시 어느 구석에 어떤 생물이 숨어있을지도 모른다는, 막연한 기대랄까, 우려랄까? 그런 마음으로 이곳저곳을 기웃거리며 다녔다. 그러다가 이들은, 끝없이 퍼진 대초원 한군데에서 희한한 시설물을 발견하였다.

80킬로미터에 뻗친 안테나 선의 행열과, 지름 60미터의 천체망원경, 이와 비슷한 크기의 레이더 수신기 등을 갖춘 우주통신소를 발견한 것이다. 이곳이 호주의 뉴사우드웨일스 지방이며, 이 시설물이 지구인이 멸망 직전까지 혹시나 하고 외계와의 통신을 기대했던, 저 유명한 멜버른 우주전파천문대라는 것을 외계인들은 알 까닭이 없었다.

그러나 칸 두루세를 제외한 다른 다섯 명은 항공기술자인 만큼, 이 유적지가 과거의 우주통신소였음을 곧 이해하였다. 모든 시설은 낡았고 대부분의 전선은 토막이 난 상태이긴 했으나, 자세히 살펴보니 과거 이곳의 인류들이 영구보존시설로 철저하게 정성껏 만들어 놓은 것이 틀림없었다. 그러기에 장구한 세월의 풍상을 겪으면서도, 이토록 거의 완전한 모습을 지니고 있는 것이다.

"손질하면 쓸 수도 있지 않을까?" 에드 아담이 말하자, 다른 네 명의 남녀 기술자들도 눈망울을 반짝였다. 그들은 곧 복구작업에 나섰다.

작업은 한 달 가까이 걸렸다. 80킬로미터에 뻗친 안테나 선을 손질하다 보니 12킬로미터로 줄어들었다. 줄어들긴 했어도 이 정도면 대형 우주천문대였다. 50센티미터 두께로 먼지가 뒤덮인 망원경이며, 전원 배터리도 말끔히 닦고 재조립하고, 영 못쓰게 된 부분은 라라-15기에 부착된 부품을 떼어다 맞추고 하여, 드디어 시험송신을 해보기에 이르렀다.

외계인들은 몹시 흥분하였다. 이곳 외의 어떤 미지의 천체와 통신이 연결되리라는 기대감에 부풀었다. 어쩌면 자기네들의 고향 땅인 한나폰과도 연결되지 않을까? 먼지 속에 묻혀 있던 이곳 천문대의 자동수신 테이프 더미 군데군데에는, 외계로부터 들어왔음이 분명한 전파기호가 기록되어 있기도 했다.

물론 무슨 뜻인지도 모르고 해독할 방법도 없었다. 그리고 수신 테이프에 기록된 기호들의 수효가 극히 적고 내용도 짤막짤막하여, 외계 사회가 보내온 메시지가 아니라 우주공간에서 자연 발생한 전파의 우연한 수신기록일 가능성이 다분히 있으리라 짐작했다. 외계인들은 그렇게 추정하면서도, 이 수신기호들이 외계에서 보내온 것이기를 바라는 마음에서, 제각기 멋대로 해독을 시도해보기도 하고, 전파망원경의 방향을 함부로 돌려가면서 무작정 발신전파를 내보내기도 하였다. 전파망원경의 조작방법을 제대로 모르는 그들은 그저 심심풀이 반, 호기심 반으로 며칠 동안 이런 짓을 계속하였다.

그런 중에 뜻밖의 놀라운 반응이 이들에게 찾아왔다. 어느 날 자동수신 테이프에 외계로부터 날라온 전파가 기록된 것이다. 더욱 놀랍게도 기록된 기호는 이들에게 익숙한 한나폰 우주국의 통신기호 아닌가!

기호는 절박한 사연을 말하고 있었다. "긴급 구호를 바란다. 우리는 우주공간을 표류 중이다. 여기는 라라-18. 긴급구호를 바란다."

깜짝 놀란 여섯 사람은 잠시 멍하니 얼이 빠져 있다가, 에드 아담과 얀 만스가 재빨리 라라-15기로 뛰어갔다. 라라-15기 안에 장비된 무선기를 이용하기 위해서였다. 아담과 만스의 뒤를 이어 두 여성, 킨 칸사와 다다 모니가 뛰어가고, 칸 두루세와 고 데스너도 숨을 헐떡이며 뒤쫓았다.

에드 아담이 무선기에 대고 외쳤다. "여기는 라라-15. 우리는 미지의 별에 와 있다. 응답하라. 라라-18. 오버."

"라라-15라고? 정말인가? 그곳 위치를 알려라. 오버."

"서로 전파를 계속 보내자. 그쪽 레이더에 이곳 천체가 나타나지 않는가? 오버."

"우리 레이더는 작동이 안 된다. 그쪽에서 우리가 나타나나? 오버."

"거리가 먼 탓인지 안 나타난다. 우리가 거리계산을 할 터이니 전파 각도를 맞춰 이곳으로 접근하라. 오버."

"알았다. 현재 이곳 라라-18은 파손된 곳이 많아 위험상태다. 서둘러주기 바란다. 오버."

"알았다. …대충 계산이 나왔다. 쌍방 거리는 150만 킬로미터 정도다. 이곳에 있는 천체망원경을 작동해보겠으니 계속 전파를 보내라. 오버."

"알았다. 오버."

에드 아담은 얀 만스에게 외쳤다. "내가 여기서 레이더를 지킬 테니 자네는 밖의 천체망원경을 조작해보게. 아마 그쪽에는 나타날 것 같아."

"알았네." 얀 만스는 대답과 함께 밖으로 뛰어나갔다. 라라-15기와 천체망원경 사이는 약 5백 미터 거리였다. 킨 칸사와 다다 모니 두 여성은, 누구의 지시를 기다릴 것 없이 기체 밖으로 뛰쳐나가,

얀 만스와 에드 아담의 중간지점에 서서, 두 남자의 수신상황을 양쪽에 알려주는 역을 맡았다.

칸 두루세와 고 데스너도 이들에게 합세하였다. 그들은 워키토키를 갖고 있었으나, 모두 고장이 나서 이렇게 릴레이하는 도리밖에 없었다.

맨 처음 우주로부터의 구호요청 신호를 포착한 지 1시간가량 지낸 시각에, 천체망원경에 희미한 점 한 개가 나타났다. 점은 계속 움직였다. 여섯 사람은 일제히 "와." 하고 환성을 터뜨렸다.

"망원경에 물체가 나타났다. 거리 120만 킬로. 양각 42도. 방향을 잡을 수 있는가? 오버."

"여기는 라라-18. 방향을 알았다. 그쪽으로 가는 중이다. 계속 유도를 바란다. 오버."

"가속장치를 끄고 대기층에 들어올 차비를 하라. 오버."

"알았다. 계속 거리와 각도를 알려달라. 오버."

우주와 땅 위의 양쪽 사람들은 밤새도록 대화를 계속하면서 거리를 좁혀, 다음 날 새벽에야 휴대용 망원경에, 라라-15기를 닮은 비행접시를 알아볼 수 있게 되었다. 지상의 여섯 외계인은, 지치지도 않고 하늘을 지켜보다가 뜻밖의 방문객이 나타남을 보자, 가슴을 두근거리며 무사히 착지하기를 바랐다.

라라-18기가 왜 자기들의 뒤를 따라왔는지 칸 두루세 일행은 알 길이 없었으나, 모든 궁금증을 제치고 우선 반가움이 가슴을 꽉 메웠다. 그러나 라라-18기의 모험과 위험은 끝난 것이 아니었다. 라라-18기는 라라-15기보다 더욱 혹심한 환경에서 한나폰을 출발하였고, 우주표류 과정에서도 더 풍파가 많았다. 마지막 단계인 지구

착륙 장면도 순탄치 못하였다.

라라-18은 오후 2시경에 수직 착륙을 시도하였다. 칸 두루세 일행이 지켜보는 가운데, 라라-18기는 지상 50미터 가까이 하강하긴 했는데, 무엇이 잘못되었는지 접시형 몸체가 불안스레 기우뚱거렸고, 열두 개의 다리 중 절반가량이 몸체에서 나오지 않아 기체가 한쪽으로 쏠리며 쿵! 하고 땅에 부딪혔다. 그리고는 아무런 기척도 없이 그 모양대로 있을 뿐이었다.

이 광경을 지켜본 사람들은 어찌 손을 써야 할지 갈피를 못 잡았다. 열두 개의 다리 중 몇 개가 잘못되어 착지가 잘못됐다 하더라도, 중심축의 기둥을 이용하여 외부로 나올 수는 있을 텐데 아무런 기척도 없는 걸 보니 땅에 부딪히는 충격으로 승무원들 모두가 정신을 잃은 것일까?

조바심은 나지만 갑자기 어쩔 도리가 머리에 떠오르지 않았다. 비행접시는 외부전체가 단단한 합금으로 뒤덮여 있고, 중간 허리띠 부분은 창과 비상문이 있으나, 여기에 붙인 유리판이나 문짝도 특수물질이라, 도끼나 함마로도 까닥 않는 것들이다.

여섯 사람은 번갈아 연장이나 돌덩이로 라라-18기의 몸체를 두드려보기도 하고, 귀를 바짝 갖다 대고 내부동정을 들어보려고도 하고, 여러 가지로 애를 썼으나 아무런 소득은 없었다.

"우주관측소의 창고를 뒤져봐. 혹 용접기가 있을지 모르지." 고데스너가 말하자, 아담과 만스는 잽싸게 창고로 달려갔다.

창고에 가보니 용접기가 있었다. 있어도 열 대나 있었다. 전원 발전기도 있었다. 그러나 용접기의 핵심인 고일선이 삭아서 아무짝에도 쓸모가 없었다.

낙심천만인데 아담이 손뼉을 치며 말했다. "옳지, 좋은 수가 있다."
그러고는 밖으로 뛰어나갔다. 만스가 뒤따랐다.

"우리에게 레이저 발사기가 있는 걸 잊었군요." 아담의 말에, 모두 라라-15기 양쪽에 붙어 있는 가속기의, 레이저 발사기를 뜯어내는 작업에 들어갔다.

일동이 4시간 이상 비지땀을 흘려가며 작업한 끝에, 가까스로 레이저 발사기 한 대를 뜯어냈다. 이어 3시간 더 고생한 후 라라-18기의 유리창 한 곳을 잘라내는 데 성공하였다. 즉시 아담과 만스 두 사람이 라라-18기 안으로 들어갔다. 밖은 어두운 밤중이나 기내는 인공태양 전등으로 대낮처럼 밝았다. 아담과 만스는 기밀실 바닥에 쓰러져 있는 두 인체를 발견하였다. 남자 한 사람, 여자 한 사람, 그 외에는 아무도 없었다.

두 남녀는 낮에 착지할 때 충격으로 의식을 잃었다가, 겨우 소생한 양 두 눈은 뜨고 있으나, 너무나 몸이 쇠약하여 일어나진 못하고, 손끝만 간신히 움직여 보일 뿐이었다. 아담과 만스는 서둘러 한 사람씩 안아, 뚫어놓은 창구멍으로 내밀고, 밖에 있는 네 사람이 이들을 받아 라라-15기 안으로 옮겼다.

구조된 두 남녀는 오랫동안 굶은 사람처럼 몹시 말라빠져 있었다. 두 사람 모두 50대로 보이는데 실제 나이는 어떨지? 두 남녀는 크로라 수액을 몇 모금씩 받아 마시자 비로소 입을 열었다.

"우리 아버지는 어찌 되셨지요?"

"최고의장 각하는 어찌 되셨어요?"

최고의장 칸 두루세의 안부를 묻는 건 알겠는데, 여자가 찾는 아버지는 누굴 말함인지 아무도 짐작 못 했다.

칸 두루세가 남자 앞에 가까이 가서 말했다. "내가 칸 두루세요. 당신은 누구죠?"

남자는 물끄러미 칸 두루세를 바라보았다. 한나폰 시절보다는 당연히 늙었으리라 생각되나, 그전과는 너무나 달라진 칸 두루세 최고의장의 모습이었다. 텁수룩한 머리며 수염, 낡은 의복. 이분이 과연 최고의장 칸 두루세인가? 남자는 얼핏 입을 열지 못했다. 왜 안 그렇겠나, 한 시대를 흘려버리고, 우주의 무대를 바꾼 크나큰 변화를 사이에 두었으니, 옛 기억이 남아 있을 턱 없었다.

얼떨떨한 표정을 하는 남자는 그렇다 하고, 더욱 절박한 표정으로 칸 두루세를 바라보는 라라-18기의 여인은 왜 그럴까? 이 여인은 자기 앞에 서 있는 노인의 겉모습에서 무엇을 찾으려고 무척 애쓰는 모양이었다. 새파랗게 질린 입술. 일그러진 얼굴표정. 남 보기에 수상하리만큼 떨지는 전신. 이윽고 여자는 목구멍에서 들릴까 말까 하는 작은 목소리로 말했다. "당신이 정말 최고의장이셔요?"

"음, 내가 전날의 최고의장 칸 두루세요." 칸은 위엄 서린 굵직한 목소리로 대답하였다.

"아, 아버지." 여인은 오열에 묻혀 제대로 말을 못했다.

"내가 아버지라고? 그대는?" 칸 두루세의 음성도 떨렸다.

"저, 저는 머루예요."

"뭣이?" 칸은 크게 외쳤다. "머루는 내 딸의 이름입니다. 그대가 머루라고?" 칸의 두 눈에서 불이 번쩍였다.

"아버지." 머루는 울며 자기 목에 걸린 목걸이를 가리켰다. 목걸이에 메달이 있었다. 옛날 칸 두루세가 막내딸 머루에게 선사한 그 메달이었다.

"내 딸아." "아버지." 두 사람은 얼싸안았다. 십몇 년 만의 만남이었다. 아니 삶의 세계를 벗어나, 또 다른 삶의 세계에서의 만남이었다.

"아버지." 머루는 쇠잔한 기력에 감격이 벅찬 탓인지, 갑자기 아버지 품 안에서 사지를 늘어뜨리고, 허공을 향하여 허연 눈자위를 치떴다.

"머루야, 정신 차려. 머루야! 머루야!" 아버지는 울부짖었다. 다다 모니가 서둘러 비상함에서 구급약통을 꺼냈다. 강심제가 머루의 정맥 속으로 흘러들어 가자 머루의 눈동자가 바로 잡히기 시작했다.

칸 두루세는 잃었다 다시 찾은 딸을 다시 잃을 수는 없다는 절박한 심정으로 딸의 손을 꼭 잡고 마음속으로 기도하였다. '불쌍한 머루야, 살아다오. 이 아비의 생명이 우리 부녀의 손을 거쳐 너에게 넘어가게 해주렴. 저 무서운 지옥의 표류 끝에 내 품에 돌아온 머루야. 제발 죽지 말아라. 우주의 삼라만상이여. 머루의 생명을 지켜주소서.' 홈이 깊게 파진 그의 두 눈에선 눈물이 펑펑 쏟아지고 있었다.

5

지구에 먼저 와 있던 사람들의 지극한 구호를 받은 라라-18기의 두 탑승원은 차츰 원기를 되찾아, 기구한 우주표류의 전말을 풀어놓았다.

칸 두루세의 딸 머루는 출발 당시 23세. 남자는 출발 당시 25세의 싱 두어. 두어는 공군기술장교로, 칸 두루세의 아들 세인 두루세와는 고등학교 동창 사이였다.

싱 두어와 머루 두루세가 라라-18기에 탑승하게 된 동기는, 쿠데타를 일으킨 차이시안 치안장관이, 공군에 명령하여 라라-15기를 추적 격추시키기 위해 라라-18기가 출격할 때 싱 두어는 기술장교로서 타게 되었고, 두어는 겉으로는 상부 명령에 복종하는 체하면서, 이를 저지하기 위하여 친구이며 칸 최고의장의 아들인 세인에게 이를 통지하고, 세인은 자기친구 아랙 정을 끌어들여, 세 사람이 추격작전을 저지할 계획을 세웠다. 세인의 누이동생 머루가 이 낌새를 눈치채고 자기도 끼워주길 강요하여 세인 등이 이를 받아들였다.

쿠데타의 괴수 차이시안 장관은, 처음에는 라라-15기 시승식에 나온 칸 최고의장과, 배석한 정부요원 전원을 라라-15기에 실어 우주권 외로 몰아냄으로써, 간단히 한나폰의 모든 지배권력을 장악하리라 생각했는데, 이 사실이 세상에 알려지자 쿠데타에 반발하는 각계각층의 기세가 대단하여 그날로 전 세계는 내란상태로 들어갔다.

이에 당황한 차이시안 장관은 우주 밖으로 내쫓은 칸 최고의장이 혹시 한나폰으로 되돌아올 경우 쿠데타계획은 완전실패할 걸 우려하여, 은하계탐험 제2번기로 준비 중에 있는 라라-18기를 앞당겨 완공시켜, 라라-15기의 뒤를 쫓게 하였다.

한나폰 우주국의 천체레이더에는, 라라-15기의 쫓겨난 방향이 기록되어 있어 그 방면으로 추격기를 띄워, 필시 한나폰 귀환을 노리고 꾸물거리고 있을 라라-15기를 찾아내어 후환을 없애자는 것이었다.

차이시안은 치안장관이라는 막강한 지위에 있으면서도, 분수에 넘치는 최고의장 자리를 노리고, 오래전부터 음모를 꾸미고 있었다.

그는 전 세계 25개 연방자치정부 내에 공작원을 침투시켜, 칸 두루세가 이끄는 중앙정부에 불만을 품게 하고, 칸 최고의장에게는 각 자치정부에 대한 통제를 강화하도록 하여 평지풍파를 조작하는 한편, 가끔 발생하는 홍수나 지진 등 천재지변을 외계인들의 공격일지 모른다는 헛소문을 퍼뜨려 민심 동요를 기도하였다. 차이시안은 자신이 세계대통령이 되어, 한나폰 역사상 최고의 강자로 군림하여 영구집권 하겠다는 것이었다.

칸 두루세 일행의 라라-15기가, 한나폰 대기권 밖으로 쫓겨난지 사흘 후 라라-18기가 추적에 나섰다. 라라-18기에는 여섯 명의 우주비행사가 탑승했는데, 그중에 싱 두어는 라라-15기를 격추할 레이저포 사수역을 맡았다. 라라-18기에는 강력한 공격 무기와, 원거리 레이더가 장치되었고, 지상기지나 면밀한 연락을 취할 통신시설도 완벽하게 마련되었다. 이 작전은 짧으면 일주일, 길게 잡아 60일 이내로 완료될 거로 짜여 있었다.

싱 두어는 출격 전날 밤에 기내점검을 핑계로, 라라-18기 안에 세인 두루세 남매와, 세인의 친구 아랙 정을 공군기사로 변장시켜 함께 들어가는 데 성공했다. 싱 두어는 이들 세 사람의 밀항자를, 화장실 천장 속에 숨겨두고 자기 혼자만 밖으로 나와, 정규 탑승원들과 합류하였다.

발각될 가능성이 많은 이 모험은, 다음 날 새벽에 실시된 이륙과정에서는 요행히 넘어갔으나, 이륙 직후 10분도 못되어 지상관제탑에서 기내이상을 알려와 소동이 벌어졌다.

지상관측소의 점검에서, 라라-18기의 자력부상, 압축공기방출, 부상속도, 궤도진입방향 등에서 아무런 이상이 없는데, 기체의 중량감도계에 자그마한 차질이 나타났다. 담당기사가 라라-18기의 턴더 노 기장에게 주의를 환기시켰다. "기장 들으십시오. 기내 인원이나 물건 위치가 비 정상적인 거 같습니다. 오른쪽에 약 2백 킬로그램의 초과하중이 나타나는데 왜 그렇습니까? 오버."

기장이 대답했다. "기장 턴더 노입니다. 정원 여섯 명은 모두 자기위치에 있습니다. 모든 기구도 정상위치에 있습니다. 그런데 가만있자, 이쪽 평형판에도 약간의 차이가 나타나 있긴 합니다. 대단치는 않으니 우선 딴 계기들에 관심을 가져주십시오. 하중의 평형상태는 잠시 후 보고하겠습니다. 오버."

이들의 대화를 듣고 싱 두어는 바짝 긴장하였다. 어름어름하다간 안 되겠기에 선수를 쓰기로 하였다.

"기장님, 제가 기내를 둘러보지요. 저는 지금 할 일이 없으니깐요."

"좋아. 둘러봐주게." 기장 턴더 노는 승낙했다. 두어는 이곳저곳 살피는 척하면서 화장실 커튼 안으로 들어가 천장을 받치고 있는 쐐기를 빼고, 지난밤 사이 천장에 배를 붙인 채 꼼짝 못하고 있는 세 사람의 동지들을 소리 없이 안아내렸다.

"여기서 잠시 대기하다가 총소리를 신호로 뛰쳐나와 저들의 무장을 해제하게."

싱 두어는 화장실에서 나와 실내를 한 바퀴 휘둘러보고, 기장 앞으로 갔다.

"아무 이상 없는데요."

"응, 그럴 거야. 나도 조금 전에 살펴봤는데 이상 없었어. 아마 계기판의 착오일 거야." 기장은 아무런 의심도 안 하고 지상관측소와 통하는 마이크에 대고 외쳤다. "하중점검을 했으나 이상 없음.

모든 상황은 순조롭다. 오버."

기장의 말이 끝나는 동시에 싱 두어는 지상관측소와의 통화 스위치를 꺼버렸다. 기장 턴더 노가 의아한 눈초리를 하자 권총을 꺼내 들었다. "모두 꼼짝 마!"

명령과 함께 권총 한 방을 탕! 터뜨렸다. 기장 이하 승무원 전원이 깜짝 놀라 싱 두어를 바라보았다. 그중 한 사람인 보안장교가, "싱, 미쳤나?" 하고 소리 지르며 자신의 권총을 빼 들려 했다.

그 순간 탕! 두 번째 총성이 터지며 보안장교가 쓰러졌다. 이번 발사는 싱 두어가 아니라 화장실에 숨어 있다 나온 세인 두루세였다. 그의 옆에는 머루와 아랙 정도 있었다. 세 사람 모두 권총을 겨누고 있었다.

이때 수석 조종사가 발밑에 있는 비상 버튼을 눌렀다. 찌르릉! 실내 부저가 요란하게 울렸다. 이 비상경보장치는 지상관제탑과 무선으로 직결돼 있었다.

"무슨 일이 일어났나?" 천장에 달린 스피커에서 큰 소리가 터져 나왔다. 이 스피커는 무선통화기가 고장이 났을 때 대비한 관제탑의 긴급지시용이었다. 이쪽에서 응답할 수는 없는 것이었다. 그대신 기내에서 발생한 사태를 관제탑에 전하는 자동기계가 있었다. 그린박스. 녹색의 이 박스는, 항공기의 모든 작동기능, 고도, 속도, 방향, 계기의 이상 유무, 승무원들의 담화, 심지어 조종사의 건강상태까지 자동 점검하고 기록하는 동시에, 그 사본을 2만 킬로미터 거리 안에 있는 관제소에 송신하는 기계였다.

"무슨 일이 있나?" 하는 천장 스피커의 질문에 대답이라도 하듯, 싱 두어는 권총으로 그린박스를 박살내버렸다. 그러나 관제탑은 이미 공중의 반란을 알고 난 후였다. 싱 두어는 통화 스위치를 끄기 전에 그린박스 먼저 처치했어야 했던 것이다. 순서가 잘못되었다. 순서는 틀렸으나 어차피 관제탑에선 공중반란을 알게 된 일. 보다 급한 것은 승무원들의 제압이었다. 상대편은 기장 이하 다섯 명. 그 중 한 명은 이미 쓰러졌고, 이쪽은 넷. 기선을 잡은 건 이쪽이었다. 초반 승부는 끝난 셈이었다.

세인 두루세가 여유 있는 말투로 상대편에 명령을 내렸다. "두 손을 들고 벽을 향하여 돌아서시오." 기장 이하 네 사람 모두 명령에 따랐다. 세인의 친구 아랙 정이 이들이 몸에 지닌 무기를 회수하려 나섰다.

이때 불상사가 일어났다. 마룻바닥에 쓰러져 있던 보안장교가, 몸을 꿈틀하더니 자기 손에 든 권총을 집으려고 상체를 꾸부리는 아랙 정의 심장을 겨누어 총을 발사하였다. 아랙 정이 푹 고꾸라지자, 두루세 남매와 싱 두어의 세 자루 권총이 일시에 불어 뿜어, 보안장교를 벌집으로 만들었다.

이 혼란을 틈타 수석조종사가 갑자기 몸을 돌려, 자기 앞 가까이 서 있는 세인 두루세에게 권총을 쏴 쓰러뜨리고, 자신은 머루와 싱의 반격을 받아 목숨을 잃었다.

쓰러진 세인은 총알이 급소를 빗나가긴 했으나, 오른쪽 어깨뼈가 반이나 부서져 나간 큰 부상을 입었다. 그는 간신히 몸을 일으켰으나, 아픔을 못 견디고 풀썩 주저앉았다. 머루가 달려가 부축하자 그녀의 두 손과 상의가 금세 피범벅이 되었다. 빨리 지혈을 해야겠는데 어찌해야 할지 눈앞이 캄캄했다.

싱 두어는 성난 소리로 외쳤다. "나머지 세 사람은 꿈적 말라. 움직이면 쏜다." 그리고 머루에게 지시하였다. "저기 벽에 걸린 구급약 통을 꺼내오시오."

이때 기장 턴더 노가 손을 벽에 댄 채 고갤 돌려 두어에게 말했다. "두어. 나는 자네 편에 들겠네. 나는 처음부터 이 계획에 마음이 없었네."

"나도 마찬가지야."

"나도." 부조종사 훼이스트 먼과, 항법사 라스테인지도 같은 말을 했다.

"좋아. 그럼 두루세의 상처를 봐주시오." 싱 두어가 승낙했다. 그러나 아직 총부리를 내리지는 않았다.

머루를 비롯하여 부조종사, 항법사 등이 중상을 입은 세인 두루세의 상처를 돌봤다. 상처에는 지혈제를 뿌리고, 본인에게는 진통제 주사를 놓는 것이 고작이었다. 외과 전문의가 절실히 필요했으나 어쩔 도리가 없었다. 피투성이가 된 채 늘어진 세인을 부둥켜안고 안색이 새파래진 머루의 모습이 안타까웠다.

싱 두어는 권총을 든 채 난감한 표정으로 서 있을 뿐이었다. 그로서는 자기편인 아랙 정의 죽음과, 세인 두루세의 중상이란 예기치 못한 사고로, 앞으로 어찌해야 할지 얼핏 방안이 떠오르지 않았다.

그런 두어에게 기장 턴더 노가 말을 걸었다. "두어. 빨리 손을 써야 해. 지상기지에서 우리를 격추하려 들 거야."

"우리에겐 적외선 방벽이 있잖아요." 두어가 대답했다.

"답답하군. 그건 소형무기나 막는 거야. 메가톤급으로 공격해올 땐 끝장이지." 기장이 절망적인 소릴 했다.

이때 천장의 스피커에서 다시 음성이 터졌다. "무슨 사고인가?

기장 나오라. 오버."

기장이 두어에게 양해를 구하는 투로 말했다. "우선 관측소를 속여보세." 그러고는 무선기 스위치를 다시 돌렸다.

"나는 기장 턴더 노다. 기체 안에 괴한 세 명이 잠입해 있다가 발각되어, 우리와 총격전이 벌어졌다. 싱 두어가 반란을 기도한 것이다. 그러나 적은 모두 사살되고 사건은 일단락되었다. 오버."

"알았다. 즉시 기지로 돌아오라. 자력으로 돌아올 수 있겠는가? 오버."

"계기 몇 군데 이상 있으나 최선을 다해보겠다. 오버." 기장은 스위치를 끄고 두어에게 말했다. "우선 공격을 멈추게 하고 도망하는 거야."

기장 턴더 노는 수동조종을 시작하였다. 천장의 스피커에서 다시 소리가 났다. "우리 측 부상자는 누구인가? 오버."

기장이 다시 스위치를 돌렸다. "수석조종사와 보안장교가 희생당했다. 오버."

"알았다. 부조종사 훼스트 면과 얘기하고 싶다. 바꿔라. 오버."

"훼스트 면. 이리와 대답하게." 기장이 부조종사를 마이크 앞으로 불렀다.

세인 두루세의 지혈조치를 거들던 부조종사가 마이크에 대고 말했다. "부조종사 훼스트 면입니다. 오버."

"방금 발생한 사고는 기장의 말대로인가? 오버."

훼스트 면은 주저하였다. 그는 기장 턴더 노가 입으로는 도망한다고 말하면서 실제로는 한나폰 기지로 되돌아가는 운전작동을 하는 걸 알았다. 잠시 머뭇거리다가 통화 스위치를 끄고 기장에게 물었다. "기장님. 지금 우리는 어디로 가는 거죠?"

"기지로 돌아가는 체하는 거야. 우선 급한 불은 꺼야 하지 않겠는가." 이리 말하는 턴더 노의 안색은 창백했다.

"그러면 안 되죠. 우리는 저들의 사격권 안으로 들어가서는 안 됩니다. 조금이라도 더 멀리 도망가야죠." 부조종사가 우겼다.

"갑갑하군. 우주 속으로 도망치다니 자살행위 아닌가." 턴더 노가 화를 벌컥 냈다.

"부조종사. 왜 말이 없나? 대답하라. 오버." 천장의 스피커가 재촉했다.

부조종사 훼스트 먼은 아무 말 하지 않고, 기장을 조종석에서 밀어냈다. "비키십시오. 우리는 일단 우주권으로 피신해야 합니다. 기지로 돌아가면 노예 아니면 죽음이 있을 뿐입니다."

"이 못난 놈아, 왜 이래." 기장은 다시 조종석을 차지하려 들었다. 이때 항법사 라스 테인지가 두 사람 사이에 끼어들어, 기장의 멱살을 잡아 바닥에 쓰러뜨렸다.

"기장. 당신은 차이시안의 패거리지. 못된 것." 항법사는 힘껏 발길로 기장을 걷어찼다. 그리고 기장의 두 팔을 뒤로 제쳐 죄인 묶듯 수건으로 단단히 결박하였다.

"잘했어, 라스." 부조종사 훼스트 먼이 라스 테인지에게 찬사를 보냈다.

천장의 스피커가 다시 보챘다. "부조종사 나오라. 왜 대답이 없나? 오버."

훼스트 먼이 스위치를 다시 연결하고 대꾸했다. "나 훼스트 먼입니다. 기장도 부상으로 못 일어납니다. 내가 조종석을 맡고 있습니다. 오버."

"알았다. 훼스트 먼, 최선을 다하라. 우리는 구호의 만반 태세를 취하고 있겠다. 오버."

부조종사 훼스트 먼은 라라-18기의 항로를 맨 처음 정한 자동비행장치(INS)에 입력한 컴퓨터시스템으로 환원시켰다.

"우리가 걸 수 있는 희망은." 훼스트 먼은 설명하였다. "첫째, 우리가 한나폰 기지와 무선연락이 닿을 수 있는 공간을 벗어나지 않을 동안에, 차이시안의 음모가 실패로 돌아갔다는 메시지가 우리에게 전달되는 것입니다."

"둘째는?" 싱 두어가 물었다.

훼스트 먼은 잠시 주저하더니 대답했다. "희망은 오직 그것뿐이고, 둘째는 다만 우리의 의지의 문제입니다. 생사를 칸 최고의장님과 함께하기 위하여, 여기 레이더 추적기가 가리키는 라라-15기의 항적을 따라갈 뿐이죠." 항법사 라스 테인지도 묵묵히 고갤 끄덕였다.

✳

라라-18기는 한나폰 출발 직후, 기내 총격전으로 9명의 탑승원 중 세 명이 즉사하고, 한 명은 중상, 한 명은 신체구속상태였다. 성한 사람은 기술장교 싱 두어, 최고의장의 딸 머루 두루세, 부조종사 훼스트 먼, 항법사 라스 테인지 등 네 명 뿐인 채 우주권으로 비행을 계속하였다.

지상기지에서는 라라-18기가 귀환명령을 어기고 외계로 도주하는 걸 알아차렸으나, 그때는 이미 거리가 멀리 벌어져 실속 있는 대응책이란 아무것도 없었다. 도주한 라라-18기를 뒤쫓을 만한 공격 무기나 우주항공기가 한나폰에는 없었다. 그리고 생각하기에 따라서는 굳이 공격이나 추격전을 벌일 일도 아니었다. 초대형 우주망원경에 겨우 흔적을 보이고 있는 라라-18기는 미구에 영원히 자취를 감출 게 아닌가. 분명한 자살행위였다.

차이시안 쿠데타 사령관은 몇 군데 우주천문대에 경계를 강화하도록 지시하고, 며칠을 기다려보다가 우주로부터 아무런 기별이 없기에, 라라-15기와 라라-18기에 대해서는 끝난 일로 처리하였다.

싱 두어 등 네 사람은, 먼저 세 구의 시체를 우주권으로 방출하고, 중상을 입은 세인 두루세의 간호에 힘썼다. 하지만 세인 두루세는 친누이 머루와 세 동지의 정성 어린 간호에 불구하고 사흘 후에 운명하고 말았다. 네 사람은 별수 없이 세인을 우주 속에 버리는 도리밖에 없었다.

남은 문제는 결박상태로 둔 기장 턴더 노의 처리였다. 턴더 노는 제발 살려달라고 애걸했고, 싱 등 네 사람도 굳이 그를 죽일 마음은 없었다. 한 달 가까이 함께 지내봤으나, 결박한 채로 둘 수도 없고, 그렇다고 자유를 줄 수도 없는 거북한 상황이었다. 더 이상 신경 쓰기가 귀찮아 기장의 생명은 그 자신의 운명에 맡기기로 정했다. 완전한 기밀복 한 벌을 그에게 내주고 1년 치의 식량과, 산소예비탱크, 그리고 두 자루의 우주유영용 레이저 권총도 함께 지급한 후, 기체 밖으로 추방하였다. 그리고 한나폰에 무선을 띄웠다.

"턴더 노 기장이 한나폰 귀환길에 올랐으니 그를 기쁘게 맞이해 주기 바란다."

라라-18기는 그 후 계속 항행하였다. 그들이 가진 최신형 기상 레이더는, 간혹 라라-15기의 비행방향을 찾아내기도 한 것 같았으나, 천체의 다른 유동체인지는 확실치 않았다. 원거리 무선기는 쉬지 않고 전방을 향하여 내보냈다. 그러나 불행히도 라라-15기에는, 이 신호를 받을 만한 기능을 갖춘 신형 통신시설이 없어 둘 사이의 무선연락이 이루어지지 못하였다. 그것은 라라-15기가 정식으로 은하계 탐방비행에 나선 것이 아니라, 칸 두루세 최고의장 시승식을 치르기 위한 간단한 장비만 실은 상황에서 우주비행을 강요당했기 때문이었다.

살아남은 네 사람은 라라-15기를 찾고 말겠다는 신념과 기대감으로, 막막한 우주비행의 외롭고 지루함을 참고 견디었다. 그리고 우주표류 5년과 6년 사이에, 부조종사 휘스트 먼과 항법사 라스 테인지가 우주 불로현상이 아닌 우주노쇠증에 걸려 차례로 생명이 끊겼다. 별도리 없이 그때마다 우주 장례식을 거행하였다.

남은 인원은 단 둘. 싱 두어와 머루 두루세 남녀 한 쌍뿐. 그들은 INS 자동항법 컴퓨터에 의존하여 라라-15기와 상봉할 날을 기대하며 살아갔다. 그러던 중 어느 때부터인가 생명의 나무인 크로라가 시들기 시작하더니, 잎새와 수액이 자꾸 줄어들었다. 넉히 20명이 지내고도 남는다는 라라-18기의 크로라나무가 이제는 겨우 두 사람의 수요도 못 댈 정도로 말라 들었다.

왜 크로라나무가 시들었을까? 아마 탑승원의 감소로, 식물과 동물의 상호신진대사 기능에 차질이 생긴 탓일까? 싱과 머루는 허리띠를 줄일 대로 줄이고, 기갈도 참을 대로 참았다. 거의 절망의 시점에서 그들은 레이더를 통하여 어떤 천체를 발견하였다. 그것이 지구인 줄은 물론 몰랐다. 두 사람은 한 가닥 희망을 걸고 SOS를 보냈다. 그러자 뜻밖에 라라-15의 신호가 오지 않는가!

✳

싱 두어와 머루 두루세가 다시 기력을 회복하는 과정을 지켜보는 먼저 이곳에 온 여섯 사람의 기쁨, 특히 칸 두루세의 기쁨은 이루 말할 수 없었다. 아들 세인의 죽음은, 이 노인에게는 감당할 수 없는 비극이긴 했으나, 모진 역경을 돌파하고 살아서 자기 앞에 나타난 딸 머루이기에, 그에게는 더한 나위 없는 위안이 되었다.

"자연의 섭리는 우리와 이곳 낙원의 별을 버리지 않았습니다. 이제부터 우리는 새로운 역사를 창조하는 겁니다." 칸 두루세는 일곱 사람에게 엄숙히 선언하였다.

그는 새로 도착한 싱 두어와 딸 머루가 이미 한 쌍의 부부가 되었고, 그리됨이 당연하다고 말했다. 그리고 에드 아담과 킨 칸사가 한 쌍이 되고, 얀 만스와 다다 모니가 다른 한 쌍의 부부가 됨이 적합하다는 의견을 제시하였다. 모두 이에 동의하였다.

끝으로 칸 두루세가 말했다. "나는 이곳 낙원의 별의 새로운 헌장을 마련해보겠습니다. 자연원칙을 기간으로 하여, 인류가 영원토록 자연과 더불어 행복을 누릴 수 있는 헌장을 구상하겠습니다. 나의 의견은 물론 이곳 주민 전체의 동의를 전제로 하는 겁니다. 어떻습니까?"

"최고의장님의 지시에 따르겠습니다." 모두 재창했다.

"최고의장이라니 당치 않은 소리. 이제부터 여러분은 나를 다만 두루세 노인이라고 부르시오." 칸이 껄껄 웃으며 말했다. "데스너 노인과 나는 시간이 나는 대로, 기력이 닿는 대로, 이곳 낙원의 별이 지니고 있는, 과거사 탐구작업을 해봅시다. 유익한 자료가 많이 나올 겁니다." 그리고 칸은 늙찌그렁이 얼굴의 고 데스너에게 손을 내밀었다.

"고맙습니다. 의장님." 고 데스너는 두루세 노인의 손을 정답게 잡았다.

월드컵
특공작전

초판 1쇄 인쇄 2021년 2월 10일
초판 1쇄 발행 2021년 2월 15일

지은이   문윤성
펴낸이   박은주
편집장   최재천
기획   김아린
디자인   김선예, 서예린
마케팅   박동준

발행처   (주)아작
등록   2015년 9월 9일(제2020-000038호)
주소   04389 서울특별시 용산구 한강대로 26
                한강트럼프월드3차 102동 1801호
대표전화   02.324.3945   **팩스** 02.324.3947
이메일   decomma@gmail.com
홈페이지   www.arzak.co.kr

ISBN   979-11-6550-805-0 04810
                979-11-6668-000-7 04810 (세트)